LES

Max Gallo est l'auteur d'une œuvre importante qui compte plus de cinquante livres.

Dans ses romans, *La Baie des Anges*, une trilogie tirée à 650 000 exemplaires, *Un pas vers la mer*, *Une affaire publique*, *Le Regard des femmes* et plus d'une quinzaine d'autres, ses études historiques *La Nuit des longs couteaux*, etc., ses biographies *Garibaldi*, *Vallès*, *Robespierre*, *Jaurès*, *Rosa Luxemburg*, ses essais, il tente de raconter et de comprendre comment vivent, pensent, aiment, créent les êtres, comment ils peuvent conquérir leur liberté dans la société et face aux systèmes, aux préjugés, aux déterminations qui les mutilent.

Une affaire intime (roman publié en 1978) a été adapté au cinéma sous le titre *Boulevard des Assassins*, avec comme principaux interprètes Marie-France Pisier et Jean-Louis Trintignant.

La Femme derrière le miroir fait partie d'une suite romanesque qui se compose de *La Fontaine des Innocents*, *L'Amour au temps des solitudes*, *Les Rois sans visage*, *Le Condottière*, *Le Fils de Klara H*, *L'Ambitieuse*, *La Part de Dieu* et *Le Faiseur d'or*. Ces romans indépendants les uns des autres mais reliés par des personnages et le thème (l'exploration des mœurs et des passions de la société française) sont regroupés sous le titre de *La Machinerie humaine*. « Cette œuvre d'ampleur quasi balzacienne a mieux encore cerné ses ambitions de "Comédie humaine" », a souligné la presse. Une suite romanesque *Bleu Blanc Rouge* en trois volumes a rencontré un immense succès.

Napoléon, une biographie en quatre volumes, a été tirée à 800 000 exemplaires et une série télévisée internationale est en préparation. Max Gallo a également publié une biographie de De Gaulle en quatre tomes et une biographie de Victor Hugo en deux volumes.

Paru dans Le Livre de Poche :

L'AMBITIEUSE
L'AMOUR AU TEMPS DES SOLITUDES
LE CONDOTTIERE
LE FAISEUR D'OR
LE FILS DE KLARA H.
LA FONTAINE DES INNOCENTS
LE JARDIN DES OLIVIERS
LA PART DE DIEU
LES ROIS SANS VISAGE
UNE AFFAIRE PUBLIQUE
LES PATRIOTES
(4 volumes)

MAX GALLO

Les Patriotes

SUITE ROMANESQUE

LA FLAMME NE S'ÉTEINDRA PAS

* *

FAYARD

En souvenir de mon père et
de ses camarades, résistants dès 1940.

Ceci est un « roman d'Histoire » qui essaie de « peindre des choses vraies par des personnages d'invention » (Victor Hugo, 1868). Toute ressemblance entre ces derniers et des hommes et des femmes ayant vécu ces années majeures serait fortuite. Et il en irait de même pour les situations évoquées ici. Il s'agit d'un roman ! Mais sa matière est l'Histoire vraie ! Le tableau n'est pas le sujet peint, et l'est pourtant.

M.G.

« Celui qui ne se rend pas a raison contre celui qui se rend, c'est la seule mesure, et il a raison absolument, je veux dire que la raison qu'il en a est un absolu...

Celui qui ne se rend pas est mon homme, quel qu'il soit, d'où qu'il vienne, et quel que soit son parti... Celui qui se rend est mon ennemi. Et je le hais d'autant plus que par le jeu des partis politiques il prétendrait s'apparenter à moi... »

Charles PÉGUY, *L'Argent*.

(Cité dans le tract rédigé
par Edmond Michelet et diffusé
le 17 juin 1940.
Cf. *Péguy contre Pétain*,
par Jean Bastaire.)

PREMIÈRE PARTIE

1

Une nuit hivernale, déchirée de coups de sifflet stridents, s'était peu à peu étendue sur le centre de Paris, ce lundi 11 novembre 1940.

À chaque fois que l'un de ces appels aigus et brefs, perçants comme des cris, résonnait dans le vide des rues, Geneviève Villars et Bertrand Renaud de Thorenc s'immobilisaient quelques secondes, cherchant à deviner si ne s'approchait pas quelque patrouille allemande ou une ronde d'agents. Puis ils s'élançaient, traversant rapidement la chaussée, se collant aux façades, serrés l'un contre l'autre, enlacés, essayant de se rencogner dans le renfoncement de ces maudits portails verrouillés, attendant que passe dans un fracas de moteur et l'éclat des phares un camion sur lequel étaient entassés des jeunes gens sous la garde de soldats casqués.

Ils restaient longuement ainsi blottis, et de l'angoisse et de la révolte mêlées naissait entre eux le désir.

Thorenc a passé sa main sous le blouson de laine. Il a enfin touché cette peau chaude, et Geneviève se laisse aller, son corps épousant celui de Bertrand, l'un et l'autre se retrouvant après tous ces mois. Il faut que s'élève, tout proche, un coup de sifflet, suivi de bruits de pas, pour qu'ils regardent autour d'eux, découvrent enfin une porte ouverte, s'y engouffrent, se cachent dans une sorte de cour, ce puits plus sombre que surplombent des étages plongés dans l'obscurité.

Il leur semble que l'angle dessiné par les deux façades intérieures est aussi profond qu'une grotte, que nul ne pourra les découvrir là, et ils se sentent comme deux amants qui se reconnaissent à tâtons, bouches et doigts explorant l'autre ; parfois, quand la caresse se fait trop brutale, le désir trop vif, ils étouffent ensemble un cri, se mordillent l'un l'autre les lèvres, mains crispées sur le sexe désiré.

Puis, tout à coup, cette lumière qui les aveugle, ces voix ironiques et brutales, les corps qui doivent se séparer, les papiers qu'il faut exhiber, les agents qui, appuyés au cadre de leur vélo, leur conseillent de rentrer avant le couvre-feu et d'aller faire ça dans un lit.

— Vous vivez dans quel monde ? Vous ne savez pas qu'on a tiré sur les Champs-Élysées ? Allez, filez, allez vous coucher !

Ils ont honte de s'engager sous le porche, dans le cône de lumière de la torche braquée sur eux, sous le regard de ces deux agents dont ils imaginent le sourire, les propos équivoques.

Tout en marchant, ils sont cependant restés enlacés, la joue de Geneviève contre l'épaule de Thorenc.

Et elle s'est mise à chuchoter comme si elle craignait que le silence de la rue répercute et amplifie l'écho de ce qu'elle dit.

Elle est inquiète. Durant toute la semaine, son jeune frère Henri et sa sœur Brigitte ont recopié et distribué des tracts appelant à la manifestation, ce 11 novembre, place de l'Étoile.

Elle, Geneviève, a décidé de s'y rendre, bien que Munier...

Elle s'interrompt : Thorenc se souvient, n'est-ce-pas, de Georges Munier, ce professeur du musée de l'Homme, le patron de thèse avec qui elle a...

Il presse sa main contre la bouche de Geneviève, glisse à nouveau ses doigts vers son sexe pour lui faire comprendre qu'il est au courant qu'elle l'a quitté, l'espace de quelques mois, pour ce Georges Munier, qu'elle est allée fouiller avec lui les vestiges préhistoriques du Tibesti, qu'elle a même songé à l'épouser, puis, après avoir renoncé, qu'elle a édité avec lui, il y a quelques semaines, les premiers tracts du musée de l'Homme appelant à la résistance. Il sait, il sait.

Munier, a-t-elle repris, lui a donc conseillé de ne pas se rendre sur les Champs-Élysées pour cette manifestation organisée par les étudiants, car si elle venait à être arrêtée — on pouvait être sûr que les Allemands et les policiers français interviendraient —, c'était tout le petit groupe du musée de l'Homme, dont elle était l'unc des âmes avec le professeur Rivet, les ethnologues Boris Vildé et Germaine Tillon, le chef du département de technologie, André Lewitsky, qui risquait d'être démasqué et démantelé.

Malgré toutes ces bonnes raisons, elle a tenu à y participer parce que Henri et Brigitte seraient au premier rang des manifestants, qu'elle se devait d'être avec eux, que cela rassurerait leur mère, Blanche de Peyrière.

Et parce qu'elle voulait aussi tout simplement manifester ce jour-là, 11 novembre, pour son père, le commandant Villars, combattant de 14-18, afin d'effacer la honte du 14 juin 1940 et des défilés de la Wehrmacht sur les Champs-Élysées. Afin que *La Marseillaise* fasse oublier les concerts donnés aux Tuileries par les fanfares de l'armée allemande.

— J'ai peur pour Henri et Brigitte, murmure-t-elle, mais...

Elle s'est blottie contre Thorenc. Il imagine qu'elle veut lui faire comprendre à quel point elle est heureuse de l'avoir retrouvé, manifestant lui aussi.

Elle se contente de répéter :

— Je suis fière. Jamais on ne pourra oublier ce 11 novembre 1940. Ils ont lavé l'affront, effacé la honte ! Et nous étions là, nous aussi.

Ils sont loin maintenant de la place de l'Étoile.

Les passants qui se pressent pour rentrer avant le couvre-feu paraissent tout ignorer de ce qui vient d'avoir lieu, de ces bouquets déposés au pied des statues de Strasbourg et de Georges Clemenceau, et de ces chants, de ce cri de « Vive la France ! » repris par des milliers de voix, de ce jeune homme qui brandissait devant l'Arc de triomphe un drapeau tricolore alors que les Allemands commençaient déjà à ouvrir le feu et lançaient leurs véhicules à toute vitesse contre les manifestants.

— Les journaux n'en parleront pas, dit Thorenc. Ce sera comme si rien n'avait eu lieu.

Il montre les rues calmes, les gens qui marchent tête baissée, ceux qu'on aperçoit attablés dans ces restaurants qui s'approvisionnent au marché noir et où l'on sert huîtres et langoustines, escalopes, rôti de porc ou bœuf mode, sans tickets mais pour cent francs le dîner.

Geneviève resserre son bras autour de la taille de Bertrand. Elle fait non de la tête :

— Le monde entier saura, murmure-t-elle. C'est comme si les gens s'étaient redressés. La défaite, l'exode, l'humiliation, c'est fini.

Il ne veut pas la contredire, se bornant à ajouter :

— Ce sera long, très long...

Elle sait. Elle est prête.

D'un ton grave, elle explique qu'elle souhaite rester avec lui cette nuit, mais qu'on ne peut aller chez elle : les Allemands, s'ils ont arrêté Henri ou Brigitte, ne manqueront pas de s'y rendre. Chez lui ?

Il a été perquisitionné, objecte-t-il. Cette nuit, la Gestapo ou les Brigades spéciales de la police française risquent de visiter à nouveau les logements des suspects.

— Plus rien n'est sûr, acquiesce-t-elle.

Il hésite, puis, d'un ton de défi, lui déclare qu'il connaît un lieu où ils seraient tous deux en sécurité. Mais il faut qu'elle ait le courage de découvrir une autre France que celle qu'elle imagine ou appelle de ses vœux.

En la côtoyant, Geneviève aura peut-être l'impression que cette manifestation qui les a tant émus, au cours de laquelle des jeunes gens ont donné leur vie ou sacrifié leur liberté, n'a été que mirage, ou bien une simple ride sur l'eau trouble d'un vaste et profond marécage : l'innombrable France des compromis, des corrompus, des collabos, la vraie France, pas celle de leurs rêves !

— Aujourd'hui, a-t-elle répondu, après ce qu'on a vécu, a-t-on le droit de blasphémer ?

2

Thorenc sent que Geneviève Villars hésite encore. Elle s'accroche à lui, pèse sur son bras, le serre comme si elle voulait l'obliger à rester là, au coin de la rue Delambre et du boulevard Raspail, comme si elle redoutait de s'engager dans cette rue, de se diriger vers ce cabaret, la Boîte-Rose, devant l'entrée duquel on aperçoit un groupe d'officiers allemands entourant des femmes en robes longues et claires.

On entend leurs voix, leurs rires en cascade.

Geneviève regarde autour d'elle.

Derrière les grandes baies vitrées des brasseries, celles du Dôme, de la Coupole, de la Rotonde, plus loin encore, du Sélect, toutes les tables des terrasses sont occupées, et quand les portes battent pour laisser passer les clients, un joyeux brouhaha déborde sur le boulevard.

— Voilà, lâche seulement Thorenc.

Ils n'ont échangé que quelques mots depuis qu'ils ont grimpé dans un vélo taxi, place Saint-Augustin.

Ils sont restés serrés l'un contre l'autre dans la petite cabine brinquebalante, suivant du regard les camions chargés de troupes qui, en convoi précédé par des motocyclistes, sillonnaient les avenues.

Ils ont été arrêtés par un barrage à l'entrée du pont du Carrousel. Un sous-officier allemand a examiné leurs papiers, puis a longuement dévisagé Geneviève dont les cheveux dénoués tombaient sur les épaules. Il a souri, a eu un geste bienveillant, presque complice, et a dit « Bonne nuit ».

Quand ils se sont enfoncés dans le noir avec, pour accompagner leurs pensées respectives, le halètement du cycliste, Geneviève a murmuré :

— S'ils ont tué Henri ou Brigitte, je demanderai à Munier de me procurer une arme ou une grenade, et j'en tuerai plusieurs.

Thorenc lui a pris le visage à deux mains et l'a embrassée.

Tout au long du boulevard Raspail, le cycliste s'est déhanché, soufflant de plus en plus bruyamment ; à chaque coup de pédale, la cabine oscillait, cahotant sur la chaussée.

Lorsqu'il les a déposés au carrefour, l'homme en sueur a lentement plié en quatre, puis glissé dans sa poche le billet que lui tendait Thorenc. Il est resté quelques instants appuyé à sa selle, hors d'haleine, puis, lorsqu'il a pu parler :

— On est redevenus des esclaves, a-t-il dit.

D'un mouvement de tête, il a montré les terrasses des brasseries, les putains qui arpentaient le trottoir devant le Dôme, les petits groupes de soldats qui les observaient.

— Mais il y en a qui s'amusent ! a-t-il repris en réenfourchant son vélo.

Puis, remontant le pédalier de la pointe du pied, il a ajouté à voix plus basse :

— Et d'autres qui se font tuer.

C'est à ce moment que Geneviève Villars a étreint le bras de Bertrand.

— Voilà, répète Thorenc.

Il ajoute :

— Une autre France...

Geneviève se raidit, retire son bras, repousse ses cheveux en arrière, les noue avec un ruban.

Thorenc est ému par ce visage aux traits réguliers, au large front bombé.

— Là-bas, dit-il en désignant la Boîte-Rose.

Il explique que, depuis l'avant-guerre, il connaît la propriétaire, Françoise Mitry, son amant, Fred Stacki — si elle n'en a pas changé ! —, un Suisse, banquier de son état, naturellement, un homme qui ne se paie pas de mots et a des relations dans tous les milieux : peut-être renseigne-t-il l'Intelligence Service, ou le commandant Villars, mais peut-être est-il aussi bien un agent de l'Abwehr et de la Gestapo.

— Beau monde ! marmonne Geneviève.

— Uniquement des officiers, des jolies femmes, et des Français qui sont en affaires avec ces messieurs, reprend Thorenc.

Il sourit :

— Et puis nous, si tu veux...

Qui viendrait les chercher là, cette nuit ?

Tout à coup détendue, presque désinvolte, Geneviève remarque qu'on ne la laissera peut-être pas entrer avec son blouson, sa jupe droite et ses souliers plats. Mais elle avance d'un pas résolu.

Dans la rue Delambre de plus en plus sombre au fur et à mesure qu'ils s'éloignent du carrefour des boulevards Raspail et Montparnasse éclairé par les terrasses des brasseries, ils croisent des couples qui parlent haut et fort. Les femmes pendues au bras des soldats affichent une gaieté forcée, bruyante ; certaines les regardent avec insolence, voire presque du dédain.

Thorenc serre les poings. Il a envie de les bousculer, peut-être même de les gifler. Les dents serrées, il les insulte, marmonnant qu'il y a des Français qui se font tuer au même moment de l'autre côté de la Seine, alors qu'ici...

Il crache ces mots avec mépris.

Geneviève le force à ouvrir sa main et noue ses doigts aux siens. Comme si elle pensait à haute voix, sans s'adresser en particulier à Thorenc, elle souligne qu'on ne peut juger les gens, *a fortiori* tout un peuple, sur les apparences. Les humains sont comme ces vestiges qu'on trouve dans une grotte. Ils sont enveloppés d'une gangue dure, une boue millénaire séchée, si épaisse qu'on n'imagine pas d'emblée l'objet qu'on va découvrir : arme, bijou, morceau de charbon de bois consumé il y a vingt mille ans ? Il faut racler, décaper. Alors seulement on voit apparaître l'âme...

D'une pression lente et tendre, elle serre le bras de Thorenc et murmure :

— Je suis au musée de l'Homme — elle sourit —, on y apprend la patience.

Thorenc ne reconnaît pas l'entrée de la Boîte-Rose.

Un vaste hall entouré de miroirs biseautés couvrant toutes les cloisons a remplacé l'étroit couloir où l'on se pressait naguère. Des spots placés au ras du parquet dirigent leurs faisceaux de lumière mauve et bleutée vers les miroirs qui la réfléchissent, si bien que les visages apparaissent comme enveloppés de voiles qui les dissimulent au premier regard ; il faut quelques minutes à Thorenc pour reconnaître Douran et Ahmed, les deux videurs que quelques mois ont aussi suffi à métamorphoser.

Toujours en smoking, comme au début du mois de juillet, lors de la dernière visite de Thorenc à la Boîte-Rose, ils n'ont plus seulement de l'assurance, mais de l'autorité, presque de la morgue.

Thorenc remarque leurs larges chevalières, leurs lourdes gourmettes, les épingles dorées à tête de diamant enfoncées dans le revers de leur veste, les montres à épais bracelet d'or qu'ils semblent prendre plaisir à dévoiler avec des mouvements d'épaules et d'amples gestes des bras qui découvrent leurs poignets.

Ils se tiennent au fond du hall, de part et d'autre du vestiaire sur les étagères duquel s'entassent des dizaines de casquettes d'officiers.

Une jeune femme aux seins nus accueille les clients en souriant, se penche vers eux. Une autre les aide à ôter ou remettre leur manteau.

Douran et Ahmed observent, immobiles, cependant que trois jeunes gens au teint basané vont et viennent dans le hall, dirigent les clients vers l'escalier qui s'ouvre au fond. À chaque fois que la porte capitonnée bat, montent, enflent puis s'éteignent les rumeurs de la salle.

Dès que Thorenc et Geneviève se présentent dans le hall, les trois jeunes gens en smoking font mine de les empêcher de passer. Ils ont, la bouche boudeuse, l'œil sévère, détaillé Geneviève, puis Thorenc. Le plus grand lâche d'une voix outrée :

— Non, pas ici, pas comme ça... Vous voyez bien...

Il montre les officiers, les jeunes femmes en longues robes de soie ou de satin.

Thorenc veut faire un pas.

On lui saisit le bras, on l'entoure, on l'avertit :

— Attention, on ne joue pas !

Cependant que Geneviève murmure qu'il vaut sans doute mieux sortir, il cite les noms de Françoise Mitry, de Fred Stacki. Mais ce n'est qu'au moment où il dit souhaiter voir Ahmed et Douran que les jeunes gens hésitent et se tournent vers le vestiaire.

Ahmed et Douran se montrent condescendants. Avec une sorte de mépris amusé, le second pince à deux doigts le revers de la veste de Thorenc :

— Vous arrivez d'où ? Vous n'avez pas vu les changements ?

Il montre le hall, les miroirs, tout en saluant d'une inclinaison de tête respectueuse les officiers allemands qui passent et lancent des œillades à Geneviève dont les cheveux se sont dénoués.

— Madame Françoise voit maintenant les choses en grand, ajoute l'ancien videur.

Il baisse la voix :

— On ne reçoit ici qu'au-dessus du grade de *Hauptmann*...

Il se tourne vers Geneviève :

— ... et les femmes en robe du soir, complète-t-il avec rudesse.

Puis il sourit. Ahmed prend familièrement la jeune femme par le bras et Thorenc l'entend qui murmure :

— Mais, en vous voyant, on oublie comment vous êtes habillée.

— Pour cette fois, corrige Douran. Mais il faudra rester au bar, à moins que madame Françoise ne fasse une exception.

Il les conduit jusque dans la salle.

Il n'y a plus d'estrade. Les danseuses, qui ne portent qu'un cache-sexe doré, lèvent la jambe à hauteur des tables du premier rang, toutes proches de la piste où elles se trémoussent ; parfois, les convives reculent en riant comme s'ils craignaient de recevoir un escarpin dans la figure. Certains font sauter eux-mêmes les bouchons de champagne, et lorsque la mousse les éclabousse ou jaillit jusque sur les danseuses, ils s'esclaffent tandis que leurs voisins des autres tables applaudissent.

Tout aussi dénudées, les serveuses n'arborent qu'un fil doré entre les fesses. En arrière-plan, cinq musiciens jouent en sourdine comme si le fond sonore n'était qu'un prétexte à l'exhibition des femmes.

Thorenc et Geneviève s'arrêtent au bas de l'escalier.

Au bar, les filles sont plus nombreuses, plus jeunes encore qu'en juillet. Avec celles qui accompagnent les clients, ce sont les seules à n'être pas nues. Elles qui sont là pour louer leur corps paraissent les plus dignes, les plus réservées.

Tout d'ailleurs semble étrange et contradictoire en ces lieux. Les comportements sont à la fois graveleux et compassés. Serveuses et danseuses passent, les fesses et les seins nus, entre des tables où des officiers à monocle, le dos raide — le général von Brankhensen, a murmuré Ahmed en montrant l'un d'eux, la nuque rasée, qui parle à l'un de ses voisins en smoking —, ne paraissent pas même voir les femmes dévêtues qui évoluent autour d'eux. Puis, tout à coup, l'un d'eux asperge de champagne une des danseuses ou bien la vise, espérant l'atteindre avec le bouchon. Et ses camarades de rire à gorge déployée.

Fred Stacki s'avance. Montrant Geneviève et Thorenc, Douran lui dit :

— Je vous les laisse. Gardez-les au bar : je crois que c'est mieux.

Stacki s'installe sur un tabouret.

— Ces deux Arabes sont devenus insolents, remarque-t-il. Ils profitent de la situation. Trafiquent, bien sûr : or, bijoux, appartements, tableaux...

Il baisse la voix tout en regardant autour de lui :

— Ils travaillent avec les Brigades spéciales de Marabini et Bardet, et sans doute avec la Gestapo, qui les tolère. Ils les renseignent. Ils ont donné Waldstein, votre voisin, qui, malgré ses appuis à Berlin dans l'entourage de Goering, y a perdu quelques tableaux. On me dit que votre appartement a été perquisitionné, saccagé, mais je crois qu'Ahmed et Douran ne sont pas responsables. Peut-être un avertissement d'Alexander von Krentz et du capitaine Weber ? La Propagandastaffel espère toujours que vous finirez par collaborer. On vous inquiète un peu ; on veut vous rendre raisonnable...

Il dévisage Geneviève, puis, se tournant vers Thorenc :

— Pourquoi êtes-vous venu ici ce soir ? murmure-t-il. Il paraît qu'il y a eu une manifestation en fin d'après-midi devant l'Arc de triomphe et sur les Champs-Élysées. Commémorer le 11 novembre, quelle idée saugrenue !

Il soupire, hausse les épaules :

— On trouve toujours des gens pour vouloir jouer aux martyrs. Vous ne croyez pas qu'il y a mieux à faire ?

Il se penche vers Geneviève.

— Si vous avez besoin d'un ausweis, d'une carte interzone pour passer la ligne de démarcation...

— Nous sommes très bien ici, répond Thorenc. J'ai utilisé en juillet l'ausweis que vous m'aviez procuré. Le lieutenant Wenticht, de la Gestapo ou de l'Abwehr, m'attendait à Moulins. C'est aussi lui qui a perquisitionné chez moi. Vous le connaissez, j'imagine ?

Stacki commande trois coupes de champagne. Il retient un instant la jeune serveuse :

— Pol Roger, millésimé 1926, précise-t-il.

Il lève sa coupe, montre une table.

— Tout le monde se côtoie..., reprend laconiquement Stacki.

Malgré la pénombre, Thorenc aperçoit Françoise Mitry, Alexander von Krentz et Viviane Ballin. On lui sourit. À la table voisine, il reconnaît le lieutenant Klaus Wenticht en smoking.

— Il vient ici, ajoute le Suisse, les soirs où il n'est pas en mission de l'autre côté de la ligne, ou bien quand il n'interroge pas un suspect rue Lauriston en compagnie des commissaires Marabini et Bardet. Je ne vous conseille pas d'être invité par ces messieurs à visiter leur hôtel très particulier...

Il pose sa main sur l'avant-bras de Geneviève :

— Alexander von Krentz vous a reconnue dès que vous êtes apparue en haut de l'escalier. Vous êtes la fille du commandant Villars, n'est-ce pas ? Il m'a assuré que vous étiez la plus jolie femme de Berlin. Je puis ajouter, si Thorenc le permet, que vous êtes aussi l'une des plus séduisantes de Paris.

Il s'incline et reprend en riant :

— Je pense que Françoise est jalouse. Elle ne bouge pas, c'est un aveu. On n'a pas besoin d'une robe du soir en lamé pour briller et attirer les regards. Voyez Alexander von Krentz et Wenticht : ils ne vous quittent pas des yeux. Pinchemel, votre voisin du dessous, cher Thorenc, est trop occupé, quant à lui, à vendre ses moteurs et sa ferraille au général von Brankhensen qui, tout prussien qu'il est, a la haute main sur le groupement d'achat de la Wehrmacht. À ce titre, il brasse des milliards de francs... en provenance des caisses du gouvernement français !

Il se penche et parle à l'oreille de Thorenc :

— On m'a assuré que vous aviez repassé la ligne de démarcation avec un ausweis du ministère des Colonies : vous seriez membre du cabinet du ministre ! Bravo, félicitations... Mais vous collaborez, alors ? Vous aussi !

Thorenc ne répond pas. Il a saisi la main de Geneviève et la serre comme pour rassurer la jeune femme.

— Mais le commandant Villars lui-même est aux ordres de ce bon gouvernement : n'est-il pas officier de l'armée de l'armistice, l'un des chefs de son Service de renseignement ? poursuit Stacki après un soupir.

D'une voix doctorale, il reprend ses explications :

— Donc, Vichy verse quatre cents millions par jour pour les frais d'occupation. Comme, de plus, un mark vaut vingt francs, vous comprenez que von

Brankhensen peut acheter autant de bouteilles de champagne qu'il veut, des femmes et même des actrices, ainsi que les matériels fabriqués ou récupérés par monsieur Pinchemel. Le général von Brankhensen est un homme extrêmement courtisé à Paris...

Thorenc n'a pas vu s'approcher Alexander von Krentz qui s'incline et baise la main de Geneviève Villars :

— Quelle joie de vous revoir ! s'exclame l'Allemand. Après toutes ces années... Cela fait plus de quatre ans : Berlin, 1936 — du bras il a entouré les épaules de Thorenc —, quand ce grand journaliste interviewait le chancelier Hitler. Et maintenant ce monsieur, qui s'est tant dépensé pour faire connaître notre désir de paix, refuse de nous aider à construire l'Europe ! Ce n'est pas sérieux, Thorenc ! Dites-le-lui, mademoiselle Villars. Et je ne pense pas seulement à son intérêt personnel...

— J'imagine, réplique le journaliste, que vous savez comment vos amis et le lieutenant Wenticht ont perquisitionné chez moi en mon absence, saccageant tout ce qu'ils pouvaient !

— Pas possible ! s'exclame Alexander von Krentz. Vous êtes sûr qu'il ne s'agit pas de la police française ? Je n'imagine pas un officier allemand se comporter de la sorte.

— En tout cas il était présent, marmonne Thorenc, se souvenant qu'en effet la concierge, madame Maurin, lui a rapporté que Wenticht s'était contenté de regarder Marabini, Bardet et les autres policiers renverser les meubles, jeter ses livres à terre.

— Présent peut-être, observe von Krentz, mais sans doute Wenticht ne s'est-il pas cru autorisé à donner des ordres à des Français. Vous savez, nous sommes très respectueux des autorités françaises.

— Vous vous foutez de qui ? rétorque Thorenc d'un ton rogue en fixant l'Allemand droit dans les yeux.

Celui-ci sourit, écarte les mains : Thorenc se méprend, explique-t-il. Puis son visage se ferme et il martèle :

— Autour du Führer — et parfois le Führer lui-même partage ce sentiment — on pense que Paris doit devenir à la fois le lupanar et le Lunapark de l'Europe. Pourquoi pas ? Votre champagne est excellent, vos femmes sont belles et peu farouches. Elles sont propres et parfumées, pas comme les Polonaises, me dit-on. Paris réduit à une grande Boîte-Rose : ça vous conviendrait, Thorenc ? Ou bien il faut que la France collabore dans l'esprit de ce que Pétain, à Montoire, a dit à Hitler il y a moins d'un mois : vous prenez conscience qu'un monde nouveau est en train de naître en Europe et qu'il serait inexplicable de votre part de ne pas y tenir votre rôle. Voilà les deux routes...

Alexander von Krentz frappe du poing sur le comptoir et réclame une coupe de champagne.

— Le destin hésite, Thorenc, dit-il en buvant. Il est incontestable que Paris a des dispositions pour se transformer en bordel... Excusez-moi, mademoiselle, je dis ce que je vois...

— On voit que vous n'étiez pas sur les Champs-Élysées cet après-midi, murmure Geneviève.

Elle descend de son tabouret et gagne l'escalier. Thorenc la suit.

3

Thorenc aperçoit Geneviève qui ne l'a pas attendu. Elle marche à pas pressés au milieu de la chaussée. En fait, il la devine plus qu'il ne la voit. La rue Delambre est déserte et sombre ; le carrefour, au bout, à peine éclairé. Les brasseries ont fermé. L'heure du couvre-feu est passée.

Il s'élance, la prend par le bras, l'oblige à monter sur le trottoir, à longer les façades. Il songe aux chauffeurs des voitures allemandes stationnées devant la Boîte-Rose. Des phares s'allument. Des portières claquent. Un véhicule démarre et part.

Geneviève s'immobilise.

— On pourrait en tuer une dizaine, observe-t-elle.

Il ne veut pas lui confier qu'au mois de juillet, déjà, en contemplant du haut de l'escalier la salle de la Boîte-Rose, il a eu cette pensée : une rafale, une grenade...

Il l'enlace, l'embrasse. Elle murmure qu'elle préférerait mourir plutôt que de vivre ainsi, avec ces gens-là qui veulent faire de Paris un bordel. Elle répète le mot : « Un bordel ! »

— C'est eux ou nous, conclut-elle.

Il le sait, il le sait.

Elle se calme, s'appuie contre lui.

Ils se remettent à marcher dans le froid humide qui semble naître du vide et du silence.

— On ne doit pas aller chez moi cette nuit, dit-il comme pour s'en convaincre.

Ils sont parvenus au coin de la rue Delambre et du boulevard Raspail ; peut-être l'imagine-t-il, mais il croit voir une voiture garée sur le trottoir, devant l'entrée de son immeuble.

Il regarde tout autour de lui. Deux soldats sortent par l'étroite porte vitrée d'un hôtel de passe, à quelques mètres du carrefour.

Il attend quelques minutes, puis, dès que les deux hommes ont disparu — seuls leurs voix et leurs pas résonnent encore sur le boulevard —, il tire Geneviève par la main, la contraint à traverser en courant, à pousser cette même porte vitrée qui laisse passer une lumière sale, jaunasse.

Âcre odeur de sueur dès la petite entrée, tapis élimé, murs au papier peint délavé, portier affalé sur sa chaise. L'homme se redresse, ouvre les yeux, grommelle qu'il n'y a plus de chambre, qu'il n'a d'ailleurs pas le droit de recevoir des clients après l'heure du couvre-feu.

Thorenc tend un billet que l'autre saisit, murmurant que la clé du 27 est sur la porte.

Dans le couloir du deuxième étage, on entend des éclats de voix, une longue quinte de toux.

Thorenc n'ose se retourner pour regarder Geneviève. Il ouvre la porte de la chambre. Le plafonnier poussiéreux salit tout ce qu'il éclaire : le couvre-lit maculé, les rideaux effilochés, les draps et les coussins grisâtres.

Une femme parle fort dans la chambre voisine. Après l'avoir refermée, Geneviève s'est appuyée à la porte.

— Voilà ce qu'ils font de nous, dit-elle.

Thorenc s'approche et l'embrasse.

— C'est tout de même mieux qu'une cellule, chuchote-t-il en lui caressant les cheveux.

Pensive, elle ne bouge pas. Une ride, que Thorenc ne lui a jamais vue, coupe verticalement son front en deux, jusque dans ses cheveux. Il lisse ce front pour tenter d'en effacer ce sillon de tristesse.

— Je ne sais pas, répond-elle. Ils nous obligent à dissimuler. Nous devenons des fuyards. En prison, nous serions nous-mêmes : dignes.

Elle écarte Thorenc et répète :

— Vaincus, mais dignes.

— On ne peut se battre à visage découvert, murmure-t-il encore.

Elle observe Thorenc qui couvre le lit en y déployant son imperméable et sa veste.

Elle s'approche, étend son propre blouson sur les coussins, puis, comme si elle revivait les scènes de la manifestation des Champs-Élysées, hoche lentement la tête en décrivant comment les forces d'occupation ont tiré à la mitrailleuse sur la foule, ont lancé des grenades sur les lycéens.

Elle s'approche du lit, l'examine, murmure qu'elle ne peut s'empêcher d'avoir honte.

Elle hésite, puis se laisse tomber sur le bord du matelas.

— Pour vaincre, dit-elle, il faut être fier de ce qu'on est, ne pas avoir honte.

Elle ferme les yeux. Thorenc l'entoure de ses bras.

4

Les jours suivants, Thorenc a eu l'impression que les gens qu'il croisait étaient aussi gris, aussi douteux, aussi sales que le matelas, les draps et les coussins du lit de l'hôtel de passe de la rue Delambre.

Mais il a dû voir Michel Carlier, directeur de

Paris-Soir et mari de Viviane Ballin, Fred Stacki, ainsi que Françoise Mitry.

S'ils le voulaient, ces gens-là pouvaient faire libérer Henri Villars, le jeune frère de Geneviève, arrêté en haut des Champs-Élysées lors de la manifestation du 11 novembre.

Thorenc avait dit à Geneviève :

— Je verrai les Allemands, Alexander von Krentz et même Otto Abetz, si nécessaire. Mais plus tard, seulement après avoir parlé à Carlier et à Stacki.

Il n'avait pas évoqué Françoise Mitry, ni sa propre mère, Cécile de Thorenc.

Lui aussi s'était senti sale en s'asseyant à la table de Françoise Mitry, tout contre la scène de la Boîte-Rose.

Comme on le fait à l'adresse d'un petit chien de compagnie, elle avait tapé du plat de la main sur le fauteuil qui se trouvait à côté d'elle.

— Viens ici, toi ! lui avait-elle dit.

Puis elle avait tendu les lèvres en lui recommandant :

— Attention à mon maquillage !

Tout en effleurant la bouche de Françoise, Thorenc avait reconnu aux tables voisines Pinchemel, l'industriel, entouré d'officiers allemands et de quelques femmes, Viviane Ballin assise entre les producteurs Alfred Greten et Massimo Girotti, de la Continental et d'Italia Films. Plus loin encore, il avait cru apercevoir Klaus Wenticht qui semblait l'observer.

— Dis-moi, mon chéri, qu'est-ce que c'est que cette oie qui était avec toi, l'autre nuit ? avait commencé Françoise Mitry. Tu t'intéresses aux cheftaines ou aux infirmières, maintenant ? Est-ce qu'on a idée de se fagoter comme ça pour sortir ! Elle arrivait d'où... ?

Françoise s'était mise tout à coup à rire aux éclats, regardant autour d'elle comme pour prendre la salle à témoin de ce qu'elle allait dire.

— De Londres ? Une dingaulliste, je parie ! Ah, Thorenc, il faut qu'on t'aime, sinon...

Il avait écouté, tête baissée, comme un adolescent fautif qui vient demander pardon. Il avait expliqué que, ce soir-là, ils cherchaient le frère de Geneviève, Henri Villars.

— Ici ? s'était-elle exclamée. Mais vous êtes fous !

Thorenc avait tenté de l'émouvoir : ce jeune homme, un lycéen de dix-huit ans, avait dû être arrêté sur les Champs-Élysées. Pouvait-elle intervenir, elle qui connaissait tout l'état-major allemand du *Gross-Paris* ?

— Mais toi-même, tu as l'air au mieux avec Alexander von Krentz, avait répliqué Françoise. L'autre nuit, il est venu vous parler...

Elle l'avait menacé du doigt.

— Ne me dis pas que tu n'as pas osé...

Elle lui avait passé son bras potelé autour du cou et il avait frissonné au contact de cette peau blanche et parfumée.

— Je vais te dire, mon petit Thorenc, tu es adorable, je t'aime bien, peut-être même beaucoup. Tu fais l'amour comme un homme, oui, ce qui devient rare. Mais ton petit protégé, il faut qu'il reçoive une leçon — elle lui avait serré le cou —, une bonne leçon !

Elle avait retiré son bras et repris :

— Tu comprends, ils nous emmerdent, avec leur 11 novembre ! On a perdu la guerre, les Allemands sont là. Ils ne coupent les mains de personne. Ils aiment les femmes et le champagne. Et tous ces petits cons manifestent ! Mais qu'est-ce qu'ils veulent ? Qu'est-ce qu'ils espèrent ? Qu'est-ce qu'ils croient ? Que les Allemands vont les laisser faire ? Écoute, mon chéri, moi je ne me mêle pas de ça. Je vends du champagne, une ambiance et des filles. Pour moi, il n'y a pas d'uniforme, il y a des hommes qui ont envie de se distraire et qui le font avec correction. Avec élégance, même. J'ai découvert les Allemands, enfin ceux qui viennent ici : ce sont des seigneurs, mon chéri !

Thorenc avait eu honte de devoir se contenter de hocher la tête, d'insister pour qu'elle essaie cependant d'obtenir des renseignements, peut-être la mise en liberté de Henri Villars, un si jeune garçon...

Il avait dit la même chose à Fred Stacki, accoudé au comptoir du bar de la Boîte-Rose.

— Le moment de la manifestation a été mal choisi, avait répondu Stacki, la tête renversée en arrière, en fumant lentement son cigare. Hitler est décidé à la collaboration avec la France. Vous savez qu'il veut organiser le transfert des cendres de l'Aiglon, de Vienne aux Invalides, pour qu'elles reposent auprès du tombeau de Napoléon. C'est un geste symbolique fort, qui ne manque pas de grandeur et entend marquer le dépassement des vieux conflits. Et voici qu'au même moment, une poignée de jeunes écervelés, des gaullistes, mais aussi des communistes, à ce qu'on me dit, défilent sur les Champs-Élysées, le 11 novembre, pour commémorer la défaite de l'Allemagne, ranimer en somme les vieilles querelles ! Convenez, Thorenc, que ce n'est guère malin. À moins qu'on ait une autre politique ? Mais il faudrait, pour qu'elle ait un sens, que l'Angleterre soit en situation de gagner la guerre. Vous y croyez, vous ?

Thorenc n'avait pas voulu répondre à la question

ni expliquer à ce banquier suisse ce qu'était le patriotisme, la volonté d'effacer la défaite, ni même lui avouer qu'il avait lui-même été sur les Champs-Élysées et avait eu les larmes aux yeux en entendant crier « Vive la France ! » et chanter *La Marseillaise.*

Il avait murmuré :

— C'est le dernier fils du commandant Villars, Henri, un lycéen. À cet âge, on se laisse emporter, on est imprudent. Vous connaissez le commandant Villars ? Il serait scandalisé s'il apprenait ma démarche. Mais cet enfant a aussi des sœurs, une mère... Les femmes sont moins sensibles à l'héroïsme.

Une nouvelle fois, il avait eu le sentiment d'être englué dans l'eau boueuse d'un marécage. Elle lui imprégnait la peau, les cheveux, elle altérait sa voix, elle le recouvrait, elle l'aspirait. Elle était comme ce sommier défoncé, ce matelas éventré du lit de la chambre 27, dans l'hôtel de passe de la rue Delambre, et toute la nuit, malgré les vêtements qu'ils avaient déployés dessus, il avait eu l'impression de s'y enliser.

Le lendemain matin, il s'était senti sale. Et cela, pour rien : aucun policier des Brigades spéciales, aucun Allemand de la Gestapo ou de l'Abwehr ne s'était présenté durant la nuit à son domicile ou à celui de Geneviève.

Elle lui avait téléphoné, en fin de matinée du mardi 12 novembre. Elle voulait qu'il vienne chez elle, au 102, rue Saint-Dominique. Elle avait la voix étranglée par l'inquiétude : Henri n'était pas rentré de la manifestation.

Il avait écouté Brigitte Villars, la sœur d'Henri, faire le récit de ce qu'elle avait vu.

Petite et frêle, les cheveux noirs bouclés, c'était une jeune fille d'une vingtaine d'années. Elle avait parlé sa paume droite plaquée sur sa poitrine au ras du cou, comme si elle devait appuyer sur sa gorge pour en faire jaillir les mots — ou au contraire les retenir.

Geneviève ne la regardait pas, mais leur mère, Blanche de Peyrière, l'interrompait à chaque instant, répétant qu'il était inadmissible qu'on traite ainsi des enfants — « car Henri est encore un enfant » —, qu'elle allait téléphoner, si cela était possible, à ses frères, Xavier, l'ambassadeur, et Charles, le général, qui étaient proches du Maréchal, et à leur père, Paul de Peyrière, l'un des chefs de la Légion des combattants. Et, bien sûr, il fallait que le commandant Villars intervienne aussi ! C'était son fils. Et Henri, elle en était persuadée, avait agi de la sorte pour montrer qu'il était aussi valeureux que son père.

— Bien, avait-elle conclu. Mais alors, que Joseph le tire de là !

Brigitte avait expliqué que, lorsque les voitures allemandes avaient foncé sur la foule, elle s'était retrouvée séparée de son frère. Elle l'avait vu glisser, puis se redresser, mais, au moment où il avait tenté de fuir, deux policiers français...

— Des Français ? s'était étonnée Blanche de Peyrière.

— Français, oui ! avait confirmé Brigitte. Ils l'ont ceinturé et, peu après, l'ont remis aux Allemands qui l'ont poussé à coups de crosse, avec d'autres, dans un camion.

Brigitte, pour sa part, s'était réfugiée dans un immeuble de la rue de Berri. Quand elle avait entendu les voix des Allemands dans le hall d'entrée, elle était montée jusqu'au troisième étage, avait sonné à un appartement. On lui avait ouvert et on l'avait accueillie pour la nuit.

— J'écrirai à ces gens pour leur exprimer notre reconnaissance, avait murmuré Blanche de Peyrière.

— Vous n'écrirez pas, mère ! avait lancé Geneviève d'une voix rude. Ils ont fait leur devoir. Nous n'allons pas les compromettre. Plus tard, à la Libération...

Elle s'était arrêtée comme si le mot, tout à coup, l'avait elle-même étonnée. Elle avait regardé Thorenc :

— Il faut leur arracher Henri, avait-elle dit. Vous les connaissez bien — elle s'était donc remise à le vouvoyer —, vous pouvez obtenir ça d'eux, à tout le moins éviter que...

Elle avait lancé un regard furtif vers sa mère puis, crispant la bouche comme si elle avait pris la difficile résolution de tout dire, elle avait ajouté :

— La radio anglaise dit qu'il y a eu onze morts, que les conseils de guerre allemands vont condamner les étudiants arrêtés à être passés par les armes.

— Mon Dieu, avait gémi Blanche de Peyrière, ce n'est pas possible !

— Ils ont tiré sur la foule à la mitrailleuse, mère. Dites-le bien à mes oncles et à mon grand-père qui collaborent avec ces assassins !

Et elle avait quitté le salon. Dans l'entrée, tout en tentant de l'embrasser, mais elle s'était dégagée avec brusquerie, Thorenc lui avait fait part de ce qu'il allait entreprendre.

Peut-être lui avait-il paru hésitant, car elle avait ajouté :

— Si vous devez avoir honte, ne le faites pas...

Il avait eu honte, en effet, et d'abord face à sa mère, Cécile de Thorenc.

Elle semblait avoir rajeuni et elle avait dû remarquer sa stupeur.

Elle avait souri.

Elle faisait chaque jour une heure de méditation

en compagnie d'un homme admirable, Werner von Ganz.

— Oui, avait-elle confié d'un ton irrité, un officier allemand, mais un philosophe, un ami de Jünger et de Heidegger, qui comptent parmi les personnalités les plus fortes, les plus re-ten-tis-santes — elle avait paru goûter ce mot, l'avait répété — du vingtième siècle.

Werner von Ganz était chargé des rapports avec les artistes, les écrivains, les maisons d'édition. Il était en train d'organiser un voyage en Allemagne pour quelques actrices et acteurs français :

— Si vous voulez y participer, Bertrand, je n'ai qu'un mot à dire. Werner — elle avait ri avec complaisance — ne me refuse rien !

Lorsqu'il avait évoqué le cas d'Henri Villars, Thorenc avait vu sa mère se rembrunir.

— Tu ne te rends pas compte ! Les Allemands ouvrent l'Europe à notre influence. Ils nous préfèrent à l'Italie, pourtant leur alliée. Werner von Ganz et moi sommes engagés à fond dans cette politique, et tu voudrais que je trouble ce grand dessein pour me préoccuper d'un jeune étourdi qui n'a rien compris à ce qui est en jeu sur le continent européen ? Une révolution, Bertrand, un vrai tournant historique, peut-être de l'importance de celui de la diffusion du christianisme !

Thorenc l'avait observée tandis qu'elle parlait en prenant des poses, le front haut, la moue méprisante, jetant de temps à autre un regard dans le miroir qui lui faisait face. Jamais il ne l'avait entendue s'exprimer ainsi, tranchant avec autant d'aplomb des affaires du monde. Il avait pensé que la défaite et les malheurs du pays étaient, pour certains — sa mère était de ceux-là —, l'occasion de jouer enfin les premiers rôles.

— Mais je ne sais pas si le Maréchal a l'envergure, l'énergie, le courage suffisants pour mener à bien cette grande aventure européenne, avait-elle poursuivi. Tu devrais rencontrer Marcel Déat. C'est un ancien de l'École normale, comme toi, un philosophe. Il a dîné ici avec Werner von Ganz. Quel feu d'artifice ! J'ai beaucoup appris. Déat analyse la situation politique avec finesse, subtilité même. Pour lui, le Maréchal est un obstacle à la Révolution nationale.

Elle avait ri.

— Il a dit : « Il faut mater ce vieux gâteux. » Werner — il me l'a avoué après — en est resté pantois. Mais Otto Abetz et Alexander von Krentz, que tu connais, sont du même avis. Ce n'est pas Pétain qui incarne la politique de collaboration, mais Laval. Et naturellement Déat.

Elle avait minaudé.

— Vous voyez, mon fils : votre mère est toujours au cœur des choses. Pensez-y, c'est ainsi qu'on ne vieillit pas.

Elle l'avait embrassé distraitement et il ne lui avait plus reparlé d'Henri Villars.

Le plus attentif avait été Michel Carlier, qui avait tendu à Thorenc le communiqué que la vice-présidence du Conseil — Laval, donc — venait de transmettre à toutes les rédactions et que *Paris-Soir* s'apprêtait à publier.

— Si Laval affirme que les autorités allemandes n'ont envoyé devant les tribunaux militaires ni un étudiant ni un lycéen, et qu'il n'y a eu ni procès ni exécution capitale, contrairement à ce que prétendent les émissions anglaises que vous écoutez, comme moi, bien sûr, je crois que nous pouvons le croire, avait commencé Carlier. Nous sommes à la veille d'événements politiques importants. Laval et

Déat — et je les approuve, mon cher Thorenc — pensent qu'il n'y a que deux politiques possibles : celle de De Gaulle, aux côtés de l'Angleterre, et la leur, de collaboration étroite avec l'Allemagne. Pétain et ses officiers de cavalerie à la Weygand, ses chefs incapables, veulent jouer sur les deux tableaux. Ils vont, croyez-moi, se brûler les ailes, car les Allemands ont choisi Laval. Quant à votre petit protégé — il avait montré la feuille de papier sur laquelle il avait inscrit le nom d'Henri Villars —, je vais en parler à Alexander von Krentz, c'est l'homme le mieux placé. Il est, à l'ambassade, le bras droit d'Otto Abetz qui, depuis qu'il a été nommé représentant du Reich en France, se décharge beaucoup sur lui. Von Krentz a des pieds, des mains et des yeux partout : à Vichy, à l'hôtel Meurice et donc à la Kommandantur, à l'hôtel Lutétia et donc à l'Abwehr, à l'hôtel Majestic et donc à la Propagandastaffel, et à la Gestapo, avenue Foch ; mais je suis sûr qu'il a aussi des hommes à la préfecture de police et même à Londres !

Carlier avait raccompagné Thorenc jusqu'à l'ascenseur :

— Nous sommes déjà en décembre. 1941 va être une année cruciale. Ne restez pas en dehors, Thorenc. Voyez tous ces médiocres qui prennent toutes les places parce que les hommes de talent comme vous n'osent pas s'engager. Il y a Céline, Brasillach, Drieu, bien sûr, mais vous, vous avez un rôle à jouer, une place à part, pensez-y !

Carlier avait esquissé un geste protecteur, posant sa main sur l'épaule de Thorenc qui avait eu l'impression qu'on l'enfonçait davantage dans le marécage.

Mais ils ont fini par relâcher Henri Villars.

— Venez, a dit Geneviève. Il est là.

C'est un grand jeune homme un peu voûté, aux cheveux très noirs comme ceux de Geneviève et de Brigitte. Le souffle court, il respire difficilement : un coup de crosse dans le dos, explique-t-il.

Ils étaient cinq, debout face au mur dans la cour de la prison du Cherche-Midi, raconte-t-il. On les avait déjà battus à coups de matraque, à coups de poing, de pied et de crosse dans les bureaux de la Kommandantur installés avenue de l'Opéra, dans l'ancien cabaret Del Monico où on les avait conduits après leur arrestation.

— Ce sont des policiers français qui m'ont pris. Ils m'ont d'abord dit : « On va te tirer de là », puis ils m'ont remis aux Allemands.

Du Del Monico, on les avait conduits à la prison du Cherche-Midi et ils étaient passés entre deux rangées d'Allemands qui les avaient frappés de toutes leurs forces avec des fouets et des matraques. À chaque angle de la cour de la prison, des mitrailleuses étaient en batterie. Les soldats hurlaient, cognaient.

— Parmi la centaine d'étudiants j'ai été choisi avec quatre autres pour m'aligner contre le mur. Mon voisin a dit : « Courage, mes amis, sachons mourir pour la France ! » J'ai tourné la tête vers lui. Un gardien m'a vu et m'a assené un coup de crosse dans l'omoplate, si fort que je n'ai plus pu respirer. Encore maintenant...

Il avait réussi à se tenir debout. Il avait entendu des ordres, des claquements de culasse. Il avait pensé qu'on allait les abattre à la mitrailleuse. Puis il y avait eu des hurlements et il avait aperçu un officier, sans doute un général, qui criait, bousculant les soldats, les traitant d'ivrognes.

— L'officier s'est approché de nous et a dit en français : « Mais ce sont des enfants ! » Et il s'est remis à houspiller et insulter les soldats.

Pris d'une quinte de toux, Henri Villars s'est assis.

— Il a le trapèze déchiré de haut en bas, l'omoplate complètement retournée, explique Brigitte en embrassant son cadet.

Geneviève murmure :

— Courage, petit frère et petite sœur !

Blanche de Peyrière fait son entrée. Elle serre si fort son fils contre elle qu'il crie de douleur, mais il se reprend, répétant qu'il n'a pas grand-chose — l'épaule luxée seulement.

— On vous a battus ?

Henri se tient coi, les yeux tournés vers Geneviève comme pour la prier de répondre à sa place.

— C'est un miracle qu'on ne l'ait pas fusillé, précise-t-elle. Dites cela aussi à votre père et à mes oncles !

Elle est sortie avec Thorenc et ils ont marché le long de la rue Saint-Dominique en direction de l'esplanade des Invalides.

Des officiers allemands s'attardent devant les vitrines des antiquaires et des bouquinistes. D'autres, sur l'esplanade, entourent un guide qui, le bras tendu, décrit la coupole dorée.

— Ils vont organiser une grande cérémonie aux flambeaux pour le transfert des cendres de l'Aiglon, explique Thorenc. Mais le maréchal Pétain ne viendra pas. C'est un signe : il n'ose pas braver l'opinion en passant en revue, à Paris, une garde d'honneur allemande. Car l'opinion change, l'entourage de Pétain le sent. Déat et Laval veulent au contraire entrer plus avant dans la collaboration, peut-être même en déclarant la guerre à l'Angleterre, jouer ainsi leur va-tout en misant sur une Europe allemande pour un siècle.

Geneviève s'est appuyée à son bras.

Il fait déjà si frais que la respiration forme au-dessus des visages un halo gris.

Elle a d'abord ri toute seule, puis raconté que la femme de Georges Munier, son collègue et ami du musée de l'Homme, a entendu dans une queue, sur un marché, la formule que les gens vont répétant : « Les Allemands nous prennent le charbon et nous rendent les cendres ! »

Geneviève s'est remise à rire, puis s'est à nouveau suspendue au bras de Thorenc en murmurant qu'elle avait été excessive, l'autre soir, dans la chambre de cet hôtel de la rue Delambre en parlant de *honte*. Peut-être avait-elle simplement réagi comme quelqu'un de son milieu.

— Finalement, un lit est un lit, a-t-elle conclu en s'esclaffant.

Puis, sur un ton tout différent, elle a ajouté :

— Je me sens fière. Fière des gens, d'Henri... Pas toi ?

Elle lui a mis la main sur la bouche pour lui épargner de répondre.

5

Thorenc a traversé de grands espaces gris, places et larges avenues où le froid de cette fin d'après-midi du 23 décembre 1940 stagne comme une eau morte. Les passants semblent avoir abandonné les lieux plongés dans une brume glacée aux patrouilles de soldats dont on ne voit, sous l'acier des casques, qu'un morceau de visage.

Il a ainsi gagné, par l'avenue du Maine, le boulevard et l'esplanade des Invalides, le pont Alexandre-III, la rive droite de la Seine.

Dans les rues étroites, près des bouches de métro, devant les boutiques faiblement éclairées, la foule s'agglutine comme si la vie se concentrait là, abandonnant à ces hommes en armes, aux corps serrés dans de longues capotes battant leurs bottes de cuir noir, des morceaux de Paris sur lesquels ils règnent seuls.

Assis aux terrasses des cafés ou bien lorsqu'ils pénètrent dans les magasins, ils apparaissent tout à coup vulnérables, de la même espèce que ces hommes et ces femmes qui détournent la tête comme pour oublier leur existence.

Mais, sous les arcades de la rue de Rivoli, devant l'hôtel Meurice, leurs sentinelles, d'un regard, obligent le passant à baisser la tête et à traverser la chaussée, et ils redeviennent ainsi ceux qui règnent en seigneurs et maîtres sur un peuple vaincu.

C'est pour refuser cela que Thorenc s'est engagé dans ces zones qui ne sont pas interdites mais où bien rares sont les piétons à s'aventurer.

Puis il a franchi des frontières que rien ne signalait : un pont, un carrefour, un boulevard, et, de l'autre côté, il a retrouvé le silencieux grouillement d'une foule affairée se préparant à réveillonner.

Tout à coup, sur un panneau d'affichage, parmi les annonces de spectacles du Tabarin ou du Casino de Paris avec « la grande chanteuse Suzy Solidor », Thorenc a remarqué ce rectangle rouge. C'est comme une plaie partagée en deux par un trait noir : à gauche, des mots qui se détachent et, comme reflétés par un miroir, sont reproduits à droite :

BEKANNT MACHUNG	AVIS
TODE	MORT
JACQUES BONSERGENT	JACQUES BONSERGENT

Der Militärbefehlshaber
in Frankreich

Il ne s'est pas arrêté pour lire l'intégralité de l'affiche. Comme les autres passants, il a à peine tourné la tête mais, sous ce nom, il a pu lire ce mot : *fusillé*, puis, à moins d'une centaine de mètres, le même rectangle rouge qui répétait l'avis.

Thorenc, cette fois, s'est immobilisé.

Il a lu lentement l'affiche : Jacques Bonsergent, ingénieur, a été fusillé à Vincennes, ce matin du 23 décembre 1940.

Sous le rectangle rouge marqué de l'aigle aux ailes déployées tenant dans ses serres le svastika, un papillon a été collé :

« LA PRÉFECTURE DE POLICE INFORME QUE LA LACÉRATION
ET L'ENDOMMAGEMENT D'AFFICHES DE L'AUTORITÉ
OCCUPANTE SERONT CONSIDÉRÉS COMME ACTES
DE SABOTAGE, ET PUNIS DES PEINES LES PLUS SÉVÈRES. »

Un agent de police va et vient devant l'affiche, veillant à ne pas piétiner les bouquets de fleurs qui jonchent la chaussée.

Thorenc a maintenant choisi les petites rues pour se mêler à la foule. Mais celle-ci passe apparemment indifférente devant les rectangles rouges.

Qui donc a déposé ces bouquets ? Qui a lacéré ces affiches malgré les risques encourus ?

Que pense au juste cet agent à la mine renfrognée ? Peut-être est-ce l'un de ceux qui, sur les

Champs-Élysées, ont tenté de disperser les manifestants à coups de pèlerine, puis arrêté Henri Villars ?

Marinette Maurin, sa concierge, lui a déclaré ce matin même :

— Maurin, il dit que ce n'est pas facile d'être policier, de nos jours. Vous comprenez, monsieur de Thorenc ? Vous, vous avez du bien ! Vous n'écrivez plus dans les journaux, mais vous vivez quand même. Lui, Maurin, s'il quitte la police, qu'est-ce qu'on devient ? La loge, elle rapporte même pas de quoi acheter un litre d'huile au marché noir. Alors Maurin et ses collègues, ils font ce qu'on leur dit de faire, même si ça ne leur plaît pas. Mais, monsieur de Thorenc, si on faisait seulement ce qu'on aime, ce serait trop beau ; ça ne serait pas la vie, mais le paradis !

Puis, après avoir regardé autour d'elle, elle l'a invité d'un geste vif à entrer dans sa loge et elle a soufflé rapidement :

— L'Allemand, ce monsieur Wenticht que vous connaissez, il est revenu. Il m'a dit de noter les gens qui viennent vous voir. Qu'est-ce que je dois faire, monsieur de Thorenc ?

Elle a hoché la tête dans l'attente de la réponse.

— Faites ce qu'il vous ordonne, a répliqué Thorenc d'un ton désinvolte. N'inventez pas, c'est tout ce qu'on vous demande !

Elle s'est indignée en se passant les doigts dans ses bouclettes brunes.

— Monsieur de Thorenc, qu'est-ce que vous allez imaginer ?

Il l'a rassurée d'un éclat de rire.

La nuit est tombée quand il arrive place de la Madeleine.

Il entre au café Le Colibri. Il aperçoit aussitôt Pierre Villars en compagnie de Jean Delpierre. Un homme aux cheveux noirs tirés en arrière, au front dégagé surplombant deux grands yeux dans un visage rond, est assis parmi eux.

Thorenc s'approche. Comme s'il n'avait attendu que ce moment, l'homme se lève, enfile son manteau et s'éloigne.

Thorenc prend sa place.

— Le premier fusillé, dit-il. Un ingénieur.

Delpierre ôte ses lunettes, se masse les yeux tout en parlant. Bonsergent, explique-t-il, a été arrêté le 11 novembre pour avoir, gare Saint-Lazare, bousculé dans la cohue un feldwebel allemand. Il y a eu une altercation, un ami de Bonsergent aurait levé la main sur l'Allemand, puis se serait enfui. Bonsergent ne l'a jamais dénoncé. Il a été condamné à mort le 5 décembre.

Ils se taisent durant plusieurs minutes, puis Delpierre fait glisser *L'Œuvre*, le journal de Marcel Déat, vers Thorenc. Entre les pages, ce dernier découvre quelques feuillets agrafés, ronéotypés. Le titre, RÉSISTANCE, est tracé maladroitement. Il lit :

Bulletin officiel du Comité national de salut public, n° 1

15 décembre 1940.

Résister, c'est le cri qui sort de votre cœur à tous, dans la détresse où vous a laissés le désastre de la Patrie. C'est le cri de vous tous qui ne vous résignez pas, de vous tous qui voulez faire votre devoir...

Le garçon s'approche, Delpierre reprend le journal, le passe à Pierre Villars.

— Ces dernières semaines, commence celui-ci, en fait depuis le 11 novembre...

Il a encore maigri. Il expose d'une voix un peu tremblante qu'il a passé la ligne de démarcation pour rencontrer Jean Moulin.

— Vous l'avez vu partir, dit-il en se tournant vers Thorenc. Il était là, à votre place.

Moulin a été révoqué par Vichy de son poste de préfet, précisément le 11 novembre. Il veut connaître l'état de la Résistance. Il va se rendre en zone Sud, rencontrer à Marseille le commandant Pascal, puis Henri Frenay. Des mouvements ont commencé à prendre forme : Combat, Libération, Franc-Tireur, le Comité d'action socialiste, l'Organisation civile et militaire...

— Les communistes ? interroge Delpierre.

Thorenc ne quitte pas des yeux Villars. Il a vu çà et là de petits papillons collés sur quelques façades ; il a pu y lire :

Il n'y a qu'un mal : le capitalisme. Son foyer, c'est l'Angleterre. Ni domination anglaise ni protectorat allemand ! Vive la République française des soviets !

Villars paraît hésiter.

— Les communistes sont comme le reste de la population, finit-il par murmurer.

Thorenc a un mouvement de colère. Delpierre lui serre le poignet.

— Ce n'est pas le moment ! dit-il. Les divisions doivent s'effacer. Il n'y a qu'un but : lutter contre l'occupant.

— Ils ne le font pas, marmonne Thorenc.

— Et vous, votre attitude n'est pas ambiguë ? Vous ne les côtoyez pas, les collabos ? lui lance Villars.

Delpierre intervient de nouveau.

Il y a un long silence, puis Villars reprend la parole. Les gens ne comprennent pas encore la situation, explique-t-il. Pétain a été accueilli à Marseille le 3 décembre par une foule enthousiaste. Lui-même a vu des femmes s'agenouiller devant le Maréchal, lui baiser la main, le bas du manteau, comme s'il s'agissait d'un saint. Durant le défilé militaire, on a crié « Vive la France ! Vive Pétain ! », et quand, quelques jours plus tard, ce dernier a fait arrêter Laval, tout le monde a cru que le gouvernement s'apprêtait à rentrer dans la guerre aux côtés de l'Angleterre, que c'en était fini de la politique de collaboration.

— Une velléité ! commente Thorenc.

À la Boîte-Rose, il a entendu Alexander von Krentz raconter comment Otto Abetz s'est rendu à Vichy avec un convoi de huit automitrailleuses, comment il a exigé la libération immédiate de Laval, puis l'a ramené à Paris où il avait déjà fait libérer Marcel Déat, lui aussi arrêté pendant quelques heures sur ordre de Pétain.

— Mon père a dû jouer un rôle dans cette tentative, indique Pierre Villars. Certains militaires patriotes — mon père, le colonel Groussard, sans doute aussi le commandant Pascal — ont cru pouvoir faire basculer Pétain du bon côté. Il a chancelé, c'est tout. La politique de collaboration est plus nette que jamais. L'amiral Darlan doit rencontrer Pétain le 25 décembre. On dit que le Maréchal s'est excusé auprès de Hitler, affirmant que sa politique est toujours celle de Montoire : « Je collabore ! »

— Oui, enchaîne Delpierre tout en griffonnant sur le journal de petits labyrinthes ; mais un ambassadeur américain vient d'être accrédité auprès de Vichy, et cet amiral Leahy est un ami personnel de Roosevelt...

Thorenc croise les bras, regarde en direction de la place.

Cette double face des choses finit par lui donner la nausée. Lui-même, comme l'a souligné Pierre

Villars, côtoie ceux qu'il combat, leur serre la main, remercie même Alexander von Krentz quand il lui demande ironiquement des nouvelles de « ce jeune fou d'Henri Villars, le fils du commandant, notre ennemi héréditaire. Il va bien, depuis son petit séjour au Cherche-Midi ? Et sa sœur, Geneviève Villars ?... Mon Dieu, qu'elle est attirante ! Vous avez beaucoup de chance, Thorenc... »

Pierre Villars sourit :

— D'un côté, dans un geste chevaleresque et une grandiose cérémonie aux Invalides, comme disent les journaux, Hitler nous renvoie les cendres de l'Aiglon, de l'autre, le président des États-Unis nous expédie un amiral de ses amis. Je suis sûr que la plupart de nos diplomates et de nos fins stratèges sont persuadés que la France joue habilement sa carte. Laval d'un côté, de Gaulle de l'autre, et Pétain entre les deux ! Ce pays, parfois...

Delpierre s'insurge : celui qui a le mépris du peuple et doute de son pays ne peut rien. La Résistance, ce sont des milliers de gouttes qui vont s'assembler pour former un torrent irrésistible. Il y a aussi la France libre. De Gaulle vient de créer un ordre de la Libération. Il demande que le 1er janvier 1941, de quatorze à quinze heures en France occupée, de quinze à seize heures en zone libre, tous les Français restent chez eux.

— Ce sera l'heure de l'espérance, une muette protestation de la Patrie écrasée : tels sont les propres termes employés par de Gaulle, conclut Delpierre.

— Muette..., fait Villars. Oui, un grand cri silencieux, en somme ! ajoute-t-il ironiquement.

Penché en avant, Delpierre rétorque qu'il préfère ce silence organisé aux déclarations des anciens députés communistes qui demandent à témoigner contre Blum au cours du procès que lui intente Vichy devant la cour de justice de Riom.

Thorenc détourne la tête.

Il aperçoit, passant entre les tables de la terrasse, Lydia Trajani. Son visage à demi caché par les bords d'un grand chapeau noir est enfoui dans un grand col de fourrure argentée.

Elle s'arrête. Un homme se lève, la salue, lui tient longuement la main. Il porte un manteau raglan à carreaux.

— Drieu La Rochelle, murmure Delpierre.

— Nous vivons les uns sur les autres ! s'exclame Thorenc. Nous finissons par nous connaître tous.

— Et nous nous haïssons donc, reprend Delpierre. Nous savons qui ils sont et eux-mêmes ne se font aucune illusion sur nous.

Drieu s'est assis. Thorenc observe Lydia Trajani. Elle le remarque, lui sourit, se dirige vers lui.

Sans regarder Delpierre ni Villars, il leur chuchote qu'elle est mannequin, que son dernier amant est Maurice Varenne, le secrétaire d'État au Budget du gouvernement de Vichy, et qu'elle n'est donc évidemment pas sûre.

— Ne donnez pas nos noms, vrais ou faux, recommande Delpierre.

Thorenc se lève, tente de retenir Lydia à l'écart de la table, mais elle s'en approche comme si elle tenait à se faire présenter Villars et Delpierre.

— Et Vichy, et Varenne ? s'enquiert Thorenc. Où en êtes-vous ?

Elle se dandine, pouffe :

— Moi, épouse de ministre ? Finalement, je ne suis pas du tout faite pour ça. Ils sont tous si vieux, à Vichy ! Quel ennui ! Je ne peux pas vivre loin de Paris. Une terrasse de café comme celle-ci, avec tous ces regards qui convergent sur vous, ces intrigues qu'on devine, ça n'existe pas à Vichy. Ils vivent calfeutrés dans leurs hôtels. Ils veulent refaire la France, mais depuis une ville d'eaux ! Ils sont gâteux. Tous, même les plus jeunes...

Elle regarde autour d'elle comme si elle cherchait quelqu'un.

— Vous connaissez le général von Brankhensen ? demande-t-elle. Il m'a donné rendez-vous ici, mais je ne le vois pas. C'est un homme charmant, un aristocrate.

Elle se tourne vers Delpierre et Villars.

— Vous, vous n'êtes pas allemands. Vous avez l'air triste des Français, mais — elle rit — avec quelque chose en plus : vos yeux brillent de colère. C'est cela... Oh, je sais regarder les gens. Les femmes comme moi, si elles ne devinent pas à qui elles ont affaire en une minute, ont tôt fait de disparaître, emportées. Et je tiens à ne pas me noyer...

Elle prend le bras de Thorenc.

— Vous vous souvenez de notre première rencontre à Bucarest ? Et puis à Cannes... C'était avant guerre, tout cela. Mais je ne regrette pas ce temps-là. Je trouve l'époque palpitante. On vit, tout bouge. Mais pas à Vichy : là-bas, ça sent la poussière, le renfermé. Ils font comme si les Allemands n'étaient pas à Paris.

Elle pousse un petit cri :

— Voilà le général ! Il faut nous revoir, Bertrand, absolument ! J'y tiens.

Von Brankhensen est en civil, un monocle fiché dans son arcade sourcilière droite. Elle va vers lui et tous deux ressortent.

Elle leur adresse un geste de la main avant de monter en voiture.

Thorenc s'est rassis.

— Belle, commente Villars.

— Suspecte et dangereuse, marmonne Delpierre.

DEUXIÈME PARTIE

6

Thorenc attendait, debout, le front appuyé à la vitre de la petite porte donnant sur le balcon de son atelier. Parfois il l'entrouvrait et se penchait.

Une voiture approchait, remontant le boulevard Raspail.

Il la suivait des yeux et c'était comme si, au fur et à mesure qu'elle s'avançait, la paralysie le gagnait. Ses épaules, sa nuque, puis sa tête entière devenaient douloureuses. En même temps, il ressentait sous sa peau, derrière les oreilles, dans le cou, le battement brûlant du sang.

Si la voiture franchissait le carrefour, les muscles de ses bras se raidissaient. Il fermait les yeux comme s'il ne voulait pas la voir s'arrêter devant l'immeuble, des hommes en bondir.

Il les imaginait bousculant madame Maurin qui lâchait :

— Il est là ! Il n'est pas sorti depuis plusieurs jours.

Les hommes — trois ou quatre — se précipitaient dans l'escalier, martelaient sa porte...

Il rouvrait les yeux.

La voiture était passée. Le boulevard était redevenu vide.

Il restait là quelques minutes encore, cramponné au cadre de la porte, la moitié du corps dans l'atelier, l'autre sur le balcon. Tout à coup, il prenait conscience du froid glacial qui, comme une lame affûtée, lui tranchait les joues, la nuque.

Il reculait, refermait. Il se passait la main dans le cou comme si le froid, tel un scalpel, y avait laissé une estafilade.

Il faisait quelques pas dans l'atelier, hanté par le souvenir des propos de Pierre Villars qui, après le départ de Delpierre du café Le Colibri, avait commencé à raconter ce qu'il avait appris des méthodes d'interrogatoire de Marabini et Bardet dans leur hôtel du 93, rue Lauriston.

Tout le temps de son récit, Villars n'avait jamais tourné les yeux vers Thorenc, mais avait paru parler pour lui-même, comme pour se décharger d'un poids trop lourd en le partageant avec son interlocuteur.

— Des scalpels, des ciseaux, des instruments de chirurgie, toute une trousse, avait-il énuméré ; voilà ce que Marabini montre à ceux qu'il interroge.

Il avait passé la main bien à plat sur la table ronde, puis, prenant leurs cuillères à café, les avait déposées côte à côte.

— Il place les instruments ainsi, les inspecte. Il éprouve le tranchant du scalpel en fendant une feuille de papier. Il ouvre et referme les pinces, fait jouer les ciseaux, puis...

Il s'était redressé, avait fixé Thorenc :

— Puis Marabini s'approche de son prisonnier et, d'une voix doucereuse, le supplie de ne pas le contraindre à utiliser tout cet attirail. Le plus simple, dit-il, le plus humain, le plus sage serait évidemment de parler, de se confesser.

Villars avait ajouté en se rejetant en arrière :

— Marabini est un pervers. Il détruit la volonté, parce qu'il sait que c'est d'elle que tout dépend. Si vous êtes pris un jour, Thorenc, n'ouvrez pas la bouche. Le mot le plus anodin que vous prononcerez sera déjà un aveu de faiblesse, une première fissure. Ils en écarteront les bords avec leur scalpel, leurs pinces, leurs poings, et tout ce que vouliez taire jaillira malgré vous...

Il s'était levé et avait ajouté :

— Je disparais. Je reprendrai contact avec vous. Tant que vous le pouvez, conservez votre identité, gardez la façade légale, c'est encore elle qui tient le mieux. Elle peut faire longtemps illusion, surtout la vôtre, avec votre mère, ses amitiés, mais aussi les vôtres. Ces gens-là peuvent penser que vous êtes un attentiste. Après tout, certains le sont aussi, ou l'ont été. Tout le monde n'est pas Déat, Doriot ou Céline. Encore un conseil, Thorenc...

D'un bras, Pierre Villars lui avait entouré les épaules.

— ... Attention à vos relations féminines. Pas seulement cette brune capiteuse, séduisante et donc redoutable...

Malgré l'attente de Villars, Thorenc n'avait pas répété le nom de Lydia Trajani ni commenté les propos qu'il venait de lui tenir.

— ... d'autant plus qu'elle couche avec un général allemand, avait-il repris, et avec quelques autres avant lui, si j'ai bien compris ? Varenne, ministre de Vichy, des officiers nazis : un profil parfait de femme prête à tout. Mais...

Il avait étreint l'épaule de Thorenc.

— Mais, à sa manière, ma sœur Geneviève est elle aussi dangereuse pour vous comme pour nous. Elle est trop affective, téméraire. La Résistance, Thorenc, n'a rien d'un règlement de comptes personnel, et je crains que Geneviève ne se comporte ainsi. La Résistance, c'est un combat collectif qu'il faut mener avec une énergie raisonnée. La raison et la lucidité, Thorenc ! Vous ne connaissez sûrement pas Antonio Gramsci, un communiste italien, philosophe, difforme, bossu, doté d'une tête énorme, incarcéré par les fascistes, mort en 1937, je crois. Il a eu cette phrase dont j'ai fait ma devise et que je vous lègue, Thorenc, pour les mois et peut-être les années à venir : « Le pessimisme de la raison, c'est l'optimisme de la volonté. »

Après un bref silence, il avait chuchoté :

— Partez dans une dizaine de minutes. Voyez si quelqu'un me suit. Dans ce cas, méfiez-vous doublement. Ils vous fileront aussi.

Personne ne s'était levé au moment où Villars avait quitté Le Colibri, et trois ou quatre minutes plus tard, Thorenc était sorti à son tour.

Au bout de quelques pas, il avait eu la surprise de voir s'avancer vers lui Delpierre qui, d'une voix pressante, irritée, l'avait convié à continuer à marcher.

— Il fallait que je vous parle seul à seul. J'ai bien sûr confiance en Villars, surtout parce qu'il est le fils du commandant et qu'il a été l'un des plus proches collaborateurs de Moulin. Celui-ci lui a d'ailleurs conservé toute son estime, je viens encore de le vérifier. Mais Villars a un trop long compagnonnage avec les communistes pour que nous ne nous méfiions pas de lui. Il est peut-être membre du Parti, et même agent soviétique.

Il avait empoigné le bras de Bertrand.

— Ne faites pas toujours l'étonné, Thorenc, ou je vais commencer à croire que vous me jouez la comédie !

À présent, Delpierre le vouvoyait alors que tous deux, anciens élèves de l'École normale, se tutoyaient depuis toujours. En tant que journalistes, ils s'étaient d'ailleurs souvent retrouvés assis côte à côte lors de conférences de presse, l'un représentant *Le Populaire*, l'autre *Paris-Soir*.

— La France, avait-il repris, est devenue le terrain d'élection de tous les services de renseignement ; Abwehr et Gestapo, naturellement, Intelligence Service, Special Operations Executive, MI 5, MI 6 — les Anglais adorent les sigles — et, bien sûr, les Américains et les Russes sont aussi présents. De Gaulle a créé son propre service : un certain Passy dirige le Bureau central de recherche et d'action. Le commandant Pascal, que tu as vu à Marseille, travaille pour ce BCRA. Ils ont débarqué en Bretagne un capitaine de frégate, d'Estienne d'Orves. Il y a aussi Gilbert Renaud — il avait serré le bras de Thorenc — et puis moi. Toi, tu vas faire la liaison avec le commandant Villars... Tu comprends ?

Il avait donc repris entre eux le tutoiement.

— Je préfère que Pierre Villars ignore cet aspect des choses, ou plutôt qu'il ne l'apprenne pas par moi.

— Peut-être le sait-il déjà ? avait murmuré Thorenc. Villars était à Marseille et connaissait tous mes contacts...

Ils avaient remonté les boulevards. Les trottoirs étaient faiblement éclairés. Les panneaux publicitaires de certains cabarets annonçaient en allemand le programme de leurs spectacles.

— Les communistes et leurs amis, avait poursuivi Delpierre, ne seront sûrs que le jour où l'URSS entrera dans la guerre, mais ils deviendront alors dangereux, car ils penseront à la prise du pouvoir. Ils se présenteront comme les plus déterminés. Tout cela est déjà inscrit dans la logique des choses. Souviens-toi du Front populaire : ils n'ont pas voulu participer au gouvernement ; ils attendaient l'occasion d'apparaître comme un recours. Ils soutenaient

Blum comme la corde soutient le pendu ! Mais nous n'en sommes pas encore là, mon camarade...

Il était à nouveau familier, comme si le Delpierre d'avant-guerre, le normalien un peu prétentieux avait abandonné la défroque du clandestin Jean Vernet, représentant de commerce.

Ils avaient marché côte à côte, descendant le boulevard Sébastopol dans une obscurité presque complète que trouaient parfois les phares de voitures allemandes et les lanternes de cyclistes.

— Déat va lancer son parti, avait expliqué Delpierre, le premier parti national-socialiste de ce pays, le Rassemblement national populaire. Naturellement en concurrence avec le Parti populaire de Doriot. Entre ces deux traîtres, l'un ancien socialiste, l'autre ancien communiste, c'est à qui obtiendra le plus de faveurs des Allemands. Déat est le plus intelligent : normalien, philosophe, formé à la bonne école, mon petit Thorenc, mais fou d'ambition et soucieux de jouer un rôle historique. Il s'est allié à Laval et tous deux ne rêvent que de se débarrasser de Pétain, de former un gouvernement qui déclarera la guerre à l'Angleterre et mettra en œuvre une collaboration pleine et entière. Mais, outre Doriot, ils ont un autre rival, l'amiral Darlan, le dauphin désigné de Pétain, qui cherche lui aussi le soutien des Allemands.

Delpierre avait ri.

— L'amiral Darlan, ce n'est pas l'amiral Courbet, c'est l'amiral Courbette !

Il s'était arrêté au milieu du pont Saint-Michel, et, accoudé au parapet, avait invité Thorenc à se placer près de lui.

— Le pont, mon vieux, avait-il murmuré, c'est le lieu idéal pour les confidences. Espace dégagé.

On voit venir de loin les passants. On peut aussi, si la partie est perdue, sauter dans le fleuve !

Il s'était retourné, adossé au parapet.

— Vous attendrez chez vous, Thorenc, avait-il ajouté, renouant avec le « vous ». Je vous téléphonerai pour vous fixer un lieu et une heure de rendez-vous. Ce sera dans un endroit public. Vous arriverez à l'heure précise, vous ne m'y attendrez pas plus de cinq minutes. Cinq, pas une de plus ! Et j'agirai de même avec vous. Si je ne suis pas là, vous quitterez votre domicile. Vous pourrez retourner chez Julie Barral, rue du Chemin-Vert, vous vous souvenez ?

Il avait fouillé dans une petite boîte métallique, en avait extrait plusieurs mégots, les avait déchirés, avait rassemblé les brins de tabac et roulé avec soin une cigarette.

— On dit qu'à Vichy ils n'ont pas seulement un ambassadeur des États-Unis et un autre du Canada, mais qu'ils peuvent trouver dans les débits de tabac des paquets de cigarettes anglaises. Je vous envie de retourner là-bas !

Thorenc s'était redressé. Nul n'avait encore évoqué son retour en zone libre. Delpierre avait expliqué :

— J'attends une série de documents, des renseignements sur les défenses côtières allemandes dans la région de Boulogne — ça, c'est le travail de l'OCM — et autour de Brest — ça, c'est celui de d'Estienne d'Orves et de Renaud. Dès que je serai en leur possession, nous nous rencontrerons. À vous, alors, de les faire passer à Villars qui, j'imagine, les transmettra au BCRA par le commandant Pascal, ou aux ambassades américaine et canadienne à Vichy, ou bien encore en Suisse. Vous connaissez Fred Stacki, agent double ou triple ? On m'assure qu'il travaille aussi pour le commandant Villars... Voilà en tout cas ce que nous attendons de vous.

Vous avez une excellente couverture, gardez-la, donnez même quelques gages à ces messieurs, et vous deviendrez intouchable !

Ils avaient traversé le pont, commencé à remonter le boulevard Saint-Michel, encore plus sombre et désert.

À la hauteur de la rue de l'École-de-Médecine, des agents de police les avaient tout à coup entourés. Thorenc avait aperçu une patrouille allemande de quelques hommes qui se tenait en retrait au coin de la rue Racine, surveillant le travail des policiers français.

Thorenc et Delpierre avaient exhibé leurs papiers, puis les agents les avaient fouillés avec soin, s'étonnant de les voir s'attarder ainsi à moins d'une heure du couvre-feu. Ils rentraient, avait expliqué Delpierre avec assurance.

— Mon ami m'héberge pour la nuit ; je repars demain en province, à Quimper. Je suis représentant de commerce.

Les sergents de ville les avaient laissés repartir en leur recommandant de se hâter et en leur indiquant d'un regard complice la patrouille allemande.

— Qu'est-ce qui vous a déplu chez Julie Barral ? avait demandé Delpierre à Bertrand d'une voix un peu trop insouciante, comme pour montrer qu'il n'était pas inquiet de sentir les Allemands les suivre du regard.

Il avait même ralenti l'allure pour bien marquer son indifférence, et Thorenc avait admiré cette maîtrise de soi. Pour sa part, il ressentait une vive douleur à la base de la nuque, le sang battait fort dans sa tête comme si son cœur s'était trouvé là, à l'intérieur de son crâne.

— Tu n'as pas supporté l'idée qu'elle baisait avec moi et avec tous les autres ? avait continué

Delpierre. Elle a beaucoup de succès auprès des pilotes anglais qu'elle héberge. Elle est pour eux l'admirable, l'héroïque et généreuse Française...

Il s'était arrêté au coin de la rue Soufflot et avait tendu la main à son ancien condisciple :

— Vois-tu, Thorenc, la Résistance, ou plutôt la clandestinité, c'est d'abord une mémoire infaillible... Mais ça, tu connais : c'est la khâgne, le concours de l'École. Il faut tout savoir ou presque, ne rien noter, ne rien oublier. Mais il faut aussi se révéler capable d'amnésie, savoir que l'oubli est absolument nécessaire. Pour nous, c'est ce qu'il y a de plus difficile. On doit oublier, quand on passe la nuit chez Julie Barral, ce qu'elle a fait la nuit précédente et ce qu'elle fera la suivante. Quand on tire la porte derrière soi, on ne doit pas plus se souvenir de son nom que de son visage ou de son adresse.

Dans la nuit humide — une brume glacée enveloppait les rares sources lumineuses, les cônes bleutés de quelques lampadaires, les rectangles à peine plus clairs des terrasses de cafés —, Thorenc avait deviné le sourire de Delpierre.

— Tout cela, bien sûr, est un peu théorique, avait murmuré ce dernier.

Il avait tout à coup donné l'accolade à Bertrand.

— Attends mon appel, lui avait-il dit, et reste chez toi.

Puis, à grands pas, il avait commencé à remonter la rue Soufflot, silhouette de plus en plus imprécise que le vide noir avait absorbée.

Et Thorenc avait attendu.

Dégoûté, il avait écouté, avec des ricanements et des bordées d'injures qu'il ne pouvait réprimer, Pétain s'adresser dans ses messages de fin d'année à la jeunesse. Il avait même crié « Vieil hypocrite ! » lorsqu'il avait entendu le Maréchal dire : « Vous payez des fautes qui ne sont pas les vôtres. C'est une dure loi qu'il faut comprendre et accepter au lieu de la subir ou de se révolter contre elle. Alors l'épreuve devient bienfaisante. Elle trempe les âmes et les corps, et elle prépare les lendemains réparateurs... »

Toujours l'apologie de la soumission, cette voix de faux prêtre qui laissait pourtant échapper des aveux : « L'année 41 sera difficile... Nous aurons faim... N'écoutez pas ceux qui chercheraient à exploiter nos misères pour désunir la nation... »

Allant et venant dans son atelier, Thorenc s'était exclamé :

— Il tremble, le salaud !

La violence de ses réactions l'avait laissé stupéfait : il était donc à ce point engagé dans cette guerre ?

Il avait passé une journée entière, l'oreille collée contre le haut-parleur de son poste de radio, à tenter de capter la BBC, les émissions de la France libre. Il lui avait suffi d'entendre la voix tendue de Maurice Schumann, toujours sur le point, semblait-il, de se briser sous l'effet de l'émotion ou de l'enthousiasme, pour en être bouleversé.

Il s'était allongé sur son canapé, la radio placée en équilibre sur des coussins. Il avait eu le sentiment que, depuis quelques années, son propre rapport à la vie avait changé. Il était seul dans son atelier et jamais pourtant il ne s'était senti aussi lié aux autres.

Avant, dans les années 30, il n'aurait pas pu passer plus de deux ou trois heures ainsi sans chercher à rompre sa solitude. Il aurait écrit, décidé de quitter Paris, ou bien il aurait cherché une femme dans la rumeur d'un bar ou d'une boîte, parce qu'il lui fallait impérativement un visage, un corps, vite, celui de Françoise Mitry ou d'Isabelle Roclore. Jamais pourtant il n'avait éprouvé autant le sentiment de sa solitude qu'allongé près d'elles.

Jusque-là, il ne s'était pas rendu compte de la transformation qui s'était opérée en lui, peut-être depuis sa rencontre avec Geneviève Villars, à Berlin en 1936, date qui coïncidait avec celle de l'interview que Hitler lui avait accordée à l'époque.

Depuis lors, c'était comme si le monde entier le concernait intimement.

Il avait souffert de Munich, il s'était révolté à l'annonce du pacte germano-soviétique. Il ne cessait de s'indigner, de se révolter, de s'enthousiasmer. Il avait souffert de la victoire des parachutistes allemands en Crète. Il avait été transporté par l'annonce des victoires grecques ou britanniques contre les Italiens en Albanie, en Somalie, en Libye. Il avait exulté en apprenant que des dizaines de milliers de soldats de Mussolini s'étaient rendus, et que des Forces françaises libres, sous le commandement d'un certain général Leclerc, avançaient dans le Fezzan en direction de l'oasis de Koufra.

Il avait eu les larmes aux yeux, le 1er janvier, quand il avait reçu un coup de téléphone — combien bref ! — de Geneviève Villars qui lui avait seulement dit :

— Les rues sont vides. Bonne année !

Il s'était précipité sur le balcon. De fait, la chaussée et les trottoirs n'étaient plus que de larges surfaces blanchâtres que le gel avait recouvertes mais que pas un passant, pas un cycliste ne foulait.

Il s'était penché : les putains avaient-elles disparu elles aussi du carrefour de la rue Delambre ?

Il avait attendu quinze heures — quand, conformément à la consigne du général de Gaulle, se terminait « l'heure de recueillement... l'heure d'espérance » — pour se précipiter sur le boulevard et marcher d'un pas allègre parmi les passants tout à coup nombreux.

Il était entré au Dôme. Il avait bu, au bar, une infusion brunâtre, un ersatz de café. Après l'avoir dévisagé, son voisin avait raconté à voix basse que les Allemands avaient organisé entre quatorze et quinze heures des distributions de pommes de terre dans certains quartiers.

Se contentant de hocher la tête, Thorenc n'avait point répondu. Puis, rentré chez lui, il avait guetté le commentaire de Radio Londres. Il avait enfin entendu de Gaulle déclarer : « Par l'immense plébiscite silencieux du 1er janvier dernier, la France a fait connaître au monde ce qu'elle veut et ce qu'elle croit. »

Il avait grommelé, le poing fermé : « Il fallait donc ça ! », tout en sachant parfaitement que ce qui s'était passé ce 1er janvier n'était certes pas aussi simple.

Mais il avait eu la prudence de se taire quand madame Maurin, qu'il avait croisée devant sa loge, lui avait remontré :

— On peut raconter tout ce qu'on veut, y a jamais personne dans les rues, un 1er janvier : on reste chez soi en famille. Y a que les gens comme vous, monsieur de Thorenc, les célibataires, qui sortent. Je vous ai vu passer, à quinze heures, vous aviez l'air pressé : vous aviez un rendez-vous ?

Elle s'était rapprochée et avait chuchoté :

— Maurin m'a dit que la radio anglaise avait demandé aux gens de se promener dans la rue à partir de cette heure-là. Moi, je vous ai vu, mais sans vous voir. Si on n'a plus le droit de mettre le nez dehors un 1er janvier, qu'est-ce qui nous reste ?

Thorenc avait été saisi par le doute. La confusion régnait dans tant d'esprits !

Les gens — qui pouvait le leur reprocher ? —

se souciaient d'abord de ce qu'ils trouvaient sur les marchés. Il les avait entendus dire : « Ils nous prennent tout », mais aussi : « C'est les Anglais qui mettent le blocus pour qu'on crève de faim et qu'on fasse la guerre à leur place — pour rien ! »

Il avait vu sur le marché du boulevard Pasteur des femmes qui attendaient depuis des heures devant des étals vides. D'autres se pressaient autour de marchandes arrogantes qui leur tendaient comme à regret quelques légumes. Partout, des nuées d'agents surveillaient les files d'attente pour faire taire celles qui protestaient.

Était-il possible que ce peuple qui crevait de faim, auquel on vendait sur les marchés un corbeau au prix de dix francs, et qui savait que dans un restaurant du marché noir le dîner coûtait un mois de salaire, acceptât longtemps d'être ainsi humilié, affamé ? Mais peut-être était-il trop épuisé pour se rebeller ? Encore trop incertain du sort de la guerre, pas assez édifié sur ce que représentait Pétain ? On avait encore confiance dans « le Vieux », ce patriarche qu'on voyait se promener, malgré l'hiver, dans les jardins de l'hôtel du Parc, à Vichy, digne et serein, accompagné par ses amis — un jour Paul de Peyrière, un autre le docteur Ménétrel.

Il fallait d'abord chasser le doute, rendre confiance.

Et sur une affiche apposée rue Delambre, annonçant un concert de l'orchestre de Berlin, Thorenc avait tracé en deux coups de crayon un grand « V » !

Le « V » de la victoire !

C'était la consigne donnée par Radio Londres.

Il avait probablement eu tort. Il avait bien d'autres tâches à accomplir. Delpierre et Villars auraient sûrement condamné ce geste au nom de l'efficacité et de la raison.

Comme si résister, s'opposer à ce qui était plus

fort que soi n'était pas d'abord un mouvement de liberté instinctif, inspiré par la passion !

Thorenc était rentré chez lui et s'était remis à attendre.

7

Thorenc avait eu la sensation que son corps était devenu une pelote de fils serrés, entrelacés, si emmêlés qu'on ne pourrait jamais les dénouer.

Il marchait à présent le long de la rue Vavin. Il s'arrêtait, faisait mine de regarder les vitrines le plus souvent vides, puis, tout à coup, se retournait vivement et remontait la rue à pas rapides comme s'il avait oublié quelque chose et se dépêchait de refaire le chemin qu'il venait de parcourir.

Tout en marchant, il épiait les passants, se demandant si l'un d'eux ne le suivait pas.

Il birfurqua brusquement dans la rue Notre-Dame-des-Champs. Derrière lui, le trottoir était vide.

Il s'engouffra dans la bouche de métro.

Delpierre lui avait dit : « Quatorze heures, rue du Chemin-Vert, vous connaissez... »

Et il avait raccroché.

Aussitôt Thorenc s'était raidi. Il avait l'impression que pas un de ses muscles n'échappait à cette tension. C'était même davantage : une torsion, comme si chaque fibre de ses muscles formait un nœud, comme si son corps entier se réduisait à cette masse dense au centre de sa poitrine.

Il était aussitôt sorti.

Il avait commencé ces zigzags que Delpierre, au

cours de la longue conversation qu'ils avaient eue sur le pont Saint-Michel, lui avait conseillés :

« Chaque pore de votre peau, Thorenc, doit être en éveil, lui avait-il dit. On devine, on pressent avant même d'avoir vu, entendu. Il vous faut développer ces facultés-là si vous voulez durer — et vous voulez durer, non ? »

Il se glissa au tout dernier moment dans la rame. Il fut frappé par le silence, le gris des visages, la tristesse des regards. Puis, brusquement, une voix. Un jeune soldat allemand s'était levé de sa place pour l'offrir à une vieille dame. Celle-ci ne bougea pas, l'air de ne pas voir ou comprendre l'invitation aimable et réitérée. Le soldat rougit, se tourna vers un homme âgé, voûté, qui paraissait ne tenir debout que parce qu'il s'agrippait au montant d'un siège. L'homme refusa avec une expression ennuyée. Le jeune militaire demeurait figé près de sa place libre. Puis, quand la rame entra dans la station République, il se précipita hors du wagon comme on se sauve, bousculant les voyageurs.

Les portes se refermèrent. Il y eut un murmure et une voix lança :

— Ils se croient tout permis, même d'être polis !

Tout le monde rit.

L'espace de quelques secondes, Thorenc se sentit heureux et fier. Ce mot avait fait naître en lui le désir de revoir Geneviève Villars.

Durant ses longues heures d'attente dans son atelier, il avait soulevé plusieurs fois la latte du parquet, regardé la photo de Geneviève qu'elle dissimulait, rêvé à ce que pourrait être leur vie après la guerre.

Il la suivrait sur ses chantiers de fouilles. Il écrirait un long reportage sur les découvertes des chercheurs du musée de l'Homme, sur les civilisations oubliées.

Puis il avait remis la latte en place.

Quand la Libération viendrait, combien parmi ceux qui, comme lui-même, Geneviève, Delpierre ou Villars, auraient pris part au combat clandestin, seraient encore vivants ?

Thorenc venait d'apprendre que d'Estienne d'Orves, *« Kapitänleutnant »*, comme disaient les Allemands, avait été arrêté, livré par son radio.

Qui trahissait et pourquoi ? Pour éviter d'avoir le corps tailladé par les sbires des commissaires Marabini et Bardet ? Pour sauver un époux, le faire libérer ? pour douze deniers, ou bien par jalousie ?

Thorenc regardait les visages si proches à nouveau baissés. L'un de ceux-là était peut-être celui d'un traître qu'il n'avait pas repéré et qui le suivait depuis le boulevard Raspail.

Il se faufila jusqu'aux portes du wagon, et dès qu'elles s'ouvrirent, il bondit, courut le long des couloirs comme s'il voulait ne pas rater une correspondance. Voir, dessiné sur le mur blanc, un énorme « V » noir, avec en son centre la croix de Lorraine, le rasséréna. Puis, arrivant sur le quai, la vision d'une dizaine de policiers qui faisaient ouvrir sacs et valises, fouillaient, examinaient les papiers, comprima et tordit à nouveau chaque partie de son corps.

Mais il se mit à sourire, se demandant ce qu'il aurait éprouvé s'il avait eu sur lui les plans que Delpierre devait lui remettre.

Il tendit sa carte d'identité à un agent râblé à la peau mate, au visage barré par une épaisse moustache noire. L'homme cligna rapidement de l'œil, murmurant :

— Je suis Maurin, le mari de votre concierge.

Il regarda autour de lui, puis reprit :

— Soyez prudent, monsieur de Thorenc : un homme comme vous, ça n'a pas que des amis.

Puis, d'un geste, il lui signifia qu'il pouvait franchir le barrage.

Rue du Chemin-Vert, Thorenc s'engagea sur le coup de quatorze heures dans l'entrée de l'immeuble où habitait Julie Barral.

Il vit sortir de la pénombre, de sous l'escalier, un homme qu'il n'avait jamais vu et qui lui chuchota en passant près de lui :

— Ne montez pas, ils sont chez elle. Allez rue Royer-Collard.

L'homme disparut aussitôt et Thorenc reconnut la voix de Julie Barral qui criait :

— Je n'ai rien fait ! Vous n'avez pas le droit !

Il s'éloigna, découvrant deux voitures arrêtées non loin de l'entrée.

On l'avait vu, on allait le suivre.

Il se mit d'abord à marcher nonchalamment, puis, une fois le carrefour franchi, il fit les plus grands pas qu'il put, s'astreignant à ne pas courir, puis il s'engouffra dans la première station de métro venue. L'homme qui se rapprochait de lui sur le quai et vint se placer à son côté était le même qui l'avait averti, dans l'entrée de l'immeuble. Le visage rond, le front élargi par une calvitie naissante, il lâcha, essoufflé, tout en ne cessant de lancer des regards autour de lui :

— Trop de gens passaient par chez elle : des aviateurs anglais, des prisonniers évadés, et puis nous autres. C'est une erreur de faire coïncider les deux activités, on cumule les risques. Il faut séparer les filières de l'évasion de ce qui relève du renseignement. Mais nous avons si peu de planques que tout le monde utilise les mêmes.

Il parlait à voix basse, ayant du mal à reprendre sa respiration, mais chaque mot était articulé avec force et conviction.

— Je vous connais, hélas, finit-il par indiquer. Je dis hélas, car moins on identifie les gens, moins on court le risque de livrer leurs noms.

La rame de métro arrivait.

— Vous êtes Thorenc, le grand reporter de *Paris-Soir*, le vrai journal, celui d'avant, précisa-t-il, la voix couverte par le sifflement des freins et le fracas des portes qui s'ouvraient.

— J'étais syndicaliste, ajouta-t-il. Autant dire un inconnu.

Il s'écarta, se mêlant à la foule des voyageurs qui quittaient les wagons.

Rue Royer-Collard, Thorenc hésita à entrer dans l'imprimerie Juransson, passant et repassant à trois reprises devant le porche donnant sur la cour où se trouvait l'atelier. Tout paraissait calme. L'étroite rue en pente était déserte, à l'exception d'un clochard assis sur les marches du numéro 14.

Thorenc s'apprêtait à pénétrer sous le porche quand il remarqua que le clochard, vêtu de vêtements sales et déchirés, portait en revanche des chaussures propres et en bon état. Ne voyant plus que ce détail, il entra au 12 alors que l'imprimerie était installée au fond de la cour du numéro 10.

Il s'arrêta sur le palier du premier étage devant la porte d'un médecin ; il hésita, lisant et relisant la plaque : « Docteur Pierre Morlaix, médecine générale, ancien interne des hôpitaux de Paris », puis il sonna.

Le praticien le reçut aussitôt. C'était un homme d'une cinquantaine d'années qui portait un large nœud papillon. Thorenc lui expliqua qu'il souffrait de courbatures et de maux de tête.

Le médecin l'examina, le trouva tendu ; rien de bien grave pourtant, conclut-il.

— L'époque n'est guère propice à l'insouciance. Vous êtes... préoccupé, ou plutôt postoccupé, si j'osais ce vilain néologisme. Je ne sais trop ce que je puis vous conseiller. Le remède efficace n'est pas en mon pouvoir. Prenez donc quelques cachets d'aspirine, des infusions, et tachez de penser à autre chose.

Il raccompagna Thorenc jusqu'à la salle d'attente. La fenêtre de cette petite pièce donnait sur la rue Royer-Collard.

Bertrand ne put s'empêcher de s'approcher de la vitre.

Le clochard était debout au milieu de la chaussée qu'une voiture barrait. Des policiers pénétraient sous le porche du numéro 10 ; d'autres gardaient chaque extrémité de la rue.

Thorenc se recula vivement. Après avoir regardé à son tour dans la rue, le docteur Morlaix dévisagea son visiteur.

— C'est l'imprimeur, dit-il. Juransson, un de mes patients.

Il hésita, puis, sans quitter des yeux Thorenc, il murmura :

— Un de mes amis.

L'obscurité avait déjà envahi la rue et la salle d'attente. Le docteur et Thorenc restaient debout l'un en face de l'autre.

— Je n'ai plus de rendez-vous, reprit le praticien, et rares sont les patients qui, comme vous, viennent chez moi par hasard.

Il s'engagea dans le couloir conduisant à son cabinet de consultation.

— J'imagine que vous n'êtes pas pressé de sortir. Il fait froid. Les rues ne sont pas sûres. On y rencontre toutes sortes de gens, souvent des importuns.

Asseyez-vous. Je vais vous offrir un verre de marc. Dans votre cas, c'est tout indiqué.

Il servit Thorenc, le regarda boire.

— C'est le clochard qui vous a inquiété ? interrogea-t-il.

Il avait sorti un peigne et, à gestes lents, coiffait ses cheveux gris en les rejetant en arrière.

— Je l'avais remarqué, reprit-il. Il est là depuis hier matin. Habituellement, les agents les font déguerpir, mais celui-là, les rondes de police ont paru ne pas le voir. Étonnant, non ?

— Il avait des chaussures propres, presque neuves, murmura Thorenc.

Malgré la sensation de détente que l'alcool avait fait naître en lui, il éprouvait de la difficulté à parler comme si les mots avaient du mal à franchir le nœud qui lui serrait la gorge.

— L'exercice de la médecine m'a appris que le manque d'attention prêtée aux détails est responsable de la plupart des erreurs de diagnostic, déclara d'un ton un peu sentencieux le docteur.

Il se leva, éteignit la lumière, écarta le rideau.

— Autrement dit, la vie n'est qu'une infinie série de détails.

Il se tourna vers Thorenc.

— Ils sont partis, mais j'imagine qu'ils ont laissé des... — il chercha un instant le mot exact, puis lâcha avec une expression méprisante — ... quelques mouchards, peut-être même notre clochard !

Thorenc s'approcha de la fenêtre. La rue Royer-Collard n'était qu'une noire tranchée dans laquelle l'obscurité de la nuit s'était accumulée. Au bout, la rue Gay-Lussac paraissait plus claire.

— De toute façon, poursuivit le docteur Morlaix, je suis depuis des années votre médecin de famille, n'est-ce pas ?

Il retourna s'asseoir à son bureau et prit son agenda.

— Je vais inscrire ici votre rendez-vous.

Puis il leva les yeux :

— Il me faut votre nom, et je dois aussi connaître votre adresse.

Il haussa les épaules et remarqua :

— Évidemment, vous hésitez. Mais il faut vous décider. Je l'ai fait. Après tout, vous auriez pu être...

Il s'arrêta, l'air tout à coup saisi, lui aussi, par une hésitation, une inquiétude, comme s'il réalisait qu'il s'était montré bien imprudent depuis l'arrivée de Thorenc.

— Bertrand Renaud de Thorenc, 216, boulevard Raspail, dit le visiteur d'un ton résolu.

Puis il ajouta en tendant la main au médecin :

— Merci, docteur.

— Les médecins ont quelques facilités, confia Morlaix en raccompagnant Thorenc sur le palier. Je ne suis pas téméraire, mais l'époque oblige à prendre certains risques, n'est-ce pas ? Thorenc, Thorenc..., répéta-t-il après quelques secondes de silence. J'ai aimé vos reportages pendant la guerre d'Espagne. J'étais un admirateur inconditionnel de Malraux : que devient-il ? Ce sont ceux que j'appelle les pourrisseurs — Céline, Drieu, Brasillach — et naturellement la lie des médiocres qui occupent toutes les tribunes. Toutefois c'est une affection passagère, grave, certes, mais nous soignerons ça...

Tout le temps qu'il avait parlé, Morlaix avait gardé la main de Thorenc dans la sienne. Il la secoua.

— N'hésitez pas, je suis célibataire, je n'engage que moi, autant dire peu de chose : une seule vie.

L'ombre des façades, dans la rue Royer-Collard, rendait la nuit encore plus dense, mais Thorenc imaginait que des silhouettes sortaient des porches et se mettaient à le suivre.

Entre le boulevard Saint-Michel et le boulevard Raspail, longeant d'abord les grilles du jardin du Luxembourg, il traça des arabesques, au gré de ses inquiétudes, par la rue Guynemer, la rue d'Assas, la rue Vavin, passant d'un trottoir à l'autre, reconstituant cet après-midi où, par deux fois, il avait échappé à l'arrestation — un piège, il est vrai, mal monté — chez Julie Barral, puis chez Juransson.

Deux inconnus l'avaient aidé. En repensant à ces deux hommes, le syndicaliste anonyme et le docteur Morlaix, il était ému aux larmes.

Lui qui avait tant souffert d'être l'enfant unique d'une mère distante et d'un père dont il ignorait l'identité, avait l'impression de découvrir enfin la fraternité.

C'était un terme qu'il n'aurait osé employer il y avait quelques années, mais lui-même avait changé. Les temps étaient tragiques : comment ne pas utiliser de grands mots ? Il lui semblait que chaque individu, homme ou femme, était à présent poussé au bout de lui-même. Par force, la médiocrité, l'égoïsme, la lâcheté, l'envie, la jalousie, la trahison aussi bien que le courage, le dévouement, la générosité, l'héroïsme devenaient extrêmes.

Il souffrait à la pensée que Delpierre avait peut-être été pris lui aussi.

Il essaya de ne pas songer à ces instruments de chirurgie rangés en bon ordre sur la table derrière laquelle se tenait le commissaire Marabini. Mais il ne pouvait chasser ces rouges visions de chair tailladée et d'yeux crevés.

Il lança pourtant d'un ton enjoué à madame Maurin, croisée dans le hall de l'immeuble, qu'il avait rencontré son mari à un barrage de police, dans le métro.

— Vous ne pouvez pas savoir tout ce qu'ils trouvent ! s'exclama la concierge. Des cochons en morceaux dans des valises, des litres d'huile... Ce marché noir, c'est l'injustice. Il faut bien qu'ils essaient de l'empêcher ! C'est le rôle de la police et ça, au moins, ça sert tous les Français. Vous êtes d'accord, monsieur de Thorenc ?

Elle l'escorta jusqu'à l'ascenseur, disant qu'une femme était venue lui rendre visite, mais qu'elle n'avait pas voulu laisser son nom.

— Vous avez de la chance, monsieur de Thorenc. Vous savez les choisir : belle mais autoritaire, nerveuse... Elle a claqué la porte de la loge, j'ai cru qu'elle allait me casser les carreaux !

Peut-être Lydia Trajani ? Comment s'était-elle procuré son adresse ?

— Oh, elle va revenir, murmura madame Maurin. Je ne sais pas ce que vous lui avez fait, mais elle en a après vous.

Madame Maurin fouilla fébrilement dans les poches de son tablier et en sortit enfin une feuille de papier qu'elle tendit à Thorenc.

— Elle a laissé ça. Elle m'a priée de vous le remettre, disant que c'était très important pour vous.

Il lut ces quelques mots : « Viens 77, avenue Foch. Lydia T. »

Il remercia la concierge et glissa la feuille dans la poche de sa veste.

Il fut heureux de retrouver le silence de son atelier. Il se garda d'allumer. La nuit était d'une blancheur d'étoiles mortes. Les façades des grands immeubles, de l'autre côté du boulevard, ressemblaient à des falaises où l'érosion aurait sculpté des formes étranges, statues que l'ombre mutilait, balcons menaçants et massifs comme des rochers en surplomb.

Thorenc s'allongea sur le canapé, l'oreille contre le haut-parleur du poste de radio, captant enfin Londres où une voix allègre fredonnait :

Radio Paris ment
Radio Paris est allemand...

Puis on annonça la chute de Tobrouk, conquise par les Anglais, et la victoire des Français libres de Leclerc à Koufra. Les Italiens s'étaient rendus par milliers.

Thorenc éteignit la radio.

Ainsi l'Italie commençait à payer son entrée en guerre de juin 40, son « coup de poignard dans le dos », comme on avait alors écrit.

Il se souvint de l'immense bureau de Mussolini qu'il avait traversé sous le regard ironique du Duce. Il revit les poses avantageuses du dictateur, sûr de lui et méprisant.

Maintenant, la statue de plâtre commençait à s'effriter.

Il fallait vivre, tenir. En un jour, un jour seulement, il avait failli être pris à deux reprises, jeté comme viande sur l'étal des bouchers.

D'autres, comme Julie Barral et Juransson, l'avaient été. Et Delpierre ?

Il se remit à attendre.

Au milieu de la nuit, le téléphone sonna.

Delpierre dit sobrement :

— Neuf heures demain, à l'École.

Thorenc eut la sensation que, muscle après muscle, tout son corps se dénouait.

8

Il hésita à se glisser dans la nuit. Il s'immobilisa devant l'entrée de l'immeuble, songeant à remonter dans son atelier.

Le froid glacial, le silence, le vide du boulevard Raspail semblaient prolonger le couvre-feu qui venait pourtant de s'achever.

Il regretta d'avoir cédé à un mouvement d'impatience, à ce besoin d'agir et de mettre ainsi un terme à l'attente en rejoignant au plus tôt la rue d'Ulm, l'École normale où Delpierre lui avait fixé rendez-vous. C'était encore dans plus de deux heures.

Alors qu'il s'apprêtait à rentrer, poussant déjà le portail de l'immeuble, il aperçut, venant de la gare Montparnasse, les phares de deux voitures basses. Les cônes lumineux aux contours imprécis avançaient vite, surgissant du sol comme une lave jaunâtre que le brouillard transformait en gouttelettes incandescentes saupoudrant toute la largeur de la chaussée.

Sans même réfléchir, il traversa aussitôt le boulevard, se collant à la façade des immeubles, puis il marcha, rasant les murs en direction du carrefour et de la rue Vavin.

La lueur des phares l'effleura.

Il se dissimula autant qu'il put dans le renfoncement d'une porte et vit les véhicules ralentir, puis s'arrêter devant chez lui.

Des hommes — six, put-il compter — descendirent.

Les moteurs continuaient de tourner. Les phares, diffusant leur clarté cotonneuse, donnaient aux silhouettes des contours flous. Mais Thorenc distingua les longs manteaux, les chapeaux. Ces hommes en civil étaient sans nul doute des policiers, peut-être des hommes de Marabini et Bardet, à moins que ce ne fût la Gestapo dont, selon Pierre Villars, certains services, ceux de Boemelburg, étaient installés au 11, rue des Saussaies, à l'hôtel Boccador, ou encore l'Abwehr du major Reiler, qui occupait l'hôtel Lutétia, quelques centaines de mètres plus bas sur le boulevard Raspail.

Les hommes parurent se concerter près des voitures, puis deux d'entre eux se postèrent de part et d'autre de l'entrée cependant que les autres s'engouffraient dans l'immeuble.

Thorenc regardait, fasciné, ne pensant même pas à s'éloigner, à s'inquiéter de l'aube qui repoussait peu à peu la nuit, remplacée par un épais brouillard dont les volutes se concentraient lentement au ras du sol.

En observant les deux hommes qui gardaient l'entrée, puis les deux voitures dont le bruit assourdi de moteurs lui parvenait, il avait la sensation d'assister à la répétition d'une scène à venir de sa propre vie. Mais seuls le décor et les autres protagonistes étaient déjà en place. Lui-même n'était encore que spectateur.

Un jour, pourtant, peut-être rue d'Ulm, dans quelques heures, à moins que ce ne fût ce soir ou demain, il lui faudrait interpréter le rôle qui lui était destiné.

Il attendit.

Les hommes ressortirent au bout de quelques minutes. Puis l'un d'eux, peut-être le commissaire Marabini ou le lieutenant Wenticht — à cette distance, dans cette grisaille, il ne pouvait reconnaître les visages —, levant les deux mains, rappela les policiers placés de part et d'autre de l'entrée.

Tous regagnèrent les voitures qui firent demi-tour sur le boulevard, passant ainsi le long du trottoir où se trouvait Thorenc.

L'espace de quelques secondes, il craignit qu'on ne l'aperçoive et que les voitures ne s'arrêtent. Il baissa la tête, collé à l'encoignure du portail comme s'il avait pu être absorbé par le bois et la pierre. Mais il vit les feux arrière des véhicules disparaître dans le brouillard qui paraissait plus dense au bas du boulevard, dans la dénivellation de la Seine.

Il se dirigea vers la rue d'Ulm.

Qui, de Juransson ou de Julie Barral, avait livré son nom ? À moins que le docteur Morlaix, en échange d'un quelconque avantage, n'ait communiqué à la police les renseignements qu'il avait obtenus, précisant sans doute que Thorenc se rendait bien chez l'imprimeur Juransson ? Ou bien les policiers n'avaient-ils effectué qu'une visite de routine pour exercer une pression sur lui ? Comment savoir ?

Tel était le poison de l'Occupation : ce soupçon qui s'insinuait dans chaque conscience, ce doute qui corrodait la confiance que l'on pouvait avoir en quelqu'un.

Et si Delpierre qui avait, au moins jusqu'à cette nuit, échappé à l'arrestation, était le traître ? Peut-être avait-il, pour éviter la torture, la chirurgie bestiale dont Marabini et Bardet l'avaient sans doute menacé, livré les noms de Barral, de Juransson et de combien d'autres ?

Thorenc pénétra dans un café au coin de la rue Vavin et de la rue d'Assas.

Il se sentit d'abord rassuré : trois ou quatre clients étaient accoudés au bar, des ouvriers en cotte bleue qui parlaient haut et fort des difficultés qu'ils avaient à nourrir leurs gosses.

— Avant on n'avait rien, mais faim, quand on travaillait, on avait oublié ce que ça voulait dire, grommela l'un d'eux.

Ils n'avaient guère prêté attention à Thorenc qui prit parmi les journaux posés sur le comptoir *L'Œuvre*, le quotidien de Marcel Déat, puis alla s'installer à une table, au fond de la petite salle, levant souvent les yeux pour surveiller l'entrée du café.

Il commença par lire l'éditorial de Déat qui exaltait son nouveau parti, le Rassemblement national populaire, « le seul parti politique sérieux militant dans le sens d'une collaboration orthodoxe et dont les autorités occupantes reconnaissent l'importance et la représentativité ».

Thorenc acquit la conviction que Déat avait perdu la raison, à savoir une juste perception du réel. Il décrivait dans son journal les membres du RNP, habillés d'une chemise bleue, d'un pantalon ou d'une culotte noire tenue par un ceinturon ou une ceinture, et portant béret. L'ancien normalien, le philosophe, le député socialiste auquel, dans les années 30, on avait accordé du crédit — de Gaulle lui-même l'avait considéré comme l'un des hommes politiques d'avenir parmi les plus lucides —, en était à détailler ainsi l'emblème du RNP que chaque militant arborait sur sa poitrine : « Un fer à cheval pour symboliser l'agriculture, recouvert de trois flambeaux, bleu, blanc, rouge, tenus serrés dans une main vigoureuse... Cette main rappelle le poing levé du Front populaire, mais elle unit au lieu de diviser, elle rassemble au lieu d'opposer. Et il va de soi que les trois couleurs et les trois flambeaux représentent la gamme des partis réconciliés dans la Nation... »

Le journal rapportait aussi en première page les propos de Louis-Ferdinand Céline qui s'était écrié lors d'une brillante réception à l'Institut allemand, en présence d'Alexander von Krentz et de l'écrivain Ernst Jünger, du capitaine Weber, chef de la Propagandastaffel, du docteur Epting, directeur de l'Institut, du romancier Friedrich Sieburg, auteur du célèbre roman *Heureux comme Dieu en France*, et de Son Excellence l'ambassadeur du Reich, Otto Abetz : « Racisme d'abord ! Racisme avant tout ! Dix mille fois racisme ! Désinfection ! Nettoyage ! Une seule race en France : l'aryenne... La France n'est latine que par hasard ; en réalité, elle est celte, germanique pour les trois quarts ! »

Thorenc avait le sentiment, en continuant de parcourir *L'Œuvre*, que ce journal exprimait le délire d'une poignée d'hommes, à la rigueur quelques milliers, emportés par une sorte de folie que les nazis inoculaient, favorisaient, parce que en livrant la France à ces fous ils pourrissaient et détruisaient ce pays.

Il se souvint de cette confidence de Hitler, répétée par l'un de ses proches qui l'avait lâchée : « Je pourrirai cette guerre... »

Il y était parvenu.

À Vichy, un grand vieillard gouvernait une France soumise et mutilée. En zone occupée, les Allemands exacerbaient les jalousies, les haines, les délires, et les utilisaient pour régner. Déat jouait au grand politique et pendant ce temps-là les Douran, les Marabini et les Bardet dénonçaient, pillaient, arrêtaient, torturaient.

Thorenc reposa le journal sur la table, près de cette tasse de chaud liquide brun qu'on venait de lui apporter.

Il cessa de lire, essayant d'imaginer la suite de la scène à laquelle il avait assisté comme s'il y avait tenu son propre rôle. L'aurait-on frappé dès qu'il se serait retrouvé dans une des voitures ? Ou bien se serait-on contenté de l'admonester chez lui, sans même l'arrêter, comptant ainsi l'intimider ? Mais fallait-il six hommes pour ça ?

Il leva la tête, découvrit au comptoir deux nouveaux consommateurs. Il lui sembla qu'ils l'observaient tout en faisant mine de parler entre eux. Ils portaient des manteaux et l'un d'eux était coiffé d'un chapeau au bord rabattu qui lui cachait en partie les yeux.

Il suffit de ce simple détail pour qu'il eût la sensation qu'on lui tordait le sexe, qu'on lui écrasait les testicules.

Il eut honte d'une telle frayeur, d'une pareille panique. Était-il à ce point lâche et peureux ? Ou bien tout homme, y compris celui qui deviendrait un héros, éprouvait-il cette angoisse de bête affolée qui cherche à grands mouvements désordonnés le moyen de fuir ?

Il ne put se retenir de quitter sa place, mais il fut étonné par la détermination qui l'avait envahi au moment précis où il se levait, aussi violente et inattendue que la peur qu'elle avait dissipée. Il se dirigea vers le comptoir et s'accouda près des deux hommes, disant qu'il voulait une autre tasse de « ça ». Il montra le liquide que le patron versait dans les tasses. Les deux hommes se mirent à rire d'un air complice.

Le patron haussa les épaules :

— C'est chaud, c'est noir. Estimez-vous heureux. Peut-être qu'un jour je ne pourrai même plus vous servir... ça !

Thorenc s'éloigna du comptoir et se dirigea vers les toilettes. Après avoir poussé le verrou, il s'appuya à la cloison et respira lentement, recouvrant peu à peu son calme.

Il fallait qu'il apprenne à se débarrasser de l'imagination et de la panique qui pouvait en résulter. Il fallait toujours craindre le pire, mais la seule manière d'endiguer et de neutraliser la peur était de prévoir des solutions.

Il regarda autour de lui, remarqua dans le plafond une petite trappe. Il essaya de la soulever, s'accrocha aux rebords, se hissa autant qu'il put en tirant sur ses avant-bras, poussant le panneau avec sa tête, devinant dans l'obscurité une sorte de conduit dans lequel il aurait pu se glisser.

Il y avait toujours une issue.

Il se laissa retomber, se lava les mains au petit lavabo, puis regagna la salle.

Les deux consommateurs qui lui avaient paru suspects étaient repartis.

On lui avait servi sa seconde tasse d'ersatz.

Il la but, paya et sortit.

Il était encore en avance.

Il remonta la rue d'Assas, puis la rue Montaigne. Sur les murs du lycée qui bordaient une bonne longueur de cette rue, de nombreux « V », certains mi-effacés, avaient été tracés comme un défi aux policiers allemands et français dont les véhicules stationnaient au coin du boulevard Saint-Michel.

Thorenc parcourut les rues de ce quartier qu'il

connaissait si bien, évitant les abords de la rue Royer-Collard, essayant de chasser de sa pensée le souvenir de Juransson. Delpierre l'avait dit : il fallait aussi apprendre à oublier.

Il arpenta plusieurs fois la rue Mouffetard comme s'il hésitait à choisir l'une des files d'attente qui s'étiraient devant les bancs du marché.

Dans la brume glacée, c'était le même piétinement de femmes que celui qu'il avait entendu et vu au marché du boulevard Pasteur. Il les observa. Elles paraissaient sans âge. Il devina qu'elles étaient engoncées dans plusieurs couches de vêtements qui tous lui semblèrent gris ou noirs, comme si elles portaient le deuil. Leurs visages exprimaient d'ailleurs une désolation un peu hagarde. Parfois elles se haussaient sur la pointe des pieds pour voir combien il restait de rutabagas ou de topinambours sur l'étal du marchand. Elles serraient leur châle sur leurs épaules et ne se parlaient pas, peut-être parce qu'elles se savaient en l'occurrence rivales les unes des autres.

L'Occupation, c'était aussi cela : le chacun pour soi. La fraternité n'existait qu'entre ceux qui luttaient. Et, souvent, elle était détruite par le soupçon.

De place en place, des agents surveillaient le marché où ne bruissait pourtant aucune révolte, à peine parfois le cri rageur d'une femme qui protestait qu'elle était là avant une autre. Elle cherchait des témoins pour appuyer ses dires, mais personne ne parlait. On détournait les yeux et des voix perdues dans la queue lançaient, anonymes : « Oh, ça va, toutes ces histoires ! On est assez emmerdés comme ça. Taisez-vous ! »

C'était comme si on craignait par-dessus tout la protestation. Les difficultés quotidiennes étaient si grandes qu'on ne pouvait y ajouter ; la vie était si précaire qu'on ne voulait prendre aucun risque.

Thorenc s'éloigna et se dirigea cette fois vers la rue d'Ulm.

Peut-être la résistance et la révolte ne pouvaient-elles surgir que de la jeunesse comme, le 11 novembre 1940, sur les Champs-Élysées, de lycéens tel Henri Villars, ou bien des élèves du lycée Montaigne qui dessinaient des « V » de la victoire future à la barbe des Allemands ?

Il songea à Geneviève, à Delpierre, à Pierre Villars, à Juransson, au commandant Villars, au commandant Pascal, à Julie Barral et Isabelle Roclore, à tous ceux et à toutes celles qui, parmi ses connaissances, chacun et chacune à leur manière, avaient refusé de se soumettre. Ils n'étaient pourtant pas tous jeunes. Mais peut-être étaient-ce la lâcheté et la peur, la servilité et la haine qui vieillissaient prématurément les gens.

Thorenc salua le concierge de l'École. Il entendit les cloches de Saint-Étienne-du-Mont et celles de Saint-Jacques-du-Haut-Pas sonner neuf heures.

Il s'engagea dans les couloirs et vit Delpierre qui, appuyé à l'une des colonnes du cloître de la cour intérieure, l'attendait.

— Je me demandais si..., commença-t-il tout en invitant Thorenc à le suivre.

Ils s'installèrent dans une chambre d'élève au deuxième étage du bâtiment principal. Delpierre verrouilla la porte, puis considéra Thorenc.

— Toi et moi, nous avons de la chance, lui dit-il.

Il s'assit sur le lit, dos appuyé au mur, le corps las. Puis il se mit à raconter à voix basse. La Gestapo et les SS, mais aussi l'Abwehr, les hommes de Reiler et de Wenticht, les Brigades spéciales de Marabini et Bardet avaient lancé, trois jours auparavant, une série d'arrestations et de perquisitions.

— Ils étaient chez moi ce matin, murmura Thorenc.

Delpierre écouta son récit, les yeux mi-clos.

Les Allemands, Marabini et Bardet n'avaient pu agir que sur dénonciation, commenta-t-il, ajoutant :

— La Gestapo et l'Abwehr seraient aveugles et impuissantes s'il n'y avait une myriade de Français qui les aident, les renseignent. Marabini et Bardet utilisent les dossiers, les listes établies avant guerre par les ligues d'extrême droite ou la préfecture de police. Et il n'est pas un lieu où leurs indicateurs ne soient présents.

Delpierre se redressa, regarda vers la fenêtre. Il commençait à neiger.

— Vous connaissez Geneviève Villars depuis longtemps ? demanda-t-il.

La question surprit tellement Thorenc, le ton plein de soupçon et de sous-entendu l'indigna tellement qu'il ne répondit pas. Au reste, le fait que Delpierre fût revenu au vouvoiement indiquait qu'il avait à nouveau voulu tenir Thorenc à distance, rompre avec lui toute complicité issue de leur commun passé en ce lieu où ils avaient partagé trois ans de leur jeunesse.

— J'étais au palais de Chaillot hier matin, reprit Delpierre. Je devais rencontrer le professeur Georges Munier. Nous pensions augmenter le tirage et la diffusion de *Résistance*.

Il s'interrompit, lança un coup d'œil à Thorenc.

— Vous savez sûrement que Geneviève Villars a été très proche de Munier ? Ils ont participé ensemble à un certain nombre de fouilles du côté de Nice, puis dans le Tibesti...

— Ils devaient se marier, coupa brutalement Thorenc. C'était avant la guerre...

— Donc, hier matin..., répéta Delpierre, l'air de ne pas avoir entendu ce que venait de dire son interlocuteur.

Il avait vu rappliquer une dizaine de camions chargés de SS. Les hommes en armes avaient encerclé le palais de Chaillot, puis les agents de la Gestapo et de l'Abwehr avaient fait irruption dans le bâtiment.

Dans la soirée, Delpierre avait appris que Munier, le professeur Lewitsky et d'autres chercheurs du musée de l'Homme avaient été arrêtés, des documents saisis.

— Geneviève ? interrogea Thorenc d'une voix sourde.

— Arrêtée puis relâchée dans la soirée. Elle a pu regagner son domicile.

Jusqu'alors, Delpierre avait parlé sans regarder Thorenc ; tout à coup il lui fit face.

— Elle était la clé de voûte du réseau, avec Georges Munier. Ni la Gestapo ni l'Abwehr n'ignorent qu'elle est la fille du commandant Joseph Villars, l'un des chefs du Service de renseignement de l'armée de l'armistice. Ils savent que le SR a fait arrêter et fusiller plusieurs agents allemands en zone libre. Elle est la sœur d'Henri Villars, qu'on a interpellé le 11 novembre place de l'Étoile, et de Pierre Villars, proche des communistes, dont ils connaissent sûrement le rôle pendant la guerre d'Espagne lorsqu'il était aux côtés de Jean Moulin et de Pierre Cot au ministère de l'Air. Et ils la libèrent ! Avouez, Thorenc, qu'on peut se poser quelques questions...

Delpierre s'était mis à marcher de long en large dans la petite chambre.

— Elle est donc rentrée chez elle, reprit-il. Ce

matin, peut-être est-elle même retournée au palais de Chaillot.

— Vous n'avez pas été arrêté non plus, marmonna Thorenc. Et je suis toujours libre. Est-ce que je dois continuer à avoir confiance en vous ? Et vous, êtes-vous si sûr de moi ?

Delpierre pencha quelque peu la tête sans le quitter des yeux, puis il prit dans l'un des dictionnaires placés sur l'étagère au-dessus du lit une grosse enveloppe qu'il lui tendit.

— Je n'ai que vous, constata-t-il. Il va vous falloir franchir la ligne de démarcation.

Il donna rapidement l'adresse d'un fermier au Puy-Léger, dans la région de Moulins. L'homme avait organisé le passage de plusieurs prisonniers évadés ainsi que d'aviateurs anglais.

— Mais, poursuivit Delpierre, la situation sur place peut fort bien avoir changé. De qui peut-on longtemps être sûr de nos jours, n'est-ce pas, Thorenc ? Donc...

S'il disposait d'une meilleure filière, il n'avait qu'à l'utiliser. L'essentiel était que ces documents parviennent le plus rapidement possible entre les mains du commandant Villars.

Thorenc prit l'enveloppe. Au moment où il s'apprêtait à quitter la chambre, Delpierre le retint par le bras.

— Abstiens-toi de voir Geneviève Villars, lui dit-il. Toi...

Il allait poursuivre, mais se ravisa en haussant les épaules :

— Ces papiers sont importants.

Thorenc ne répondit pas.

9

Thorenc marcha à pas lents dans le brouillard. Au bout de la rue d'Ulm, une muraille grise masquait la coupole et la place du Panthéon. Il se retourna, espérant apercevoir Delpierre, mais l'entrée et la façade de l'École s'étaient estompées et les passants n'étaient que des silhouettes aussi imprécises que fugitives.

Il eut un moment d'affolement.

Delpierre avait à peine prêté attention à son récit de la descente de police, le matin, boulevard Raspail. Il lui avait remis cette enveloppe comme s'il avait été soucieux avant tout de s'en débarrasser, ne donnant que de vagues renseignements sur ce fermier du Puy-Léger qui devait le conduire en zone libre. L'homme avait peut-être été arrêté, ou bien avait renoncé à jouer les passeurs, à moins qu'il ne fût devenu un indicateur des Allemands, leur livrant tous ceux qui voulaient franchir la ligne de démarcation !

Thorenc palpa au bas de son manteau, contre l'ourlet, l'enveloppe qu'il avait fait glisser sous la doublure du vêtement. La précaution lui parut dérisoire : il suffisait d'une fouille dans le métro pour être pris.

Était-ce donc cela, la Résistance, une juxtaposition d'actes téméraires où chaque acteur jouait à la roulette russe, passant, après avoir appuyé sur la détente, l'arme à son plus proche camarade ?

Thorenc resta un long moment immobile sur la place. Il avait la sensation d'être seul au centre d'une immense étendue de silence. Et il songea au désert du Fezzan, à ces soldats des Forces françaises libres qui combattaient dans une armée régulière sous les ordres d'un général français. Eux menaient une guerre franche et sans doute décisive, puisque Hitler venait de constituer, sous les ordres du général Rommel, l'Afrikakorps, montrant bien que l'Afrique du Nord, l'Égypte, la Libye étaient devenues un théâtre opérationnel essentiel.

Thorenc n'en éprouva qu'un sentiment plus fort d'accablement et d'injustice. Que faisait-il ici, à risquer sa vie dans cette guerre clandestine ? Les blessures n'y avaient pas la netteté brutale d'une amputation. On y pourrissait. C'était la gangrène qui menaçait. Le soupçon de trahison n'épargnait personne. Delpierre avait même osé mettre en cause Geneviève Villars ! Mais lui, Delpierre, qui se donnait des attitudes de chef, qui était-il ? Un irresponsable confiant des documents à un homme que la police recherchait ou surveillait !

Thorenc était passé de l'angoisse à la colère, du ressentiment à l'indignation. Il se fit le serment de rejoindre l'Angleterre, de s'engager dans les FFL pour se battre à visage découvert. Mais il fallait d'abord passer la ligne de démarcation. Et c'est à ce moment-là qu'il pensa à Lydia Trajani, qu'il avait rencontrée quelques mois auparavant à Moulins, au poste de contrôle, et dans la voiture de laquelle il avait gagné Vichy.

Il retrouva dans sa poche cette feuille que lui avait remise madame Maurin. Il n'eut qu'à la froisser entre ses doigts pour se souvenir de ce que Lydia Trajani y avait écrit : « Viens 77, avenue Foch. Lydia T. »

Pourquoi pas ?

Plus rien, depuis la défaite, n'obéissait aux règles habituelles et apparentes de la raison. L'inattendu avait imposé sa loi.

Pourquoi pas Lydia Trajani ?

Thorenc s'engouffra dans le métro.

Lydia Trajani s'avança, bras ouverts, dans la vaste entrée tapissée de marbre et de miroirs biseautés qui reflétaient l'un l'autre leurs bords en arabesques dorées.

— Je savais, j'étais sûre que tu viendrais. Et tu as eu raison, lui dit-elle.

Elle portait une longue et ample tunique de soie blanche qu'elle faisait voleter autour d'elle, dévoilant par l'échancrure la nudité de ses seins. Ses cheveux noirs couvraient ses épaules. On eût dit une Orientale dont les grands yeux entourés de Rimmel dévoraient le visage.

Elle prit Thorenc par le bras.

— J'ai peur pour toi, murmura-t-elle en l'entraînant dans un salon.

Les fenêtres devaient donner sur l'avenue Foch, mais le brouillard était si dense que la pièce semblait flotter au milieu d'une mer grisâtre.

— C'est beau, n'est-ce pas ? reprit-elle en montrant les tableaux, en si grand nombre que leurs cadres se touchaient.

L'appartement, dont Thorenc apercevait les pièces en enfilade, était d'un luxe provocant. On semblait y avoir entassé les objets de prix : statues et bibelots anciens, tapis, meubles marquetés.

— Von Brankhensen m'a offert tout ça ! s'exclama-t-elle.

Elle rit puis expliqua :

— Il a réquisitionné l'appartement et me l'a donné. Les propriétaires, des Juifs, se sont enfuis aux États-Unis. Ils ont tout laissé. Tout ! C'est comme un conte de fées. Von Brankhensen m'a ouvert la porte et m'a dit en s'inclinant : « Installez-vous, ma chère, vous êtes chez vous. » Un rêve ! Il ne vient jamais, c'est moi qui vais le voir.

Elle invita Thorenc à s'asseoir en face d'elle, puis

elle sonna une domestique et demanda que l'on servît du café.

Le général s'était installé dans l'ancien hôtel du baron Robert de Rothschild, près de l'Élysée. Lydia s'y rendait en fin de journée. Thorenc ne pouvait imaginer, disait-elle, la richesse et la beauté de ces appartements. Von Brankhensen était un autocrate, un type auquel le luxe allait bien, un ami aussi exquis que généreux.

Elle s'interrompit pendant que la bonne servait le café. Thorenc ferma les yeux. Cet arôme oublié, c'était comme un retour aux temps anciens, à tout ce qui était devenu inaccessible : le droit d'être ce qu'on était, de penser et d'écrire ce qu'on voulait.

Il but lentement, savourant chaque gorgée comme pour se persuader que la vraie vie existait encore et qu'un jour, par conséquent, il en éprouverait à nouveau les plaisirs et les libertés.

— Les domestiques des Rothschild..., reprit Lydia Trajani.

Elle avait croisé haut les jambes, laissant voir ses mollets galbés, ses genoux, le début de ses cuisses. Ayant capté le regard de Thorenc, elle rit et murmura :

— Toi, tu ne changes pas !

Puis elle reprit :

— Les domestiques des Rothschild, von Brankhensen les a tous conservés. Même une vieille lingère qui est juive, mais le général est un homme qui sait vivre. Il leur distribue des étrennes alors que les Rothschild n'en avait jamais donné.

Elle se leva.

— Viens !

Elle lui prit la main, lui fit parcourir les salons, le bureau-bibliothèque, les salles de bains aux robinets dorés, puis elle s'effaça pour le faire entrer le premier dans la chambre où trônait un immense lit à baldaquin.

— Je dors seule, murmura-t-elle. Comme une jeune fille.

Elle se pendit au cou de Bertrand.

— Parfois, je reçois un adorable lieutenant de l'état-major de von Brankhensen. Il veut m'épouser, mais craint la jalousie de son supérieur. Et moi, je n'ai aucune envie de me lier à ce beau jeune homme, en tout cas, pas tout de suite. Je n'ai pas refusé un ministre, monsieur Maurice Varenne — elle avait prononcé ce nom d'une voix grave d'huissier de comédie —, pour devenir madame Konrad von Ewers... Je préfère les artistes, comme toi !

Elle le poussa sur le lit, lui écarta les bras, se jucha à califourchon sur lui.

— C'est toi qui m'as sortie de Bucarest, c'est toi qui es à l'origine de tout ça...

Brusquement, elle prit un air sévère, presque buté.

— Je me souviens de tout et de tous. Je tiens ma comptabilité personnelle. Il y a ceux qui m'ont aidée, et ceux qui m'ont ignorée, rejetée ou trahie.

Elle s'allongea sur Thorenc.

— Il y a ceux qui m'ont donné du plaisir et ceux avec qui j'ai trouvé le temps très long, ajouta-t-elle.

Thorenc ne fit pas un geste, laissant Lydia défaire son nœud de cravate, puis déboutonner sa chemise et commencer à lui caresser lentement la poitrine avant de se laisser glisser au pied du lit, de le forcer à écarter les jambes.

Il glissa ses doigts entre les mèches noires et se cambra, oubliant où il se trouvait, se laissant submerger par le désir et le plaisir, puis, repoussant Lydia, la tirant sur le lit, il la contraignit à s'allonger et la pénétra brutalement, d'une main enserrant ses cheveux, de l'autre écrasant l'un de ses seins.

Tendu, il guetta l'instant où il la sentirait s'ouvrir complètement, les hanches poussées en avant dans un mouvement instinctif, tout en desserrant les lèvres dans une sorte de râle.

Puis lui-même s'abandonna, s'enfonçant dans ce qui était maintenant un corps meuble, tiède, alangui, reconnaissant.

•

— Souvent, raconta Lydia Trajani, allongée près de Thorenc, je suis invitée aux cocktails, aux déjeuners, aux dîners que donne von Brankhensen. Tu n'imagines pas : il y a des centaines de personnes à chaque réception. Le maître d'hôtel a dit que c'étaient à peu de chose près les mêmes que celles que recevait Robert de Rothschild.

Elle resta silencieuse quelques minutes et Thorenc, tourné vers elle, fut fasciné par la perfection de ce corps à la peau mate. Il ne put s'empêcher de poser la tête sur son ventre, d'écouter résonner les coups sourds du sang battant dans une artère.

Lydia emprisonna le visage de Thorenc entre ses mains et le pressa contre elle :

— Ce serait si bête que tu meures alors que rien n'a changé vraiment pour les gens malins, rien ! Soyez aussi rusé qu'eux, monsieur de Thorenc !

Elle le repoussa, se redressa, le visage appuyé sur une paume, le bras replié, ne quittant pas Bertrand des yeux.

— Si tu savais ce que j'entends ! reprit-elle. Ils parlent devant moi librement. Ils pensent que je n'écoute pas, que je m'ennuie, que je suis stupide, comme toute jolie femme. C'est le rôle que je joue. Pas avec vous, monsieur de Thorenc ! Vous, vous êtes mon luxe...

Elle s'approcha encore, posa le menton sur la poitrine de Bertrand.

— Déat, Alexander von Krentz, mon petit lieutenant, von Ewers, participaient au dernier déjeuner. Il y avait aussi Werner von Ganz qui n'a pas caché qu'il était très proche de madame Cécile de Thorenc, votre mère, monsieur de Thorenc, que tous ces messieurs apprécient...

Tout en racontant, elle se remit à caresser la poitrine de Bertrand.

— Déat est le plus ignoble : un fanatique au regard vicieux. Il me fait peur. Il dit que le maréchal Pétain est gâteux, ses ministres des pourris, qu'il est le seul en qui les Allemands peuvent avoir confiance. Il a demandé à Alexander von Krentz de faire pression sur le directeur de *Paris-Soir*, Michel Carlier, pour que son journal soutienne le Rassemblement national populaire. C'est à ce moment-là qu'ils ont commencé à parler des journalistes, des écrivains. Werner von Ganz a expliqué qu'il rencontrait les plus importants d'entre eux chez Cécile de Thorenc, place des Vosges, et que la plupart partageaient un véritable esprit européen. C'est Déat qui a dit, je me souviens presque mot pour mot de sa longue phrase : « Madame de Thorenc est certes une personne estimable, mais pourquoi ne cherche-t-elle pas à convaincre son fils Bertrand Renaud de Thorenc, qui est gaulliste, comme certains autres normaliens, Delpierre, Salomon, Cavailhès, tous plus ou moins enjuivés, à l'instar de ces soi-disant ethnologues du musée de l'Homme qui ne découvrent des races qu'en Amérique centrale et ne voient pas la puissance et la malfaisance de la race juive ici même ? »

Lydia Trajani se leva et s'approcha de la fenêtre.

— Je n'en ai pas perdu un mot, poursuivit-elle. Alexander von Krentz a alors déclaré que toi et quelques autres l'aviez déçu, qu'il allait falloir agir vis-à-vis de vous avec un peu plus de fermeté. Boemelburg, de la Gestapo, allait s'en charger. Mais il fallait procéder par étapes, tout en se montrant impitoyable avec ceux qui s'étaient engagés dans la Résistance : les briser, les écraser, les fusiller.

Lydia Trajani retourna vers le lit et s'appuya au montant du baldaquin.

— Ils m'ont fait peur. Von Brankhensen était le seul à se désintéresser de la conversation. Lui se préoccupe d'abord d'affaires, d'achats de matériel.

Elle sourit et montra la chambre en pivotant sur elle-même comme une toupie, bras tendus.

— Il n'y réussit pas mal...

Elle passa, en s'étirant, une robe de chambre.

— Von Krentz a indiqué qu'ils allaient te donner un avertissement, mais que, par égard pour Cécile de Thorenc, ils s'en tiendraient là pour l'instant. Toutefois ce serait le dernier. Après, il était décidé à lâcher la laisse à ces chiens de la rue Lauriston. Il a ajouté que les Français se haïssaient tant entre eux qu'il n'avait même pas besoin de les exciter. Que c'était comme dans un combat de coqs : ils s'affrontaient jusqu'au sang. Déat a beaucoup ri, expliquant qu'il fallait parfois aiguiser leur bec et accrocher des lames de rasoir à leurs ergots.

Pendant que Thorenc se rhabillait, elle continua à virevolter autour de lui.

— C'est trop horrible, reprit-elle. C'est pourquoi j'ai tenu à t'avertir. Mon petit lieutenant von Ewers a facilement trouvé ton adresse. Je suis sûre que la concierge a montré le papier que je t'ai laissé à la Gestapo. Elle me l'a d'ailleurs fait comprendre. Mais je m'en moque ! J'ai même pensé que cela pouvait te protéger. Ils se méfient les uns des autres. Von Brankhensen est puissant, c'est lui qui contrôle le nerf de la guerre. Les gens de la rue Lauriston, des Français, ne se livrent qu'à de petits trafics. On m'a parlé d'un certain Henry Lafont qui travaille avec deux policiers, Marabini et Bardet. Il souhaite me rencontrer. Von Ewers me conseille de l'éviter : c'est un truand, un type dangereux, dit-il. Mais il m'attire. J'aime jouer avec le feu. C'est d'ailleurs pour cela que tu es là !

Elle marcha jusqu'à la fenêtre. Le brouillard commençait à se dissiper. On apercevait les immeubles situés de l'autre côté de l'avenue.

— La Gestapo est installée juste en face, indiqua-t-elle. Au 84. Si...

Elle se tourna vers Bertrand et poursuivit :

— ... si un jour on te conduit là, n'oublie pas que je ne suis pas loin. Mais peut-être serai-je déjà partie ? Souvent, je rêve des États-Unis. Mais plus tard, quand je serai très riche. Il y a tant d'argent qui passe de main en main, à Paris, en ce moment...

Elle rit et conclut :

— Je reste donc encore un peu.

Thorenc lui entoura la taille et lui chuchota que cet argent brûlait, que si elle en avait les moyens, elle devait fuir l'Europe au plus vite.

Elle haussa les épaules. Ne venait-elle pas de lui préciser qu'elle aimait jouer avec le feu ?

— On ne souffre pas quand on jouit, murmura-t-elle en se collant à lui. Tu me tires les cheveux, j'ai l'impression que tu vas m'en arracher des touffes, tu m'écrases un sein, tu me mords, je te griffe, on a mal, mais ce n'est pas une vraie douleur. On jouit ! C'est ce que j'aime. La vie à Paris, pour moi, c'est ça !

Il l'enlaça et lui glissa comme une proposition salace :

— Aide-moi. Je dois passer en zone libre.

Elle lui sourit, complice.

TROISIÈME PARTIE

10

Thorenc lève les yeux.

Il lit la plaque de cette rue qu'il s'apprête à traverser en venant de l'avenue Foch. Depuis quelques minutes, il a le sentiment d'être moins exposé que sur la contre-allée de l'avenue qu'il a dû remonter sur quelques dizaines de mètres en sortant de chez Lydia Trajani. Il s'est senti gibier croisant les chiens de la meute : sentinelles en armes, officiers arrogants, civils au visage à demi dissimulé par le rebord cassé de leur chapeau de feutre sombre. À chaque pas il a eu l'impression qu'on allait le reconnaître, se jeter sur lui, déchirer la doublure de son manteau, découvrir l'enveloppe, l'entraîner à grands coups de botte vers l'un de ces immeubles aux frontons desquels flotte le drapeau à croix gammée.

Il a tenté de garder son sang-froid, marchant bras croisés, tête baissée, essayant de ne pas sursauter quand des voitures noires ont freiné devant le siège de la Gestapo et que des types en sont sortis, poussant un pauvre hère, nu-tête, qui jetait des regards terrorisés autour de lui — et lui, Thorenc, a eu honte de s'éloigner comme s'il avait craint de croiser ses yeux, d'entendre son appel.

Je m'enfuis, a-t-il pensé. Je suis un lâche, un trouillard.

Il prend la première rue à gauche. Sans redresser la tête, il avance comme un piéton qui affronte des rafales de vent. Il découvre la chaussée déserte, les trottoirs vides, puis, au loin, place Victor-Hugo, des voitures allemandes, des soldats.

Il bifurque à nouveau, s'engage dans une rue étroite, comme une faille entre deux falaises grises. Peu à peu, il recouvre son calme. Il aperçoit un vieil homme qui promène son chien. Il dénoue ses bras, inspire longuement.

Accepter la défaite et l'occupation, c'est devenir un fuyard, un lâche, un peureux, c'est marcher tête baissée, comme il vient de faire, pour qu'on ne lise dans ses yeux ni compassion ni révolte, pour qu'on devine à son attitude une entière soumission.

Mais peut-il donner le change ?

Il se souvient des propos de Lydia Trajani au moment où il l'a quittée.

L'image de la jeune femme était renvoyée et comme dédoublée par les miroirs de l'entrée, si bien que Thorenc avait eu l'impression qu'elle tournait autour de lui alors qu'elle lui faisait face, lui caressant la joue d'un geste tendre, empreint de mélancolie et de commisération.

— Donc, tu dois passer en zone libre, avait-elle répété. Mon pauvre chéri...

Elle s'était écartée de lui, allant et venant dans le vaste vestibule, et alors qu'elle s'était mise à marcher vite, emportée tout à coup, ç'avait été comme si ses reflets se croisaient, les voiles blancs de sa robe de chambre se mêlant, se superposant.

— Toi aussi, monsieur de Thorenc, tu penses donc comme eux que je suis une idiote, mais si, mais si...

Elle avait levé les bras, révélant par ce geste les touffes noires de ses aisselles, et il avait cessé un instant d'écouter ce qu'elle disait, attiré de nouveau par ce corps souple, ces seins entr'aperçus, lourds et fermes.

— Quand je t'ai vu, toi et tes deux amis, au Colibri, qu'est-ce que tu imagines que j'ai pensé : que vous parliez de filles ou de chevaux ?

Elle avait ri en rejetant la tête en arrière, puis s'était campée devant lui :

— Il y a trois sortes de gens, en ce moment. Ceux qui font la queue devant les magasins : la foule, les fourmis, les pauvres types. Je les entends se chamailler pour une place dans la file d'attente. Regarde-les, ces hommes, ces femmes, leurs enfants maigres au teint pâle, aux yeux cernés, avec leurs écharpes tricotées serrées autour du cou, leurs galoches aux pieds...

Elle avait pointé l'index vers Thorenc.

— Toi, Thorenc, tu ne fais pas la queue pour cent cinquante grammes de pain, soixante-quinze grammes de viande ou un kilo de rutabagas ou de topinambours ; ça se voit, et tu fais donc partie de l'une ou l'autre des catégories qui restent. Moi, je suis dans l'une...

En tournant sur elle-même, elle avait montré les miroirs de l'entrée, les pièces en enfilade :

— Je profite, je m'en mets jusque-là — elle avait placé sa main à hauteur de sa gorge —, je suis avec les vainqueurs, tu comprends ? Je n'ai qu'une vie. J'aime la soie, le champagne, les hommes comme toi...

Elle lui avait touché la joue presque brutalement.

— Mais toi, monsieur de Thorenc, toi et tes deux amis qui n'avez pas une tête à faire la queue devant les magasins, vous n'êtes pas du même côté. Et si vous ne l'êtes pas, c'est que vous êtes de l'autre : celui des gaullistes, de la Résistance...

Elle avait prononcé ces deux mots avec mépris, puis avait haussé les épaules.

— Je m'en fous tant que ça ne me menace pas, et si ça peut me servir, pourquoi pas ?

Elle s'était pendue à son cou.

— Tu dois passer en zone libre ? Je ne te demande pas ce que tu vas y faire. Du reste, pour toi ici ça brûle, je t'aurai averti. Comme je te suis redevable de quelque chose, je ne souhaite pas que tu te fasses prendre, mais, à présent, nous sommes quittes.

Elle s'était écartée de lui.

— Je vais t'aider à passer en zone libre. Si un jour toi et tes amis êtes les vainqueurs, vous ne m'oublierez pas.

Elle avait minaudé, s'était lovée contre lui :

— Une faible femme qui ne cherche qu'à satisfaire les hommes...

Puis, l'air redevenu grave, le visage dur, même, elle avait poussé Thorenc vers la porte.

— Sois ici demain matin à huit heures.

Sur le seuil, elle avait encore murmuré :

— D'ici là, ne te fais pas prendre !

Thorenc reste sur le bord du trottoir comme s'il attendait que passe un flot de voitures, alors qu'aucune ne se présente.

Il demeure ainsi quelques secondes à lire et relire la plaque de la rue Lauriston, puis à découvrir qu'il est parvenu à la hauteur du numéro 53.

Il se penche quelque peu. Plus loin dans la rue, il remarque des voitures arrêtées devant un petit hôtel particulier de quatre étages, gris et banal, sans doute ce numéro 93 où se sont installés les commissaires Marabini et Bardet qui ont quitté la police pour se mettre au service des Allemands, et où se rendent aussi, une fois finie leur nuit à la Boîte-Rose,

Ahmed et Douran, les anciens videurs. Là où règne cet Henry Lafont que Lydia Trajani souhaite tant rencontrer malgré l'avis du lieutenant Konrad von Ewers.

Thorenc traverse la rue Lauriston, continue sur une centaine de mètres, puis tourne à droite comme s'il voulait brouiller ses traces.

Il marche plus vite, fuit à nouveau, angoissé à l'idée de ne pouvoir leur échapper. Ils sont partout, ils le traquent.

Où passer la nuit ?

Ils doivent surveiller son atelier. Mais ils n'ont même pas besoin de le guetter boulevard Raspail. Madame Maurin les avertira de son retour : elle a si peur pour elle et pour son mari, l'agent Maurin, qui sait qu'il faut obéir à ceux qui détiennent la force et font les lois. Or c'est l'occupant et ses complices qui font les lois. Et les braves sergents de ville, avec leur bâton blanc accroché à leur ceinturon, les agents de la circulation, ceux qui vont deux par deux à bicyclette, leur pèlerine couvrant la roue arrière, ces flics débonnaires qu'on appelle des « hirondelles », voici qu'ils arrêtent les étudiants et lycéens, et maintenant les Juifs étrangers parce que monsieur Xavier Vallat, commissaire général aux Questions juives, leur en a donné l'ordre. Et qu'on doit exécuter les ordres !

Désobéir ? Résister ? Cela conduit en prison, au poteau. On arrête un capitaine de vaisseau comme d'Estienne d'Orves, on condamne à mort un général comme de Gaulle : les petits, les sans-grade, les modestes, les agents de police, qu'est-ce qui pourrait les protéger s'ils résistaient ?

Thorenc arrive place du Trocadéro.

Des cars y sont garés. Des soldats allemands descendent pour admirer le panorama, se faire photographier face à la tour Eiffel, comme Hitler dont Thorenc a vu le cliché reproduit en couverture du magazine *Signal* qui s'étale en longues rangées à la devanture de tous les kiosques.

Ils ont tout envahi.

Il se souvient alors du récit de Delpierre. Des camions chargés de SS qui arrivent sur cette même place, les soldats qui encerclent le musée de l'Homme. Et Georges Munier, Lewitsky, tant d'autres qui sont arrêtés, Geneviève Villars étant la seule à avoir été relâchée...

Thorenc entre dans le café qui fait l'angle de l'avenue Kléber et de l'avenue Raymond-Poincaré.

Presque toutes les places sont occupées par des Allemands, soldats et officiers qui ont posé leur calot ou leur casquette sur les banquettes ou les tables.

La salle résonne de leurs voix, de leurs rires.

Thorenc a l'impression qu'on le regarde comme un intrus ou un survivant, presque un vestige.

Ils sont les maîtres.

Bientôt on oubliera Kléber et Poincaré, ces hommes de la victoire. Ne resteront que la défaite, l'humiliation, le soupçon.

Pourquoi n'ont-ils pas gardé Geneviève ? Quel marché a-t-elle passé avec eux ?

Il se sent sali par ces pensées, celles que Delpierre, déjà, et jusqu'au propre frère de Geneviève, Pierre Villars, ont semées en lui. Se méfier de Geneviève : trop téméraire, lui a dit Pierre. S'écarter d'elle puisqu'ils l'ont remise en liberté, lui a conseillé Delpierre.

Il s'appuie au comptoir.

Là seulement se tiennent quelques Français qui n'échangent pas même un regard.

Il demande un cognac. Le barman hausse les épaules.

— Réservé à ces messieurs, dit-il en accompagnant sa réponse d'un mouvement de tête vers la salle.

Puis il sort une bouteille, remplit un petit verre galbé que Thorenc vide d'un coup.

Il se sent un peu mieux.

Il tâte l'enveloppe au bas de son manteau.

Chaque heure, chaque jour de liberté gagné est une victoire contre eux.

Il lui faut maintenant passer la nuit.

Thorenc traverse la salle. Les regards des hommes en uniforme s'accrochent à lui. Flotte une odeur de laine imprégnée de sueur. Il essaie de ne pas voir, de ne pas sentir, de ne pas entendre. Il s'enferme dans la cabine téléphonique.

Il pourrait essayer de coucher chez sa mère, place des Vosges. Mais l'idée d'avoir à dissimuler son mépris, sa colère, l'obligation où il se trouverait peut-être d'écouter un Werner von Ganz, sans doute le dernier amant de Cécile de Thorenc, le font renoncer.

L'espace de quelques secondes, il a la tentation de rentrer chez lui et de s'en remettre à la chance, au hasard, à la fatalité. Ce renoncement l'attire.

Mais il y a ces rires, et même, tout à coup, ces chants qui s'élèvent et dont les accents étouffés envahissent la cabine.

Il peut aussi téléphoner à Isabelle Roclore. Son ancienne secrétaire à *Paris-Soir* a accueilli Stephen Luber, puis la sœur de ce dernier, Karen. Elle a déjà pris des risques.

Mais il hésite.

Peut-être l'appartement d'Isabelle, au coin de la rue d'Alésia et de la rue de la Tombe-Issoire, est-il devenu une souricière comme celui de Julie Barral.

Il se souvient des pièces blanches, du couloir, des rideaux tirés, de la nuit qu'il a passée, passablement ivre, à faire l'amour, dans une semi-inconscience, avec Karen Luber. Qu'est-elle devenue ? Et Stephen Luber ? Il imagine le frère et la sœur arrêtés, torturés, livrant le nom d'Isabelle, peut-être aussi le sien.

S'il ne peut pas coucher chez elle cette nuit...

Il hésite, puis compose le numéro de *Paris-Soir*.

La standardiste — une voix inconnue — lui fait répéter le nom d'Isabelle Roclore ; cela suffit pour qu'il se dise qu'elle a déjà été prise, interrogée, peut-être là-bas, rue Lauriston, où l'on frappe et torture.

Mais la voix guillerette répète :

— Isabelle Roclore, l'assistante du directeur ? Bien sûr.

Elle est donc toujours dans la place, désormais auprès de Michel Carlier.

Il articule :

— De la part de Bertrand Badajoz.

Isabelle se souviendra de ce reportage du temps de la guerre civile d'Espagne, de ces fusillés dont des essaims de mouches avaient recouvert le visage...

— Ce soir, chez vous, lâche-t-il seulement.

Elle reste longtemps silencieuse, puis répond :

— Vingt et une heures.

Et raccroche.

11

Thorenc marche lentement. Il consulte une nouvelle fois sa montre. Le temps ne passe pas. Il se sent à la fois accablé et fébrile. Où aller ? Il lui reste une dizaine d'heures avant son rendez-vous avec Isabelle Roclore.

Il hésite, se retourne, inquiet.

Il lui semble qu'à tout instant on peut l'interpeller, le fouiller, découvrir les documents qu'il porte dans la doublure de son manteau. Parfois il a la certitude qu'on le suit. Il s'arrête devant un kiosque, achète plusieurs journaux tout en regardant autour de lui.

Lydia Trajani lui a peut-être tendu un piège, l'invitant chez elle pour que des policiers puissent le prendre en filature et identifier ainsi ses contacts : Delpierre, Pierre Villars, qu'elle avait vus au Colibri. S'il en est ainsi, il va les conduire jusqu'à Isabelle Roclore. Ils arrêteront la jeune femme, la tortureront. Elle livrera les noms de Stephen et Karen Luber.

Thorenc s'affole, puis peu à peu se maîtrise.

Cette peur qu'ils répandent comme un poison, c'est leur principale force. Avec elle ils intimident, ils paralysent.

Thorenc regarde ces soldats qui, engoncés dans leurs longues capotes, sont installés aux terrasses des cafés des Champs-Élysées.

C'est la fin de la matinée. Voilé, le soleil d'hiver diffuse une lumière un peu grise, vaporeuse et argentée. D'autres Allemands s'agglutinent devant le *Soldatenkino*, le cinéma Marignan qui leur est réservé. Et partout ces femmes qui s'accrochent à leurs bras, qui rient. Ce ne sont pas des putains, mais simplement de jeunes Françaises, joyeuses et insouciantes. Thorenc les dévisage tout en descendant l'avenue. Elles ne baissent pas les yeux. Elles ne le voient pas. Elles vivent l'instant, compagnes d'un guerrier vainqueur dans une sorte d'innocence mêlée de cynisme.

Prononçant les mots à mi-voix, comme s'il radotait,Thorenc se répète : « Non, ce ne sont pas des putains ! »

Il est à la fois désespéré et humilié comme si sa propre femme, sa fille, sa sœur se dévergondaient devant lui.

Il s'assied à une terrasse de café. Il regarde, bras croisés. Qu'est-ce que la nation, pour ces jeunes femmes ? Et pour ces badauds qu'il a vus attendre, devant l'hôtel de Crillon, la relève des sentinelles allemandes ? Il les a observés ; il a lu sur leur visage l'admiration pour la force victorieuse, pour cette discipline qui transforme des hommes en automates ; il les a vus fascinés comme des esclaves devant leurs maîtres. Et c'était comme si tous avaient retenu leur souffle pour écouter le commandement guttural et mieux entendre à chaque pas le claquement des talons sur la chaussée.

Lui-même a senti un frisson quand les ordres retentissaient, secs.

Nous en sommes donc là !

Il pose les journaux sur la table. Il connaît la plupart de ces pisse-copie qui écrivent dans *L'Œuvre*, *Paris-Soir*, *Les Temps nouveaux*, *Au pilori*. Il éprouve à leur endroit un sentiment de dégoût. Ceux-là se vautrent et se renient. L'un d'eux était pacifiste : « Je suis pacifiste intégral », répétait-il ; il appelle dans *Le Matin* à la guerre contre l'Angleterre. L'autre était communiste ; le voici qui vante la révolution nationale-socialiste ! Et il y a celui qui écrit : « Mort au Juif ! Mort à la vilenie, à la duplicité, à la ruse juives ! Mort à tout ce qui est faux, laid, sale, répugnant, négroïde, métissé, juif ! » Et cette femme qu'il a croisée jadis dans les conférences de presse et qui demande qu'on regroupe tous les Juifs dans des camps de concentration, « endroit rêvé pour apprendre aux Juifs à travailler pour les autres, écrit-elle. Magnifique occasion de leur donner la possibilité de se racheter en servant l'humanité qu'ils ont jetée dans le malheur ! »

Et puis, d'éditorial en chronique, ces jalousies, ces règlements de comptes qui s'expriment. Déat tonne contre les « maléfices de Vichy », l'entourage de Pétain, jugé anglophile ! Et la haine se déverse sur de Gaulle, « la pire espèce d'homme..., ébloui par des offres d'argent, les seules que puisse faire un pays comme l'Angleterre... »

Il referme les journaux, essaie de se rassurer. Il ne devrait pas être étonné par la veulerie et la lâcheté des uns, l'inconscience des autres, notamment ces jeunes femmes qui vivent au jour le jour, soucieuses de jouir de chaque heure avec ceux qui peuvent leur donner du plaisir. D'autant que ces soldats, qui changent un mark pour vingt francs, sont riches ; ils pillent les boutiques, s'offrent ce qu'ils veulent, y compris des femmes qui ne savent même pas qu'elles se vendent.

Thorenc se lève, s'éloigne tête basse. Il a laissé les journaux sur la table. Il pense à ces manifestants du 11 novembre 1940, à Henri et Brigitte Villars, aux camarades de Geneviève, aux professeurs Munier et Lewitsky qu'on vient d'arrêter.

Qui pèse le plus dans la balance : ceux qui se

battent, ceux qui subissent, ou ceux qui jouissent, quelles que soient les circonstances ?

Il est arrivé place Gaillon. Il a souvent déjeuné chez Drouant. Il s'approche, reconnaît le voiturier qui ouvre maintenant les portières des voitures allemandes. Il voit entrer dans le restaurant des écrivains, des acteurs dont il fut proche avant guerre. Il a un moment la tentation de les suivre. Où serait-il plus en sécurité qu'au milieu de ce monde-là, de ces gens « malins » dont parlait Lydia Trajani ?

Il passe lentement devant le restaurant. Il pourrait s'offrir des asperges à la sauce hollandaise ou du canard Médéric à cinquante-cinq francs.

Il ne s'arrête pas.

Dans un bistrot de la rue des Halles, il commande, pour dix francs et cinq tickets de viande, le plat du jour : du mou de bœuf à la sauce bourguignonne.

C'est rouge et noir, comme son humeur.

12

Thorenc traverse rapidement la rue et se colle contre la façade de l'immeuble d'Isabelle Roclore.

Une brume glacée flotte au ras de la chaussée, masquant le carrefour de la rue d'Alésia et de la rue de la Tombe-Issoire. Il guette. Aucun bruit de pas ou de moteur. Un silence pétrifié, comme un bloc enveloppé dans cette blanche atmosphère de gel qui serre la gorge et suffoque tant elle est froide.

Il attend. On ne l'a pas suivi. Il se glisse dans l'entrée, monte l'escalier à tâtons, sans allumer.

Lorsqu'il arrive sur le palier du quatrième, Isabelle Roclore ouvre la porte de son appartement avant même qu'il s'en soit approché. Elle cherche sa main, le tire à l'intérieur, referme. Tout est obscur.

Thorenc sent le souffle d'Isabelle. Elle chuchote qu'il doit parler bas. Elle est peut-être surveillée. Elle n'est pas sûre de ses voisins qui viennent d'emménager. Demain, il faudra qu'il parte tôt, dès la fin du couvre-feu. Il faut qu'on continue à croire qu'elle vit seule.

Il respire son parfum. Elle le frôle. Tout à coup, d'un geste instinctif, il l'enlace, la serre contre lui. Il a besoin de ce contact après toute cette journée passée à errer dans les rues avec le sentiment d'être seul contre tous, une sorte d'illuminé cherchant à lutter contre l'évidence de l'indifférence, de la complicité, de la lâcheté face à la force. De fait, il a pensé plusieurs fois qu'il était devenu fou.

Aussi faut-il qu'il se rassure.

Isabelle reste un instant collée contre lui, puis elle le repousse brutalement, les deux poings serrés, se dégageant à coups de coude. Elle n'élève pas la voix, mais s'exprime sur un ton violent et rageur, non exempt de mépris :

— Vous êtes venu pour ça ? Ça ne m'étonne pas. Mais qu'est-ce que vous imaginez ?

Il finit par desserrer son étreinte.

Elle n'a donc pas compris qu'il n'y avait rien d'équivoque dans son geste, qu'il n'a ressenti aucun désir pour elle ? Il la suit dans le couloir faiblement éclairé. Il découvre le salon dont les rideaux sont tirés.

Elle pousse la porte du réduit où il avait naguère rencontré Stephen Luber, puis sa sœur Karen.

Isabelle ne dit plus un mot, elle se borne à lui décocher un coup d'œil quand il lui demande de l'excuser, murmurant :

— Je vous en prie, comprenez-moi...

Ils se connaissent depuis des années, poursuit-il. Ils ont été souvent amants. Ils sont toujours proches, puisqu'elle l'accueille pour cette nuit.

Il dit, et c'est ainsi qu'il le ressent :

— Nous sommes de la même famille, Isabelle. Du même côté.

Elle le regarde longuement.

— Je vis sur les nerfs, répond-elle.

Elle se dirige vers la cuisine.

— Il faut être sur ses gardes à chaque instant. Se méfier de tout le monde.

Elle lui demande s'il veut dîner et, tout en parlant, dispose sur la table une assiette, du pâté et du jambon.

Elle sourit.

— Michel Carlier veut que je sois une assistante efficace, aussi me donne-t-il une partie de ce que ses amis lui apportent. Profitez-en.

Il l'interroge : Carlier ? *Paris-Soir* ?

Isabelle est la seule rescapée de l'équipe d'avant-guerre. Le patron a tenu à la garder. On a augmenté son salaire. Elle bénéficie de nombreux avantages.

Elle place devant l'assiette une bouteille de bordeaux et explique :

— Carlier a obtenu, pour je ne sais trop qui, que la Kommandantur de Bordeaux se montre conciliante. En guise de remerciement, on nous a livré deux caisses de bordeaux, mais sans doute la Kommandantur en a-t-elle reçu dix fois plus !

Elle s'assied en face de lui.

— Malgré tout, reprend-elle, je voudrais que vous le sachiez : j'ai voulu démissionner.

Elle l'observe, puis ajoute :

— Excusez-moi, mais je n'ai pas de pain.

Elle se lève, va s'appuyer au buffet.

— Le plus insupportable, c'est leur avidité. Carlier est comme un animal insatiable, un rapace. Il a créé avec un Allemand, Alfred Greten, de la Continental, et avec Massimo Girotti, d'Italia Films, une société de production. Il place sa femme, Viviane Ballin, dans chacun des films qu'il produit. Il la pousse dans les bras d'Alexander von Krentz ou de Werner von Ganz...

Elle s'interrompt et se penche, les deux mains posées à plat sur la table. Elle regarde Thorenc découper lentement son jambon.

— Carlier m'a raconté que ce Ganz est l'amant de votre mère, Cécile de Thorenc, en tout cas l'un de ses intimes.

Isabelle se redresse.

— Savez-vous ce que Carlier a ajouté ?

Bertrand secoue la tête.

— Que vous jouiez très habilement sur les deux tableaux : votre mère, c'est votre caution du côté des Allemands ; elle vous protège, et vous le savez. Et vous avez vos amitiés — elle se reprend en se penchant à nouveau —, vos *amours* gaullistes !

Isabelle Roclore va et vient dans la cuisine.

— Comment s'appelait-elle, déjà ? Geneviève Villars...

Elle s'arrête, demande à Thorenc s'il veut autre chose, puis ajoute :

— Ils ont arrêté beaucoup de monde au musée de l'Homme, mais elle, ils l'ont relâchée. Qu'est-ce que vous en pensez ?

Thorenc se lève, la prend aux épaules. Il n'aime pas la manière dont elle a prononcé ses derniers mots.

Elle se libère.

— Là où je suis, j'apprends beaucoup de choses, souligne-t-elle.

Elle lui montre le jambon, le pâté, l'invite à finir de dîner. Elle lui verse même un verre de vin tout en l'observant avec une ironie quelque peu dédaigneuse.

— Pourquoi êtes-vous venu dormir ici ? Qui vous menace ? Ils savent qui vous êtes ? Et après, s'ils ont relâché Geneviève Villars...

Il hurle :

— Assez !

Il la gifle. C'est comme si l'angoisse et la colère, les humiliations et les soupçons accumulés, les questions qui le harcèlent au sujet de Geneviève, et la peur, présente à chaque instant, avaient jailli ensemble dans ce cri, ce geste. Puis il s'affaisse, épuisé.

Isabelle Roclore a bondi. Elle lui martèle le visage, les épaules à coups de poing. Elle éructe :

— Salaud, vendu !

Il se laisse frapper, accuser.

— Vous avez toujours été comme ça, grince-t-elle, un pied par-ci, un pied par-là !

Elle a une grimace de mépris.

— Il faut toujours se méfier des hommes comme vous, les séducteurs : ça trompe tout le monde ! Mentir et tromper, c'est dans vos habitudes...

Elle se laisse tout à coup tomber sur une chaise et lâche en dodelinant de la tête :

— Vous avez crié, on a dû entendre dans tout l'immeuble, j'en suis sûre.

Puis elle se frotte la joue.

— Et vous m'avez giflée !

Sa voix est devenue celle d'une petite fille désespérée. Thorenc s'approche, s'assied près d'elle, passe un bras sur son épaule.

— Nous sommes dans le même camp, je vous l'ai dit, murmure-t-il. Je suis recherché. Je dois passer à tout prix en zone non occupée. Voilà où j'en suis. Il me fallait un lieu où dormir cette nuit et j'ai pensé à vous. J'ai une confiance totale en vous.

Elle se retourne ; leurs visages sont tout proches.

— Je suis à bout, reconnaît-elle.

Être l'assistante de Michel Carlier est pour elle un calvaire. Elle l'accompagne à ses rendez-vous. Elle assiste aux entretiens qu'il a avec François Luchaire, des *Temps nouveaux*, avec Déat, avec Alexander von Krentz ou Werner von Ganz. Elle le voit intriguer, courtiser, dénoncer même. Il s'est emparé de plusieurs sociétés de production qui appartenaient à des Juifs. Viviane Ballin a déjà effectué deux voyages officiels en Allemagne en compagnie de plusieurs acteurs, mais c'est lui qui en a été l'instigateur avec Werner von Ganz.

— Ils vous haïssent, lâche-t-elle tout à coup. Carlier est un trouillard, mais il veut votre peau. Je sais qu'il a parlé de vous à Henry Lafont.

Elle reste collée contre lui comme si elle avait froid.

— Un assassin que les Allemands ont libéré de prison et qui dirige une bande de tueurs. Il exécute sur commande. Il arrête, torture, pille. Carlier tremble devant lui. Lafont s'est installé au 93, rue Lauriston.

— Je sais, murmure Thorenc d'un ton las.

— Je rencontre ces gens-là, avoue Isabelle Roclore. S'ils découvraient ce que je fais, ils me découperaient en morceaux toute vivante. Carlier m'a raconté que lorsque Lafont ordonne une exécution, il veut qu'on lui rapporte la tête de la victime.

Isabelle grelotte ; il la serre contre lui.

Elle se lève, l'entraîne dans sa chambre. Il hésite à la suivre, mais, dans la manière dont elle lui tient la main, il y a une telle détermination qu'il se laisse conduire. Elle se dirige vers un placard, laissant Thorenc sur le seuil de la pièce.

Les rideaux sont tirés. Les lampes à abat-jour placées sur les deux tables de nuit diffusent une lumière bleutée.

Thorenc la regarde. Isabelle Roclore a minci. Il émane d'elle une énergie qu'il ne lui connaissait pas. Il a lu dans ses yeux de la gravité, mais aussi du désespoir. Elle n'a pas vieilli et elle n'est cependant plus la jeune secrétaire dont il avait fait sa maîtresse et qu'il traitait avec désinvolture.

Elle se retourne, s'adosse aux portes du placard et regarde Thorenc fixement. Elle a un air farouche et en même temps ses yeux expriment le désarroi, l'affolement. Elle secoue la tête, puis, d'un mouvement brusque, ouvre les portes, soulève les vêtements suspendus, sort une valise noire qu'elle a du mal à soulever.

Elle la pose à ses pieds, s'agenouille, fait jouer les serrures, rabat le couvercle. Thorenc s'approche. Elle lève la tête vers lui. Elle écarquille les yeux comme si, à ce moment-là seulement, elle découvrait sa présence.

— Je ne devrais pas, murmure-t-elle. Si Stephen Luber l'apprenait, il me mépriserait, me tuerait.

Thorenc découvre les potentiomètres, les cadrans, les touches d'un poste émetteur de radio.

— Ils émettent d'ici ? interroge-t-il à voix basse.

Isabelle Roclore fait oui, puis non. Elle se cache les yeux avec ses paumes. Thorenc la questionne encore, mais elle se tait, l'air buté, refermant tout à coup le couvercle et replaçant la valise dans le placard, sous les vêtements.

Elle s'assied sur le lit. Elle paraît plus calme, presque apaisée.

Elle commence lentement à se déshabiller comme si Thorenc n'était pas debout auprès d'elle, ou comme s'ils partageaient leurs nuits depuis nombre d'années, en somme comme s'ils ne s'étaient pas quittés depuis la dernière fois qu'ils ont couché ensemble, il y a un peu moins de deux ans, avant la guerre ou lors d'une permission de Thorenc.

Isabelle parle tout en déboutonnant son chemisier. Elle ne comprend pas elle-même pourquoi elle a eu besoin de lui montrer ce poste émetteur qu'un camarade de Stephen Luber a déposé là quelques semaines auparavant. Il revient tous les quatre ou cinq jours, pour émettre. Il reste seul dans la chambre ; ça ne dure jamais plus d'une quinzaine de minutes.

— Vers Londres ? murmure Thorenc.

Isabelle hausse les épaules :

— Londres ou Moscou, répond-elle. Je ne sais pas.

Elle n'a gardé que son soutien-gorge, mais elle a tiré le couvre-lit, avec l'un de ses coins ceignant sa taille et ses cuisses.

— Stephen est sur la Côte, dit-elle. À Nice, Toulon ou Marseille. De temps à autre il se rend à Vichy. Sa sœur...

Elle le fixe d'un œil narquois :

— Karen, que tu as vue ici...

Elle sourit avec indulgence :

— As-tu jamais laissé passer une occasion de faire l'amour ?

Thorenc s'assied auprès d'elle, qui poursuit :

— Karen a réussi à passer la ligne de démarcation du côté d'Arbois.

À lentes contorsions, repoussant Thorenc comme si, tout à coup pudique, sa présence le gênait, elle se glisse entre les draps.

— S'ils se font prendre, épilogue-t-elle, la police française les livrera à la Gestapo et ils seront torturés, jugés en Allemagne, décapités.

Thorenc lui caresse longuement les cheveux et sent peu à peu le désir le gagner.

— Je voulais que tu aies confiance en moi, murmure-t-elle.

Il lui emprisonne le visage entre ses mains, se penche et l'embrasse. Il n'a jamais douté d'elle, dit-il. Ne s'est-il pas réfugié chez elle, ce soir ?

Il rit silencieusement. Mais, s'il avait su qu'elle cachait... — il ne prononce pas les mots désignant le poste émetteur, mais indique le placard d'un hochement de tête — ... il ne serait peut-être pas venu. Il croyait être en sécurité, et le voilà plus que jamais exposé.

Il hésite, s'apprête à confier qu'il a une mission à remplir en zone non occupée, mais il se contente d'ajouter que lui aussi prend quelques risques.

— Nous sommes fous, dit-elle en se pelotonnant.

— Pouvais-tu agir autrement ? lui demande-t-il.

Elle fait non de la tête.

— C'est donc une folie raisonnable, dit-il. Un jour...

Isabelle lui met la main sur la bouche.

— Je crois qu'il faut vivre heure après heure, murmure-t-elle. On ne peut faire de projet.

Elle se soulève, s'appuie sur les coudes, retire son soutien-gorge.

— Couche-toi, ordonne-t-elle.

— C'est un projet, répond-il en s'allongeant près d'elle.

13

Jusqu'à ce que le domestique de Lydia Trajani lui ouvre la porte de l'appartement, à l'instant précis où une pendule, peut-être celle du salon-bibliothèque qu'il avait remarquée la veille, s'est mise à sonner huit heures, Thorenc s'est senti invulnérable.

Mais le domestique s'est effacé en s'inclinant, l'invitant à pénétrer dans le hall d'entrée. Et Thorenc a remarqué aussitôt la casquette d'officier allemand posée sur l'une des consoles au plateau de marbre et aux pieds galbés, face à la porte palière. Une casquette dont les miroirs biseautés démultiplient l'image tout en la déformant et en la grossissant.

Il reste figé sur le seuil, les yeux rivés sur elle.

Il a tout à coup l'impression d'être dégrisé. Il se reproche d'avoir traversé Paris sans même réfléchir une seule seconde à ce que Lydia avait pu manigancer. Il n'a éprouvé aucune inquiétude, comme si toutes ses angoisses de la veille n'avaient été que des fantasmes que la confiance, l'abandon, la fragilité mais aussi la résolution d'Isabelle Roclore, puis sa tendresse et sa douceur, durant la nuit, avaient dissipés.

Il avait pris le métro à la station Alésia. Il avait somnolé, serré contre les voyageurs aux visages gris et aux vêtements fripés, dont la présence l'avait rassuré. Il s'était senti protégé par cette foule laborieuse, indifférente et muette, qu'aucun contrôle, aucune fouille ne viendrait endiguer ou filtrer à cette heure matinale.

Quand il était sorti du métro, place de l'Étoile, la nuit enveloppait encore l'Arc de triomphe de ses grandes tentures noires. Mais un vent vif soufflait, décapant les formes, laissant déjà entrevoir les blocs sombres des bâtiments.

Le froid lui avait insufflé un sentiment de joie.

Il avait marché vite, traversant la place, indifférent aux patrouilles allemandes qui remontaient les Champs-Élysées. Ce matin-là, ces quelques hommes lui avaient paru presque ridicules, dérisoires silhouettes dans ce décor monumental que l'Histoire avait modelé siècle après siècle et qu'une péripétie, fût-elle tragique, ne parviendrait pas à effacer.

Il avait siffloté en s'engageant dans l'avenue Foch, songeant à la manière dont Isabelle Roclore l'avait enlacé dans l'obscure entrée de son appartement.

Elle était encore nue, si frêle et menue, lui avait-il semblé. Elle s'était pendue à son cou. Elle avait murmuré qu'il avait fallu la guerre, la défaite et l'occupation, *tout ça* — elle avait répété ces deux mots — pour leur permettre enfin de se mieux connaître !

— Ça ne servait à rien d'être amants comme on l'était, avait-elle murmuré.

Elle l'avait serré contre elle, puis avait ajouté :

— Je ne veux plus rien dire.

Il avait su qu'elle lui demandait simplement d'être prudent, de rester vivant. Il avait répondu en l'embrassant longuement sur le front tout en la tenant fermement par la nuque.

Cette scène lui avait inspiré ce sentiment de confiance, cette certitude qu'il ne pouvait rien lui arriver de néfaste, que la tendresse et les vœux d'Isabelle le protégeaient.

Et, tout à coup, cette casquette d'officier, sur la console, dans l'entrée de l'appartement de Lydia Trajani, lui a rappelé qu'il était plus menacé qu'il ne l'avait jamais été.

Thorenc doit s'avancer, écoutant à peine le domestique qui l'a invité à passer au salon où l'attend monsieur l'officier.

Le domestique s'interrompt et lui lance un coup d'œil avant de préciser :

— Mademoiselle dort encore, mais elle a laissé ses instructions, et Monsieur doit se fier à elle.

Le domestique s'incline, s'apprêtant à ouvrir la porte donnant sur le salon. Mais Thorenc lève la main : il restera là, dans l'entrée.

Il recule sensiblement de façon à pouvoir bondir rapidement dans l'escalier. Il s'est précipité tête baissée dans le piège, mais il se débattra.

Le domestique le considère avec étonnement, puis disparaît en expliquant qu'il va prévenir monsieur le lieutenant Ewers.

Thorenc reste seul.

Il recule encore en direction de la porte palière.

Il n'a plus que quelques secondes pour décider. Il a l'impression de suffoquer, tant son émotion est forte.

Il palpe le bas de son manteau. Le pli remis par Delpierre est toujours là contre l'ourlet, sous la doublure.

Il ne peut prendre ce risque.

Il tend la main vers la poignée, s'apprêtant à passer sur le palier et à dévaler l'escalier, quand la sonnette retentit.

Le domestique est réapparu et ouvre la porte devant laquelle se tient un soldat allemand qui salue et demande *Herr Leutnant* von Ewers, expliquant que la voiture est là.

Il y a un bruit de pas, puis le lieutenant s'avance dans l'entrée.

Konrad von Ewers est un homme jeune au visage émacié, aux cheveux blonds rasés sur les tempes et la nuque. Son front haut et bosselé surplombe des yeux bleus enfoncés sous d'épais sourcils. Grand, sanglé dans un uniforme très ajusté, il arbore une Croix de fer accrochée à sa poitrine.

Tout en claquant les talons et en saluant Thorenc d'une inclinaison de tête un brin cérémonieuse, il esquisse un geste à l'adresse du soldat.

— Donc, je dois vous conduire à Vichy, dit-il en souriant à Bertrand.

Il parle un français que colore à peine une modulation un peu saccadée.

— Mademoiselle Lydia Trajani est quelqu'un d'impérieux, ajoute-t-il en conviant Thorenc à quitter l'appartement. Elle m'a dit : « Konrad, vous allez à Vichy plusieurs fois par mois, vous irez demain et ferez passer la ligne de démarcation à un ami à moi qui est amoureux de la femme d'un ministre, et qui, à cause de cet influent mari, ne peut obtenir d'ausweis. »

Précédant Thorenc, von Ewers commence à descendre l'escalier.

— Naturellement, dit-il en se retournant et en coiffant sa casquette, je ne crois pas un mot de cette fable et Lydia ne m'a pas demandé d'y croire, mais — il écarte les mains — votre passage de zone occupée en zone non occupée ne changera rien au sort de la guerre, n'est-ce pas ? Alors, pourquoi ne pas vous conduire à Vichy et satisfaire par là le désir de Lydia ?

Le jour commence à se lever et des encoches de bleu vif dessinent à l'est une frange irrégulière qui va peu à peu en s'élargissant.

Le lieutenant Konrad von Ewers fait asseoir Thorenc à sa droite sur le siège arrière de la voiture.

Il ôte sa casquette et ses gants qu'il tend au chauffeur.

— De toute façon, explique-t-il au moment où la

voiture démarre, vous avez perdu la guerre. Mais — il sourit — nous aussi, malgré les apparences...

Il montre les drapeaux qui flottent sur plusieurs bâtiments de l'avenue Foch, puis les camions de la Wehrmacht d'où sautent des groupes de soldats qui se dirigent vers l'Arc de triomphe.

— Et l'Angleterre aussi l'a perdue, reprend-il. Toute l'Europe — vous, nous, eux — est vaincue ! Rares sont ceux qui le savent, encore plus rares ceux qui le disent, n'est-ce pas, monsieur Renaud de Thorenc ?

Bertrand se tourne vers le lieutenant, impassible.

— Je n'ai exigé qu'une chose de Lydia Trajani, reprend Konrad von Ewers. Qu'elle me donne votre nom, votre identité véritable. Je suis très heureux de vous rencontrer, monsieur de Thorenc. À l'École militaire, nous lisions régulièrement vos reportages, vos interviews. Mais oui !

Von Ewers reste longuement silencieux, regardant défiler les quartiers de Paris. Il ne s'adresse de nouveau à Thorenc qu'une fois dépassées les agglomérations de la banlieue sud, quand commencent les larges étendues cultivées couvertes d'un brouillard stagnant qui ne parvient pas à masquer le ciel bleu.

— Savez-vous qui gagnera la guerre, monsieur de Thorenc ? interroge-t-il. Staline, mon cher ! Nous serons les seuls, nous autres Germains, à le combattre. Vous nous laisserez mourir dans les grandes steppes gelées. Ce sera une nouvelle et glorieuse légende, sans doute notre dernier exploit...

Il se met à rire :

— Mais nous n'en sommes pas encore là !

Il tapote le genou de Thorenc.

— Pour l'instant, je suis le vainqueur, vous êtes le vaincu. Mais vous et moi sommes d'accord pour estimer que Lydia Trajani est une femme d'une beauté exceptionnelle et d'une intelligence un peu perverse, n'est-ce pas ?

Les bords de son manteau serrés entre ses genoux, Thorenc n'a pas encore prononcé un seul mot.

14

Thorenc est assis en face du commandant Joseph Villars dans l'une des chambres du dernier étage de l'hôtel Saint-Mart, à Chamalières.

La plupart des officiers appartenant au 2e Bureau de l'armée sont installés dans cette austère demeure de trois étages. Les tours d'angle aux toits de tuile sont à demi dissimulées par de hauts mélèzes dont les branches frôlent la façade. Il pleut. On entend le tambourinement irrégulier de l'averse sur le petit balcon qui donne, au-delà du parc, sur la route de Clermont-Ferrand à Vichy.

En accueillant le journaliste, Villars s'est contenté de lui lancer sur un ton narquois :

— Alors, comme ça, Thorenc, vous débarquez à Vichy à bord d'une voiture allemande, le lieutenant Konrad von Ewers, de l'état-major du général von Brankhensen, vous conduit à votre hôtel, vous serre la main, et vous dînez avec lui au Chanteclerc, le restaurant à la mode ? Vous savez que von Brankhensen est le pillard en chef de l'armée allemande. Il rafle tout ! Vous choisissez bien votre chauffeur, mon cher Thorenc ! Vous m'expliquerez pourquoi plus tard...

Puis il a tendu la main, le visage soudain grave.

— Vous avez les documents ?

Thorenc lui a remis l'enveloppe confiée par Delpierre.

— Parfait, parfait, a murmuré le commandant.

Il s'est rassis, le menton appuyé sur ses poings, les coudes posés sur son bureau, et a commencé à lire.

Derrière lui, une large fenêtre ouvre sur le balcon. Les vitres sont couvertes de buée, si bien que les silhouettes des mélèzes paraissent emmaillotées de brouillard.

Parfois, Villars lève la tête et fixe Thorenc. La ressemblance entre l'officier et sa fille est si grande que Bertrand en est chaque fois troublé. Il se promet de l'interroger sur les raisons de la remise en liberté de Geneviève. Mais il craint de ne pas oser. Questionner, n'est-ce pas déjà soupçonner ?

Villars replie les documents :

— Ce lieutenant Konrad von Ewers a pris un sacré risque en vous faisant passer la ligne de démarcation. La Gestapo et l'Abwehr contrôlent aussi les officiers. Vous avez eu de la chance, tous les deux. Racontez-moi : d'où le sortez-vous, ce von Ewers ?

Depuis qu'il est arrivé à Vichy, Thorenc, bien plus encore qu'à Paris, a eu la sensation d'être observé et suivi. Les premiers propos de Villars lui ont confirmé d'emblée qu'on l'a épié sitôt qu'il est descendu de la voiture de von Ewers, devant l'hôtel d'Auvergne.

On l'a filé : sans doute les hommes de Villars. On a su qu'il avait dîné avec le lieutenant au restaurant à la mode, Le Chanteclerc. Il a accepté l'invitation par défi, mais aussi pour brouiller les pistes et confirmer qu'il joue toutes les cartes.

À table, von Ewers s'est montré disert. Sa

famille, a-t-il dit, est apparentée à celle de Werner von Ganz.

— Un ami de votre mère, madame Cécile de Thorenc, n'est-ce pas ? a-t-il demandé.

Comme beaucoup d'Allemands, a-t-il affirmé, von Ganz est éperdument amoureux de la France. L'ambassadeur Otto Abetz, mais aussi Alexander von Krentz partagent ce sentiment.

— Nous sommes la cinquième colonne profrançaise de l'armée allemande ! a-t-il ajouté en s'esclaffant.

Puis il a pris et serré le poignet de son vis-à-vis :

— Mais il faut que vous nous aidiez, Thorenc ! Surtout quand nous serons lancés dans la guerre contre la Russie. Ce sera l'affrontement majeur, un combat de civilisations !

Il a levé son verre.

— Je vous l'ai dit, si nous ne l'emportons pas, si les peuples d'Europe ne combattent pas à nos côtés, Staline et le communisme — la barbarie russe, Thorenc, les Asiates — seront les seuls vainqueurs.

Villars écoute Thorenc lui faire le récit de sa rencontre avec von Ewers, avenue Foch.

— Il faudra garder le contact avec cette Lydia Trajani sur laquelle nous avons déjà beaucoup de renseignements, dit le commandant. Et naturellement avec von Ewers.

Puis il se lève, prend Thorenc par l'épaule, ouvre la fenêtre. L'eau, comme un rideau à larges franges, couvre à présent le paysage.

— Vous ne ressentez pas le besoin de respirer un peu ? Vous êtes dans la nasse depuis des mois. Vous devez étouffer, non, avec tous ces gens qui vous suivent, à Paris comme à Vichy ?

Il referme la fenêtre.

— Bien sûr, dès votre arrivée, vous avez eu quelqu'un de chez nous suspendu à vos basques. Mais vous aviez aussi la police du Maréchal... — il soupire — ... enfin, du gouvernement.

Il se rassied et enchaîne :

— Le ministre de l'Intérieur, Marquet, est un fidèle de Laval. Celui-ci pèse sur tous les ministres, puisque, pour les Allemands, il est l'homme de confiance, le symbole de la collaboration. Il y a aussi l'amiral Darlan, le dauphin du Maréchal, l'ambitieux...

Villars fait la grimace.

— Darlan est peut-être encore plus dangereux que Laval, car il a la tête d'un officier honnête, alors que l'autre a une gueule de maquignon véreux. Mais c'est Darlan qui veut offrir des bases aériennes aux Allemands en Syrie, pour attaquer les Anglais. Il souhaite rencontrer Hitler et entraîner la France dans une alliance avec l'Allemagne.

Le commandant secoue la tête.

— Affreux, n'est-ce pas ? Le Maréchal est gâteux, les ministres sont pourris. Tout cela n'est que trahison et compagnie.

Il pianote du bout des doigts sur le bord du bureau.

— Mais l'illusion est complète. Le Maréchal sort de l'hôtel du Parc, fait sa promenade quotidienne d'un pas assuré. On le guette, on imagine qu'il a l'esprit aussi droit que le dos. Les évêques le bénissent, les prêtres exaltent son œuvre en chaire, les femmes s'agenouillent, les anciens combattants le saluent, la larme à l'œil, et les enfants chantent, vous connaissez le refrain :

Maréchal, nous voilà,
Devant toi, le sauveur de la France...

Villars ricane :

— Parfois je me laisse moi-même prendre, j'oublie cette félonie qu'a été l'armistice. J'imagine qu'il va enfin accomplir un acte courageux, rompre avec les Allemands, appeler la flotte à quitter les ports et à rejoindre l'Afrique du Nord, voire l'Angleterre. Rêveries, mon cher Thorenc ! Je connais bien les gens qui l'entourent, ce sont le père et les frères de ma femme, Paul de Peyrière, le général Xavier de Peyrière et Charles de Peyrière, l'ambassadeur. Des habitués, avant guerre, du cercle Europa de madame votre mère...

Il se lève à nouveau et va se planter face à la fenêtre d'où il continue de parler, dos tourné :

— Des fantoches ! L'atmosphère à Vichy est empoisonnée, c'est pourquoi j'ai voulu que nous nous installions à Chamalières, et non pas dans cette capitale d'opérette... Les agents de la Gestapo ont dû aussi vous suivre, ajoute-t-il en revenant vers Thorenc. Ils ont sûrement fait un rapport sur le lieutenant von Ewers... à moins que celui-ci n'ait agi sur ordre pour, grâce à vous, nous pénétrer !

Comme le journaliste s'apprête à riposter, le corps tendu, le visage crispé, Villars lui tape sur l'épaule.

— Allons, allons, Thorenc, ne vous cabrez pas ! L'espionnage, le renseignement sont comme le jeu de billard : il n'y a que les débutants qui frappent directement la boule qu'ils visent. Les professionnels ne jouent que la bande, le ricochet.

Le commandant revient s'asseoir à son bureau.

— Vous vous êtes remarquablement acquitté de la mission dont vous étiez chargé, dit-il en posant la main sur les documents. Nous allons transmettre ceci aux Anglais et aux Canadiens, mais je pense à vous pour autre chose...

Il parle lentement, les mains jointes.

— Le climat va rapidement changer. Les Allemands — les propos de von Ewers le confirment — vont s'en prendre dans les mois qui viennent à l'Union soviétique. Dès lors, les communistes entreront officiellement dans la Résistance.

Il regarde Thorenc.

— Ils n'attendent que cela, me dit mon fils Pierre. Il les connaît de près, et même de trop près à mon goût...

Il se met à crayonner machinalement.

— La situation va se durcir. Les communistes voudront rattraper le temps perdu et soutenir la Russie par des actions violentes, spectaculaires. Comme le Special Operations Executive anglais veut déjà mettre l'Europe à feu et à sang, nous risquons une vraie guerre clandestine, cruelle, dans laquelle nous serons les uns et les autres entraînés. Il nous faudra de l'argent, des armes, des liaisons régulières avec Londres, avec de Gaulle. Déjà, il y a ceux qui préfèrent l'Intelligence Service aux Français libres du BCRA...

Il hausse les épaules.

— Toujours est-il que nous avons besoin de liaisons, de radios, nous devons pouvoir sortir de France et y rentrer clandestinement...

Il se redresse.

— Je vous ai demandé si vous aviez envie de respirer un peu mieux pendant quelque temps, dit-il en fixant Thorenc.

Il n'attend pas la réponse.

— Voulez-vous aller expliquer nos problèmes à ceux de Londres, faire état de nos besoins, établir un accord entre nous, ici, et eux, là-bas ? Le contact établi par le commandant Pascal, que vous avez rencontré à Marseille, ne suffit pas.

Il se lève, s'approche de Bertrand, souriant :

— Un rendez-vous a été demandé pour vous.

Nous attendons la réponse. Ce sera sans doute à Lisbonne. Je vous avertirai. Mais tenez-vous prêt.

Villars raccompagne Thorenc jusqu'à la porte de la chambre. Sur le seuil, il lui met familièrement le bras sur l'épaule.

— Ma fille Geneviève est à Vichy, lui dit-il à voix basse.

Il ajoute qu'elle s'est réfugiée au château des Trois-Sources.

— Nous nous y sommes déjà rencontrés, vous vous souvenez, Thorenc ? Il me semble que c'était il y a cent ans, à l'été 40...

Il étreint l'épaule de Thorenc :

— Voyez-la.

Il marmonne encore quelques mots, si bas que Thorenc ne les comprend pas.

Bertrand s'éloigne, traverse le parc, indifférent à l'averse qui tombe encore plus dru, ployant les branches des mélèzes, certaines si imbibées d'eau qu'elles ploient et touchent le sol boueux.

15

Thorenc ne regarde pas Geneviève Villars.

C'est loin l'un de l'autre qu'ils sont assis sur le banc qui, dans la clairière, fait face à l'entrée du château des Trois-Sources.

Pour la première fois depuis dix jours il ne pleut pas, mais la terre, l'herbe, les feuillages, le bois du banc sont gorgés d'eau. Tout suinte. De la vallée monte le bruit de torrent de l'Allier, et sous ce grondement lointain, on perçoit le ruissellement de l'eau dans la forêt.

La nuit tombe.

Bertrand tourne la tête, étend le bras, l'appuie au dossier du banc, mais le bout de ses doigts effleure à peine l'épaule de Geneviève.

Il murmure qu'il n'a pu venir avant, qu'il attendait à son hôtel un appel du commandant Villars. Il devait aussi rencontrer au ministère de la Guerre, à l'hôtel Thermal, le lieutenant Mercier, officier d'ordonnance de Xavier de Peyrière — « votre oncle, le général », répète-t-il.

Il se met tout à coup à parler plus fort, comme emporté, grisé par son récit :

— Même à Vichy, les actes de résistance se multiplient. Un sergent des Groupes de protection du Maréchal a décollé avec un avion, un Goéland de la délégation allemande à la Commission d'armistice de Wiesbaden, qui venait de se poser à Vichy. Il a gagné Londres avec des dizaines de documents. Le lieutenant Mercier lui-même envisage de rejoindre les Forces françaises libres, mais il a prêté serment à Pétain et se sent lié personnellement au général de Peyrière.

Thorenc s'interrompt. Il entend à nouveau la rumeur de l'eau. Il a l'impression d'être sur le point de se noyer. Il faut qu'il parle.

Il hait Vichy, dit-il. En dix jours, il a eu le temps d'en connaître toutes les rues, tous les cafés, les restaurants.

— Un nid de vipères ! lance-t-il.

Il se force à rire :

— Dans un bénitier...

Il a vu le Maréchal sortir chaque jour de l'hôtel du Parc, saluer d'un coup de chapeau la garde qui lui rend les honneurs, puis les badauds qui se pressent, dont certains s'agenouillent.

— Ce sont des pèlerins. D'aucuns portent des costumes régionaux, agitent de petites pancartes où ils ont inscrit le nom de leur province : Quercy, Anjou, Rouergue...

Il se lève, va et vient devant le banc, s'arrête parfois en face de Geneviève Villars, la fixe.

Il la voit amaigrie, le front si dégagé qu'elle paraît avoir perdu des cheveux, et il s'affole. Il a même l'impression que les yeux de la jeune femme se sont enfoncés dans son visage.

Alors il reprend :

— C'est un royaume d'opérette. Et combien méprisable ! Pétain a beau dénoncer tous les jours ce qu'il appelle les mirages d'une civilisation matérialiste, les dangers de l'individualisme...

Il hausse les épaules. Il les a vus, les ministres, tel ce Maurice Varenne, ou les industriels comme Pinchemel, l'un de ses voisins du boulevard Raspail, s'entre-déchirer pour un morceau de pouvoir, un avantage, une autorisation, tandis que les Allemands arbitrent, corrompent, achètent tout : la ferraille, le blé, les hommes !

— Vous êtes arrivé ici dans une voiture allemande, murmure Geneviève Villars.

Thorenc s'immobilise.

— C'est votre père qui vous a raconté ça ? demande-t-il d'un ton violent.

Il fait encore quelques pas.

Geneviève a donc appris qu'il se trouvait à Vichy depuis dix jours. Elle sait sans doute qu'il repart demain pour Marseille et qu'il embarquera de là pour Lisbonne, qu'il a donc attendu le dernier jour pour la rencontrer.

Il se sent coupable, honteux même. Il voudrait lui dire que, chaque jour, il a voulu lui téléphoner, lui rendre visite, qu'il est même monté plusieurs fois au belvédère qui domine la vallée de l'Allier et qui se trouve à quelques centaines de mètres du château des Trois-Sources. Mais il ne s'est pas engagé dans le chemin qui conduit à la clairière où se dresse le château. Il est rentré à Vichy où il a traîné le long des rues. Il a écouté les ragots, échangé quelques mots avec Maurice Varenne. « J'ai vu le lieutenant von Ewers, de l'état-major du général von Brankhensen, lui a dit le ministre. Une personnalité intéressante, aux idées justes, n'est-ce pas ? Il m'a dit le plus grand bien de vous. » Varenne a souri et ajouté : « J'ignorais, mon cher Thorenc, que vous fussiez à ce point engagé dans la politique de collaboration, mais je m'en réjouis ! » Puis, d'un ton trop désinvolte : « Je ne vois plus guère notre charmante amie Lydia Trajani. Il vous arrive quelquefois de la rencontrer ? »

Thorenc se rassied sur le banc, un peu plus près de Geneviève Villars.

— J'ai été constamment suivi, murmure-t-il. Deux hommes qui ne me lâchaient pas, qui m'attendaient chaque matin devant la porte de l'hôtel d'Auvergne. Ils ne se cachaient même plus.

Geneviève regarde autour d'elle, fait mine de scruter la pénombre qui déjà enveloppe la futaie.

Bertrand explique qu'il n'a réussi à se débarrasser d'eux qu'aujourd'hui, en quittant l'hôtel par les cuisines :

— Je n'ai découvert cette sortie que ce matin.

Elle sourit : elle n'est pas dupe de ce mensonge.

Alors il s'indigne, s'exalte pour cacher le malaise qui le gagne peu à peu.

A-t-elle lu ou entendu les derniers discours de Pétain ? Le vieillard et son entourage ont peur. Le Maréchal a dénoncé la « propagande subtile, insidieuse, qui attaque, déforme, calomnie l'œuvre de son gouvernement ».

Thorenc se rapproche encore de Geneviève.

— Il a osé dire : « Vous n'êtes ni vendus, ni trahis, ni abandonnés... Venez à moi avec confiance » — et, naturellement, il dénonce le communisme, la dissidence, et prévient : « Vous souffrez et vous souffrirez longtemps encore, car nous n'avons pas fini de payer toutes nos fautes... »

Geneviève se tourne vers lui, le dévisage.

— Notre action est utile, murmure-t-il. La dissidence, c'est nous. Il nous craint !

— Marchons, dit-elle en se levant.

Elle se dirige vers la forêt. L'obscurité est presque complète, mais, au-delà de la futaie, en contrebas, on distingue les lumières des quartiers de Vichy qui bordent la vallée de l'Allier.

— Vous devez savoir, toi et les autres. J'ai raconté à mon père...

Thorenc lui passe un bras sur l'épaule et, tout en la serrant contre lui, place un doigt sur ses lèvres. Il ne veut pas qu'elle parle. Il ne veut pas l'entendre. En fait, c'est pour cela qu'il n'a pas voulu la voir, jusqu'ici.

Elle le repousse et ils avancent de part et d'autre du sentier.

Elle s'exprime à voix forte, comme si elle voulait que sa voix pénètre les sombres épaisseurs de la forêt.

— Quand ils m'ont arrêtée, ils m'ont aussitôt isolée des autres. Ils m'ont enfermée dans une petite pièce, rue des Saussaies. J'entendais crier. C'est insupportable, c'est comme si on recevait soi-même les coups. Un Allemand est venu, un homme jeune, en civil, au visage souriant, parlant parfaitement le français. Il m'a dit d'emblée que la police allemande, l'Abwehr, la Gestapo n'ignoraient rien de notre réseau, qu'il était même superflu qu'il m'interroge, qu'il détenait des preuves suffisantes pour me faire condamner à mort.

Geneviève s'est arrêtée.

— Il m'a aussi parlé de toi, de mes oncles Xavier et Charles de Peyrière, de mon grand-père Paul, un ami de l'ambassadeur Abetz et d'Alexander von Krentz.

Thorenc continue à marcher comme pour lui montrer qu'il se refuse à l'écouter, mais elle n'en parle que plus fort encore, puis le rejoint.

— Ce lieutenant, Klaus Wenticht...

— Aimable, avenant, séduisant..., décrit Thorenc. Je l'ai rencontré. Il m'a moi-même interrogé.

— Habile, reprend Geneviève. De temps à autre, il s'absentait, laissant la porte ouverte, et j'entendais les cris des gens qu'on torturait. J'ai vu passer Georges Munier, le visage en sang. Deux soldats le tiraient par les épaules. Lorsque Wenticht revenait, il s'excusait, puis m'indiquait que ses collègues avaient obtenu de nouveaux aveux me mettant en cause. « Je n'aime pas leurs méthodes, disait Wenticht. De leur côté, ils pensent que j'ai été contaminé par la vie parisienne, que je suis devenu un tendre... »

Elle a enfin parlé plus bas :

— Wenticht m'a parlé de mon père. Les Allemands n'ignorent rien de ses activités. « Nous les ferons cesser quand nous voudrons », a-t-il dit.

Elle s'est accoudée au muret qui ceinture le belvédère. Le fleuve roule comme un tonnerre qui semble menacer la ville, ces quelques lumières qui clignotent, pareilles à des signaux de détresse.

— Wenticht m'a laissée seule plusieurs heures..., reprend-elle.

Thorenc est venu près d'elle. Leurs épaules se touchent. On dirait qu'ils se soutiennent.

— Puis il est revenu, tout joyeux. Il m'a déclaré

qu'il avait trouvé une solution pour m'éviter tout ça. Il voulait dire : les tortures, les cris, le jugement, la mort... J'avais des parents qui jouaient un rôle politique important, utile. Certains étaient proches de personnalités allemandes influentes. Bien sûr, le commandant Joseph Villars était un ennemi, mais les enfants ne sont pas responsables des agissements de leurs parents...

Geneviève se redresse et se tourne vers Thorenc. La nuit est suffisamment claire pour qu'il distingue l'expression tendue de son visage.

— Wenticht m'a dit : « Compte tenu de tout cela, je vais vous donner votre chance. Je vous remets en liberté. Je voudrais que vous puissiez aller à Vichy et que vous observiez l'attitude des uns et des autres. Vous êtes la fille du commandant Joseph Villars, vous pouvez pénétrer partout. Je voudrais avoir des vues objectives sur l'atmosphère qui règne dans l'armée de l'armistice et au sein du gouvernement. Je vous laisse une heure pour vous décider. Si vous dites non, je vous abandonne à mes collègues. »

Thorenc veut la serrer contre lui. Elle s'écarte.

— J'ai dit oui, murmure-t-elle. Wenticht m'a libérée, fourni un ausweis, et je suis ici.

Elle baisse la tête. Elle ajoute qu'elle n'a livré aucun nom. En fait, les Allemands n'ignoraient rien. Elle n'a donc passé aucun aveu. Mais elle est libre et Georges Munier, Lewitsky et tant d'autres sont restés entre leurs mains.

Thorenc l'enlace et elle consent enfin à s'abandonner.

— J'ai accepté le marché, dit-elle. J'ai pensé que je serais la plus forte.

Elle relève la tête.

— Mais je ne sais plus... Peut-être m'ont-ils détruite d'une manière plus efficace qu'en me tuant.

Même mon père m'a soupçonnée. Et toi, je t'ai attendu, et tu viens seulement ce soir parce que tu pars demain !

Elle le repousse, s'assied sur le muret, dos au vide.

Thorenc lui prend la taille.

Elle explique que son père a réussi à faire passer en zone non occupée Blanche de Peyrière, mais que Brigitte et Henri, sa sœur et son frère, ont refusé de quitter Paris avec leur mère.

— Tu as pensé que j'avais trahi, tu l'as craint ? gémit-elle.

Il ne répond pas, la serre plus fortement.

— Peut-être est-ce une trahison, en effet, murmure-t-elle.

Elle saute à bas du muret et son corps se trouve ainsi contre celui de Bertrand qui, avec ses jambes, lui emprisonne les cuisses.

— Je vais retourner là-bas, dit-elle.

Il voudrait l'en dissuader, mais il sait que c'est inutile. Il pèse sur elle, l'écrase de tout son corps comme pour lui communiquer son énergie, la confiance qu'il a en elle.

Elle parle d'une voix sourde, saccadée, disant qu'elle vengera Munier, Lewitsky... Elle montrera à tous qu'elle n'a pas trahi. Si on la soupçonne — elle s'interrompt, appuie son front contre la poitrine de Thorenc : « même mon père, même toi » —, elle constituera son propre réseau. Elle ne sait pas encore comment ni avec qui, mais elle réussira. Elle se battra seule, s'il le faut.

Elle ne craint plus rien, répète-t-elle en frappant à petits coups la poitrine de Thorenc avec son front.

Klaus Wenticht a eu tort ; sa vanité l'a perdu. Il aurait dû l'emprisonner, la faire tuer. Elle ricane : il a cru la vaincre par l'esprit ! Prétentieux Wenticht qui confond habileté et intelligence !

Thorenc s'est contenté de la tenir contre lui, puis de lui caresser lentement la nuque et le dos.

Il attend qu'elle se soit tue pour dire :

— Viens avec moi, ton père acceptera. Nous partirons ensemble pour Lisbonne, puis tu passeras à Londres où tu rejoindras les Forces françaises libres.

— Ils sont ici, murmure-t-elle. Je reste ici.

Elle rejette la tête en arrière et déclame :

— « La flamme de la Résistance française ne doit pas s'éteindre et ne s'éteindra pas... »

Puis, dans un murmure :

— Ce sera le réseau « Prométhée ».

Elle lui saisit le bras et ils reprennent leur marche, appuyés l'un contre l'autre, dans la forêt.

16

Thorenc ouvre la fenêtre.

Il voit la clairière, le banc qui, à la lisière de la forêt, fait face au château des Trois-Sources.

La lumière est vive et légère. Elle semble flotter entre les frondaisons, éclairant le sous-bois. Comment imaginer la pénombre humide d'il y a presque trois mois, quand Geneviève Villars...

Thorenc lève la tête. Le soleil l'éblouit. Il referme les yeux.

Cette douceur de l'air qui caresse son visage lui rappelle Lisbonne, les promenades dans les rues en pente de la vieille ville, puis le long des quais entre le Mosteiro dos Jerónimos et la Madre de Deus, l'émerveillement qu'il avait éprouvé à découvrir dans les vitrines des pâtisseries ces amoncellements de choux à la crème, ces empilements de tablettes de chocolat, puis, à quelques pas des boutiques, des vendeurs de cigarettes qui ouvraient leurs valises pleines de paquets multicolores dans la pénombre des portes cochères.

Il s'était senti ivre et libre parmi cette foule bruyante qui envahissait la chaussée malgré les coups de sonnette rageurs des conducteurs de tramway.

Jacques Bouvy, l'envoyé du BCRA, le service de renseignement de la France libre, l'avait mis en garde contre cette euphorie. Les agents allemands et italiens étaient aux aguets. On ne pouvait parler que dans les rues, les chambres d'hôtel n'étant pas sûres.

Les hommes de l'Abwehr, de la Gestapo et de son équivalent italien, l'OVRA, avaient déjà supprimé plusieurs correspondants de l'Intelligence Service ou de la France libre. Ils se savaient chez eux au Portugal : après tout, Salazar était un dictateur, un proche de Franco et de Mussolini. « Vous n'êtes pas en sécurité à Lisbonne », lui avait répété Bouvy.

Thomas Irving, l'agent anglais que Thorenc avait rencontré quelques jours plus tard, avait recommandé lui aussi la prudence. Mais Irving avait également conseillé à Thorenc de se méfier de Jacques Bouvy...

— Je sais que vous l'avez vu, lui avait-il dit.

Il avait tracé un portrait sévère des Français libres, et d'abord de De Gaulle :

— Il se prend pour Jeanne d'Arc ! avait-il martelé. Certains, chez nous, des proches du Premier ministre, et Churchill lui-même, pensent que de

Gaulle est fou. En Syrie, ses troupes ont menacé de s'en prendre à nos soldats ! Agit-on ainsi entre alliés ?

Irving avait pris familièrement le bras de Thorenc.

— Travaillez avec nous : vous aurez les fonds, les armes, les explosifs, et d'abord les radios. Nous avons besoin de savoir ce que préparent les Allemands. Il faut nous renseigner sur les mouvements des sous-marins à Bordeaux, Brest, Lorient, Saint-Nazaire. C'est vital, Thorenc ! Nous ne pouvons vaincre si les Allemands contrôlent l'Atlantique. C'est la bataille décisive. Il faut détruire les meutes de sous-marins de l'amiral Dönitz, et vous autres Français êtes en cela indispensables.

Thorenc avait été durant quelques jours assombri par ce qu'il devinait des heurts et des conflits entre de Gaulle et les Anglais.

Fallait-il choisir ?

Il avait marché seul dans le Parque Forestal.

Ni Bouvy ni Irving ne pouvaient imaginer ce que l'on ressentait quand, sur les Champs-Élysées, on voyait défiler les fanfares allemandes, qu'on entendait leurs fifres et leurs tambours. Ni l'un ni l'autre ne connaissaient l'humiliation de l'Occupation, la peur d'être pris, torturé.

Malgré les avertissements de l'un et de l'autre, Thorenc s'était senti plutôt en sécurité à Lisbonne.

Ne plus voir un uniforme allemand, ne plus entendre les musiques, les chants, les mots allemands, ne plus avoir la gorge serrée par l'angoisse quand surgissait une patrouille, une voiture, pouvoir acheter du chocolat et des cigarettes, c'était déjà être libre !

Il avait transmis à Bouvy et à Irving les demandes du commandant Villars et avait communiqué les indicatifs des quelques radios que ce dernier avait réussi à disperser en zone non occupée, et de celles qui émettaient depuis la zone occupée.

La dernière nuit de son séjour à Lisbonne, tout en marchant en compagnie de Jacques Bouvy, il avait pensé à Isabelle Roclore, à ce poste émetteur qu'elle cachait dans le placard de sa chambre. Il avait été saisi par la peur à ce seul souvenir, mais aussi à l'idée qu'il lui faudrait, le lendemain, repartir pour Marseille, via Oran. Il le savait : au fur et à mesure qu'il se rapprocherait de la métropole, l'angoisse ne le lâcherait plus.

Thorenc avait murmuré — mais à voix si basse que Bouvy l'avait invité à répéter — qu'il avait parfois la tentation de quitter la France pour aller combattre dans les rangs des Forces françaises libres. L'autre s'était arrêté, l'avait toisé. C'était un homme petit et corpulent, mais aux gestes vifs.

— Savez-vous que, chaque semaine, je demande à être parachuté en France ? lui avait-il dit. Si je dois mourir, avait-il ajouté, soulignant chaque mot d'un mouvement de son poing fermé, je voudrais que ce soit sur le sol de la patrie. Vous avez de la chance, Thorenc !

... Bertrand rouvre les yeux.

Le commandant traverse la clairière en compagnie du docteur Boullier, le propriétaire du château des Trois-Sources. Joseph Villars fait de grands gestes. Thorenc repousse la croisée, s'assied dans le vaste salon aux dalles blanches et noires.

Villars pénètre dans la pièce, le salue d'un hochement de tête, puis s'exclame :

— Mercier a été extraordinaire ! Vous connaissez Mercier, Thorenc ? Jusqu'à il y a un mois, il était ordonnance de ce faisan de général Xavier de Peyrière, mon beau-frère, mais il a compris. J'ai réussi à le faire nommer au service des Menées antinationales.

Il hausse les épaules.

— Une couverture commode : nous arrêtons quelques communistes, c'est vrai, mais nous traquons et liquidons les agents allemands. Et savez-vous... ?

Il pointe son index droit sur Thorenc.

— Depuis deux ou trois jours, l'un de ces types de l'Abwehr ne me lâchait pas. Ils ont dû savoir que vous aviez débarqué à Marseille, ou bien ils vous ont repéré dès votre arrivée à Vichy. Ils sont partout. Nos salopards du gouvernement et de la police les accueillent à bras ouverts et leur facilitent la tâche.

Villars cesse d'aller et venir à travers le salon.

— La police parisienne vient de rafler un bon millier de Juifs étrangers afin de les remettre aux Allemands. Voilà ce qu'est la collaboration !

Il secoue la tête et reprend son récit :

— Bref, ce matin, le type de l'Abwehr était derrière moi. Bien entendu, je ne voulais pas le conduire ici, jusqu'à vous...

Le commandant s'assied, reste un moment silencieux, puis enchaîne :

— Mercier a mis longtemps à nous rejoindre, c'est vrai. Mais les derniers discours de Pétain lui ont dessillé les yeux. Le voir cautionner la visite de Darlan à Hitler, féliciter les Français de Syrie qui tirent sur les troupes de De Gaulle, pour la plus grande satisfaction des Allemands, mais aussi des Anglais, et entendre le Maréchal ânonner : « Français, vous avez la mémoire courte ! » ou encore Xavier de Peyrière déclarer que de Gaulle, c'est Caïn, la juiverie et la franc-maçonnerie réunis, voilà qui a dessaoulé Mercier !

Villars noue ses doigts derrière sa nuque, étend les jambes. Il ferme à demi les yeux et raconte comment Mercier l'a débarrassé, ce matin même, de l'homme qui les suivait.

— Il l'a attendu, collé contre une façade. Il a bondi, l'a empoigné par le collet et par les couilles. Il l'a soulevé et l'a jeté contre le mur. Du très beau travail !

Le commandant se redresse, ouvre les mains :

— J'ai pu ainsi venir ici en toute sécurité.

Il se penche :

— Parlez-moi de Bouvy et d'Irving.

Lentement, Thorenc fait le récit de ses discussions à Lisbonne, des engagements pris par le BCRA et l'Intelligence Service.

Villars ne le quitte pas des yeux, comme s'il entendait ne pas perdre une seule expression de son interlocuteur.

— En trois mois, la situation a changé, murmure-t-il quand ce dernier s'est tu.

Il parle d'une voix sourde, tête baissée, serrant ses mains puis les dénouant.

— L'opinion bouge. On a manifesté à Marseille et à Lyon au mois de mars, et le 11 mai — il relève brusquement la tête — mon fils Henri et ma fille Brigitte étaient présents quand la rue de Rivoli a été envahie par des milliers de manifestants qui voulaient célébrer la fête de Jeanne d'Arc.

Il a de nouveau baissé la tête.

— On a crié « Vive de Gaulle ! » Les Allemands ont eu beaucoup de mal à disperser ce rassemblement.

Il se tait quelques secondes, les mains tout à coup figées.

— Je ne crois pas que mes enfants aient été arrêtés, murmure-t-il.

Il reprend plus fort :

— Les communistes entrent de plus en plus dans

le jeu. Mon fils Pierre m'a fait part d'une de leurs propositions. Ils voudraient constituer un Front national.

Villars sourit, secoue la tête.

— Manière de coiffer tout le monde... Mais enfin, ils ont mis cent mille mineurs en grève dans le Nord.

Il se lève, va jusqu'à la fenêtre, qu'il ouvre.

— Le printemps, Thorenc... Il y a un an, nous étions dans la fosse ; aujourd'hui, nous recommençons à bouger, mais nous sommes toujours enfouis.

Il se retourne, confie qu'un peu partout les officiers de l'armée de l'armistice constituent des stocks d'armes.

— Ils sont antiallemands, expose-t-il. Ils commencent à penser que l'Angleterre ne capitulera pas. Et l'arrivée de Rudolf Hess en Écosse les a secoués. Le dauphin de Hitler qui se rend à l'ennemi, voilà qui donne à réfléchir ! Mais ils font toujours confiance à Pétain. Indécrottables ! comme dirait de Gaulle. Ils n'ont pas encore réalisé que Pétain a quatre-vingt-cinq ans.

Il sourit.

— Tenez, voilà ce qu'on commence à entendre à Vichy, au restaurant Le Chanteclerc où déjeune et dîne le beau monde, comme vous savez : « Pétain, dit-on, prêche le retour à la terre ; il pourrait bien donner l'exemple ! » Un mot d'esprit ! Cela suffit à ces courtisans qui courbent l'échine devant le Maréchal, Darlan ou Laval. Tout cela est aussi grotesque que sinistre.

Villars s'approche de Thorenc :

— De Gaulle, lui, se sert des mots comme d'un glaive. Vous savez ce qu'il dit de Pétain ? « Triste enveloppe d'une gloire passée, hissée sur le pavois de la défaite pour endosser la capitulation et tromper le peuple stupéfait » !

Il pose une main sur l'épaule de Bertrand.

— Les Français se réveilleront tard. Très tard ! Et nous autres, nous serons morts. Nous aurons eu raison trop tôt. Mais soyons grandiloquents, l'espace de quelques secondes : il faut des semences pour que le blé lève. L'histoire est faite par des gens héroïques et oubliés.

Le commandant se dirige vers la porte.

— Geneviève ? interroge Thorenc.

Villars s'immobilise mais ne se retourne pas.

— Je voulais la faire passer en Espagne, puis, de là, à Londres, répond-il. Elle a refusé. Elle s'est installée à Villeneuve-sur-Yonne sous le nom de Geneviève Durand, infirmière diplômée. Elle va d'une ferme à l'autre. Elle pique. Elle panse. Elle organise son réseau. Elle repère des terrains de parachutage, d'atterrissage.

Il se retourne brusquement.

— Elle se rend trop souvent à Paris. Elle a repris contact avec Delpierre. Elle est en liaison avec l'Organisation civile et militaire. Vous vous souvenez de Lévy-Marbot ? Vous l'avez vu à Marseille. Il voulait d'abord passer en Angleterre, mais il est finalement rentré à Paris. C'est l'un des responsables de l'OCM.

Villars refait quelques pas vers Thorenc. Il souhaite, dit-il, que le journaliste se rende à Marseille, puis à Lyon, pour nouer des liens entre les différents réseaux qui se sont constitués autour du commandant Lucien Pascal et de Henri Frenay.

— Et Paris ? murmure Thorenc.

Villars secoue la tête. Ils s'entre-regardent longuement.

— Un jour ou l'autre, ils reprendront Geneviève, murmure Villars. Vous le savez aussi bien que moi.

La porte s'ouvre tout à coup. Le docteur Boullier

se précipite dans la pièce en gesticulant. Il crie que les Allemands viennent d'attaquer la Russie.

— Ils sont foutus ! répète-t-il.

— Long, ce sera encore très long, commente Joseph Villars.

QUATRIÈME PARTIE

17

Thorenc a entendu leurs pas, puis leurs chuchotements, et il a eu l'impression que son visage et ses épaules se couvraient de sueur. Mais il a eu froid.

Il s'est levé, a écouté. À certains frôlements, il a su qu'ils se tenaient derrière la porte de la chambre, qu'ils attendaient sans doute que le concierge de l'hôtel leur apportât le passe.

Il s'est recroquevillé, serrant les poings, rentrant la tête dans les épaules, se voûtant.

Ils vont me gifler, a-t-il pensé. Et il s'est vu protégeant son visage avec ses coudes, comme un enfant craintif, tout en éprouvant un sentiment ambigu de panique et de jouissance du fait de ces images qui s'imposaient à lui. Puis, tout à coup, il s'est dit qu'on lui passerait les menottes, qu'on lui attacherait les poignets au dossier de sa chaise et qu'il ne pourrait esquiver les coups.

Il a bondi vers la fenêtre, poussé les volets. Le ciel était déjà blanc, mais la rue encore sombre.

Il s'est penché, en quête d'un point d'appui : un rebord, une corniche, un avant-toit. Et, tout à coup, ces mains qui lui tordaient les bras, qui le tiraient en arrière, ces cercles de métal glacé qui lui entouraient les poignets, cette voix gouailleuse où perçaient la haine et le mépris et qui disait :

— Alors, monsieur Bertrand Renaud de Thorenc, on prend le frais, on contemple le Vieux-Port ?

Brusquement, il s'est senti apaisé. Il a pensé : « Enfin ! » — comme si, depuis qu'il avait quitté Vichy, il n'avait fait qu'attendre, espérer cet instant.

Il s'est senti d'un grand calme, fort et indestructible, même, d'une espèce supérieure à celle à laquelle appartenaient ces quatre hommes qui l'entouraient, le bousculaient, le repoussaient contre la cloison de la chambre, entre l'armoire et la fenêtre, puis qui renversaient le contenu de sa valise sur le lit, vidaient les poches de sa veste, ouvraient les tiroirs, l'injuriaient, cependant qu'un cinquième se tenait à l'écart, adossé à la porte, bras croisés, une cigarette au coin des lèvres, les sourcils froncés, ne le quittant pas des yeux.

Thorenc a tourné la tête et vu encore une fois, au-delà de la barre grise des quais du Vieux-Port, la mer incandescente.

C'était cette lumière brûlante et hurlante qui l'avait frappé, à son arrivée à Marseille, une semaine auparavant.

Il était resté plusieurs minutes immobile sur le parvis de la gare Saint-Charles. Et il avait eu aussitôt envie de reprendre le premier train pour Lyon et Vichy.

Il lui avait semblé que la ville qui s'étalait devant lui, au bas des escaliers, était un cratère bouillonnant d'où jaillissaient bruit et chaleur.

Il avait fait quelques pas, regardé autour de lui, puis, au moment où il s'engageait dans les escaliers, le vent s'était levé, frappant le visage comme à coups de lanière. Il avait eu la sensation qu'on l'écorchait. Il n'aurait même pas su dire si ce vent qui lui irritait la peau et la gorge était chaud ou frais.

À plusieurs reprises, il s'était retourné pour éviter

de le recevoir de face, et c'est ainsi qu'il avait aperçu le commandant Lucien Pascal qui marchait derrière lui et qui, d'un mouvement de tête, l'invitait à continuer à descendre la Canebière.

Au bout de quelques centaines de mètres, Pascal l'avait enfin rejoint.

— Le vent vous accueille, avait-il dit. C'est un heureux présage !

Il avait pris Thorenc par le bras, l'entraînant dans un des cafés donnant sur les quais du Vieux-Port. Les rafales faisaient siffler les drisses, claquer les voiles et les toiles de tente.

Ils s'étaient installés dans une arrière-salle aux tommettes recouvertes de sciure. Du bout du pied, Pascal y avait dessiné un sillon.

— Avant, après..., avait-il dit en montrant les deux côtés du sillon.

Il s'était penché vers Thorenc et avait expliqué :

— Nous nous sommes engagés, vous et moi, pour des raisons patriotiques et morales. Le sens de l'honneur, si vous voulez. Mais, maintenant, nous sommes *aussi* du bon côté ! Hitler est perdu, mon vieux. En 1812, nous sommes allés jusqu'à Moscou, et l'espace, l'hiver russes ont eu raison de nous. Les Allemands vont se débattre, ils sont coriaces. Mais leur Führer n'est pas Napoléon. Ils ne vont même pas atteindre Moscou. Ils piétinent déjà. Ils vont crever là-bas. J'imagine leurs casques d'acier comme des points noirs disséminés sur la neige.

Pascal avait haussé les épaules :

— Pour autant, ce ne sera pas plus simple ici. Au fil des mois, la grande foule des habiles va penser à son avenir. Et faire mine de résister... Enfin — il avait soupiré —, ce n'est pas pour demain !

Il avait déplacé de côté les verres de vin blanc

que le garçon venait de déposer sur le marbre blanc de la table.

— Villars a eu raison de vous envoyer ici. Ça bouillonne et ça brouillonne, à Marseille !

Il y avait, avait-il expliqué, le Mouvement de libération nationale, ou Combat, du capitaine Henri Frenay, les officiers de l'armée de l'armistice, ceux des services de renseignement qui suivaient plus ou moins le commandant Villars, et puis lui, Pascal, qui représentait Londres.

— Vous êtes allé à Lisbonne, n'est-ce pas ?

Thorenc n'avait pas répondu. Pascal s'était impatienté :

— Je sais que vous y avez vu Jacques Bouvy et Thomas Irving. Mais il faut choisir entre de Gaulle et Churchill, et Villars hésite, comme Frenay d'ailleurs. Ce n'est pas tout d'être antiallemand, s'était-il exclamé en vidant son verre, il faut savoir ce qu'on veut : liquider Pétain ou pas, soutenir de Gaulle ou les Anglais, ou, pourquoi pas, les communistes...

Depuis l'entrée en guerre de l'URSS, on les trouvait partout : ils organisaient des sabotages à la gare Saint-Charles ou à celle de la Blancarde ; ils avaient manifesté le 14 juillet à Marseille comme à Paris.

— Qu'est-ce qu'ils veulent, au juste ? C'est la question, avait murmuré Pascal.

Il n'avait pas confiance. Leur objectif final était à l'évidence l'insurrection, la révolution.

— Nous, c'est la résistance et la libération, avait-il dit en martelant la table. Ils nous débordent, Thorenc ! Et les autres, à Vichy, vont se servir de ça pour nous étrangler.

Pucheu venait d'être nommé secrétaire d'État à l'Intérieur et déjà, à Marseille, on sentait les effets de ses directives.

— Attention, Thorenc : la police, ici, s'est infiltrée partout. Et croyez-moi, rien ne lui échappe !

Le commandant s'était levé et avait ajouté :

— Essayez de voir Frenay. C'est la clé de voûte. Un obstiné, un têtu, un homme de courage et plein d'invention. Si vous voulez faire le point sur la Résistance, il faut passer par lui.

Il avait fait quelques pas au côté de Thorenc, précisant qu'un ancien préfet, Moulin, qui s'apprêtait à partir pour Londres, avait déjà longuement rendu visite à Frenay. Il avait souri :

— Vous arrivez sans doute un peu tard, mon vieux. Moulin est peut-être déjà reparti et parvenu en Angleterre. Mais ça, c'est Villars ! Il anticipe, puis il tarde, parce qu'il veut rester indépendant. Frenay a d'ailleurs le même défaut.

Il avait frappé sur l'épaule de Thorenc :

— Au bout du compte, ils s'aligneront tous sur de Gaulle. Il n'y a pas le choix ; c'est l'homme pivot, l'*homme de base*, vous savez : le plus grand, celui sur lequel, dans un défilé, tout le monde cale son pas.

Pascal s'était arrêté devant un kiosque à journaux. Autour de l'édicule, le vent tourbillonnait, entrechoquant les petites étagères métalliques d'où le vendeur avait retiré toutes les publications.

Le commandant s'était penché à l'intérieur du kiosque et Thorenc l'avait vu acheter plusieurs journaux qu'il avait dû serrer contre lui pour éviter que le vent ne les emporte. Il avait tenté de les déplier tout en s'exclamant et en ricanant, tourné vers son compagnon :

— La Légion des volontaires français contre le bolchevisme ! Voilà la grande affaire de ces messieurs : Doriot, Déat, Pucheu, Laval et donc Pétain, Darnand...

Il avait secoué la tête.

— Drapeau français et uniforme allemand, serment au Führer, et les pauvres types qui s'engagent disent — il avait montré l'un des journaux — qu'ils partent faire la guerre aux puissances d'argent ! Et vos amis...

Il avait fini par faire une grosse boule des quotidiens qu'il avait achetés, et l'avait jetée sur le trottoir où le vent l'avait aussitôt entraînée.

— Oui, vos confrères et amis Luchaire, Drieu La Rochelle, Brasillach, Déat, Céline, bref, la corporation des écrivains et journalistes, nous jouent le grand air de la croisade antibolchevik ! Ils ont enfin trouvé une raison de collaborer et de cirer les bottes aux Boches ! Bravo !

Il avait brusquement donné l'accolade à Thorenc.

— Voyez Frenay, et puis filez vite, car Marseille est la ville des indicateurs. Tout le monde échange des informations, c'est un troc généralisé et tout le monde se tient. Mais n'oubliez pas : les flics ont plus peur que vous. Ils ne sont plus sûrs de l'avenir, alors ils misent sur tous les tableaux : la Gestapo, parce qu'elle est déjà à Marseille et qu'ils travaillent avec elle ; Vichy, parce que Pucheu est leur ministre, celui qui les paie et leur fait gravir les échelons ; le « milieu », parce que les truands sont dangereux mais généreux, ils paient les flics en sous-main et leur fournissent des filles. Nous, nous ne sommes pas grand-chose, mais un bon flic ne se fie pas aux apparences : après tout, l'Angleterre n'a pas capitulé, et puis maintenant il y a les Russes. Alors, nous comptons aussi !

Il avait laissé son bras sur l'épaule de Thorenc comme s'il avait eu du mal à se séparer de lui, et son visage anguleux, sous les cheveux noirs coupés court, exprimait en effet plus que de la bienveillance, une attention amicale.

— Naturellement, avait-il repris, quelques-uns sont avec nous. Une poignée de policiers honnêtes et courageux. Les autres se méfient d'eux. Et puis — il avait fait la grimace — il y a aussi quelques collabos, des antisémites, des pétainistes, des antigaullistes qui entendent profiter des circonstances pour liquider tous ceux qu'ils haïssent : Juifs, gaullistes, communistes, simples honnêtes gens...

Il avait serré l'épaule de Thorenc.

— Le pire est le commissaire Dossi. Il règle ses comptes. La République l'avait mis sur la touche pour corruption. Vichy en a fait le patron des Brigades spéciales pour tout le sud de la France. Il est en relation constante avec les Allemands, la Gestapo, l'Abwehr, et avec les policiers et les truands qui, à Paris, se sont mis à leur service.

— Marabini, Bardet, Henry Lafont..., avait murmuré Thorenc. Le 93, rue Lauriston.

Pascal avait acquiescé d'un hochement de tête.

— Le commissaire Antoine Dossi : souvenez-vous. Il ne vous fera pas de cadeau. S'il peut vous expédier en zone occupée, vous livrer aux Allemands, il le fera. C'est lui qui traque les Juifs étrangers. Un chien enragé, mais vif comme un loup et pervers comme un serpent.

Il avait souri et répété :

— Drôle d'animal, mais très dangereux : Dossi, Antoine Dossi...

Dans la chambre d'hôtel, l'homme adossé à la porte a laissé retomber ses bras et s'est avancé vers Thorenc qui n'a pas baissé les yeux.

Il s'est approché jusqu'à toucher Bertrand qui a senti son odeur de sueur mêlée à celle d'un parfum trop fort.

— Bertrand Renaud de Thorenc, journaliste, a lâché l'homme de la même voix ironique où le mépris ne se dissimulait plus, flagrant dans chaque intonation. On est donc descendu à Marseille : nous sommes flattés !

Il a serré les mâchoires, plissé ses lèvres charnues. Puis il a passé la main droite sur sa calvitie qui ne laissait autour de son visage gras qu'une étroite couronne de cheveux noirs.

— Commissaire Antoine Dossi, a-t-il marmonné tout en écrasant du talon le pied nu de Thorenc.

18

Thorenc a essayé d'oublier la douleur. Elle brûle son pied écrasé, sa jambe. Elle gonfle ses mains paralysées par les menottes. Elle s'enfonce par à-coups dans sa poitrine, à la hauteur du cœur. Parfois, il en a le souffle coupé.

Mais, assis face à Antoine Dossi, dans un vaste bureau dont les fenêtres donnent sur les quais de la Joliette, il ne baisse pas les yeux.

Il n'a répondu à aucune des questions du commissaire, et à plusieurs reprises il a eu la sensation qu'il réussissait à fuir son corps douloureux, à atteindre un ciel bleuté où sa pensée flottait, sereine.

Il ne parlerait pas.

Il ne dirait pas qu'il avait vu Henri Frenay et l'un de ses adjoints, Maurice Chevance.

Il ne prononcerait pas le nom du commandant Lucien Pascal.

Il se contenterait de répéter qu'il était à Marseille pour réaliser un reportage sur les troupes de Syrie restées fidèles à Vichy et dont les Anglais avaient autorisé le rapatriement. Il dirait une nouvelle fois que son intention était de faire connaître leurs combats, d'illustrer en somme les propos du maréchal Pétain et de l'amiral Darlan qui avaient exalté leur courage face aux soldats ralliés à de Gaulle.

Dossi s'est levé, une lourde règle serrée dans son poing, et, s'approchant de lui, il a murmuré :

— Monsieur Bertrand Renaud de Thorenc me prend pour un con.

De toutes ses forces, il a abattu la règle sur les cuisses de son prisonnier. Durant quelques minutes, celui-ci a été empoigné par une douleur qui l'a réemprisonné dans son corps.

Puis Thorenc a souri et déclaré d'une voix posée que le ministre Maurice Varenne, le général Xavier de Peyrière, son frère l'ambassadeur Charles de Peyrière, et leur père, l'un des plus hauts responsables de la Légion des combattants, Paul de Peyrière, tous proches collaborateurs du Maréchal, seraient naturellement avisés du comportement du commissaire Dossi. Et celui-ci aurait à se justifier.

Varenne, a précisé Thorenc, était un ami de longue date de Pierre Pucheu, secrétaire d'État à l'Intérieur, que lui-même connaissait d'ailleurs aussi. Pucheu, comme Thorenc, était un ancien élève de l'École normale supérieure. Mais peut-être le commissaire Dossi imaginait-il qu'il pouvait agir à sa guise ? Il verrait.

Dossi a de nouveau brandi sa règle, mais il a fini par reculer d'un pas, puis est retourné s'asseoir derrière son bureau. Il a reposé la règle, s'est mis à se balancer dans son fauteuil sans quitter des yeux Thorenc.

Au bout de plusieurs minutes, il s'est immobilisé,

les mains croisées devant sa bouche, les yeux plissés.

— Vous ne vous rendez pas compte, monsieur Bertrand Renaud de Thorenc..., a-t-il dit d'une voix sourde, en guise de préambule.

Sa voix lente a pris un ton hargneux.

— Vous et vos amis, vous ne représentez rien ! Strictement rien !

Il a pris sur son bureau plusieurs feuillets polycopiés ou dactylographiés.

— Voici vos petits journaux de merde : *Vérités*, *Libertés*, *Libération*... Vous croyez vaincre le Reich avec ça ? Nous allons vous écraser, monsieur de Thorenc !

Il a frappé le sol du talon.

— Tous : Juifs, communistes, gaullistes !

Il a ricané.

— Vous êtes comme des parasites, des poux. Vous vous êtes infiltrés à Vichy. Mais on va aussi nettoyer Vichy ! Personne ne pourra vous protéger. Tenez...

Il a montré une photo à Thorenc. Celui-ci y a distingué un corps couché, face contre terre.

— Monsieur Max Dormoy, précise Dossi, monsieur le ministre de l'Intérieur de Blum ! Il a voulu me chasser de la police en 36. On a découvert son cadavre à Montélimar. Et moi je suis là. Et si je veux, je vous fais pisser le sang !

Dossi a ouvert un tiroir, sorti un dossier bleu qu'il a entrepris de feuilleter.

— On sait tout sur vous, monsieur de Thorenc... Votre mère, madame Cécile de Thorenc, qui s'envoie en l'air avec n'importe qui...

Il a secoué la tête.

— À son âge, cette vieille peau ! Mais enfin, certains Allemands aiment la chair faisandée...

Il s'est absorbé dans sa lecture, reposant méticuleusement chaque page, citant des noms, puis, relevant la tête, il a souri :

— Et les Villars, vous les connaissez bien, n'est-ce pas ? Le commandant Joseph Villars, qui sera un jour condamné à mort comme de Gaulle ou le colonel de Larminat : douze balles dans la peau ! Et Geneviève Villars... Évidemment, vous ignorez où elle se cache ? On la retrouvera. Gaullistes, communistes, les Villars sont un peu tout ça, vous le savez, vous connaissez bien Pierre Villars...

Il a pris une feuille, l'a agitée.

— Ça, c'est le plus amusant. Vous n'êtes qu'un demi-Juif, Thorenc ! Vous n'allez tout de même pas renier votre père, Simon Belovitch ? Il faut être fier d'être le bâtard d'un escroc, non ?

Thorenc n'a pas cillé, mais la douleur lui a étreint la poitrine si fort qu'il a dû se mordre les lèvres pour ne pas hurler.

— Ce Belovitch traîne par ici, entre Nice et Cannes, a continué Antoine Dossi. Les Juifs aiment le soleil : la vermine, ça a besoin de chaleur. Lui aussi, on le débusquera. Nous avons déjà arrêté quelques milliers de ses semblables. Les Allemands en raffolent. On les leur livre par wagons entiers. Je n'imaginais pas que les Juifs pouvaient autant empester. Ils chient dans leur froc, tellement ils ont peur.

Dossi a recommencé à se balancer, puis il a refermé le dossier et s'est levé.

— C'est un premier contact, monsieur Bertrand Renaud de Thorenc.

Deux inspecteurs l'ont soulevé de sa chaise en le tirant par ses bras entravés. Ils lui ont décoché des coups de coude dans les côtes et des coups de genou dans le bas-ventre, puis ils l'ont conduit par un sombre couloir.

Ils l'ont appuyé à une porte et lui ont ôté les menottes. Thorenc a découvert autour de ses poignets ces plaies pareilles à des bracelets rougeâtres.

Puis les inspecteurs ont ouvert la porte et l'ont poussé dans sa cellule.

Il s'est affalé sur le sol.

La douleur l'a recouvert.

19

Thorenc a écouté cette voix qui sortait de l'ombre. Elle lui était familière sans qu'il pût la reconnaître. Elle chuchotait, répétait :

— Tu as soif ? Tu as mal ?

Il a voulu se soulever en prenant appui sur ses mains, mais celles-ci étaient si douloureuses qu'il a geint.

Il a eu honte de cette plainte.

Il s'est redressé tout en regardant autour de lui, cherchant à apprivoiser l'obscurité.

— Il y a de l'eau, a indiqué la voix.

Thorenc a distingué le seau, deux bat-flanc et, accroupie sur l'un d'eux, la silhouette de l'homme.

Une lumière poudreuse tombait d'une ouverture de quelques centimètres au ras du plafond.

Sans se lever, Thorenc s'est traîné sur le sol de terre battue jusqu'à pouvoir appuyer son dos au rebord du bat-flanc.

Il est resté plusieurs minutes la tête baissée, les yeux clos.

Il a tâté ses mains gonflées, ses poignets écorchés, ses cuisses et ses jambes endolories. Le pied que Dossi avait broyé a enflé, et il a l'impression que le sang y bat à grands coups qui résonnent dans tout le reste de son corps.

— Tu peux t'allonger, dormir, a murmuré la voix, plus proche.

Thorenc a rouvert les yeux. L'homme s'est penché. Son visage est tuméfié ; ses propres yeux ne sont plus que des fentes rougies dans deux protubérances noirâtres dont les auréoles violacées couvrent les joues. Ses lèvres sont crevassées d'avoir été sans doute martelées à coups de poing.

— Je n'ai rien, a dit Thorenc.

Il s'est levé malgré la douleur et a marché en boitillant jusqu'au seau.

— Tu peux boire, a répété l'homme.

Thorenc a plongé ses mains dans le seau, puis a porté à sa bouche ses paumes remplies d'eau.

Il s'est aussitôt senti mieux, comme si l'eau avait quelque peu noyé la douleur. L'avait *allongée*.

Il s'est assis en face de l'homme, sur le bat-flanc, et s'est mis à examiner son visage.

C'était comme la voix : sous les traits bosselés, Thorenc a deviné une physionomie et des expressions qui ne lui étaient pas inconnues.

De son côté, l'homme le fixait aussi, se rapprochant encore comme pour mieux voir à travers ses paupières enflées.

Il a secoué la tête, levé lentement les bras ; peut-être cette façon d'entrouvrir un peu les lèvres était-elle la seule façon qui lui restait de sourire.

— La croix de Vermanges, a-t-il murmuré.

Il a placé ses mains dans l'étroit faisceau de lumière qui fissurait la pénombre de la cellule.

— Dossi m'a cassé les doigts un à un.

Puis il s'est reculé, s'adossant au mur.

— On se retrouve, mon capitaine ! a-t-il conclu.

À ce mot de « capitaine », Thorenc a aussitôt reconnu le sergent-chef Minaudi.

C'était comme si, sous le masque déformé de son codétenu, il avait retrouvé les traits du sous-officier avec qui il avait fui devant l'avance allemande, l'un et l'autre s'étant battus autant qu'ils avaient pu.

Durant quelques minutes, il est resté silencieux. C'est moins la surprise que l'émotion qui l'étrangle. Dans ce labyrinthe où il lui semble errer depuis son arrestation, il a enfin trouvé un repère. Il n'est donc pas perdu, abandonné. Il suit la bonne route.

Thorenc a posé les mains sur les genoux de Minaudi. Il se souvient de chaque moment passé dans cette maison forestière des Ardennes, quand ils avaient pataugé dans la boue de la « drôle de guerre » durant tout un automne et tout un hiver.

Puis était venu le printemps 40 et il a revécu l'embuscade qu'ils avaient tendue, en pleine déroute, à eux deux — lui, le capitaine de Thorenc, et lui, le sergent-chef Minaudi —, à une compagnie allemande qui avançait, insouciante, vers la croix de Vermanges.

— Ils ne peuvent pas savoir, a lâché Thorenc.

Minaudi a une nouvelle fois montré ses mains en murmurant :

— J'ai seulement répété mon nom, mais Dossi connaît beaucoup de choses. Il est vrai que nous deux, on est trop différents, trop loin l'un de l'autre pour qu'ils puissent imaginer...

Il s'est longuement tu, puis a ajouté :

— Trop loin... N'empêche qu'on est là, tous les deux, comme à la croix de Vermanges. Sauf qu'on n'a plus de fusil-mitrailleur.

Thorenc lui a étreint les genoux.

— On se bat quand même, a-t-il chuchoté.

— Ils ne vous ont pas trop abîmé ? a demandé Minaudi.

— Pas encore.

L'ex-sergent a hoché la tête.

— Dossi, s'il avait voulu, vous aurait déjà arrangé comme moi. S'il vous a laissé intact, c'est que vous allez sortir. Dans deux jours, une semaine ou trois mois, ça, c'est lui qui décidera. Mais moi...

Il a plaqué sa main sur sa poitrine.

— Moi, je suis bon pour le tribunal spécial, et au bout...

Il a palpé sa gorge.

— Le tribunal spécial, il est fait pour condamner à mort, mon capitaine, a ajouté Minaudi en penchant la tête sur son épaule.

Il s'est levé avec difficulté et est venu s'asseoir près de Thorenc sur le bat-flanc.

— Vous vous souvenez ? a-t-il commencé à raconter.

Il a parlé du séjour de Thorenc à Nice, des arcades de la place Garibaldi — lui-même habitait au numéro 7 —, du rouge sang des façades. Il a évoqué les rochers blancs du cap au-delà du port, et la Tour-Rouge.

— Rouge..., a-t-il répété avec insistance.

Puis il a encore baissé la voix.

Il faisait partie, a-t-il expliqué, d'un groupe de communistes, étrangers pour la plupart.

— Vous vous souvenez de José Salgado, le professeur espagnol que vous aviez rencontré à Madrid, puis à Nice ?

Il y avait aussi Jan Marzik, le Tchèque qui voulait gagner Londres et qui, en définitive, avait dû rester en France.

Ils avaient effectué des sabotages de voies ferrées, de ponts, de tunnels. Certains membres de cette Main-d'œuvre ouvrière immigrée étaient passés en zone occupée pour constituer l'Organisation spéciale du Parti communiste.

— Nous allons tuer les Allemands un à un, a expliqué Minaudi, avec ce que nous avons sous la main : un revolver, un couteau, même avec un marteau ou un tournevis.

Thorenc s'est quelque peu écarté de l'ex-sergent, cherchant à mieux discerner son visage. Mais les traits sont si martelés qu'ils sont devenus inexpressifs. Seule la voix a changé, rageuse, sourde mais déterminée.

— Ils vont prendre des otages, a-t-il objecté à Minaudi, et les fusiller. À raison de dix, cent, mille pour un Allemand !

Il s'est levé.

Il a imaginé les corps abattus, pareils à ceux des ouvriers de Badajoz, les premiers fusillés qu'il ait vus, en 1936, leurs visages couverts de mouches, et il a regardé Minaudi avec une sorte d'effroi. Celui-ci arborait le visage de la guerre sans merci, inexpiable.

— Le sang appelle le sang, a murmuré Thorenc. On ne pourra pas tuer tous les Allemands.

Il a marché jusqu'au seau, a repris de l'eau, s'en est aspergé la figure.

— À chaque fois, a-t-il ajouté, ce sera comme un assassinat.

Minaudi a exhibé ses mains en les plaçant à hauteur de ses propres yeux.

— Et ça ? a-t-il marmonné.

Puis il les a jointes, formant un cercle, un nœud coulant.

— Si j'en ai l'occasion, j'aurai encore assez de force pour étrangler Dossi ou n'importe quel Allemand. Je le ferai sans hésiter.

Minaudi s'est levé à son tour et s'est approché de Thorenc.

— J'ai besoin de vous..., a-t-il chuchoté.

20

Thorenc a voulu regarder le soleil, mais la lumière est si vive, ses yeux sont si peu habitués à cette luminosité brûlante qu'il est comme hébété. Il ferme les paupières mais demeure le visage levé, la bouche entrouverte, comme s'il voulait boire à l'étincelante chaleur du ciel.

Il reste ainsi quelques minutes au milieu de la chaussée. Il y a des coups de Klaxon et Thorenc fait quelques pas en boitant. Il gagne le quai et pose sa valise.

Il a envie de rire. Il écoute le clapotis de l'eau contre les coques des barques. Il pense : « La liberté est une forme d'ivresse. » Puis il murmure :

— Je suis ivre de liberté !

Mais, brusquement, cette gaieté qui lui emplit l'esprit et le corps le gêne comme une trivialité choquante.

Il se retourne et considère le bâtiment grisâtre d'où il vient de sortir. Il repère les fenêtres ouvertes du bureau d'Antoine Dossi, au troisième étage, et il aperçoit les policiers en faction de part et d'autre de la grande porte cochère noire, renforcée de ferrures et de rivets.

Il songe à Joseph Minaudi.

Il reprend sa valise, qui lui paraît plus lourde, et s'éloigne en direction de la gare Saint-Charles.

Au moment de s'engager sur la Canebière, il

regarde une nouvelle fois le bâtiment et imagine qu'un jour on pourra en forcer la porte, les armes à la main.

Ce jour-là, non, il n'y aura pas de pitié pour le commissaire Antoine Dossi.

Dossi ne l'avait plus frappé, mais l'avait humilié presque chaque jour.

D'un signe de tête, il ordonnait à deux inspecteurs de forcer le détenu à s'agenouiller, les mains menottées derrière le dos.

Il souriait, s'approchait. Effleurait les épaules de Thorenc avec sa lourde règle.

— Il faut vous apprendre la modestie et la discipline, monsieur Bertrand Renaud de Thorenc, disait-il.

Son visage aux yeux mi-clos exprimait une jouissance perverse. Du bout de la langue, puis du bout des doigts, il caressait sa lèvre inférieure comme gonflée de plaisir.

Thorenc ne le quittait pas des yeux.

Dossi était l'un de ces hommes auxquels le désastre de la nation, les malheurs du temps permettaient de prendre une revanche personnelle.

Il ne supportait pas le regard de Thorenc. Il se précipitait vers lui, mais, au tout dernier moment, s'arrêtait, se bornant parfois à le pousser violemment. Thorenc tombait, jambes repliées, bras entravés, incapable de se relever.

— Foutez-le-moi à côté ! criait alors le commissaire.

Les inspecteurs le traînaient dans une petite pièce attenante au bureau. Les fenêtres grillagées étaient obturées, la chaleur étouffante.

Thorenc ne voulait pas entendre ; pourtant, il était aux aguets.

Dossi hurlait, frappait des prisonniers qu'il injuriait. Certains criaient, d'autres pleuraient. Une femme avait imploré, sangloté, et le claquement des gifles avait résonné dans la tête de Thorenc. Dossi avait répété entre les coups :

— Salope, putain, donne-les, ces noms, ces adresses !

Puis le silence retombait et Dossi faisait bientôt irruption dans la pièce.

— Vous avez des protecteurs, monsieur de Thorenc ! disait-il. On s'inquiète de votre sort. Même les Allemands...

Le commissaire s'asseyait, les pieds près du visage de Thorenc encore à demi couché sur le sol, là où les inspecteurs l'avaient laissé.

— Donc, vous connaissez le général von Brankhensen et le lieutenant Konrad von Ewers ?

Dossi avançait le pied comme s'il avait eu l'intention de l'en frapper en plein visage.

— Ils souhaitent vous voir libérer. Mais moi, je suis français, monsieur de Thorenc, j'exécute les ordres de mon gouvernement, et vous savez ce qu'a dit le Maréchal ?

Il se penchait.

— « Je sens souffler depuis plusieurs semaines un vent mauvais... » Et on voudrait que je vous relâche ?

Il haussait les épaules.

— Mais même si je le fais — et je le ferai peut-être — je sais qu'à un moment ou à un autre je vous aurai, et ce jour-là...

Il se levait.

— Vous les avez entendus, ces porcs ? Pour vous, ce sera plus raffiné. Ou bien je vous expédierai là-bas... Vous connaissez la rue Lauriston ? Paris, seizième ? Mes anciens collègues, mes excellents amis Marabini et Bardet sont des experts. Et je ne vous dis rien d'Henry Lafont.

Thorenc s'efforçait de ne pas bouger, de conserver cette indifférence méprisante dont il sentait qu'elle troublait, et même inquiétait Dossi.

Mais la peur était là, qui lui griffait le ventre et la gorge.

Puis il s'était rassuré. Le commandant Pascal avait dû constater sa disparition, avertir Villars à Vichy. Celui-ci était sans doute intervenu auprès des Peyrière et de Maurice Varenne, lequel avait alerté Lydia Trajani. Elle avait obtenu de von Ewers et du général von Brankhensen qu'ils fassent pression sur Dossi. Le commissaire était trop habile, trop prudent pour s'opposer à la volonté allemande. Il fallait donc tenir.

— Il vous laissera sortir, lui avait dit son codétenu.

Dossi avait interrogé à plusieurs reprises l'ancien sergent dont le corps n'était plus qu'une plaie.

— C'est la peau qu'il m'arrache, gémissait Minaudi. Mais ce qu'il y a dans ma tête, c'est trop profond pour qu'il l'atteigne.

Couché sur son bat-flanc, il avait murmuré que Thorenc devait l'aider à avertir ses camarades. Il fallait se rendre à Nice, au 5, rue Fodéré, près du port, chez Christiane Destra, lui dire simplement que Joseph n'avait pas parlé et ne parlerait pas.

Minaudi s'était un peu soulevé ; Thorenc l'avait aidé à s'asseoir.

D'une voix traînante, comme si chaque mot lui était une souffrance, il avait expliqué qu'il fallait toujours voyager en troisième classe, quitter le train dans une petite gare, avant la destination prévue. La police ne pouvait surveiller tous les arrêts.

— Descendez à Saint-Laurent-du-Var ou à

Cagnes, avait-il poursuivi. Vous saurez alors si on vous suit. Un voyageur, ça se remarque quand les quais sont déserts.

Épuisé d'avoir prononcé ces quelques phrases, il s'était rallongé, puis, après avoir paru sommeiller, il avait ajouté :

— Faites le reste du trajet à vélo ou à pied. Les flics sont paresseux.

Il s'était à nouveau redressé :

— Les gens comme vous aussi, avait-il conclu d'une voix un peu hargneuse. Ils aiment le confort, le luxe. C'est ce qui les perd. Vous n'avez pas l'habitude de la souffrance.

Une nuit, les inspecteurs étaient venus chercher Minaudi qui s'était contenté de regarder longuement Thorenc pendant qu'on le bousculait, l'entraînait, allant même jusqu'à le porter du fait qu'il ne pouvait plus marcher.

Thorenc était resté recroquevillé, claquant des dents, indifférent aux cafards qui lui grimpaient sur le visage, puis se glissaient sous sa chemise. Certains tombaient du plafond et ils étaient si nombreux sur le sol que le grattement de leurs pattes faisait un crépitement ininterrompu.

Thorenc n'avait pas cherché à imaginer ce qu'ils allaient faire de Minaudi. Il avait revu le sergent-chef marcher à ses côtés dans les sentiers de la forêt ardennaise, puis mettre le fusil-mitrailleur en batterie à la croix de Vermanges, attendant l'arrivée de cette compagnie allemande dont ils avaient perçu les chants joyeux. Ils avaient ouvert le feu, puis s'étaient enfuis, contournant les buissons, sautant les fossés, se faufilant entre les panzer, finissant par atteindre Saint-Georges-sur-Eure. Là, le sergent lui avait fait part de sa décision de regagner sa ville, Nice...

D'un bond, Thorenc s'était levé. Il s'était secoué et les cafards avaient dégringolé.

Si on le libérait, il irait au 5, rue Fodéré, porter le message de Minaudi.

On l'avait conduit le lendemain matin dans le bureau d'Antoine Dossi.

Le commissaire était appuyé, bras croisés, au rebord d'une des fenêtres.

— Je pouvais..., avait-il commencé de manière elliptique, mais j'ai préféré vous laisser mijoter un peu...

Il s'était avancé et avait précisé :

— Je pouvais vous mettre dans une voiture avec l'autre : direction Paris, la Section spéciale. Mais non, c'est trop tôt ! Je veux que vous creviez, et je ne suis pas sûr que, là-bas, vous auriez été condamné. L'autre, oui ! Vous — il avait avancé la mâchoire et la lèvre inférieures dans une grimace de dégoût —, on vous protège encore. Seulement voilà — il s'était frotté les mains —, les communistes commencent à assassiner les Allemands. Ils ont tué un officier au métro Barbès. Désormais, ça va être la vraie guerre !

Il s'était encore approché de Thorenc.

— On va fusiller des otages, décapiter. Vous, vous allez prendre votre petite valise et vous allez continuer à faire vos conneries, à résister, comme vous dites, et vous serez bientôt un assassin, comme les communistes. Et à ce moment-là...

Il était revenu sur ses pas, vers la fenêtre.

— Le temps des amusements pour messieurs comme il faut est terminé !

Il avait pris un journal sur son bureau, l'avait montré à Thorenc :

— Ils ont fusillé d'Estienne d'Orves : un bon début, non, monsieur de Thorenc ? La noblesse et la racaille communiste ensemble !

Il avait ri, puis hurlé :

— Dehors, monsieur de Thorenc, dehors !

21

Chaque matin, Thorenc s'assied sur les rochers, là où le blanc décapé du calcaire côtoie le vert foncé des algues.

Parfois, quand souffle le vent d'est, il s'installe sous la pinède, dans le parc du petit hôtel où il est descendu depuis que, venant de Marseille, il a sauté sur le quai, en gare d'Antibes, au moment précis où le train repartait. Personne n'a bondi après lui, on ne l'avait donc pas suivi.

Il s'est dirigé vers la mer, l'horizon, marchant le long du cap.

À chaque pas, il lui a semblé qu'il boitait moins, comme si la vue de ces plages désertes, de ces rochers nus, de ces hôtels presque vides et de cette mer bleu roi lui avait d'emblée conféré un sentiment de force et de sécurité qui s'était répandu en lui, refoulant la douleur.

Il s'est arrêté pour regarder les vagues qui projetaient des paquets de mer. Passant par-dessus les rochers et le muret, les plus rageuses montaient à l'assaut de la route.

Thorenc s'est laissé tremper par cette écume salée, ces embruns qui frappaient comme des volées de grains de sable. C'était comme un baptême : la vie reprenait. Elle était une succession de combats, une course d'étapes. Il fallait à chaque fois repartir, s'élancer. De cette course même naissait l'énergie. Tout n'était peut-être qu'illusion, mais, à la fin, les vagues n'en avaient pas moins creusé la roche, chaque embrun laissé sa trace.

Il a pu choisir une chambre au dernier étage de cet hôtel dont il est l'un des rares clients. Lorsqu'il rentre de sa marche autour du parc, il s'installe, quel que soit le temps, sur le balcon, et, au-delà des pins parasols, il suit des yeux le mouvement des vagues. Il y noie ses souvenirs les plus sombres — Dossi — comme les plus douloureux — Geneviève Villars, Joseph Minaudi...

Souvent, il a aperçu dans le parc une jeune femme brune qui, vêtue de blanc, se promène seule entre les arbres.

Cette silhouette imprécise et fugitive a suffi à le faire rêver.

Il a imaginé une rencontre, les premiers mots échangés, l'émoi des regards, puis l'embrasement — et ce temps nouveau qui s'ouvrait pour lui, une vie à l'écart des rumeurs et des violences, dans un creux oublié par la guerre.

Ça n'a été qu'une rêverie.

Le propriétaire de l'hôtel, un homme voûté, marchant appuyé sur une canne, entouré de deux femmes de chambre rondes et fortes, s'est approché un matin de Thorenc.

— Vous l'avez vue ? a-t-il demandé. La fille ? Elle paie sa pension, mais elle est seule. Je m'interroge : peut-être une étrangère, une Allemande — il avait baissé la voix — ou une Juive ? Vous savez, on a la police sur le dos. Qu'est-ce que vous en pensez, monsieur Bertrand ?

Thorenc a essayé de le rassurer, puis il s'est détourné et est allé s'asseoir sur les rochers.

Le vent d'est ne soufflait pas, mais aucune crique n'était protégée de la guerre.

D'un restaurant d'Antibes, il a essayé de joindre le commandant Pascal. C'est une voix inconnue qui a répondu avec insistance :

— Qui êtes-vous ? Le commandant Pascal m'a chargé de relever tous les appels de ses amis et de les inviter à passer le voir d'urgence.

C'était la voix de l'obstination et de la bêtise policières. Dossi avait bel et bien arrêté Pascal et monté une souricière.

Thorenc a alors appelé le commandant Villars à Chamalières.

— Je ne veux pas savoir où vous êtes, a répondu ce dernier, mais restez-y. Ils vous ont libéré comme on lâche du gibier pour animer une chasse. Dossi a arrêté Pascal et doit lui dire que c'est vous qui l'avez livré. C'est aussi pour ça qu'il vous a renvoyé dans la nature. Ainsi, il vous montre du doigt : voilà le traître, je le paie en le laissant partir. Il crée le doute, sème le soupçon.

Villars a rugi :

— Ce sont des salauds, des malins, mais nous allons tout faire pour obtenir la remise en liberté de Pascal. C'est un officier français, et ce ne sera pas plus difficile que pour vous. Xavier de Peyrière se laissera peut-être convaincre. Vous, prenez du champ pendant quelque temps.

Il n'a pas tout de suite raccroché, comme s'il hésitait à en dire davantage.

— Pour l'instant, a-t-il enfin ajouté, *elle* va bien. Il faudra que vous alliez *la* voir, mais plus tard...

Thorenc a marché jusqu'à la nuit.

Le long de la route du cap, les seuls bruits étaient le roulement saccadé des vagues et le froissement continu des pins parasols.

L'air était vivifiant, presque froid. La côte était plongée dans l'obscurité, à l'exception de quelques points lumineux à l'est, le long de la baie des Anges, là où se dressait le front de mer niçois.

Parfois, une trace de lumière courait sur l'eau. Un pêcheur prenait le large.

Thorenc a essayé d'imaginer Geneviève, qui avait donc échappé à l'arrestation.

Durant quelques minutes, il a pensé qu'il pourrait la convaincre de gagner Londres. Pascal avait raconté comment deux radios de la France libre et un agent de l'Intelligence Service avaient été débarqués par un sous-marin dans les calanques.

Thorenc a regardé la mer, suivi des yeux un feu de position, puis il s'est recroquevillé, nouant ses bras autour de ses genoux.

Geneviève refuserait. Et lui, comment pourrait-il abandonner le champ de bataille où elle avait choisi de résister, tout comme Minaudi, comme Pascal, comme Villars, comme Delpierre, ou comme ce Colette, un inconnu dont les journaux venaient de rapporter qu'il avait, dans une caserne versaillaise, alors que Marcel Déat et Pierre Laval passaient en revue des engagés de la Légion des volontaires français contre le bolchevisme, ouvert le feu, blessant les deux hommes ?

Ici, ici ! s'est répété Thorenc.

Il a eu froid.

Le battement de la mer, de plus en plus rapide car le vent se levant avec l'aube a fini par s'accorder au rythme de sa respiration et à celui de l'angoisse revenue.

Ici, ici !

Il a eu encore mal comme si Dossi le frappait, lui écrasait à nouveau le pied. Il a songé à Minaudi, peut-être déjà fusillé comme ces otages dont les Allemands annonçaient les exécutions à Paris, Nantes, dans les villes du Nord, pour répondre, disaient-ils, aux crimes des communistes.

Et, en effet, on commençait à tuer des officiers et des soldats allemands dans la rue, le métro, ou dans l'entrée d'un bordel.

« Tous les Français mis en état d'arrestation seront désormais considérés comme otages, avait déclaré la Militärbefehlshaber in Frankreich, et, en cas de nouvel acte contre l'armée allemande, un nombre d'otages correspondant à la gravité de l'acte criminel commis sera fusillé... »

Il avait suffi d'une distribution de tracts, de quelques cris lancés au passage d'une patrouille pour que la cour martiale allemande condamne à mort cinq hommes — des communistes, prétendait-elle.

Et elle avait déjà ordonné l'exécution de d'Estienne d'Orves, tentant ainsi de se justifier par la bouche de son président :

« Le tribunal se trouvait en face d'une lourde tâche. Il fallait juger des hommes et des femmes qui s'étaient manifestés comme des personnes de mérite et d'une grande fermeté de caractère, et qui n'avaient agi que par amour de la patrie... Mais nous, les juges, étions tenus d'accomplir notre devoir envers notre patrie et de juger les accusés selon les lois en vigueur... »

Sur ordre du gouvernement de Vichy, des juges français, dans cette Section spéciale dont Joseph Minaudi avait parlé, avaient déjà condamné à mort trois autres communistes. Leur tête avait été promptement tranchée.

Thorenc n'a trouvé aucun journal paraissant en

zone dite libre pour s'indigner de ces nouvelles que tous présentent avec une sorte de gêne, se contentant de répéter la phrase de Pétain que le commissaire Dossi lui avait déjà citée : « Je sens souffler depuis plusieurs semaines un vent mauvais... » Et de dénoncer les assassins qui n'ont même pas eu le courage de se livrer à la justice pour épargner la vie des otages.

Ici, ici, comme tous ceux-là ! s'est répété Thorenc alors que le vent se mettait à souffler de plus en plus fort et qu'à l'est, l'horizon s'illuminait.

22

Thorenc a roulé vent debout.

Fouetté par les rafales chargées d'embruns qui balayaient la plaine de la Brague et l'embouchure du Var, exalté par l'effort, il en a oublié l'angoisse et les menaces le temps du trajet entre Antibes et Nice, cependant que la lumière embrasait le ciel, ciselant les cimes des Alpes, bleu sombre sur bleu clair.

Des policiers s'étaient présentés à l'hôtel.

Thorenc les avait vus traverser la pinède, interroger la jeune fille brune.

Il avait regretté de ne pas avoir une arme. Et il avait pensé qu'en effet, comme l'avait dit Minaudi, le temps était venu de tuer. Puis il avait été envahi par le désespoir : eût-il été armé qu'il n'aurait pas tiré pour défendre cette inconnue.

Il l'avait vue s'adosser au tronc d'un pin parasol.

Au mouvement de ses bras, à la manière dont elle

jouait avec les franges de son châle jaune, il avait deviné qu'elle s'efforçait de répondre d'une voix nonchalante, avec une sorte d'indifférence ennuyée, pour masquer la peur qui la tenaillait.

Les policiers étaient repartis lentement, traversant le parc comme à regret.

La jeune fille n'avait pas quitté l'appui du tronc d'arbre. Elle avait cependant noué son châle à gestes nerveux, puis, sitôt les policiers disparus, elle s'était élancée, courant à travers la pinède, et il avait gardé d'elle le souvenir de cette trace blanche et jaune sur le noir des écorces et le rouge de la terre.

Il avait décidé de partir pour Nice dès l'aube du lendemain.

Il avait suivi le conseil de Minaudi, empruntant un vélo au propriétaire de l'hôtel, prétextant une promenade autour du cap d'Antibes, jusqu'à Juan-les-Pins, peut-être jusqu'à Cannes. Mais l'homme, inquiet et indigné, ne l'écoutait guère :

— Je vous l'avais dit, monsieur Bertrand, cette jeune femme s'est enfuie, j'en suis sûr. Je vais déposer plainte, même si elle ne laisse pas d'ardoise ; je ne tiens pas à être accusé de complicité.

Il avait baissé la voix :

— On est vite coupable aujourd'hui, n'est-ce pas ?

Thorenc avait haussé les épaules. Il n'était, avait-il dit, qu'un peintre qui emplissait ses yeux des couleurs de l'automne méditerranéen et qui ne se souciait pas des affaires du monde.

Il avait écouté avec un sentiment de dégoût l'hôtelier répéter que monsieur Bertrand avait bien de la chance. Et il s'était persuadé que ce vieux pleurnichard avait lui-même averti la police pour ne pas prendre de risque.

Le vent est tombé.

Thorenc s'est mis à pédaler plus lentement, se mêlant aux quelques cyclistes qui, venus des quartiers ouest, roulent le long de la Promenade des Anglais.

Il s'est arrêté à l'entrée du port. Il est ému : les collines ont emprisonné le souvenir de son séjour ici en compagnie de Geneviève, à l'hôtel de l'Olivier puis au Château de l'Anglais.

Il a fait le tour de la place Garibaldi, là où il avait longuement parlé avec Minaudi. Le temps a passé. À présent, Geneviève risque sa vie à chaque pas et Minaudi est peut-être déjà couché dans une fosse commune.

Thorenc a eu un éblouissement, peut-être dû à la fatigue de la course. Pris de vertige, il est descendu de vélo. Mais c'est la vie elle-même qui fait perdre l'équilibre...

Il a arpenté le quartier de la rue Fodéré en poussant sa bicyclette.

Il n'a pas vu une seule voiture. Des ménagères s'agglutinaient autour de charretons sur lesquels étaient posés à même le bois des poissons, des poulpes visqueux dont les tentacules s'allongeaient et se rétractaient.

Les senteurs étaient fortes, les voix criardes, la lumière vive sur les façades rouges et ocre.

Il est entré avec son vélo sous le porche du numéro 5.

Le sol de la cour était fait de gros galets polis. Un chat dormait dans une mare de soleil. Les marches de l'escalier qui faisait face au porche étaient de larges plaques d'ardoise ébréchées. Sur la porte située au milieu du palier du premier, il a lu :

CHRISTIANE DESTRA
Couturière — Retouches, hommes et femmes

Il a sonné, puis frappé.

Il a attendu avec la certitude que quelqu'un se tenait derrière la porte, essayant de deviner quel était ce visiteur matinal.

Il a continué de sonner, regardant de temps à autre dans la cage d'escalier, craignant d'attirer l'attention. Alors qu'il s'apprêtait à frapper de nouveau, il a senti qu'on lui enfonçait le canon d'une arme dans le dos en même temps qu'un bras l'étranglait, que la porte s'ouvrait brusquement et qu'il découvrait le visage d'une petite femme aux cheveux noirs coupés à la garçonne.

Elle avait des yeux qui paraissaient d'autant plus grands que ses sourcils étaient épilés, réduits à un fin trait noir, si bien que les pupilles semblaient à fleur de peau : deux amandes lumineuses et claires dans une carnation très brune.

Des ridules au coin des orbites donnaient même l'impression qu'elle souriait. Mais le menton était prononcé, les lèvres serrées, les mâchoires fortes. Ces traits-là exprimaient la volonté et même la dureté.

Le souffle coupé, Thorenc a essayé de se débattre. La jeune femme lui a fourré un chiffon dans la bouche, puis l'homme qui le tenait l'a fait basculer, il est tombé et on l'a contraint à s'allonger. Il sentait toujours le canon de l'arme entre ses côtes.

Brusquement, l'homme l'a lâché.

Les oreilles bourdonnantes, il a entendu une voix qui semblait lointaine :

— C'est Thorenc. Bertrand Renaud de Thorenc, un journaliste de *Paris-Soir*.

On lui a touché l'épaule. Il s'est retourné, assis. Malgré la courte barbe qui affinait son visage, il a alors reconnu Stephen Luber.

Il a extrait le morceau de chiffon de sa bouche et est resté prostré plusieurs minutes, la glotte douloureuse, la vision troublée, recouvrant peu à peu sa respiration.

La jeune femme lui a apporté un verre d'eau et lui a fait signe de se lever. Puis, alors qu'il titubait, elle l'a aidé à marcher et guidé vers une grande pièce dont les deux fenêtres fermées donnaient sur la cour. Une grosse machine à coudre trônait sur une table. Des robes, des pantalons, des vestes et des chemisiers étaient suspendus à des cintres.

Luber a avancé une chaise et Thorenc s'y est laissé tomber.

— Expliquez-moi, a murmuré Stephen Luber.

Le revolver gisait sur ses genoux, sa main droite posée sur la crosse.

23

Thorenc s'est dirigé à pas lents vers cette lumière blanche, éblouissante, qui, au-delà de la traînée d'ombre des platanes de la place, fondait ensemble les quais du port, la jetée du phare, la mer et l'horizon.

Depuis qu'il est sorti de la cour du numéro 5 de la rue Fodéré, il n'a cessé de penser que ce pourrait être là sa dernière vision.

Il n'ignore pas que Stephen Luber marche derrière lui, à quelques mètres. Il l'a vu enfoncer son arme dans sa ceinture, du côté gauche, et, sa veste refermée, placer la main sous le revers.

Il a capté les brefs regards échangés entre Christiane Destra et Luber à chaque fois qu'il prononçait un nom.

Oui, il avait retrouvé Joseph Minaudi en cellule, et il l'avait connu bien avant, sur le front des Ardennes.

Oui, il avait rencontré José Salgado, et aussi Jan Marzik, ici à Nice, avec Minaudi.

Oui, le commissaire Antoine Dossi l'avait laissé sortir.

— Comme ça ? a grommelé Stephen Luber en lançant un coup d'œil à Christiane Destra qui se tenait debout, les mains appuyées à la table de part et d'autre de la machine à coudre.

— Comme ça, a répété Thorenc en les fixant l'un après l'autre. Et je n'ai pas été suivi.

Il s'est levé et il a vu les mains de Luber se crisper sur la crosse de son arme.

— Et votre sœur Karen, elle a réussi à passer en zone non occupée ? Elle est à Nice ? a-t-il demandé en se dirigeant vers la fenêtre.

Il a entendu les chuchotements de Christiane Destra et de Luber. Ils se concertaient. Il a regardé le chat allongé sur les galets de la cour, pattes écartées, ventre au soleil. Comme mort.

« Ils vont me tuer », a-t-il pensé.

Il s'est retourné.

Christiane Destra et Luber se tenaient côte à côte devant la machine à coudre. Luber laissait pendre l'arme au bout de son bras collé le long du corps.

Thorenc a eu la tentation de hurler qu'ils étaient fous de le suspecter. Il était venu pour leur transmettre un message de Joseph Minaudi et les rassurer. Il allait le leur répéter.

Christiane Destra s'est avancée. En ne le quittant

pas des yeux, elle a dit qu'ils n'avaient jamais douté de Joseph ; ils savaient qu'il ne parlerait pas. Ils étaient revenus ici deux jours après son arrestation. Ils pensaient que c'était une adresse sûre.

Elle a fait un pas de plus et s'est retrouvée tout près de Thorenc. Elle était si petite qu'il la dominait des épaules et de la tête, et voyait en baissant les yeux la raie qui partageait ses cheveux noirs.

— Mais nous ne savons plus si elle est encore sûre, a-t-elle ajouté. Vous avez peut-être été suivi.

N'avaient-ils donc pas entendu ce qu'il leur avait déclaré ? D'un geste, il a montré son vélo, appuyé à l'ombre contre un des murs de la cour.

Tout à coup, par défi, mais aussi par instinct, parce qu'il savait qu'il allait troubler Stephen Luber, il a raconté qu'il avait passé la nuit chez Isabelle Roclore, quelques semaines auparavant.

— On ne m'a pas suivi, rue d'Alésia.

Il a soutenu le regard de Luber. Même les yeux de ce dernier avaient changé. Ils semblaient plus petits, plus enfoncés. Le visage aussi avait maigri. Le collier de barbe le transformait, lui donnant une expression inquiétante. La veulerie de jadis, qui avait tant déplu à Thorenc dès leurs premières rencontres, il y avait quatre ou cinq ans, avait disparu. Mais l'homme n'en paraissait que plus insaisissable.

— Isabelle ne m'a pas parlé de vous, a murmuré Luber.

— Vous arrivez donc de zone occupée ? a riposté Thorenc. On assure que les murs de Paris sont couverts d'affiches annonçant des exécutions d'otages à la suite des assassinats d'officiers et de soldats allemands par l'Organisation spéciale communiste.

Il a parlé à toute allure et le visage de Luber s'est crispé. Il a même décoché un regard à Christiane Destra comme pour l'implorer de venir à son secours.

Elle s'est raclée la gorge :

— Assassinats ? Vous appelez ça des assassinats ?

Elle a haussé la voix :

— Joseph a dû apprécier ce mot-là. Vous en avez sûrement parlé avec lui, n'est-ce pas ? Il vous a dit...

Elle s'est tournée vers Luber et a repris :

— À la guerre on tue partout. Pas un Allemand, pas un fasciste, pas un traître ne doit se sentir en sécurité.

Elle s'est à nouveau approchée de Thorenc, les mâchoires serrées.

— Certains d'entre nous, pour rester en liberté, en vie, ont dû étrangler des gens, y compris des policiers qui se disaient français. Ils l'ont fait de leurs mains, pourtant serrées par des menottes. Vous êtes capable de vous représenter ça ?

Minaudi, Thorenc en avait été persuadé à cet instant, avait dû agir ainsi. C'était sûrement à lui que Christiane Destra faisait allusion.

— Laisse, a grommelé Luber.

Il a pris le poignet de Christiane Destra.

Elle s'est dégagée avec vivacité, s'asseyant derrière la machine à coudre et commençant à glisser sous l'aiguille l'ourlet d'une robe.

— Vous savez beaucoup de choses..., a repris Luber au bout d'un silence.

Il a hoché la tête et esquissé un sourire.

— On se connaît depuis longtemps... On a côtoyé les mêmes personnes, et vous n'aimiez pas toujours ça.

Il a penché la tête, haussé les épaules :

— On pourrait parler de vous, mais aussi de certains autres. Vous savez le bruit qui court ? Que Geneviève Villars, après avoir été arrêtée avec un certain nombre de ses collègues du musée de l'Homme, a été la seule à être libérée par la Gestapo. Même son frère Pierre s'interroge. Et vous, c'est le commissaire Dossi qui vous laisse sortir !

Il a levé le bras comme s'il avait craint que Thorenc ne l'agresse. Mais celui-ci est resté immobile et Luber a fini par glisser son arme dans sa ceinture.

— Vous savez ce qu'est devenue Lydia Trajani ? Vous vous souvenez d'elle, n'est-ce pas ? Une amie, pour vous ? a-t-il demandé en fixant Thorenc.

Il a esquissé une moue qui a creusé deux rides de part et d'autre de sa bouche.

— Elle couche, bien sûr, comme à son habitude, mais avec des officiers allemands, un ministre de Pétain. Elle habite avenue Foch, en face de la Gestapo.

— Vous-même la connaissiez bien, a lâché Thorenc.

Il a marché vers la porte.

— Vous allez où ? a lancé Luber en le rejoignant.

Thorenc s'est retourné, l'a toisé.

— Je vous ai transmis le message de Joseph Minaudi. Pour le reste, est-ce que je vous demande quelque chose ?

L'hésitation de Luber s'est lue dans son regard et, comme s'il en avait eu conscience, il a presque fermé les yeux ; on l'aurait dit ébloui, ne laissant qu'une mince fente entre ses paupières. Son visage a pris ainsi une nouvelle expression : celle d'un homme cruel et dissimulé.

À cet instant, Stephen Luber lui a paru si caricatural que Thorenc a été traversé par un éclair de gaieté.

— Vous devriez raser votre barbe, lui a-t-il dit. Vous avez le visage d'un comploteur, presque d'un traître de comédie ! Vous attirez le regard. Et pour quelqu'un qui passe la ligne de démarcation, qui participe à des... je ne dirai pas à des assassinats, mais à des exécutions, des actions de représailles... c'est mieux comme ça, non ? — a-t-il demandé en se tournant vers Christiane Destra — ... avoir une telle tête, ce n'est pas très indiqué ni très raisonnable ! Si nous menons un jour une opération en commun, je vous demanderai de commencer, Luber, par raser votre barbe : question de sécurité. À tous les coups on vous demande vos papiers ou on vous file !

Luber a enfoui sa main sous le revers de sa veste, du côté gauche, là où est glissée son arme.

Il peut me tuer ici ou bien dans le quartier, s'est dit Thorenc.

Il a descendu les escaliers d'un pas tranquille, lançant que, sans nul doute, ils auraient encore l'occasion de se retrouver.

Il a pris son vélo et s'est mis à marcher dans la rue Fodéré, vers les platanes de la place qui surplombe le port, vers la lumière blanche qui s'étend jusqu'à l'horizon, une fois dépassée l'ombre des arbres.

En cette fin de matinée, la rue est vide.

Thorenc entrevoit des silhouettes dans les cours et dans les couloirs d'entrée des maisons basses, à l'abri de la chaleur excessive.

L'été semble rejaillir dans une poussée exubérante et désespérée, comme un ultime sursaut avant la mort.

Thorenc devine que Stephen Luber marche derrière lui.

Sur les marches de l'église du port, il voit des pigeons passer de la lumière à l'ombre.

Il suffirait d'une pression du doigt de Luber sur la détente de son arme pour que ces oiseaux s'envolent et que ce soit là sa dernière vision à lui, Thorenc.

24

Thorenc a aperçu cette tache jaune comme une fleur parmi les formes sombres.

Il s'est aussitôt dirigé vers elle, pensant à la jeune femme qui s'était enfuie dans la pinède de l'hôtel du cap d'Antibes.

Il a eu du mal à avancer. La place Masséna était une sorte d'arène où toute la population de Nice paraissait s'être rassemblée.

Les badauds étaient serrés contre les façades ; la jeune femme se trouvait du côté opposé, sous les arcades.

Des policiers ont empêché Thorenc de traverser la place et il a donc dû la contourner. Le centre était occupé par une estrade surmontée d'un grand portrait du maréchal Pétain. Un petit *duce* noir pérorait, s'adressant à des milliers d'anciens combattants. La plupart portaient un béret noir et des vêtements foncés qui évoquaient un uniforme. Certains étaient en chemise bleue, la poitrine serrée par un baudrier. Presque tous arboraient leurs décorations ; les porte-drapeaux se tenaient au premier rang.

Le petit *duce* parlait d'une voix fluette qui prenait parfois des accents rocailleux. Il fallait, disait-il, se rassembler derrière le sauveur de la France, lutter contre le vent mauvais de la dissidence, s'engager dans la croisade de l'Europe contre le bolchevisme.

Quelqu'un a crié : « Vive Joseph Darnand ! » et le petit *duce* noir a répondu : « Vive Pétain ! Vive la France ! »

Thorenc s'est approché de la jeune femme au milieu des clameurs. Il s'est arrêté à quelques mètres d'elle.

Elle se tenait en avant des badauds comme si ces derniers avaient cherché à l'isoler. Elle avait ses cheveux noirs défaits. Sa robe blanche était tachée et elle serrait à deux mains les bords de son châle jaune, comme une naufragée étreint ce qui la soutient.

Elle était émouvante, perdue.

Sans lui dire un mot, Thorenc lui a pris le bras et l'a entraînée.

La foule s'est écartée. Thorenc a entendu une voix de femme dire : « Elle est folle », puis une autre répondre : « C'est une clocharde. Quelle honte ! »

Il a eu envie de les injurier, de les gifler, mais il a préféré s'éloigner au plus vite, gagner les rues désertes conduisant au bord de mer.

Il vit à Nice depuis une semaine, après avoir séjourné de nouveau à Antibes et effectué un voyage de quelques heures à Marseille.

Il a revu Henri Frenay, puis les officiers du Service de renseignement de l'armée de l'armistice, regroupés dans une villa et officiellement chargés des Travaux ruraux.

On lui a transmis les ordres du commandant Villars : il devait retourner à Nice, et, en accord avec Frenay et le commandant Pascal que le commissaire Dossi avait été contraint de remettre en liberté, tenter de faire converger les efforts de tous ceux qui refusaient la défaite. Ils étaient nombreux entre Marseille et Nice : officiers de marine, réfugiés parisiens, écrivains et journalistes, tel ce Claude Bourdet dont la maigre silhouette abritait une énergie et un courage hors du commun.

Thorenc s'est installé à l'hôtel Suisse, au bout du quai des États-Unis.

À chaque aube, la lumière est si légère, sur la mer et la plage de galets, qu'il en oublie ses inquiétudes.

Il sort de l'hôtel, traverse la chaussée puis la plage, et, cependant que les pêcheurs tirent leurs filets, il s'élance. L'eau est fraîche, transparente, un peu verte.

Il rentre et, peu à peu, l'angoisse le ressaisit en même temps que le jour s'épaissit.

Il évite le quartier du port de crainte de rencontrer Stephen Luber ou Christiane Destra que sa présence à Nice pourrait inquiéter.

Il craint d'être reconnu par le propriétaire de l'hôtel de l'Olivier, rue Ségurane, et par celui du Château de l'Anglais, les deux hôtels où il a séjourné naguère avec Geneviève Villars.

On lui a remis à Marseille des papiers au nom de Jean Bertrand, artiste peintre. Il passe donc maintenant pour un paysagiste, mais il a eu du mal à se procurer un chevalet, des tubes de couleurs et des toiles. Il sait d'ailleurs que sa couverture ne résistera pas à une enquête si quelqu'un vient à le dénoncer. Il lui semble avoir déjà croisé Rodolphe de Gallet, le propriétaire du Château de l'Anglais.

Il a ainsi acquis le sentiment que cette ville n'est qu'un piège.

On croit pouvoir y oublier la guerre alors que Darnand y parade, rassemblant la Légion des combattants et les premières sections de la Milice qu'il vient de créer.

Thorenc a vu de jeunes miliciens parcourir la Promenade des Anglais en bousculant et insultant tous ceux qu'ils identifiaient comme des Juifs.

Il a dû se contenter de regarder puis de baisser la tête quand ces sbires sont passés près de lui.

Il a été humilié de ne pas pouvoir venir en aide à ces vieillards effrayés qui s'éloignaient en hâte, engoncés dans le manteau noir qu'ils portaient malgré la chaleur, et qui était à présent couvert de crachats.

Mais il a pris cette jeune femme par le bras.

Elle a geint et il l'a soutenue car, à chaque pas, elle semblait sur le point de s'effondrer. Il l'a interrogée, mais elle l'a regardé avec des yeux affolés. Elle n'a pas répondu quand il lui a demandé comment et où elle avait vécu depuis sa fuite de l'hôtel du cap d'Antibes.

Il a répété :

— J'étais là-bas, je vous ai vue. Je veux vous aider.

Elle a enfin murmuré qu'elle avait faim.

Il déjeunait chaque jour rue Droite, dans un restaurant de la vieille ville qui ressemblait à une taverne. La salle était obscure, voûtée. On servait du poisson, des légumes frits à l'huile d'olive. La patronne présentait deux additions : l'une pour laquelle elle prélevait avec ostentation des tickets et rendait bruyamment la monnaie, l'autre dont elle murmurait le montant avant d'enfouir dans la poche de son tablier les billets qu'on lui avait glissés.

Au fur et à mesure qu'elle mangeait, la jeune femme s'est redressée et, à la fin du repas, elle a rattaché ses cheveux à gestes lents. Elle avait un visage rond, des lèvres fortes, des yeux naïfs. Sa chevelure d'un noir de jais tranchait sur sa peau très blanche, laiteuse.

— J'ai dormi dehors sur la plage, a-t-elle fini par murmurer. Je suis sale.

Puis, sans regarder Thorenc, elle a expliqué

qu'elle était d'origine allemande, mais qu'elle avait été élevée en France. Son père avait fui les nazis dès 1933 ; des policiers français l'avaient arrêté en octobre 1940 et livré aux Allemands au poste de contrôle de la ligne de démarcation.

— Je suis juive, a-t-elle ajouté. Je m'appelle Myriam Goldberg. Je n'ai plus de papiers, plus d'argent.

Il s'est levé.

— On va changer tout ça ! a-t-il décrété.

Ils se sont mis à marcher au bord de la mer, elle appuyée à son bras. Jamais il ne s'est senti aussi résolu. Résister, c'est aussi protéger. Peut-être sauver une vie, oui, ne serait-ce qu'une seule.

25

Thorenc baisse les yeux.

Il n'ose regarder Myriam Goldberg quand, d'un mouvement des paupières, d'une inclinaison de tête, d'un sourire, elle exprime sa joie et sa reconnaissance.

Ils sont assis l'un en face de l'autre dans le salon de Philippe Villars dont les trois fenêtres donnent sur le quai Gailleton et l'un des ports de Lyon. On aperçoit le Rhône dans la lumière un peu rousse de cet été de septembre qui n'en finit pas.

Au bord du fleuve, sur le quai, les joueurs de boules forment de petits groupes bruyants. On entend leurs exclamations, parfois couvertes par la sirène d'une péniche noire qui creuse son large sillon dans l'eau brillante.

— Vous êtes née à Dommange, dit Philippe Villars en tendant à Myriam Goldberg la fausse carte d'identité qu'il vient de montrer à Thorenc.

Myriam s'en saisit, la tient à deux mains, puis fixe Thorenc qui détourne la tête. Il éprouve un étrange sentiment fait de timidité et d'angoisse, de ravissement et d'enthousiasme. C'est si inattendu, si nouveau qu'il ne sait trop comment se comporter.

Il en a eu la révélation à Nice, peu après leur rencontre, quand il a retenu pour elle une chambre dans l'hôtel où il logeait et qu'il a dit au propriétaire :

— C'est ma sœur, elle vient d'arriver. Elle a eu un accident de vélo.

Il a montré sa robe maculée.

Elle l'a regardé longuement et s'est mise à sourire.

Il l'a entraînée, tout à coup gêné. Il lui a dit qu'elle devait acheter des vêtements et lui a glissé dans la main plusieurs billets. Il l'attendrait devant les boutiques.

Elle a d'abord secoué la tête comme pour refuser, puis elle a fixé Thorenc et, d'un pas décidé, elle est entrée dans un magasin de mode, place Masséna.

Le petit *duce* noir avait quitté l'estrade. Sur les lieux ne restait plus que le portrait du maréchal Pétain que le vent faisait trembler. L'arène était redevenue déserte.

Ils sont partis pour Lyon le lendemain et Thorenc a pris aussitôt contact avec Philippe Villars.

Avec quelques-uns de ses collègues ingénieurs de la SNCF, le fils du commandant a monté en gare de Perrache ce qu'il appelle un laboratoire clandestin. On y reproduit et imprime des papiers d'identité et des ausweis. On y recopie les plans des voies ferrées, des aiguillages. On y étudie les possibilités de sabotage du trafic pour le cas où il faudrait un jour faire face à une invasion allemande de la zone non occupée.

— C'est une carte d'identité tout ce qu'il y a de faux mais tout à fait authentique ! s'exclame Philippe Villars.

Myriam Goldberg rit.

L'ingénieur explique que les registres d'état civil du village de Dommange, où Myriam est donc censée être née, ont été détruits en mai 1940. Toute vérification est par conséquent impossible.

— Je vais pouvoir vivre, murmure-t-elle.

Elle regarde à nouveau Thorenc.

Il est ému. Elle lui paraît trop désarmée, naïve, et, en même temps, il la devine résolue.

Quand elle est sortie du magasin de mode, à Nice, dans sa jupe plissée noire, son chemisier bleu, avec cette petite veste qu'elle tenait sur le bras, c'est à peine s'il la reconnue.

Elle a dit :

— Je dois me faire couper les cheveux.

Ses mèches s'étaient dénouées ; elles tombaient sur ses épaules en boucles noires et souples. Comme s'il voulait lui épargner ce sacrifice, Thorenc a murmuré qu'elle pouvait peut-être attendre.

— Maintenant, a-t-elle décidé.

À la fin de la journée, elle était devenue une jeune femme aux cheveux frisottés mais courts, à l'allure stricte et discrète.

Elle s'était arrêtée devant le miroir d'une boutique et avait souri.

— Métamorphose..., avait-elle murmuré.

Elle s'était tournée vers Bertrand, répétant combien elle le remerciait. D'un ton presque brutal, il lui avait répliqué qu'elle ne lui devait absolument rien. Il détestait qu'on le remercie.

Ils s'étaient tus et avaient regagné l'hôtel sous un ciel qu'envahissaient le violet, puis le noir.

Au bout de quelques pas, il avait déjà regretté ses propos.

Sur le seuil de sa chambre, bredouillant un peu, il lui avait expliqué que c'était la guerre et qu'ils appartenaient au même camp.

Tout en parlant, il s'était demandé pourquoi il s'évertuait à proférer de telles évidences.

— Vous et moi, nous ne comptons pas, avait-il conclu.

Elle lui avait tendu la main en souriant.

Myriam Goldberg pose devant elle, sur la table basse du salon, la carte d'identité qu'elle lit à mi-voix :

— Claire Rethel, née à Dommange le 21 juin 1921.

Elle rit et dit :

— J'aime bien.

Il ne se souvient pas d'avoir connu une femme qui ait été, comme elle, tout entière dans ce qu'elle dit, dans son regard et dans ses gestes. Même Geneviève Villars lui paraît plus étudiée, plus secrète. Myriam, elle, n'a pas d'arrière-fond. Il en est sûr. En tout cas, il veut le croire.

C'est lui qui a suggéré à Philippe Villars le prénom de Claire.

— Un nom de l'Est est nécessaire, avait souligné l'ingénieur. Rethel, pourquoi pas ?

Puis, haussant les épaules, il avait ajouté que, pour le prénom, c'était à Myriam Goldberg de décider. Il fallait retenir celui avec lequel elle pouvait le mieux s'identifier.

— Claire, avait aussitôt décrété Thorenc.

Il s'était excusé : il avait parlé trop vite, sans réfléchir.

— Claire, avait répété Myriam. Oui, Claire !

Elle se lève, va jusqu'à la fenêtre. Elle semble se désintéresser de la conversation.

Thorenc écoute Philippe Villars parler à mi-voix, presque dans un chuchotement.

Des groupes se mettent en place. Ceux de Combat, d'Henri Frenay, qui est souvent à Lyon. Les chrétiens, avec qui son cousin Mathieu est en contact, se réunissent dans son couvent de Dominicains, à Fourvière ; ils pensent rédiger et diffuser les *Cahiers du témoignage chrétien*. Pour leur part, les officiers du contre-espionnage organisent le ramassage des armes qu'ils cachent dans les fermes du Lyonnais ou de l'autre côté du Rhône. Quant aux Chantiers de la Jeunesse obligatoires, ils se retournent contre la politique de collaboration ; ils permettent aux militaires de recenser et d'encadrer les jeunes de dix-huit à vingt et un ans, de leur dispenser une préparation militaire.

Philippe Villars soupire :

— Il y a les communistes...

Ils sont nombreux parmi les cheminots. Depuis l'entrée en guerre de l'URSS, ils apparaissent partout : dans les dépôts, les ateliers, sur les machines. Ils distribuent des tracts, incitent parfois à la grève.

— Résistants, murmure-t-il, mais d'abord et avant tout communistes.

Il ajoute que les groupes clandestins manquent d'argent, de matériel, mais aussi d'hommes et de femmes prêts à prendre des risques et à donner de leur temps. Il faut trouver des imprimeurs, des courriers, les uns et les autres à la merci d'une perquisition, d'une rafle ou d'une fouille.

— Les gens, dans leur grande majorité, se tiennent à l'écart ; ils piquent de petits drapeaux sur des cartes, écoutent Londres, mais ils croient encore en Pétain. Ils attendent.

Myriam Goldberg revient vers eux, s'assoit, les regarde.

— Claire Rethel..., murmure-t-elle. Qu'est-ce qu'elle fait de sa vie ?

Tourné vers Thorenc, Philippe Villars explique que son cousin Mathieu, le dominicain, a suggéré qu'elle pourrait enseigner le français et l'allemand dans l'une des écoles catholiques de Lyon. Il n'aura aucun mal à organiser ça.

Myriam Goldberg secoue la tête.

— Claire Rethel aura bien autre chose à faire, décide-t-elle.

Thorenc se sent étreint par l'angoisse. Il ne veut pas la savoir en danger. Il l'imagine déjà interrogée par Antoine Dossi, Ahmed ou Douran, Marabini ou Bardet, ou encore par le lieutenant Wenticht.

Il songe à Geneviève auprès de qui, selon un message du commandant Joseph Villars, il doit se rendre. Quant à Philippe Villars, il a déjà déposé sur la table basse l'ausweis établi au nom de Jean Bertrand, artiste peintre.

Thorenc secoue la tête et marmonne en regardant Claire :

— Pas question, trop dangereux ! Vous devez enseigner. Dans quelques mois, peut-être...

Elle dit en le fixant droit dans les yeux :

— C'est la guerre, nous ne comptons pas !

Il est accablé. Il se sent pris à son propre piège.

À quoi sert de sauver une vie si c'est pour la laisser aussitôt courir à sa perte ?

CINQUIÈME PARTIE

26

Il contemple la Saône à peine teintée par la lumière un peu ocre de ce début d'après-midi du mercredi 3 septembre 1941.

— Vous m'écoutez, Thorenc ?

Il sursaute, se tourne vers le commandant Villars qui marche près de lui sur le quai. D'un mouvement de tête, il le rassure, se penche même vers lui. L'officier lui prend le bras.

La mission dont il charge Thorenc est dangereuse, dit-il. Les Allemands sont enragés. Les attentats perpétrés par les communistes contre leurs gradés à Paris, Bordeaux, Rouen, les sabotages des voies ferrées les ont exaspérés. Ils menacent, ils fusillent.

Villars s'arrête, s'accoude au parapet qui surplombe la Saône.

— Je dois vous avertir, reprend-il.

Les Allemands ont apposé une affiche à la gare de Chalon-sur-Saône, là où ils contrôlent l'entrée en zone occupée. Tout individu pris à la ligne de démarcation en possession d'un faux ausweis sera immédiatement passé par les armes.

— Vous partez ce soir, murmure le commandant. Mais c'est mon devoir de vous rappeler les risques que vous courez.

Il se redresse, entraîne Thorenc.

— Il n'empêche, reprend-il, que les faux documents fabriqués par mon fils Philippe sont parfaits. Vous avez confiance, n'est-ce pas ? Tout est aussi une question de confiance et de psychologie. Un policier, c'est un chien qui flaire. S'il a du métier, il sent l'angoisse. Quand les Allemands vous contrôleront, soyez sûr de vous. Vous l'avez été chaque fois que vous avez eu à affronter le danger. D'ailleurs — il grimace — je n'ai pas de solution de remplacement. C'est vous, et c'est urgent.

Il parle. Voilà plus d'une heure qu'il ressasse : il veut un tableau aussi complet que possible des mouvements de Résistance en zone occupée ; le rapport établi par Thorenc après son périple dans le Sud-Est était indispensable ; il faut le compléter par une enquête à travers le Nord.

— Et voyez Geneviève, a ajouté Joseph Villars d'une voix tout à coup étouffée.

Il fait quelques pas en silence, puis serre le bras de Thorenc. Le débit de sa voix se fait plus rapide.

Tous les mouvements de Résistance doivent se rassembler derrière de Gaulle, au nord comme au sud de la ligne de démarcation, dit-il. C'est la conviction d'Henri Frenay, et naturellement celle du commandant Pascal et la sienne. Mais il y a des réticences : la plupart des officiers de l'armée de l'armistice restent fidèles à Pétain.

— Ils ont prêté serment, répète-t-il rageusement. Ils continuent de croire aux vertus de ce vieil ambitieux, de ce capitulard ! Et ils condamnent de Gaulle !... Vous savez ce que le général de La Laurencie, pourtant décidé à résister et que le maréchal Pétain a destitué, a déclaré à Frenay ? « De Gaulle, nous l'*amnistierons* ! » La Laurencie, un nain intellectuel et politique, mais qui recherche l'appui des Américains...

Villars ricane.

— Ceux-là, marmonne-t-il, ils ne sont pas encore

entrés dans le conflit qu'ils veulent déjà imposer leur politique ! Mais — il hausse les épaules — ils paient, ils fournissent armes et nourriture aux Anglais, aux Russes. Ça leur permet de donner des ordres !

Tout à coup, le commandant s'appuie lourdement au bras de Thorenc.

— Et nous..., soupire-t-il.

Il montre du menton la basilique de Fourvière, puis les clochers de la cathédrale Saint-Jean, le quartier du vieux Lyon, l'église Saint-Paul au bout des quais.

— Nous, nous sommes vivants depuis des millénaires : Lugdunum, capitale des Gaules... Et maintenant...

Il soupire à nouveau et cette lassitude, ce doute émeuvent Thorenc.

— Les Allemands sont à une centaine de kilomètres à peine de Moscou, continue Joseph Villars. Ils ont franchi le Dniepr. Bien sûr, ils vont être vaincus, mais si nous ne donnons pas un coup de reins, nous serons les vaincus des vaincus. À moins que...

Il secoue la tête.

— Mais qui songe à ce qui se passera après ? De Gaulle, oui, et les communistes. Ceux-là, ils tuent et ils se font tuer. Courageux, organisés. Patriotes ? Ils le prétendent. Ils ont créé un Front national. Ils lavent avec leur sang — et celui des otages — leurs désertions de 39 et leurs hésitations de 40. Mais ils pensent d'abord à l'URSS, et après seulement à la France. Voilà.

Il a un geste de la main comme s'il jetait quelque chose loin de lui.

— Si les résistants ne se rassemblent pas derrière de Gaulle, ce sera la soumission de la France aux uns ou aux autres. Aujourd'hui, les maîtres sont allemands ; demain, ils pourront être américains ou russes. Et il y aura toujours des Pétain et des Laval pour nous expliquer que la collaboration avec les plus forts est la meilleure politique possible !

Il montre la colline de Fourvière.

— Alors, pourquoi deux mille ans d'histoire ?

Il s'accoude une nouvelle fois au parapet.

— Quand vous reviendrez, Thorenc...

Il a pris le poignet de Bertrand, le serre.

— Parce que vous reviendrez, j'en suis sûr ! Je sens ces choses-là. Vous n'avez pas plié devant le commissaire Dossi, vous avez filé entre les doigts des Allemands, à Paris. Vous avez l'instinct de survie, Thorenc !

Il le regarde longuement et poursuit :

— Vous vous tenez à bonne distance des événements, vous y participez mais vous restez lucide. Vous ne vous laissez pas avaler. Quand nous nous sommes rencontrés, je vous ai dit que vous pouviez être un homme précieux pour un service de renseignement.

Il frappe l'épaule du journaliste.

— Depuis, vous avez pris de la valeur, vous vous êtes aguerri. J'ai des projets pour vous. Vous vous souvenez de Jean Moulin, le préfet, le patron de mon fils Pierre qui était membre de son cabinet ?

Après avoir revu Frenay à Marseille, Moulin a gagné l'Espagne, puis Lisbonne, poursuit Villars. Il est en route pour Londres afin d'exposer à de Gaulle la situation de la Résistance.

— Je veux que le Général dispose aussi d'un autre point de vue, explique le commandant. J'ai donc besoin que vous partiez ce soir, puis que vous reveniez vite. Après, je vous enverrai à Londres. Ainsi de Gaulle ne sera pas prisonnier de la seule vision de Moulin.

Villars reprend le bras de Thorenc et se remet à marcher.

— Et voyez Geneviève, dit-il. Je ne sais pas exactement où elle est. Mais elle a créé son réseau, établi des liaisons avec Londres, avec Delpierre et les gens du mouvement Franc-Tireur, et avec Lévy-Marbot, l'un des dirigeants de l'OCM. Geneviève...

Il décoche un coup d'œil à Bertrand.

— Vous la connaissez bien : téméraire et résolue, intelligente, indépendante.

Il murmure :

— Je vous l'ai dit, autrefois : Geneviève ? Un éclat de silex.

Thorenc laisse à nouveau ses yeux suivre le flot de la Saône.

La voix de Villars s'estompe. Elle lui semble lointaine, comme entraînée par le courant, noyée dans la lumière qui irise la surface du fleuve.

27

Thorenc voit cette jeune femme s'avancer vers lui le long du quai de la Saône. Il ne veut pas imaginer... Il ne distingue pas ses traits, seulement sa silhouette qui semble poussée par le soleil déjà bas sur l'horizon.

Il pense qu'il lui reste un peu plus de cinq heures à passer à Lyon, puis ce sera le train, la gare de Chalon-sur-Saône, et la minute où il présentera son ausweis.

Il s'appelle donc Jean Bertrand. Il est artiste peintre.

Il s'est immobilisé comme s'il ne voulait pas aller

à la rencontre de cette jeune femme qui lui a fait signe, levant la main à hauteur de son visage.

Maintenant, a-t-il murmuré, je dois dire : Claire Rethel. Il répète : « Claire Rethel. »

Comment a-t-elle su qu'il serait là, sur ce quai, à quelques pas de la cathédrale Saint-Jean ?

Sans doute est-ce le docteur Raymond Villars, le frère du commandant, qui habite non loin d'ici, 7, rue Saint-Jean, au domicile duquel elle loge, qui lui a indiqué le quai où elle pourrait le trouver.

Il détourne la tête. Il ne veut pas encore la reconnaître, mais l'émotion lui serre la gorge.

Il consulte sa montre. Il a envie de rire : il lui reste non pas cinq heures, mais six avant le départ du train en gare de Perrache.

Ils pourront donc dîner ensemble.

Tout à coup lui revient la dernière phrase du commandant Villars :

« Thorenc, en attendant votre train, allez donc au bordel, ça vous calmera. Vous penserez à autre chose et les Allemands renifleront le parfum des putains. Ça les rendra distraits ! »

Demain, pense-t-il, s'il passe la ligne de démarcation, il reverra Geneviève.

Il s'efforce de retrouver des souvenirs de son visage, de son corps, de leurs nuits passées ensemble, et il s'affole parce qu'il a l'impression qu'il ne lui en reste rien, que le sourire et les yeux naïfs de Claire Rethel ont envahi sa mémoire.

Il pense qu'il n'a jamais songé à faire l'amour avec cette jeune femme, plutôt une jeune fille, et qu'il ne le doit pas, qu'il ne le veut pas.

— Je suis venue, dit-elle.

Elle s'est appuyée au parapet. Le visage tourné vers le fleuve, elle ne le regarde pas.

Il la voit comme il ne l'a encore jamais vue.

Elle porte la jupe noire qu'elle a achetée avec lui à Nice. Elle a des hanches fortes, des mollets musclés. Son chemisier bleu serre des épaules rondes, un peu grasses.

Elle fait face à Thorenc. Il connaît déjà la blancheur laiteuse de sa peau, ses lèvres charnues.

— Vous ne partez qu'à vingt et une heures, murmure-t-elle en lui prenant le bras. Jusque-là, je reste avec vous.

Il appuie son bras contre son sein dont il devine la forme. Il a un mouvement brusque pour s'écarter d'elle et la morigène en regardant ailleurs.

Elle doit être plus prudente, insiste-t-il. Toujours rester sur ses gardes, se défendre contre elle-même et contre ses proches. On exigera d'elle chaque jour davantage. Elle acceptera. Elle portera le courrier dans les boîtes aux lettres, puis on lui fera passer la ligne de démarcation. Elle devra assurer des transports d'armes ou d'argent. Peut-être lui demandera-t-on aussi de lier connaissance avec des Allemands, puisqu'elle parle leur langue. Elle oubliera les dangers qu'elle court. Le risque est une drogue. On finit par maîtriser son angoisse, sa peur. On marche au bord du gouffre. On aime avoir le vertige. C'est aussi une forme de jouissance.

— Méfiez-vous, Claire. Personne ne se souciera de vous, hormis vous-même.

Elle lui prend à nouveau le bras.

— Et vous, qui se soucie de vous ? Vous passez de l'autre côté dans quelques heures, non ? Vous aimez ça ?

— C'est une mission, répond-il. J'ai choisi en connaissance de cause, depuis des années. Vous, vous êtes trop jeune...

Elle s'arrête, se colle à lui.

— Je n'ai jamais fait l'amour, lui dit-elle.

Elle n'a pas baissé les yeux.

— Je voudrais que ce soit avec vous, aujourd'hui.

Il ne la repousse pas. Il oscille entre l'ivresse et l'affolement.

— Je veux, murmure-t-elle. Maintenant.

Il consulte à nouveau sa montre. Il pense à cet hôtel de la rue Victor-Hugo, non loin de la gare de Perrache.

— Là, maintenant, répète-t-elle.

Elle reste appuyée contre lui, la bouche entrouverte.

28

Thorenc est à genoux, mains liées derrière le dos.

Il a l'impression que la peau de son visage a été arrachée, que ses yeux sont sortis de leurs orbites, qu'ils s'épanchent, sanguinolents, le long de ses joues. Autour de lui, des Allemands vont et viennent. Ils hurlent, le secouent, l'obligent à se baisser, à lécher le sol. Sa bouche, sa langue sont en feu.

Il reconnaît le lieutenant Klaus Wenticht, celui qui, il y a un peu plus d'un an, l'a interrogé, à Moulins, alors qu'il tentait de franchir la ligne de démarcation.

Wenticht le frappe à grands coups de ceinturon en plein visage. Ses lèvres éclatent.

On se penche sur lui. Alexander von Krentz, le lieutenant Konrad von Ewers, le capitaine Weber et, vêtu en civil, Werner von Ganz exigent qu'il donne le nom de cette jeune femme que Thorenc découvre, allongée nue sur un lit.

Elle gémit. Il peut voir chaque détail de son corps, les touffes noires sous ses aisselles, entre ses cuisses. Il ne la connaît pas, répète-t-il.

Mais des portes s'ouvrent puis claquent.

Douran, Ahmed, le commissaire Dossi, puis Marabini et Bardet, Henry Lafont font irruption dans la chambre, s'approchent du lit. Lafont tient en laisse un énorme chien noir qui aboie.

Thorenc essaie de bondir...

... Des portes claquent. Il regarde autour de lui. Dans le compartiment on chuchote, on lui lance des coups d'œil. Sur les quais, dans la lumière blanche et violente, il aperçoit des soldats en armes qui prennent position devant les wagons. D'autres arpentent les quais le long du train.

Il entend les voix déformées et métalliques des haut-parleurs qui répètent en français, puis en allemand, que les voyageurs doivent rester à leur place et se préparer à présenter leurs papiers.

Il voit passer dans le corridor un officier et un civil accompagnés d'un soldat qui porte une mitraillette.

Il a donc dormi jusqu'à Chalon-sur-Saône.

Il se souvient des gémissements de Claire Rethel dans la chambre de l'hôtel Résidence, rue Victor-Hugo. De ce chien qui aboyait, en bas ou à un autre étage, pendant que Claire se déshabillait sans gêne aucune, pliant avec soin puis posant son chemisier et sa jupe sur une chaise.

Elle s'était allongée sur le lit, mains croisées derrière la nuque, les jambes un peu écartées. Et Thorenc avait été fasciné par la blancheur de cette peau qu'il avait d'abord effleurée avant de l'embrasser, de la lécher.

Mais, à plusieurs reprises, il s'était redressé,

écoutant les aboiements du chien qui semblaient de plus en plus proches, sursautant parce que des portes claquaient à l'intérieur de l'hôtel.

L'officier pousse la porte du compartiment, salue, tend la main, ramasse les papiers d'identité et les ausweis. Il les examine lentement, les passe ensuite à l'homme en civil qui se tient près de lui, un peu en retrait. C'est ce dernier qui dit :

— Bertrand ? Monsieur Jean Bertrand ?

Thorenc se dresse à demi.

Ainsi, il va mourir.

Il sent encore autour de son cou les bras de Claire qui s'y est suspendue au moment où, sur le quai de la gare de Perrache, résonnait la voix annonçant le départ du train pour Chalon-sur-Saône et Paris, que pouvaient seuls emprunter les voyageurs munis d'un ausweis délivré par les autorités d'occupation.

Elle a murmuré plusieurs fois merci. Il lui a répété d'être prudente et a ajouté : « Restez vivante... »

Il va mourir.

D'un geste, l'homme en civil a demandé au soldat de se placer devant l'entrée du compartiment. Il rend leurs papiers à tous les voyageurs, mais conserve l'ausweis et la carte d'identité de Thorenc. Il s'éloigne avec l'officier.

Le soldat repousse la porte. Le doigt sur la détente de son arme, il ne quitte pas des yeux Thorenc.

Bertrand sent les regards des autres voyageurs se détourner ou l'éviter. Il a même le sentiment que l'homme assis à côté de lui s'est écarté.

Les Allemands pourraient le battre, l'égorger sur cette banquette sans qu'un seul de ces compagnons de voyage ne bouge ni ne paraisse même s'apercevoir de ce qui se produit.

Pourquoi faut-il résister, mourir pour ces gens-là ?

Thorenc déplie un journal.

Il faut jouer l'indifférence et l'ennui.

Il reconnaît cette photo en première page : en fait, il a commencé à lire ce journal peu après le départ du train, puis il s'est endormi. Le cliché représente un groupe d'artistes et d'écrivains français photographiés sur un quai de la gare de l'Est. Il reconnaît au centre Viviane Ballin qu'entourent Drieu La Rochelle, Brasillach, Derain, Van Dongen, Vlaminck. Près d'eux, des officiers allemands : Alexander von Krentz, le lieutenant Konrad von Ewers, le capitaine Weber, de la Propagandastaffel, et Werner von Ganz. Et au milieu de ces derniers, comme s'il était lui aussi un occupant, Michel Carlier, directeur de *Paris-Soir*, l'époux de l'actrice Viviane Ballin. Il accompagne à Berlin les créateurs français — avec « fierté », dit-il.

Résister ? Thorenc replie lentement le journal. Il s'efforce de mimer l'incompréhension, l'attente fataliste, tranquille.

On ne résiste pas pour les autres, mais pour soi, pour une idée que l'on se fait de son destin, de son honneur et de ceux de son pays. On résiste parce qu'on ne sait pas, qu'on ne peut pas accepter de se soumettre, parce qu'on est incapable de vivre comme un lâche — il regarde les autres voyageurs —, à l'instar de ceux-là qui détournent les yeux.

Il pense à Claire Rethel, à Geneviève Villars, à Isabelle Roclore. Il imagine leur sort si elles viennent à tomber entre les mains d'un commissaire Antoine Dossi ou d'un Henry Lafont.

Il se reproche de ne pas avoir réussi à convaincre Claire de rester à l'écart de l'action clandestine. Si elle est prise, elle qui se dénomme Myriam Goldberg...

Il la revoit, couchée sur le lit dans la chambre de l'hôtel de la rue Victor-Hugo. Si jamais ils l'arrêtent...

Il se sent tout à coup désespéré, emporté par plus que de la colère : une fureur qui lui donne envie de hurler, de se ruer sur ce soldat pour en finir avec l'angoisse, l'incertitude, toutes ces années qu'il lui faudra encore parcourir avec la mort marchant au même pas que lui.

L'officier pousse la porte, lui tend son ausweis et le salue.

Dans le compartiment, les autres occupants soupirent, sourient, échangent quelques mots.

Thorenc ferme les yeux.

Dormir. Oublier !

29

Dès qu'il est entré dans la cour de la ferme, Thorenc a aperçu cet homme jeune au torse moulé dans un pull-over blanc. Le col est montant et de grosses mailles dessinent sur la poitrine une étoile aux branches inégales.

L'homme fume dans le soleil couchant, appuyé au mur de pierres sèches de la grange.

Il a passé lentement sa main gauche dans ses cheveux blonds.

Il affiche un air nonchalant, mais Thorenc n'est pas dupe de son attitude. Cet homme-là est aux aguets.

Il a dû être surpris par l'arrivée de Thorenc, mais il n'a pas voulu paraître se dérober à une rencontre.

Il a même souri, essayant d'établir d'emblée avec lui une sorte de connivence.

Thorenc regarde autour de lui. Le commandant lui a assuré que sa fille vivait seule.

« Vous connaissez Geneviève, lui a dit Joseph Villars, elle n'est pas femme à s'encombrer. Elle mène son affaire comme un chef de bataillon. »

Pourtant, cet homme-là a l'air chez lui.

Thorenc hésite. Il jette un coup d'œil derrière lui. La route est libre. Il peut fuir. Peut-être, d'ici quelques instants, une souricière montée par la Gestapo se sera-t-elle refermée sur lui.

L'homme commence à se redresser, il se détache du mur et se balance d'un pied sur l'autre.

Trop tard, se dit Thorenc.

Il explique donc qu'il cherche la route de Saint-Laurent, qu'il arrive de Villeneuve-sur-Yonne et n'a trouvé personne pour lui fournir le moindre renseignement.

À cet instant, la porte du bâtiment principal s'ouvre et Geneviève apparaît sur le seuil.

— C'est un ami, lance-t-elle, tournée vers l'homme.

Elle s'avance lentement vers Thorenc. Sa démarche a changé, plus féminine dans le mouvement des hanches. Elle porte les cheveux relevés et un gilet de tissu vert qui lui laisse les bras nus jusqu'à l'épaule.

Elle fait les derniers pas la main tendue, le bras presque à l'horizontale, comme pour signifier à Thorenc qu'il ne doit pas l'embrasser ni l'enlacer, pour lui faire comprendre qu'entre eux deux le temps a coulé.

Thorenc s'est laissé envahir par le souvenir de tout ce qu'ils ont vécu ensemble. Il a baissé la tête. Il a aussitôt repensé à Claire Rethel, aux heures passées dans la chambre de l'hôtel de la rue Victor-Hugo, mais, au lieu de le rassurer, ces images-là l'ont accablé.

Tout est devenu si fugitif, précaire.

Il saisit la main de Geneviève, mais elle la retire aussitôt, croisant les bras, se dirigeant vers l'homme jeune, se campant près de lui dans le soleil qui donne aux pierres une teinte rousse.

— C'est Marc, murmure-t-elle.

Elle invite Thorenc à pénétrer dans la ferme. C'est l'heure de la première émission de la BBC, explique-t-elle. Ils attendent un parachutage sur le plateau la nuit prochaine ou dans les jours à venir. Ils doivent donc écouter les messages qui confirmeront l'opération.

Elle se tourne vers Thorenc tout en enveloppant d'un bras les épaules de l'autre homme.

— Marc est notre radio, explique-t-elle.

Ce dernier se dégage en souriant et se met à chercher la fréquence de Londres sur un poste dissimulé à l'intérieur d'un vaisselier.

Il paraît plus jeune que Geneviève, remarque Thorenc. Sous son pull-over, on devine un corps juvénile, osseux mais souple.

Dans la grande pièce, au plafond si bas que Thorenc doit se baisser pour ne pas heurter les poutres noircies par la fumée, Geneviève s'affaire. Elle dispose les assiettes sur la table, s'arrête souvent pour écouter la radio que Marc continue de manipuler, captant enfin l'indicatif de l'émission.

Elle s'assied alors, précisant que la situation de la ferme isolée au bout d'un promontoire dominant la vallée de l'Yonne, permet d'écouter la radio ou de faire tourner la ronéo, voire d'émettre en toute sécurité.

D'ailleurs, les Allemands sont peu nombreux dans la région qui ne comporte aucun site stratégique, ce qui rend plus faciles les parachutages ou les atterrissages.

Marc a été déposé à quelques heures de route de la ferme, il y a un mois, par un Lysander qui a atterri sur le plateau. Il a suffi de baliser le champ. L'opération n'a duré qu'une dizaine de minutes. L'un des chefs du mouvement Libération Nord a remplacé Marc à bord de l'avion qui a redécollé aussitôt pour l'Angleterre.

D'un geste autoritaire, Geneviève fait signe à Marc et à Thorenc d'écouter et de se taire.

On a entendu la voix brouillée du speaker répéter : « Messages personnels : Lisette va bien. Gabriel vous envoie ses amitiés. »

Marc écarte les bras en souriant. Il murmure :

— C'est pour nous. Donc pour demain soir !

Geneviève se met à chantonner et commence à remplir les assiettes de pommes de terre au lard.

Jamais Thorenc ne l'a vue ainsi, enjouée, insouciante, disant qu'elle va passer une partie de la nuit à avertir les membres du réseau qui doivent préparer la *dropping zone*.

Ils attendent le parachutage de plusieurs containers, trois ou quatre, sans doute des armes.

— Nous avons demandé beaucoup, indique Marc.

— Argent, plastic, mitraillettes, munitions, matériel..., énumère Geneviève.

En passant près de Marc, elle lui caresse la nuque.

Thorenc se sent mal à l'aise, comme s'il venait de surprendre l'intimité d'un couple et qu'il en avait perçu, derrière les apparences, l'extrême fragilité.

Il a l'impression déplaisante que Geneviève et Marc jouent faux, ce qui lui donne le sentiment d'être lui-même vaguement en danger.

Tout au long du dîner, il évite souvent de regarder Marc et Geneviève alors qu'ils se frôlent, s'enlacent, s'embrassent.

Il est sûr de n'éprouver ni jalousie ni ressentiment, mais de la gêne.

Il lui semble qu'il y a dans le comportement de Geneviève quelque chose d'excessif et que Marc se tient en retrait, entraîné comme malgré lui dans une passion qui le submerge plus qu'il ne la partage.

Thorenc annonce qu'il souhaite repartir pour Paris dès le lendemain matin.

Il désire que Geneviève lui dresse à présent un tableau précis des activités de son réseau.

— « Prométhée », notre réseau..., commence-t-elle.

30

Thorenc a eu besoin de retrouver le silence.

Il a traversé la cour, puis longé le pré jusqu'au bord de la falaise.

Alangui, le fleuve coule en contrebas, s'étirant dans une large boucle où s'accumule une brume grise alors que le ciel au-dessus de la ferme est clair, brillant même.

Thorenc s'assied.

Il souhaite rassembler les informations que Geneviève, d'un ton assuré et quelque peu dédaigneux, lui a livrées.

— Nous avons des hommes partout, lui a-t-elle dit. Je peux compter sur eux.

Ils étaient cheminots, paysans, facteurs, instituteurs, employés de mairie. Elle avait donné leurs noms, bien qu'il eût chaque fois essayé de l'interrompre. De peur qu'ils laissent une trace dans sa mémoire et qu'il les livre un jour sous les coups, la torture, il ne voulait même pas entendre prononcer une fois, une seule fois, ces noms de Marlin, Crespière, Laforêt, Jussier, Nartois, Gauchard...

Mais Geneviève les avait égrenés avec une sorte d'exaltation.

Elle répétait le nom — Gauchard — de celui qui avait organisé le sabotage de la voie ferrée, à quelques kilomètres de Villeneuve-sur-Yonne. Elle vantait le courage de Nartois qui avait sectionné les fils de téléphone reliant les postes allemands à Dijon, Auxerre et Avallon. Crespière avait abattu des arbres en travers des routes du Morvan. Ils seraient tous là le lendemain soir pour baliser le terrain de parachutage, cacher les armes, faire disparaître les containers.

Elle avait parlé la tête appuyée contre l'épaule de Marc, lui prenant parfois le poignet ou caressant ses doigts.

Marc s'était tenu droit, mains bien à plat sur la table, le visage figé dans un sourire un peu niais.

Il avait laissé Geneviève dire que la vie du réseau avait changé depuis que le jeune radio les avait rejoints.

— C'est notre Prométhée ! avait-elle répété.

Grâce à lui, la liaison directe était établie, à Londres, avec le Special Operations Executive.

— Et de Gaulle ? avait murmuré Thorenc.

Geneviève avait répondu qu'elle ne se souciait que de battre et chasser les Allemands et qu'elle acceptait l'aide de tous ceux qui partageaient le même but : les Anglais, de Gaulle, les communistes, pourquoi pas ?

Elle s'était écartée de Marc comme pour donner un peu plus de solennité à ses propos.

La ferme, avait-elle expliqué, était aussi un refuge, un lieu de passage, une étape vers le Sud, l'Espagne. Les Allemands ne venaient jamais jusque-là. Ils la laissaient se déplacer librement dans toute la région où elle avait acquis la réputation d'une infirmière dévouée, experte. Elle disposait d'un permis de circulation de jour et de nuit. Elle transportait ainsi — et logeait à la ferme le temps qu'il fallait — les pilotes alliés abattus et en fuite, ainsi que des Anglais, des Canadiens qui arrivaient de Belgique ou des départements du Nord, parfois même d'Allemagne. Elle organisait leur passage en zone Sud. Et...

Elle s'était interrompue et imperceptiblement penchée vers Thorenc :

— Il y a quelques semaines, Stephen Luber a dormi ici deux nuits.

Thorenc avait jeté un coup d'œil à Marc. Le jeune homme paraissait distant, rêveur.

Il en avait voulu à Geneviève de livrer ce nom et de préciser que Luber lui avait confié avoir participé aux attentats contre des officiers allemands. Dans le couloir du métro, porte Dauphine, il avait abattu un officier de la Kriegsmarine qui, d'après ses dires, avait crié « comme un cochon qu'on égorge ».

Puis elle avait énuméré tous les attentats perpétrés par le groupe auquel appartenait Luber. Elle comptait, levait chaque fois un doigt : un capitaine de la Wehrmacht abattu en pleine rue ; un sous-officier tué dans le hall de l'hôtel Terminus ; porte d'Orléans, un soldat dont Stephen avait défoncé le crâne à coups de crosse, son revolver s'étant enrayé.

Elle avait refermé les poings.

— Tu es hostile, n'est-ce pas ? avait-elle lancé avec un mélange de hargne et de mépris.

Il avait été blessé qu'elle se tournât vers Marc pour lui expliquer qu'il était, lui, Bertrand, le fils de Cécile de Thorenc, familière de l'état-major allemand et des milieux artistiques — elle avait mis une forte dose de dédain dans ces mots-là — favorables à la collaboration. Et elle avait rappelé à Thorenc qu'il avait choisi de lui faire passer quelques heures à la Boîte-Rose, le cabaret que fréquentaient les officiers supérieurs nazis.

Il lui en avait voulu d'user de ce ton sarcastique, et de la manière dont elle brûlait ainsi leur passé. Elle le dénaturait, le sacrifiait comme une offrande à sa passion pour Marc.

Il avait murmuré :

— C'était le 11 novembre 1940, nous venions de manifester, il fallait bien trouver un refuge.

Elle avait ri :

— Je sais, c'est vrai, mais il n'empêche : c'était la Boîte-Rose !

Après quelques secondes de silence — peut-être s'était-elle alors souvenu de la nuit qu'ils avaient partagée dans la chambre sale d'un hôtel de passe de la rue Delambre ? —, elle avait repris d'une voix sèche, comme pour trancher net avec tout ce qu'ils avaient en commun :

— Naturellement, tu vas nous parler des otages. Mais nous pensons — elle s'était tournée vers Marc

— que le sang répandu par les nazis va engendrer ou faire redoubler la colère, la révolte. Les gens, y compris les lâches, ceux qui attendent pour savoir qui va l'emporter, finiront par se sentir menacés : ils risqueront d'être désignés comme otages.

Elle avait levé le poing :

— Il faudra bien qu'ils choisissent ! avait-elle lancé d'une voix suraiguë. Ils résisteront parce qu'ils auront peur !

Elle s'était levée. Elle devait, avait-elle dit, aller prévenir les camarades du réseau que le parachutage était attendu pour le lendemain soir.

Elle s'était tournée vers Marc, lui avait souri.

Elle avait chuchoté qu'il faisait froid et avait caressé son pull-over. Le garçon l'avait ôté à gestes lents, laissant apparaître sous une chemise de toile kaki un torse étroit.

Thorenc avait détourné la tête pour ne pas voir Geneviève enfiler le pull blanc.

Ouvrant la porte, elle avait lancé depuis le seuil :

— Nous aussi, nous allons tuer. Il faut qu'ils sachent qu'ils sont traqués comme des bêtes nuisibles. Il faut qu'ils tremblent à chaque pas qu'ils feront, pas seulement dans Paris mais sur le sentier le plus étroit, dans la campagne la plus reculée. Ici aussi. Stephen Luber l'a dit : il faut qu'ils sachent que la France entière est un champ de bataille. Pour cela, il faut les tuer.

Elle avait disparu dans la nuit.

Thorenc n'avait pas eu envie de rester en tête à tête avec Marc.

31

Thorenc frissonne. Pourtant, le vent qui courbe l'herbe au sommet de la falaise et chasse la brume du méandre de l'Yonne est léger, presque chaud. Il sent le blé mûr.

Il se souvient de la violence et de l'exaltation avec lesquelles Geneviève avait lancé :

« Luber m'a raconté comment, en Beauce, ils ont mis le feu aux blés. Nous aussi nous incendierons les récoltes, nous égorgerons les bêtes dans les pâturages. C'est autant que l'Allemagne n'aura pas ! »

Il s'est recroquevillé et est ainsi resté plusieurs dizaines de minutes. Peu à peu, il en est venu à éprouver envers Geneviève de la compassion, presque de la pitié. Pour étouffer en elle l'angoisse, juguler la peur, elle a besoin de sentiments extrêmes, d'actes absolus. Il l'imagine, circulant seule, cette nuit, sur les routes sombres, et tout à coup arrêtée par une patrouille. On la met en joue. On éclaire son visage avec une lampe torche. Elle doit exhiber ses papiers, son autorisation de circuler. On la reconnaît enfin et, d'un grand geste, on l'invite à poursuivre sa route...

Comment n'aurait-elle pas besoin de sentir sur ses bras, ses seins, son cou, la laine du pull-over de Marc ?

Lui, Thorenc, n'a-t-il pas agi de même en étreignant le corps de Claire Rethel, elle aussi perdue, qui recherchait la chaleur de l'autre ? Celle de Thorenc, mais demain celle d'un autre, un homme chez qui elle serait contrainte de passer la nuit parce que la ville serait surveillée. Et parce qu'elle n'aurait pas envie de dormir seule avec sa peur.

Ainsi avait agi Julie Barral, sincère et téméraire,

et elle était sans doute morte, à cette heure, ou pantelante au fond d'une cellule.

Résister, mener la guerre clandestine, c'est le plus souvent être seul et donc avoir froid, froid, froid.

Thorenc claque des dents.

... Pour ne pas trembler, on peut oublier la prudence, s'accrocher au cou de l'homme ou de la femme qui passe, lui confier ce qu'on devrait taire à seule fin que naissent une complicité, une intimité, pour partager et cesser d'être seul.

Thorenc a croisé et serré ses bras pour se réchauffer.

Il n'a pas aimé Marc, ce radio pourtant arrivé d'Angleterre. Geneviève a tort de ne rien lui cacher, ni de son passé ni de son réseau. Mais elle ne peut sans doute plus supporter d'être celle qui détient des secrets et doit affronter seule l'angoisse.

Il se persuade qu'elle doit changer de région ou même passer en zone non occupée. Peut-être, s'il arrive à rencontrer son frère, Pierre Villars, celui-ci, prévenu, réussira-t-il à l'en convaincre. Et si elle veut partir avec Marc, eh bien, qu'elle l'emmène et se déplace avec lui ! Mais Thorenc en est sûr, et c'est comme si le froid s'enfonçait davantage entre ses omoplates, le cisaillait : Geneviève ne peut continuer longtemps ainsi, faisant monter sans relâche les enjeux, de plus en plus tendue et donc vulnérable.

Un jour elle se brisera.

Il entend le moteur d'une voiture qui hoquette. Les phares éclairent la cour de la ferme. C'est Geneviève qui rentre.

Thorenc va à sa rencontre et se place devant elle afin qu'elle soit contrainte de s'arrêter, de ne pas regagner aussitôt le bâtiment.

La laine blanche du pull-over dessine comme une cible dans la nuit.

— Parlons, lui dit-il.

Elle hausse les épaules. Elle a livré tous les renseignements, déclare-t-elle d'un ton irrité. Elle a évoqué les buts et les moyens de son réseau. Elle n'a rien caché non plus de ce qu'elle pense. Qu'il n'essaie pas de lui faire croire qu'il faut éviter de tuer des Allemands parce qu'ils exécutent en représailles des dizaines d'otages.

Thorenc lui saisit le bras et l'entraîne vers la falaise.

Elle commence par résister, puis lui cède, et ils restent debout côte à côte à regarder le fleuve.

— Tu es imprudente, hasarde-t-il. Trop sûre de toi, des gens qui t'entourent...

Elle se tourne brusquement vers lui.

— Ma vie privée, j'en fais ce que je veux ! réplique-t-elle.

Il hausse les épaules avec le sentiment qu'il ne réussira pas à la convaincre. Il ajoute pourtant :

— Il faut cloisonner, toujours. Action, renseignement, propagande, organisation, liaisons. Ne faire connaître à chacun que ce qu'il ne peut pas ignorer. Marc...

Il s'interrompt, car Geneviève a commencé à s'éloigner à grands pas en direction de la ferme.

Il la suit.

— Tu es trop exposée, reprend-il, trop connue dans la région. Les Allemands vont repérer le poste émetteur ou les lieux de parachutage et d'atterrissage. Ils remonteront jusqu'à toi. On ne sait pas qui peut se taire, sous la torture. Il vaut mieux ne rien savoir.

Il doit éviter de citer le nom de Marc. Il se borne à indiquer :

— Tu as trop parlé aux uns et aux autres.

Elle s'arrête, le défie.

— Tout le monde n'a pas entretenu avec les nazis des relations amicales, tout le monde n'a pas interviewé le chancelier Hitler, tout le monde n'a pas une mère qui...

Elle se ravise et change de ton :

— Tu pars demain ? Sage décision.

Elle ajoute qu'il souhaite sûrement ne pas assister au parachutage :

— Trop de risques, n'est-ce pas, et tu es un homme prudent ! Tant mieux pour toi.

Il retourne au bord de la falaise. Le froid lui paraît plus vif encore.

Il entend la sourde rumeur d'un moteur qui peu à peu envahit la vallée. Tout à coup, un projecteur balaie les berges et Thorenc distingue une vedette allemande qui descend lentement le courant.

Le faisceau glisse le long de la falaise. D'instinct, il se couche dans l'herbe humide, regardant le cône blanc illuminer la ferme.

32

Thorenc a l'impression que les rues de Paris sont devenues des plaies purulentes.

Les grandes affiches rouges et jaunes s'étalent sur les façades aux sorties des gares et des stations de métro.

Les Allemands ont fusillé quatre-vingt-dix-huit otages en moins de deux jours. Et Brasillach ose écrire dans *Je suis partout* : « Pas de pitié pour les assassins de la Patrie !... Qu'attend-on pour fusiller les chefs communistes déjà emprisonnés ? »

Le journal est étalé sur la table. Pierre Villars, d'un geste lent, a suivi du doigt chacune des phrases de Brasillach, puis, se rapprochant de Thorenc, il murmure :

— Pucheu a suivi ce conseil. Il a suggéré aux Allemands de ne fusiller que les communistes, et, parmi eux, un garçon de dix-sept ans, Guy Mocquet. Savez-vous ce dont il est coupable ? Il a pour père un député communiste ! Et Pucheu se prétend ministre de l'Intérieur français !

Thorenc observe le frère de Geneviève. Il a la lèvre inférieure qui tremble. Il bégaie d'émotion et de fureur mêlées.

— Les communistes, fait remarquer Bertrand, ne pouvaient ignorer...

— En effet, nous savions, l'interrompt aussitôt Pierre Villars en se redressant. Je dis *nous*, vous comprenez...

Il martèle la table à petits coups de poing et précise :

— Je suis entièrement solidaire ! Vous ne voudriez tout de même pas que je sois de l'avis de Pétain ?

Il a replié *Je suis partout* et posé *Paris-Soir* sur la table, entre les verres. Sous les photos du Feldkommandant Hotz, abattu d'une balle dans le dos place de la Cathédrale, à Nantes, et du conseiller de l'administration militaire Reimers, tué à la tombée de la nuit place Pey-Berland, à Bordeaux, le journal publie quelques lignes de Pétain qui parle du « bon droit » des Allemands. Le Maréchal ajoute : « Par l'armistice, nous avons déposé les armes. Nous n'avons plus le droit de les reprendre pour frapper les Allemands dans le dos... Aidez la justice. Je vous jette ce cri d'une voix brisée : ne laissez plus faire de mal à la France ! »

— Le salaud ! s'exclame Villars. Il invite maintenant à la délation !

Il poursuit, les dents serrées :

— Vous savez ce que promettent les Allemands ? Quinze millions de francs à ceux qui dénonceront les coupables, et la libération des prisonniers apparentés aux personnes qui auront fait parvenir des indications utiles à la Kommandantur...

Thorenc regarde autour de lui. La salle du café La Frégate bruit de conversations enjouées.

Des femmes en chapeau, leur voilette relevée, parlent à la table voisine de *Fantasia*, le film de Walt Disney qui vient d'être présenté. Elles s'enthousiasment :

— C'est bien plus qu'un dessin animé : la poésie...

Dehors le soleil illumine le quai Voltaire.

— Dans les salons, reprend Villars, y compris peut-être dans celui de votre mère, Thorenc, on appelle le général von Stülpnagel « le plus charmant de nos vainqueurs ». Or cet officier distingué, cet homme du monde fait fusiller des dizaines d'otages !

— Vous espériez quoi ? réplique Thorenc. Qu'il laisse tuer ses officiers sans réagir ?

Villars a un ricanement méprisant :

— Nous avons besoin de la haine ! Il faut que les Boches se sentent isolés, menacés. Ils ont instauré le couvre-feu à vingt et une heures. Paris n'est plus leur lupanar, mais une ville où on les saigne ! Et il en va de même à Nantes, Bordeaux, Rouen. Qu'ils baisent entre eux ! Mais, s'ils veulent aller au bordel, qu'ils tremblent, car on peut les tuer au moment où ils se reculottent !

Thorenc n'a pas répondu. Il lui a semblé entendre Geneviève. Et il s'est à nouveau interrogé. Peut-être en effet est-ce la seule voie pour secouer les Français, les arracher à leur apathie, leur passivité — leur montrer ce qu'est vraiment le visage de Vichy : non pas celui d'un vieillard émouvant, mais le masque d'un homme qui laisse tuer des otages et invite à dénoncer les patriotes à l'ennemi !

Villars paraît s'être calmé. Pourtant, Thorenc remarque qu'il serre à deux mains le bord de la table et que ses doigts tremblent.

— J'ai vu Stephen Luber à Nice, reprend Thorenc. Geneviève aussi m'a parlé de lui. Il est passé chez elle à Villeneuve-sur-Yonne.

L'autre semble ne pas entendre.

— Je suis inquiet pour elle, continue Bertrand. Elle a une confiance en soi et en ceux qui l'entourent que je crois excessive et bien imprudente. Elle a installé le poste émetteur chez elle ; elle prend ainsi un risque majeur. Vous connaissez son radio ?

Pierre Villars sourit :

— Marc Nels. Vous êtes jaloux, Thorenc ? Ce n'est pas le moment. L'époque n'est pas aux sentiments privés. Je croyais que vous l'aviez compris !

Thorenc se lève. Le frère et la sœur réagissent décidément de la même manière. Il s'appuie à la table, penché vers Villars :

— Si vous avez quelque influence sur Geneviève, conseillez-lui donc de quitter Villeneuve-sur-Yonne. Avec son radio, si elle le désire...

Il fait quelques mètres dans la salle, puis revient sur ses pas :

— Les sentiments privés, Villars, je les vois partout : chez elle, chez vous, chez moi. On se bat pour des sentiments privés : le droit d'aimer comme on veut, quand on veut, qui l'on veut, que ce soit une femme ou son pays. Ce sont les nazis qui ont vidé les têtes de tout sentiment privé. C'est d'ailleurs pour cela qu'ils tuent si facilement.

Il a quitté le café et commencé à longer le quai Voltaire.

Des promeneurs s'attardent devant les boîtes des bouquinistes. Il semble à Thorenc que les soldats allemands, si nombreux il y a quelques mois, se font rares, et ceux qu'il aperçoit lui paraissent inquiets, nerveux ; ils se retournent souvent comme s'ils craignaient qu'on les suive ou les vise.

Des officiers marchent la main posée sur l'étui de leur revolver.

Il s'arrête devant une affiche jaune collée sur l'un des murs de l'Académie française :

BEKANNTMACHUNG

In der Abenddämmerung des 21 Oktober 1941, einen Tag nach dem in Nantes begangenen Verbrechen, haben feige Mörder, die ihm Solld Englands und Moskaws stehen, eine Offizier der deutschen Militärverwaltung in Bordeaux auf verräterische Weise erschossen...

Noch einmal habe ich angeordnet fünfzig Geiseln zu erschiessen. Wenn die Täter nicht bis zum 26 Oktober 1941 Mitternacht gefasst werden, werden weitere fünzig Geiseln erschossen.

Ich biete den französischen Einwohnern, die dazu beitragen die Schuldigen zu entlarven eine Belohnung von 15 MILLIONNEN FRANCS...

Paris, den 23 Oktober 1941,
Der Militärbefehlshaber

AVIS

Au crépuscule du 21 octobre 1941, un jour après le crime qui vient d'être commis à Nantes, de lâches assassins, à la solde de l'Angleterre et de Moscou, ont tué à coups de feu tirés traîtreusement un officier de l'administration militaire allemande à Bordeaux...

J'ai ordonné une fois de plus de fusiller cinquante otages. Si les meurtriers ne sont pas saisis d'ici le 26 octobre 1941 à minuit, cinquante autres otages seront exécutés.

J'offre une récompense d'un montant total de 15 MILLIONS DE FRANCS aux habitants de France qui contribueront à découvrir les coupables...

Paris, le 23 octobre 1941,
Le Commandant

in Frankreich	*des forces allemandes en France*
Von Stülpnagel,	Von Stülpnagel,
General der Infanterie.	Général d'Infanterie.

Thorenc a envie de vomir.

Il imagine ces instituteurs, ce député, ces syndicalistes, ces vies prises en otage, triées dans le camp de Châteaubriant, et l'officier français de gendarmerie qui a serré la main de l'officier allemand venu s'en emparer pour les conduire dans une carrière et les faucher en trois salves, à 15 h 55, 16 heures et 16 h 10.

La Marseillaise, que les otages ont chantée, ne s'est interrompue qu'avec la dernière vie.

Il sent une présence derrière lui ; il se retourne vivement. Pierre Villars se tient à quelques pas.

Ils marchent côte à côte, sans échanger un mot, jusqu'au Pont-Neuf.

— Sentiments privés..., marmonne Villars en s'arrêtant à l'entrée du pont. Stephen Luber avait envisagé de faire sauter la maison de votre mère, place des Vosges. Elle est toujours pleine à craquer d'officiers allemands, de collaborateurs. On y voit entrer aussi bien Alexander von Krentz et le capitaine Weber, Werner von Ganz, grand ordonnateur des rencontres artistiques franco-allemandes, que monsieur Epting, directeur de l'Institut allemand, Drieu La Rochelle, et, quand il ne se trouve pas à Vichy, mon grand-père Paul de Peyrière. C'était assez facile à organiser : on pose quelques pains de plastic, on se place en embuscade dans le jardin, sur la place, et on mitraille les survivants... Eh bien, voyez-vous, Thorenc, Luber et ses camarades ont renoncé pour ce que vous appelez des « sentiments privés ». Pour vous...

— Pour moi ? questionne Thorenc, interloqué.
— Pour vous, répète Villars tout en s'éloignant sur le Pont-Neuf.

Thorenc, lui, n'a pas bougé. Il répond à voix basse :

— Ils ont eu tort.

Puis il se fait l'observation que la place des Vosges n'eût pas permis une dispersion et une retraite assez rapides aux membres du groupe d'action.

Les « sentiments privés » pouvaient en l'occurrence avoir servi d'alibi ou d'excuse, de masque et de prétexte.

33

La nuit de Thorenc a tout à coup été lacérée par des cris.

Il lui a semblé reconnaître, parmi les voix qui hurlaient, celle d'une femme. Elle dominait toutes les autres, lançant un lamento affolé et suraigu qui s'interrompit brusquement.

Tout en se dressant sur son lit, il a pensé à Geneviève Villars, puis à sa mère, cette femme qu'on avait donc songé à tuer.

La veille au soir, alors qu'il ne trouvait pas le sommeil, il a eu la tentation de descendre dans le hall de l'hôtel pour téléphoner à l'appartement de la place des Vosges afin d'avertir Cécile de Thorenc, en quelques mots peut-être anonymes, des dangers qu'elle courait.

S'il lui sauvait la vie, cela ne changerait en rien le sort de la guerre.

Mais il a renoncé. Sa mère ne l'entendrait pas. Dans les menaces pesant sur elle, elle trouverait au contraire une raison supplémentaire de poursuivre, comme une comédienne relancée par les applaudissements reprend haleine pour sa prochaine tirade, son nouvel exploit.

Telle est Cécile de Thorenc : une femme perdue, errant dans cette époque qu'elle considère comme un décor, à la recherche de sa gloire, de sa beauté, de sa jeunesse et de ses succès en allés, prête à sacrifier jusqu'à sa vie si c'est le prix à payer pour rester en scène, étonner le public, conserver l'illusion d'être encore au centre des choses, sous les regards — et que lui importe que ceux-ci soient chargés de haine ?

Cécile de Thorenc joue. Elle interprète son rôle et, pour elle, Alexander von Krentz ou le capitaine Weber ne sont que des comédiens en costume qui lui donnent la réplique.

Pauvre petite fille perdue !

Incapable de trouver le sommeil, Thorenc a arpenté longtemps cette chambre située au troisième étage d'un hôtel du Quartier latin.

Par les fentes des volets métalliques, il a regardé le carrefour de la rue Saint-Jacques et de la rue des Écoles, à peine perceptible dans l'obscurité du couvre-feu. Il l'a tant de fois traversé pour se rendre à la Sorbonne ou à la brasserie Balzar ! Là, il a parfois dîné à une table proche de celle où se tenait Brasillach ou Drieu.

Il a songé à ces écrivains perdus, eux aussi enfermés dans leur rôle, n'imaginant peut-être pas que leurs phrases se changeaient aussitôt en balles, en coups, en souffrances, en morts.

Thorenc s'est enfin endormi, et puis il y a eu ces

cris comme sortis de son propre cauchemar, ce lamento suivi d'un silence.

Il s'est levé et, en tâtonnant, est allé jusqu'à la fenêtre.

Il a alors vu cette masse de corps prisonniers des faisceaux des lampes torches, quatre ou cinq jetés au centre du carrefour, et les mains levées au-dessus de ces têtes.

Autour d'eux, des soldats casqués abattaient la crosse de leur fusil sur ces chairs réduites au silence, cependant que deux officiers éclairaient la scène, guidaient leurs coups.

Plus loin, appuyés au cadre de leur vélo, deux policiers français regardaient.

Thorenc s'est écarté de la fenêtre. Il a caché son visage dans ses paumes.

Il aurait voulu avoir une arme, une grenade. Il a songé au fusil-mitrailleur qu'il avait enterré dans le jardin de la maison abandonnée de Saint-Georges-sur-Eure, à la fin du mois de juin 1940.

Il a sursauté quand le bruit des moteurs a envahi la nuit. Il s'est de nouveau approché de la fenêtre. Il a vu les soldats jeter dans un camion, en les tenant par les bras et les jambes, quatre corps. L'un d'eux semblait être celui d'une jeune fille à la robe plissée, aux jambes nues.

Il a pensé à Claire Rethel et, malgré le silence revenu, il n'a pu redormir.

Le lendemain matin, il a remonté la rue Saint-Jacques.

Les murs du lycée Louis-le-Grand étaient couverts de grandes inscriptions noires : VIVE DE GAULLE ! VIVE LA FRANCE ! accompagnées d'une croix de Lorraine inachevée. La longue barre horizontale n'était qu'à demi tracée, le dessin avait sans doute été interrompu par l'arrivée d'une patrouille, peut-être ces deux agents français qui, ensuite, n'avaient plus été que des spectateurs.

Thorenc s'est mis à marcher plus vite comme pour fuir ce qui n'était plus qu'une croix, accompagnée d'une sorte d'épitaphe, et il a rejoint le boulevard Raspail, sûr qu'il aurait dû éviter ce quartier où on risquait de le reconnaître — mais il avait éprouvé le besoin d'y aller et de lever la tête vers la haute baie vitrée de son atelier.

Il s'est arrêté en face de l'immeuble.

Quelqu'un a tiré les rideaux de chez lui.

Il aperçoit madame Maurin qui balaie son bout de trottoir. Elle porte toujours la même robe de chambre d'un bleu délavé. Elle arrose le petit pot de géranium qu'elle a placé sur la fenêtre de sa loge. À cet instant, son mari, qu'elle appelle « Maurin », sort de l'immeuble. Il tient son couvre-chef à la main, sa pèlerine sur le bras. Il embrasse sa femme, puis, se coiffant de son képi, il s'éloigne vers le carrefour, saluant deux officiers allemands qui viennent de la rue Delambre, peut-être de la Boîte-Rose ou de quelque hôtel de passe.

Qui a entendu les cris de cette nuit ?

Combien faudrait-il de corps, d'affiches jaunes ou rouges, combien d'otages fusillés pour que madame Maurin cesse d'arroser ses fleurs, pour que Maurin ne salue plus réglementairement — main bien ouverte, doigts joints et tendus touchant le bord de la visière, bras vivement levé puis rabaissé — deux ennemis ?

Combien de hurlements, de morts pour que Maurin utilise son arme contre les Allemands au lieu d'en menacer ceux qui tracent sur les murs des croix de Lorraine ?

Thorenc s'éloigne. Il se retourne, aperçoit Philippe Pinchemel qui quitte l'immeuble et auquel madame Maurin adresse quelques mots. Une voiture attend l'industriel. Le chauffeur lui ouvre la portière et lui tend un journal.

Ce matin-là, Thorenc lira en première page de *Gringoire* que les Allemands ont procédé, entre le 6 et le 10 octobre, à mille six cents arrestations.

Dans quelle fosse ont-ils jeté les cinq corps de cette nuit ? Sous combien de mètres de terre faut-il ensevelir une bouche pour qu'elle cesse définitivement de hurler ?

Thorenc longe à pas lents le jardin du Luxembourg. Il aperçoit, flottant au-dessus des bâtiments du Sénat, un immense drapeau nazi.

Il a le sentiment d'étouffer.

34

Thorenc écoute cette voix qui s'éloigne, qui en vient même à disparaître au point qu'il se penche alors sur le poste de radio pour tenter de la retenir. Mais, brusquement, elle refait surface, proche et distincte, accompagnée parfois d'un écho qui la prolonge.

Il a l'impression qu'elle surgit d'un long tunnel où l'on entend la maintenir, l'étouffer, mais qu'elle est en fin de compte la plus forte et jaillit comme un geyser irrépressible :

« Si les Allemands ne voulaient pas recevoir la mort de nos mains, ils n'avaient qu'à rester chez eux et ne pas nous faire la guerre... Du moment qu'après deux ans et deux mois de bataille ils n'ont pas réussi à réduire l'univers, ils sont sûrs de devenir chacun, et bientôt, un cadavre, ou au moins un prisonnier... »

Thorenc se tourne.

Delpierre est assis face à la radio. Il a posé un carnet sur ses genoux et note sans regarder ce qu'il écrit, les yeux rivés au cadran jaune de l'appareil.

Installé sur le canapé, Lévy-Marbot a fermé les yeux. Son visage est projeté en avant, crispé comme pour agripper chaque mot.

— De Gaulle, murmure-t-il, ce sacré talent qu'il a pour...

D'un geste impérieux, Delpierre l'invite à se taire cependant que la voix poursuit :

« Actuellement, la consigne que je donne pour le territoire occupé, c'est de ne pas y tuer d'Allemands. Cela, pour une seule mais très bonne raison, c'est qu'il est en ce moment trop facile à l'ennemi de riposter par le massacre de nos combattants momentanément désarmés. Au contraire, dès que nous serons en mesure... »

La voix s'enfonce, revient...

« Jusque-là, patience, préparation, résolution... »

Delpierre se lève, agite son carnet.

— Impossible, impossible ! répète-t-il. De Gaulle n'est pas sur le terrain. Il ne sent pas que l'opinion vient de changer. Ce mois d'octobre marque le tournant capital que nous attendions depuis juin 40.

Il arpente le petit salon.

La porte s'ouvre. Le docteur Pierre Morlaix apparaît sur le seuil.

Thorenc loge chez lui depuis trois jours.

Il s'est présenté rue Royer-Collard en fin d'après-midi, sans même prévenir, disant simplement au médecin :

— J'ai besoin de vous.

Morlaix s'est effacé pour le laisser entrer. Il a fait passer Thorenc dans le salon, lui soufflant qu'il le rejoindrait dès qu'il en aurait terminé avec ses consultations.

Thorenc est allé jusqu'à la fenêtre donnant sur la cour du 10, rue Royer-Collard. L'imprimerie de Juransson était toujours fermée.

Il est resté un long moment à fixer la grande porte sous laquelle dépassaient plusieurs lettres glissées entre les pavés de la cour et le bois d'un des battants.

Il n'a pas entendu Morlaix s'approcher. Il a sursauté quand le docteur a murmuré :

— Juransson, oui... vous êtes venu le jour de son arrestation.

Morlaix s'est assis.

— J'avais hâte de vous revoir. Je pensais que vous reviendriez plus tôt. On ne peut rester inactif, n'est-ce pas ? Je vous l'avais dit : je n'engage que moi.

Il a regardé en direction de la fenêtre.

— Juransson a été fusillé il y a deux semaines. Sa femme m'a prévenu. Depuis, je ne dors plus ; je cherche comment agir. On ne peut pas accepter qu'ils assassinent des innocents. Plus de cent ! Et Pucheu et Pétain qui nous conseillent de dénoncer les coupables !

Il s'est levé.

— Je n'imaginais pas que le gouvernement de Vichy en arriverait à ce degré d'abjection.

Il se tait un instant puis reprend :

— Je suis à votre disposition. Qu'est-ce que je peux faire ?

Thorenc a décidé de recevoir Delpierre et Lévy-Marbot chez le docteur Morlaix. Aux yeux d'éventuels curieux, ils peuvent passer pour des patients du médecin.

Il fait signe à Morlaix qu'il peut entrer dans le salon, qu'il ne les dérange pas. Ils sont en train de commenter le discours du général de Gaulle que la BBC vient de retransmettre.

— Attentisme, marmonne Delpierre.

Il feuillette son carnet, relit : « Jusque-là, patience, préparation, résolution... » Il secoue nerveusement la tête :

— C'est le déclic, répète-t-il en allant et venant à travers le salon. Ce sont les communistes, avec leurs motivations particulières et leurs arrière-pensées sur lesquelles ni vous ni moi ne nous faisons d'illusions, qui l'ont provoqué. Ils ont mis sur pied, Pierre Villars me l'a confirmé, des « groupes de tueurs » comme ils en avaient constitué en Espagne pour liquider les opposants à Staline. Cette fois-ci, ils tuent des nazis : parfait ! Quant à Pucheu, il s'est déconsidéré à jamais en acceptant de lire la liste des otages, de la commenter et de suggérer certains changements à Stülpnagel. L'un de mes informateurs m'assure qu'à Vichy, des ministres s'en sont étonnés, indignés, même, demandant à Pucheu comment il avait pu ainsi mettre le doigt dans l'engrenage de la sélection, sinon de la désignation des otages.

Delpierre regarde Thorenc, puis Lévy-Marbot et le docteur Morlaix.

— Pucheu est condamné, poursuit-il, mais, avec lui, c'est toute la politique de la collaboration qui est morte. Les Allemands n'ont pas compris qu'en fusillant des Français, communistes ou pas, qui sont allés à la mort en chantant *La Marseillaise*, ils exécutaient du même coup la collaboration.

Delpierre lève les bras :

— Des centaines d'otages ! Quel pays peut accepter cela ? Quel peuple peut respecter un gouvernement qui collabore à un pareil assassinat collectif ? Le problème est que...

Il s'assied, paraît hésiter à continuer, reprend enfin :

— Les communistes sont gagnants sur tous les tableaux, dans cette affaire, et c'est bien pour cela qu'ils ont choisi cette politique. Ils espèrent aider l'URSS en fixant des troupes en France, et se rapprocher du pouvoir en se présentant comme les meilleurs et les plus déterminés des antinazis.

Il sourit.

— Pour qui les a connus en 1939 et 1940, cela est hautement comique ! Mais « Français, vous avez la mémoire courte » : c'est le seul mot de Pétain — quoiqu'il ne soit sûrement pas de lui — que je trouve pertinent.

— S'il est exact, réplique Lévy-Marbot, alors les Français oublieront aussi les attentats et les otages, Pétain, Laval, Pucheu, et nous avec ! Aussi, messieurs, pourquoi ne pas attendre en effet, se contenter — ce n'est déjà pas si mal — de transmettre à Londres, au BCRA, les renseignements que nous pouvons collecter ? Nous nous rassemblons derrière de Gaulle, ce qui est indispensable, et nous préservons ainsi la substance vitale de notre peuple. Nous avons été saignés en 1914, et c'est à cause de cela que nous nous sommes effrondrés en 1940. On a la politique de ses monuments aux morts et de ses berceaux. N'envoyons pas trop de héros dans les fossés de Vincennes ou les carrières de Châteaubriant ! Il n'empêche : vous avez raison, Delpierre, ce mois d'octobre marque bel et bien un tournant.

Lévy-Marbot a salué, remis son chapeau gris à bord roulé, et s'en est allé à petits pas.

En le suivant des yeux, Thorenc s'est dit que personne n'aurait pu imaginer que ce promeneur élégant et tranquille qui remontait la rue Royer-Collard était l'un des chefs de l'Organisation civile et militaire.

— Courageux, héroïque même, a murmuré Delpierre. Si la Gestapo l'arrête, il n'a aucune chance. Juif, résistant, proche de De Gaulle. Quant à toi...

Il s'est approché de Thorenc, l'a pris familièrement par le bras.

— Ils ne te pardonneront pas d'avoir eu l'insigne privilège d'interviewer Hitler... et de ne pas l'avoir suivi !

Delpierre a entraîné Thorenc au fond de la pièce, que Morlaix a aussitôt quittée.

— J'ai ouvert une petite librairie rue d'Ulm, a exposé Delpierre. Ouvrages d'occultisme, etc. C'est une assez bonne couverture qui tiendra le temps qu'il faudra. Je voudrais passer en Angleterre, mais le moment n'est pas encore venu. Franc-Tireur a besoin d'être structuré. Nous avons des adhésions mais nous manquons d'argent, nous diffusons mal nos journaux...

Il s'est approché de la fenêtre donnant sur la cour.

— Juransson... Sa dernière lettre — car ces braves assassins donnent à ceux qu'ils tuent une enveloppe, une feuille de papier et un crayon — est admirable. Il cite Malraux, des phrases de *L'Espoir*.

Delpierre s'est interrompu, puis, tête baissée, il récite :

— « Ce pommier seul était vivant dans la pierre, vivant de la vie indéfiniment renouvelée des plantes dans l'indifférence géologique... » Tu comprends ? L'arbre, c'est la nation... « Les grands pommiers droits au centre de leur anneau de pommes mortes » — voilà ce qu'écrit Malraux. Nous, Juransson, toi et moi, nous serons demain ces fruits tombés.

Il s'est rassis.

— Jean Moulin est à Londres, mais nous devons nous y rendre à notre tour pour faire comprendre à de Gaulle ce que nous sommes, ce que nous attendons de lui et ce qu'il peut espérer de nous. Naturellement — il a posé la main sur le genou de Thorenc —, il faudra revenir. Nous n'allons pas laisser Juransson tout seul, n'est-ce pas ?

Quelques jours plus tard, Thorenc a appris que plusieurs milliers d'hommes et de femmes s'étaient rendus en pèlerinage dans les carrières où l'on avait fusillé, en trois salves, les otages de Châteaubriant.

Et lorsque, franchissant clandestinement la ligne de démarcation, il a marché au milieu d'un verger, il s'est arrêté pour regarder dans « la campagne couchée les grands pommiers droits » puis, à grands pas, il a rejoint le passeur qui avançait, courbé.

35

Thorenc a eu le sentiment que sa poitrine s'ouvrait.

Il a fermé les yeux et, allongé, bras en croix, jambes légèrement écartées, il a respiré comme on le fait après une longue course, quand il faut reprendre souffle.

Il n'a pourtant pas marché vite derrière son passeur, et celui-ci s'est arrêté souvent, lui faisant signe de s'accroupir derrière une haie, puis, alors qu'ils s'approchaient de la ligne de démarcation, de se coucher dans l'herbe.

À quelque trois cents mètres de là, sur la route, Thorenc a vu des points lumineux — trois —

s'avancer de front, et bientôt il a entendu les voix des soldats de la patrouille allemande, et même les grincements de roues, les cliquetis de chaîne de leurs bicyclettes.

Puis ç'a été de nouveau le murmure de la campagne, le clapotis de l'eau, le bruissement des feuilles, le coassement des grenouilles, un beuglement inattendu couvrant tous les autres bruits et auquel ont répondu, venant des quatre coins de l'horizon, des aboiements.

Le passeur s'est redressé et a murmuré :

— C'est fini.

Ils ont traversé la route, longé un ruisseau et atteint une haie.

— Vous êtes de l'autre côté, a-t-il annoncé.

Il a tendu le bras, montré plusieurs volumes plus sombres que la nuit. C'étaient les premières fermes de la zone non occupée.

Thorenc n'avait plus qu'à attendre là, couché dans une grange, que l'aube vienne. Il ne risquait plus rien, les gendarmes étaient prévenus : ils éviteraient le hameau. Après, il n'aurait plus qu'à marcher jusqu'à la gare de Mereuil et à attendre le train de huit heures.

Le passeur s'est éloigné sans un mot de plus, sans écouter les remerciements de Thorenc.

Au bout de quelques pas, sa silhouette courbée s'est perdue parmi les pommiers.

Thorenc n'a pas dormi.

Après une dizaine de minutes, il s'est levé, se dégageant de l'irritante douceur du foin. Il s'est assis sous l'auvent, adossé à la porte de la grange. Il a l'impression d'être un peu ivre, comme si chaque pore de sa peau se dilatait.

Il a de la peine à retrouver ce qu'il a éprouvé

durant ces semaines passées en zone occupée. La peur et l'angoisse se sont déjà dissoutes.

Il a beau penser que les hommes de Pucheu, cette nuée de policiers serviles vont le traquer, que, d'après Delpierre, ils ont déjà commencé à harceler et menacer le commandant Villars, à tenter d'entraver l'action du Service de renseignement de l'armée, qu'ils ont même arrêté plusieurs proches d'Henri Frenay, il a malgré tout la sensation d'avoir échappé au danger, d'être ici en sécurité.

Il s'est mis à pleuvoir et il a l'impression d'assister à une sorte de communion tranquille entre la terre et le ciel.

L'odeur d'herbe mouillée et de fruits mûrs monte comme une vapeur grise, et le bruit de l'eau, tombant de l'auvent sans violence, est apaisant.

Tout à coup, il se souvient de cette averse qui a balayé, il y a moins de deux jours, le boulevard Raspail. C'étaient les dernières heures de son séjour à Paris. Cela faisait plus d'une semaine qu'il attendait, chez le docteur Morlaix, le courrier de Delpierre qui devait lui remettre les consignes en vue du franchissement de la ligne. Il n'avait plus osé sortir, tant il avait craint de le manquer, et avait passé ses journées dans le salon du docteur Morlaix à lire, puis à écouter la BBC, si bas qu'il devait coller l'oreille au haut-parleur.

Il avait sursauté d'inquiétude à chaque coup de sonnette, rassuré seulement quand il entendait la voix du médecin priant son nouveau patient d'entrer dans la petite salle d'attente.

Puis un jour, en fin de matinée, la porte du salon s'était ouverte et Thorenc avait vu, avec une stupeur où se mêlaient inquiétude et plaisir, Isabelle Roclore que le docteur Morlaix invitait à avancer, tendant la main vers Thorenc, murmurant : « C'est pour vous », puis se retirant aussitôt.

Isabelle s'était assise, le visage fermé. Elle se comportait comme s'ils ne s'étaient jamais connus. Elle avait prononcé le mot de passe à voix basse, puis indiqué que Thorenc devait se rendre à Tours, prendre contact avec le capitaine de gendarmerie qui organiserait sur place le passage de la ligne de démarcation. Elle avait répété le nom de l'officier, son pseudonyme qui servirait de signe de reconnaissance. Thorenc devait partir dès le lendemain matin.

Elle s'était levée et il n'avait pu supporter davantage cette attitude, cette raideur. Il avait appuyé sur ses épaules pour la contraindre à se rasseoir. Il avait déplacé sa chaise afin d'être près d'elle, mais il n'avait osé la tutoyer malgré le souvenir de toutes ces nuits partagées.

— Vous saviez ? avait-il murmuré.

— Autant vous envoyer quelqu'un que vous connaissiez, avait-elle répondu.

Elle avait encore minci. Le turban de feutre noir qui enserrait ses cheveux lui allongeait le visage. Elle paraissait rajeunie, et le mot lui était venu d'emblée, naturellement : elle était *ennoblie* par la détermination et la gravité de son regard. Il l'avait déjà remarqué lors de leur dernière rencontre, chez elle, rue d'Alésia, mais ce trait s'était accentué.

— J'ai vu Stephen Luber, avait-il indiqué.

Gêné et irrité, il s'était rendu compte qu'il avait prononcé presque les mêmes mots avec Geneviève Villars.

Isabelle, elle, n'avait pas répondu.

Il avait ajouté que, selon ses renseignements — en fait, c'était Lévy-Marbot qui avait rapporté ces informations —, la Gestapo possédait désormais des camionnettes de repérage qui localisaient rapidement les émetteurs radio.

Isabelle n'avait pas cillé et Thorenc n'avait donc

pas su si les camarades de Luber continuaient d'émettre à partir de son appartement.

— On ne doit plus émettre depuis Paris. C'est un suicide ! s'était-il borné à énoncer.

Elle s'était de nouveau levée et il l'avait derechef retenue.

— Toujours à *Paris-Soir* ? avait-il demandé.

Elle s'était brusquement tournée vers lui.

— Je suis devenue la maîtresse de Michel Carlier, avait-elle déclaré.

Elle avait haussé légèrement une épaule comme pour marquer qu'il s'agissait là d'un événement dénué d'importance.

— Il le voulait depuis longtemps. On m'a dit que c'était utile. Carlier est le patron de *Paris-Soir*, l'un des hommes les mieux introduits dans les cercles de la collaboration.

Il n'avait pas fait un geste quand, se dirigeant vers la porte, elle avait ajouté :

— Et ce n'est pas toujours désagréable...

Il l'avait laissée partir, puis quand, par l'une des fenêtres du salon, il l'avait vue descendre la rue Royer-Collard, il s'était précipité, oubliant toute prudence.

Il l'avait rejointe au moment où elle traversait la rue Gay-Lussac. Il avait senti sa frayeur quand il lui avait mis la main sur l'épaule, et elle avait été si soulagée de le découvrir qu'elle s'était appuyée contre lui. Il avait alors répété :

— Isabelle, Isabelle, quelle folie, quelle folie !

Elle s'était laissé prendre le bras et ils avaient marché d'un pas lent sous le ciel bas. Ils avaient longé les jardins de l'Observatoire alors que le vent annonçant l'orage se levait, brutal et froid.

Isabelle avait murmuré que Delpierre avait pris contact avec elle, quelques mois auparavant. Elle l'avait rencontré avant guerre — Thorenc s'en souvenait-il ? — quand elle assistait avec lui aux conférences de presse. Delpierre l'avait alors un brin harcelée. Mais le temps de ces jeux-là était révolu, hein ? Elle lui transmettait tous les renseignements qu'elle pouvait récolter auprès de Carlier.

Depuis que Luber avait quitté Paris, elle n'avait plus de contacts avec son groupe. Ils avaient déménagé le poste émetteur.

Thorenc lui avait étreint le bras et avait répété :

— Bien, bien !

Mais elle avait voulu continuer à se battre, non pas pour tuer, non, pas pour l'instant, mais pour aider à sa manière ceux qui le faisaient ; sinon, elle aurait eu le sentiment de ne plus avoir le droit de vivre alors que tant et tant d'autres mouraient.

Elle s'était arrêtée, défiant Thorenc du regard. C'est ainsi qu'elle avait accepté de coucher autant qu'il le fallait avec Michel Carlier.

— C'est moins dangereux que d'abattre un officier allemand, non ?

Il y avait tant de désespoir dans sa voix qu'il l'avait enlacée sans qu'elle résiste, et l'averse les avait surpris ainsi au coin du boulevard Raspail.

Ils avaient couru se mettre à l'abri dans l'entrée de la Closerie des Lilas, mêlés à quelques passants qui, eux aussi, avaient fui la pluie.

Alors que l'aube se lève sur les prés mouillés et que la pluie continue d'étendre son voile gris devant l'entrée de la grange, Thorenc retrouve l'angoisse et la frayeur qui l'ont saisi quand il a vu descendre de voiture, devant la Closerie des Lilas, ces hommes qu'il avait autrefois côtoyés : Brasillach, Drieu La Rochelle, Abel Bonnard, André Fraigneau, et, riant aux éclats parmi eux, sous l'averse, le capitaine Weber, de la Propagandastaffel, Karl Epting, de l'Institut allemand, et Werner von Ganz, tous en civil. Ils étaient entrés dans le restaurant d'un pas allègre, tout en s'ébrouant.

Thorenc, détournant la tête, s'était penché sur les lèvres d'Isabelle Roclore, les effleurant puis les embrassant à pleine bouche, et elle ne s'était pas refusée. Il avait deviné, en la sentant si raide, qu'elle aussi avait vu et reconnu ces hommes qu'elle croisait dans les couloirs de *Paris-Soir*, les salons et les réunions où elle accompagnait Carlier.

Il avait attendu que le dernier du groupe, Drieu, élégant et nonchalant comme à son habitude, eût disparu dans la porte à tambour du restaurant, pour saisir la main d'Isabelle et, malgré l'averse qui continuait, l'entraîner.

Ils avaient couru et sans doute avaient-ils alors ressemblé à l'un de ces couples insouciants que l'imprévu exalte.

Ils avaient descendu le boulevard du Port-Royal et, tout trempés, étaient entrés dans un café qui sentait la sciure mouillée. Essoufflés, silencieux, ils avaient bu une tisane brûlante.

— La malchance et la chance..., avait fini par murmurer Thorenc. Si ces messieurs nous avaient vus...

Il avait hésité, puis :

— Toi et moi ensemble !

Il s'était senti épuisé, moins d'avoir couru que d'avoir frôlé le danger, enduré ce pied de nez du hasard.

— Pour survivre, avait-il ajouté comme s'il se parlait à lui-même, il faut penser et peser chaque acte, n'agir que de manière raisonnée, calculée. Je n'aurais pas dû te suivre, j'ai été d'une bêtise criminelle.

Elle lui avait caressé la main :

— Moi, j'ai bien aimé, avait-elle répondu.

Elle avait ôté son turban dont le feutre était imbibé d'eau. Libérés, ses cheveux blonds s'étaient déployés en longues mèches emmêlées qu'elle s'était évertuée à séparer :

— Carlier a fait le voyage à Berlin avec ces gens-là. Weber, Karl Epting, Werner von Ganz le rencontrent plusieurs fois par semaine. Ils inaugurent des expositions. Ils se retrouvent pour des débats à l'Institut d'études aux questions juives.

Elle avait répandu ses cheveux sur ses épaules, puis avait murmuré :

— Drieu tourne autour de moi comme un chien. C'est un chien ! Chaque fois qu'il parle, j'ai l'impression qu'il hurle à la mort. Il a la mort en lui, je le sens...

Elle avait frissonné et baissé la voix, expliquant que Delpierre transmettait certains des renseignements qu'elle lui fournissait à des écrivains qui avaient créé un Comité national et qui s'apprêtaient à publier un manifeste et une revue, *Les Lettres françaises*.

— Delpierre dit que je suis leur œil chez l'ennemi, mais — elle avait secoué la tête — coucher avec Drieu, ça, jamais ! Je préfère Carlier, c'est un salaud, mais au moins il est gai, un peu fou.

Elle avait ramassé ses cheveux sous son turban.

Elle s'était levée et avait murmuré qu'il était préférable qu'ils partent chacun de leur côté. Elle l'avait regardé :

— Comme des amants clandestins ? avait-elle chuchoté.

Moins de deux jours seulement se sont écoulés depuis que Thorenc, effaçant la buée sur la vitre du café, a vu Isabelle Roclore s'éloigner sur le boulevard. Elle ne l'avait pas embrassé. Elle ne s'était pas retournée.

Et, dans ce hameau si proche de la ligne de démarcation, alors qu'il quitte la grange et se remet à marcher sous la pluie fine, il cherche vainement à retrouver la dernière expression de la jeune femme. Son visage semble s'être déjà dissous dans la grisaille.

Il reste désemparé quelques minutes. Puis il aperçoit, cahotant lentement entre deux haies de peupliers, une charrette.

Il court vers elle.

Les temps sont ainsi, pense-t-il.

Il faut avancer. Oublier ceux qu'on vient de laisser.

Espérer qu'en les quittant, parfois en les abandonnant, on va encore à leur rencontre.

SIXIÈME PARTIE

36

Thorenc a vu les deux hommes venir vers lui et il a pensé que, cette fois, il vivait ses derniers instants de liberté.

Il a cru sentir sur son visage et sa poitrine ces cafards qui, dans la cellule où le commissaire Dossi l'avait enfermé à Marseille, tombaient du plafond, s'agrippaient à ses cheveux, passaient sur son front et ses lèvres avant de se faufiler sous sa chemise.

Il frissonne de dégoût. En même temps, il n'a pas envie de fuir. Il a la tentation de s'arrêter, de se laisser tomber sur le trottoir, de s'y coucher même, de n'être plus qu'une loque sans volonté. Il se sent épuisé, découragé.

Il regarde s'avancer ces deux hommes auxquels, depuis trois jours, il a essayé d'échapper.

Ils se sont écartés l'un de l'autre.

Le plus grand marche le long des façades, tête nue, les mains enfoncées dans les poches d'un imperméable clair. Le second, râblé, le bord de son chapeau de feutre noir, cassé, dissimulant ses yeux, s'avance sur la bordure de grès du trottoir.

Thorenc se retourne d'instinct, devinant une présence derrière lui. Et, en effet, une voiture noire roule à faible allure au bord de la chaussée.

Il va plus doucement, comme si son corps se paralysait peu à peu.

Il se demande s'il s'agit de policiers de Vichy, de

ces hommes des Brigades spéciales du commissaire Antoine Dossi, ou d'agents — peut-être français — de la Gestapo auxquels Pucheu accorde le droit d'intervenir en zone non occupée.

Il avait aperçu pour la première fois les deux hommes lorsque, le soir de son arrivée à Lyon, il était sorti de l'hôtel Résidence, rue Victor-Hugo.

Au bout de quelques pas, il avait réussi à leur échapper en se mettant à courir, en s'enfonçant dans les traboules du vieux Lyon, passant de l'une à l'autre, grimpant des escaliers, gagnant enfin le couvent Fra Angelico où Mathieu Villars l'avait accueilli, conduit jusqu'à une petite pièce meublée d'un lit et d'une chaise. Le commandant Villars l'y attendait.

Mathieu s'était aussitôt retiré, disant à son oncle en montrant d'un geste Thorenc :

— Je crois qu'il a couru longtemps ; laissez-le reprendre son souffle !

Thorenc s'était laissé tomber sur le lit, la paume ouverte sur sa poitrine comme pour comprimer les battements de son cœur, essayant de sourire, mais il avait l'impression que la peau de son visage était si tendue qu'il ne pouvait qu'écarter les lèvres pour aspirer l'air.

— Comment ont-ils pu vous attendre à la sortie de l'hôtel ? avait demandé Villars d'un ton bourru. Le concierge vous connaissait ? Vous étiez déjà descendu dans cet établissement ?

Thorenc avait laissé entendre qu'il ne s'en souvenait pas, mais il s'était reproché d'avoir voulu retrouver l'hôtel où il avait naguère passé quelques heures en compagnie de Claire Rethel.

Il le savait, pourtant : on ne pouvait s'abandonner à la nostalgie, aux souvenirs.

— Vous êtes sûr de les avoir semés ? avait interrogé Villars.

Oui, Thorenc en était persuadé.

Il avait commencé à raconter au commandant ce qu'il avait appris à Paris, rapportant les propos de Pierre Villars, de Delpierre, de Lévy-Marbot, ou bien, sans citer le nom d'Isabelle Roclore, ce qu'il savait du rôle de Michel Carlier, et de cette Résistance des écrivains qui s'organisait peu à peu autour de Jean Paulhan, de quelques professeurs comme Jacques Decour, de critiques et d'auteurs comme Jean Blanzat et nombre d'autres.

— Tout le monde se côtoie, avait ajouté Thorenc. Les victimes, les collaborateurs, les bourreaux et les résistants... Paulhan a son bureau dans l'immeuble des éditions Gallimard, au 5, rue Sébastien-Bottin, à quelques mètres de celui de Drieu La Rochelle qui dirige la revue de la *NRF*. L'un dénonce les nazis et leurs amis, l'autre exalte « l'extrême d'une certaine thèse européenne », c'est-à-dire le nazisme, et donc la Gestapo et les exécutions d'otages !

Villars avait écouté, arpentant la pièce, incapable de rester assis plus de quelques minutes.

Il paraissait inquiet tout en tenant des propos résolus et optimistes. Pour lui, l'entrée des États-Unis dans la guerre, il y avait quelques jours, confirmait l'analyse que de Gaulle avait faite dès juillet 40. La guerre était mondiale et donc, d'une certaine manière, terminée : les Allemands seraient inéluctablement écrasés. Ils commençaient d'ailleurs à reculer devant Moscou.

— Ils n'y entreront pas, Thorenc, ils vont geler sur place ! On dit qu'ils ont déjà perdu plusieurs centaines de milliers d'hommes. Au demeurant, si ce n'était pas un échec de la Wehrmacht, Hitler ne se serait pas autodésigné comme commandant en chef. Mais, avant de capituler, ils vont martyriser toute l'Europe. Tenez...

Villars avait sorti d'un petit cartable en cuir noir un numéro de *Paris-Soir*.

Un soldat de la LVF, la Légion des volontaires français contre le bolchevisme, y racontait comment les Allemands traitaient les prisonniers russes, les affamant, les massacrant, les laissant s'entre-dévorer. « Le radeau de la *Méduse* multiplié par mille », concluait le volontaire qui ne dissimulait pas son effroi devant pareil spectacle.

— Ils se battront jusqu'au bout, avait repris Villars. Ils assassineront partout.

À Paris, cent nouveaux otages venaient d'être exécutés.

— Le gouvernement de Vichy, en la personne de monsieur Pucheu, s'est étonné que certains Français soient atteints de « petites coliques sentimentales », et un journaliste collabo a parlé d'une « pincée de fusillés » !

Villars avait donné un coup de pied dans les montants du lit. Il avait repris avec hargne, fustigeant Pétain qui venait de rencontrer Goering. Quant à l'amiral Darlan, il avait vu le gendre du Duce, son ministre Ciano.

Le commandant s'était penché vers Thorenc. Ce qu'il supportait moins que tout, c'était l'hypocrisie :

— Savez-vous que Vichy vient d'interdire la reprise du *Tartuffe* ? Extraordinaire, non ?

Décision si révélatrice que ç'avait été un bref moment de franche gaieté, presque de jubilation entre eux deux. Puis Villars, à nouveau dressé, s'était remis à arpenter la pièce.

— Il faut partir pour Londres, mon cher Thorenc. Je veux qu'on nous aide, et vite, avant qu'on ne nous tue tous ! avait-il martelé.

Il avait évoqué les arrestations qui se multipliaient, ici, et naturellement là-bas, en zone occupée.

Il s'était approché et avait ajouté à mi-voix :

— Vous avez vu Geneviève, dites-moi ?

Thorenc n'avait pas encore osé lui parler d'elle, de ses imprudences, de cette sorte d'exubérance, aussi, et de sa passion pour ce jeune radio, Marc Nels.

Il avait donc commencé par lui décrire l'action du réseau Prométhée qu'elle avait créé et qui rayonnait sur le Morvan et la Bourgogne où il multipliait les sabotages.

Puis, après un silence, il avait murmuré :

— Elle est exposée, très exposée. Trop.

— Elle a le contact avec Londres, n'est-ce pas, avec le SOE ? avait dit Villars.

Thorenc l'avait regardé puis, détournant les yeux :

— Elle est imprudente, avait-il sèchement répondu. Elle ne cloisonne rien.

Il avait hésité, puis ajouté sur le même ton :

— Ni action et renseignement, ni organisation et transmission, ni vie privée et vie clandestine...

Villars avait baissé la tête, puis avait entrepris d'expliquer que les conditions du départ de Thorenc n'étaient pas encore fixées. Peut-être rejoindrait-il Londres par avion, ou bien en passant par l'Espagne, ou encore embarquerait-il à bord d'un sous-marin. La côte méditerranéenne était peu surveillée.

— Dans ce cas, c'est le commandant Pascal qui vous prendra en charge à Marseille, avait-il précisé avant de s'exclamer : N'en profitez pas pour retomber dans les pattes du commissaire Dossi ! Au reste, ce n'est pas le pire : Dossi est une canaille, mais on sait à qui on a affaire.

Il avait continué à marcher de long en large dans la pièce, s'arrêtant pour redresser un crucifix en bois noir et cuivre doré, accroché de guingois au milieu de la cloison blanche.

— Vichy est le rendez-vous des hypocrites, avait-il marmonné. On y savoure le pouvoir avec la gourmandise des vieillards, on se donne de grands airs, mais, surtout depuis l'entrée en guerre des États-Unis et la résistance de l'URSS, on commence à y jouer prudemment. Toutes les cartes sont biseautées. Pucheu lui-même fait dire que, s'il a désigné des communistes aux Allemands, c'était seulement pour sauver des Français. Pétain laisse entendre qu'il pleurniche les lendemains d'exécution et qu'il est prisonnier. Et chaque petit fonctionnaire veut à la fois être décoré de la francisque par le Maréchal, afficher ainsi sa fidélité au pouvoir, et s'assurer aussi un avenir en bavardant avec les Anglais ou les résistants.

Il avait ricané :

— J'en ai la nausée, Thorenc !

Pucheu avait ainsi nommé à la Surveillance du territoire un personnage trouble, Cocherel, qui s'était présenté à Villars comme antiallemand, proanglais, anticommuniste, antisémite. Il organisait systématiquement la destruction des réseaux de Résistance avec le commissaire Dossi et sa pègre, tout en se proclamant patriote.

— Quand je croise Cocherel, avait conclu Villars, je regrette de ne pas avoir à affronter directement les Allemands !

Thorenc l'avait écouté distraitement, avec un peu de commisération. L'indignation du commandant l'avait étonné. Qu'imaginait-il ? Qu'un Cocherel, que lui-même avait connu dans les Ardennes en 1940, vitupérant contre les réservistes et leur mentalité « front popu », puis qui s'était rendu aux premières patrouilles allemandes et avait dû intriguer pour se faire rapatrier, et qui faisait maintenant carrière aux côtés de Pucheu, francisque à la boutonnière, tout en chuchotant qu'il était antiallemand, allait prendre des risques ?

Ceux qui s'engageaient dans un camp ou dans l'autre en brûlant leurs vaisseaux n'étaient qu'une poignée. Pour un commandant Villars, un commandant Pascal, un Henri Frenay, un Delpierre, un Lévy-Marbot, une Geneviève Villars, une Isabelle Roclore, des dizaines de milliers de Cocherel et quelques commissaires Antoine Dossi.

Thorenc s'était borné à observer Villars tandis que, d'un ton désabusé et méprisant, il condamnait tous ces habiles, ces prudents, ces attentistes qui pensaient de plus en plus que l'Allemagne ne pourrait l'emporter contre la Russie, l'Angleterre et les États-Unis réunis, et qu'il fallait donc se ménager une issue, pousser au bon moment Pétain du côté du vainqueur — pouvoir accrocher ainsi à son revers de veste, à côté de la francisque, la croix de la Libération.

Tout à coup, le commandant s'était interrompu comme s'il s'était rendu compte qu'il soliloquait. Il avait tendu la main à Thorenc :

— Tentons de rendre au pays sa place, avait-il murmuré. Ensuite, nous le débarrasserons de ces gens-là.

Il était allé jusqu'au seuil de la chambre, avait ouvert la porte, puis était revenu sur ses pas :

— Que voulez-vous que je fasse pour Geneviève ? Prier, c'est le seul moyen que j'ai de la protéger.

Il avait fait la moue, secoué la tête, soupiré :

— Mais il y a tant de gens qui prient aujourd'hui

pour sauver l'un des leurs ! Pourquoi voulez-vous que ma prière soit entendue ?

Il avait quitté la chambre, mais Thorenc l'avait entendu répéter alors qu'il devait déjà traverser le cloître :

— Mais je prie, Thorenc, et croyez-moi : il faut prier !

37

Thorenc était demeuré longtemps les yeux ouverts.

Il avait voulu se lever à plusieurs reprises, mais il lui avait semblé qu'il n'en avait pas la force.

Il avait pensé : « C'est la nuit de l'indécision. » Et il avait éprouvé un sentiment confus de honte et de tristesse, un profond malaise. Les jambes lourdes, la poitrine comme comprimée, il avait eu l'impression que tout son corps était ankylosé.

Il s'était redressé ; il avait écouté. Il avait cru entendre Claire Rethel geindre dans la chambre voisine. Il avait même imaginé un instant qu'elle l'appelait. Il avait roulé sur le côté, glissé à bas du lit, tâtonné jusqu'à la porte. Tout était silencieux. Il n'avait entendu que le bruit tenace mais lointain et étouffé de la pluie.

Elle avait commencé à tomber la veille en fin d'après-midi, au moment où il avait quitté le couvent Fra Angelico.

Il avait aperçu le commandant Villars qui avait déjà atteint le bout de la rue en pente menant de la colline de Fourvière aux quais de Saône.

Il avait attendu avant de s'y engager à son tour.

Il avait regardé autour de lui. La pluie semblait hâter la venue de la nuit. La petite place devant le couvent était déserte, comme les rues dont il apercevait encore, dans la pénombre qui gagnait peu à peu, les pavés sur lesquels de grosses gouttes rebondissaient.

Il avait marché à pas pressés, l'eau s'infiltrant sous le col de sa chemise. Mais il était habité par un sentiment de confiance presque joyeuse. Il s'était débarrassé de ses suiveurs. Il se sentait libre. Il devait rencontrer Philippe Villars dans son appartement du quai Gailleton, là où il avait remis à Myriam Goldberg ses papiers d'identité au nom de Claire Rethel.

Et c'était ce souvenir, l'idée que peut-être il allait à nouveau rencontrer la jeune femme, qui lui donnait cet allant.

Il avait chantonné quand, dans la salle de bains, chez Philippe Villars, il s'était séché les cheveux. Il avait tenté de les repousser en arrière, mais ils bouclaient.

Il s'était longuement regardé dans le miroir. Il ne paraissait pas ses trente-sept ans — trente-huit, même, le 7 janvier 1942. Il avait une allure plus juvénile que celle de son hôte, avait-il pensé en pénétrant dans le salon et en considérant le fils du commandant qui tirait les rideaux, expliquant qu'il avait parfois le sentiment qu'on l'observait depuis le quai.

Philippe Villars s'était approché de Thorenc. Il ne devait pas avoir plus de vingt-cinq ans, mais, un peu voûté, il avait le teint gris et les yeux ternes. Un homme d'études, de plans, de bureau, taciturne et timide, avait jugé Bertrand cependant que l'autre lui exposait les moyens dont il disposait désormais pour organiser une série de sabotages.

— Nos cheminots sont extraordinaires, avait-il commencé ; beaucoup sont ou ont été communistes, mais je l'oublie. Ils aiment la France plus que tout. Nombre d'entre eux en connaissent tous les recoins, mais même s'ils ne l'ont pas toujours regardée de près, ils la portent en eux.

Il s'était animé et Thorenc avait été surpris par son enthousiasme.

— D'une certaine manière, elle leur appartient. Ils en sont les gardiens, comme si les voies ferrées étaient les nervures qui lient ensemble les départements, les villes, les paysages...

Le jeune homme avait déployé sur la table toute une série de plans où étaient indiqués les principaux postes d'aiguillage, les voies de déviation, et ce, pour l'ensemble du territoire. Il avait crayonné, expliqué la technique de sabotage des voies que les cheminots commençaient à appliquer en zone occupée, déboulonnant les rails mais maintenant les signaux ouverts. Deux trains de permissionnaires avaient ainsi déraillé. On avait dénombré plusieurs centaines d'Allemands tués ou blessés, sans compter le matériel détruit.

Villars avait rassemblé tous les documents et les avait poussés vers Thorenc :

— De Gaulle, son Bureau central de recherche et d'action doivent être informés et nous envoyer les explosifs dont nous avons besoin. Nous sommes plus efficaces que les bombardements aériens, et nous veillons au moins à ne pas tuer nos compatriotes.

L'ingénieur s'était rassis. Il était redevenu cet homme terne dont Thorenc n'aurait pas soupçonné qu'il pût s'animer à ce point.

— Cette jeune femme, avait interrogé Bertrand, celle que nous avons baptisée ici...

— Claire ! s'était exclamé Philippe Villars.

Et il s'était à nouveau transfiguré, parlant avec fougue de Claire Rethel dont il avait fait son assistante directe, en qui il avait une totale confiance. Elle était d'ailleurs capable, s'il venait jamais à disparaître, de le remplacer, car elle avait acquis, en deux mois, une compétence remarquable.

Il s'était tu, les yeux dans le vague, comme s'il rêvait :

— Claire : une âme héroïque..., avait-il murmuré.

Thorenc avait eu l'impression qu'on lui arrachait une part de lui-même, là, au centre de la poitrine.

D'une voix dont il sentait qu'elle était trop grave, il avait dit qu'il ne fallait pas exposer inutilement Claire Rethel. Avec une insistance morbide, il avait évoqué les tortures que la Gestapo et même la police française employaient pour faire céder ceux ou celles qu'elles soupçonnaient. Claire résisterait-elle ? Entre les mains de brutes, une si jeune femme, avait-il dit en mâchonnant les mots — et il se sentait méprisable d'insister ainsi —, pouvait être soumise à tant d'humiliations qu'elle risquait de céder. Et lorsqu'elle aurait avoué qu'elle se nommait Myriam Goldberg, ils la tueraient.

Thorenc avait dévisagé Philippe Villars qui semblait affolé.

— Jugez de ce que vous devez faire, avait-il conclu en se dirigeant vers l'entrée de l'appartement.

L'ingénieur l'avait raccompagné, assurant que, chaque soir, il répétait à Claire qu'elle devait cesser toute activité clandestine, accepter ce poste de professeur que Mathieu Villars tenait à sa disposition, et reprendre ses études de lettres.

Tout à coup, Villars avait changé d'expression.

— Claire est folle de poésie, avait-il indiqué. Je crois qu'elle écrit. Elle a choisi comme mot de passe un vers d'un poète qu'elle a découvert dans une publication que nous avons reçue de zone occupée par l'intermédiaire des cheminots. C'est à la fois très beau et émouvant.

Intimidé, il avait un peu baissé la tête, puis avait murmuré comme une confidence :

— *Je fis un feu, l'azur m'ayant abandonné...*

Il ne connaissait pas ce poète, Paul Eluard, mais Claire, avait-il ajouté, baignait là-dedans.

Fait exceptionnel, elle possédait en même temps une pensée rigoureuse et assimilait sans difficulté les connaissances techniques. Elle pouvait, de mémoire, reproduire un plan. C'était elle, d'ailleurs, qui se chargeait de ce travail. Elle rédigeait les tracts d'accompagnement et transportait le courrier clandestin.

— Je ne peux plus me passer d'elle, avait ajouté Philippe Villars avec une sorte de ravissement.

Il avait dévisagé Thorenc, paru inquiet et précisé que, bien entendu, il ne s'agissait là que d'une formule. Il souhaitait que Claire ne courût aucun danger. C'était son vœu le plus cher. Si Thorenc voulait l'attendre, peut-être réussirait-il à la convaincre. Elle passait tous les soirs ici, puisqu'il l'avait logée dans une rue voisine du quai Gailleton.

Bertrand avait hésité, puis, sans même répondre, avait tendu la main à Philippe Villars et l'avait quitté.

Sur le quai, alors que la pluie froide lui frappait le visage, il avait aussitôt regretté son attitude.

Il avait eu là une occasion de revoir Claire et s'y était refusé, et maintenant il allait et revenait, ne se décidant pas à s'éloigner, se reprochant de rester là, stupidement, à guetter les passants isolés qui longeaient le Rhône puis disparaissaient.

À chaque fois qu'il voyait s'approcher une silhouette de femme, il détournait la tête pour ne pas savoir, gêné à l'idée d'avoir à expliquer à Claire sa présence sur ce quai, devant l'immeuble de Philippe Villars, s'astreignant à s'enfoncer sous un porche pour la guetter, attendre l'instant où elle ressortirait.

Il avait pensé qu'elle pouvait aussi bien passer la nuit chez Philippe. Cette idée l'avait désespéré, comme si, à travers elle, il s'était découvert non seulement jaloux, mais sordide et mesquin.

Il l'avait enfin aperçue. Elle s'abritait sous un petit parapluie qu'elle tenait dans son poing serré à hauteur de ses lèvres. Un foulard cachait ses cheveux. Elle s'était dirigée vers Thorenc, ne paraissant pas même étonnée de le voir, tête nue sous l'averse, ses vêtements imbibés d'eau.

— J'étais sûre que vous reviendriez, lui avait-elle dit. Mais il faut vous sécher...

Il s'était souvenu de l'élan avec lequel elle s'était accrochée à lui sur le quai de la gare de Perrache, après qu'ils eurent passé ces quelques heures à l'hôtel Résidence.

Elle était maintenant à la fois amicale et distante.

Il l'avait imaginée, assise dans le salon de l'ingénieur, récitant certains des derniers vers qu'elle avait lus cependant que Villars s'enthousiasmait.

Philippe, avait-elle expliqué, avait mis à sa disposition deux petites pièces qu'il possédait, rue de la Charité.

Bertrand l'avait dévisagée. Elle arborait une expression volontaire, presque sévère, qui l'avait surpris. Il avait gardé d'elle le souvenir d'une jeune fille hagarde, une naufragée, avait-il pensé alors. Elle était à présent sauvée et c'est lui qui avait la sensation de s'égarer, écartelé entre des sentiments contradictoires : envie d'aller chez elle et désir de la quitter, de la laisser avec sa nouvelle identité s'épanouir dans l'admiration que lui vouait Philippe Villars.

L'admiration ! Il avait exhalé une bouffée de hargne contre ce dernier :

— Je vous avais avertie, avait-il grommelé tout en montant derrière Claire Rethel l'escalier étroit d'un vieil immeuble où elle l'avait convié à la suivre. Ils vont vous demander chaque jour davantage, et vous allez prendre trop de risques.

Elle s'était retournée :

— Philippe parle comme vous, avait-elle chuchoté. Mais lutter contre eux à chaque instant de ma vie est une affaire personnelle. Ils ont tué mon père, sûrement. Et je défends la France qui nous a accueillis. Mal, mais elle l'a fait...

Elle avait ouvert la porte. Il avait découvert une première pièce presque entièrement occupée par un étroit canapé, puis une chambrette où se trouvait un lit à une place. Lorsqu'il était revenu du cabinet de toilette où il s'était frictionné les cheveux, Claire était debout. Elle portait le chemisier bleu qu'elle avait acheté à Nice, sous l'étoffe duquel il pouvait deviner ses seins.

Il s'en voulait de se sentir entravé, n'osant faire un pas vers elle ou bien lui rappeler d'un mot, d'un geste, ce qui s'était passé entre eux deux et qu'elle semblait avoir oublié, parlant des poètes qu'elle avait découverts, de ces revues — *La Pensée libre*, *Les Cahiers du Sud*, *Poésie 41* — qu'elle lisait, ou encore de ces poèmes qu'on se passait et qu'elle recopiait. L'un, intitulé « Otages », de Pierre Emmanuel, l'avait bouleversé.

Elle s'était rapprochée de Thorenc et avait commencé à réciter :

« Ce sang ne séchera jamais sur notre terre
Et ces morts abattus resteront exposés
Nous grincerons des dents à force de nous taire
Nous ne pleurerons pas sur ces croix renversées [...]
Ces morts, ces pauvres morts sont tout notre héritage
Leurs pauvres corps sanglants resteront indivis. »

Thorenc avait tendu le bras. Il avait eu envie de toucher le corps de Claire, mais il avait craint qu'elle ne le repoussât. Elle n'avait pas reculé, pourtant, continuant de réciter :

« Que ces printemps leur soient plus doux qu'on ne peut [dire
Pleins d'oiseaux, de chansons et d'enfants par chemins
Et comme une forêt autour d'eux qui soupire
Qu'un grand peuple à mi-voix prie, levant les mains... »

Elle l'avait fixé d'un regard si limpide qu'il avait baissé la tête :

— L'âme de la France, pour moi, elle est là, avait-elle dit.

Elle avait hésité, puis, sans ciller, avait ajouté :

— Philippe sent ces choses-là comme moi. C'est pour cela que nous résistons, n'est-ce pas ?

À plusieurs reprises, durant la soirée, il avait eu le désir de l'interrompre tandis qu'elle évoquait le souvenir de son père, de leur vie en Allemagne, puis la joie qu'elle éprouvait à pouvoir enfin donner un sens à sa vie en luttant contre les nazis.

Il lui avait semblé qu'elle plaçait tous ces mots entre elle et lui pour ensevelir ce qui les avait unis et leur interdire de se retrouver.

Il avait hésité quand elle lui avait proposé de dormir sur le canapé de l'entrée. Mais où pouvait-il aller, avec cette pluie qui battait les vitres ?

Au moment où elle regagnait sa chambre, il avait murmuré :

— *Je fis un feu, l'azur m'ayant abandonné...*

Mais il avait récité trop bas pour qu'elle l'entendît. Après un instant d'hésitation, il s'était ravisé et n'avait pas répété le vers d'Eluard.

C'était bien la nuit de l'indécision.

Et il avait détesté cette image qu'il se donnait de lui-même.

38

Thorenc a essayé de ne pas entendre.

Il a tourné la tête vers la porte-fenêtre qui donne sur la terrasse et le parc. L'hiver a accroché des rubans de brume aux arbres et aux haies. Il voit alors passer haut dans le ciel un vol d'oies sauvages.

Il suit les oiseaux des yeux autant qu'il peut, jusqu'à l'extrême courbe de l'horizon, comme pour s'assurer que rien n'interrompra leur route. Et, pour la première fois depuis que les deux hommes l'ont interpellé, rue Victor-Hugo, devant l'hôtel Résidence, puis poussé dans la voiture noire, il se sent apaisé, rassuré même.

Il allonge les jambes. Son corps contracté et douloureux se détend. Il en a fini avec l'indécision, avec ces heures malheureuses qui se sont prolongées toute la nuit, oppressantes, au terme desquelles il s'est précipité dans la souricière tendue rue Victor-

Hugo comme on se jette dans un abîme, afin d'en finir avec une longue obsession.

Il savait que les deux hommes l'attendraient puisque, après avoir quitté l'appartement de Claire Rethel, à l'aube, alors qu'elle dormait encore, ne lui laissant qu'un feuillet arraché à son agenda, sur lequel il avait inscrit ces deux mots : « *Feu, azur* », espérant qu'elle comprendrait, il était retourné au couvent Fra Angelico.

Il avait fait appeler Mathieu Villars et, devant le dominicain étonné, il avait vidé ses poches, déposé son ausweis et sa carte d'identité au nom de Jean Bertrand, ainsi que les documents que lui avait remis Philippe Villars.

— On dirait que vous vous apprêtez à être pris, avait murmuré Mathieu Villars en tirant à lui les papiers abandonnés sur la table.

Thorenc avait eu un geste d'indifférence.

— Restez ici ! l'avait adjuré le prêtre. Vous serez en sécurité.

Mathieu pourrait alerter le commandant Villars et son oncle trouverait moyen de lui faire quitter Lyon sans encombre.

— Il faut aller au bout, s'était borné à répondre Thorenc.

— Absurde ! s'était exclamé le religieux.

Bertrand s'était éloigné, traversant lentement le cloître, se souvenant des mots proférés là par le commandant Villars : « Il faut prier », mais lui-même, l'esprit embrumé, la démarche pesante, en avait été incapable.

Il avait eu l'impression qu'il était entraîné, dirigé par une force qu'il ne contrôlait pas.

Et dès qu'il avait vu les deux hommes — le grand, tête nue, les mains dans les poches de son imperméable clair, l'autre avec le rebord cassé de son feutre sombre —, puis qu'il avait aperçu, dans son dos, la voiture qui remontait la rue, il avait eu envie de s'arrêter pile et de se livrer. Cependant, au tout dernier moment, alors que les hommes n'étaient plus qu'à deux ou trois pas de lui, il s'était élancé comme si de vieux réflexes avaient balayé toutes ses hésitations. Mais trop tard : les policiers l'avaient empoigné par les bras et un autre s'était précipité hors de la voiture.

Ils n'avaient pas été brutaux. Ils avaient même manifesté une déférence ironique.

— Vous êtes coriace, monsieur de Thorenc, avait dit le plus grand. Vous courez vite ! On désespérait de vous retrouver, mais vous aimez bien cet hôtel. On s'est dit que vous y reviendriez, on n'a pas eu tort.

Une fois assis entre eux sur la banquette arrière de la voiture, coincé entre leurs épaules, jambes repliées mais les mains libres, puisqu'ils ne les lui avaient pas menottées, il s'était senti coupable de cette inconséquence, de cet élan quasi suicidaire qui l'avait poussé à redescendre dans cet hôtel de la rue Victor-Hugo.

Peut-être pour terminer une histoire commencée là, par une fin d'après-midi, avec une jeune femme dont il voulait oublier jusqu'au nom et qui lui avait demandé d'être son premier homme ?

Il s'était traité de tout, recroquevillé sur le siège arrière, secoué par les cahots de la route.

Il avait cru qu'on allait le conduire jusqu'à la ligne de démarcation et le livrer à la Gestapo. Il avait imaginé qu'il se précipiterait alors sur un soldat allemand, qu'il lui arracherait son arme et se défendrait jusqu'à ce qu'on le tue sur place.

Mais la voiture avait commencé à s'engager sur des routes qui s'élevaient en courbes serrées vers les plateaux couverts de brouillard. Il avait déchiffré les panneaux : on roulait vers Vichy.

On s'était arrêté devant un hôtel de la périphérie de la ville.

Avec des égards, on l'avait invité à s'asseoir dans l'un des fauteuils du hall, puis les policiers qui le gardaient l'avaient confié à un lieutenant de vaisseau dont l'uniforme de marin paraissait insolite dans le décor.

L'officier s'était lui aussi montré prévenant et, ouvrant la porte de ce qui avait dû être autrefois un salon de réception, avait murmuré :

— Monsieur le directeur Cocherel va vous recevoir.

Cocherel, que Thorenc avait reconnu d'emblée, s'était avancé.

Il avait l'estomac et le ventre serrés par un costume croisé à rayures dont les revers bâillaient. Une pochette relevait d'une tache blanche le drap sombre de la veste.

Ce n'était plus le petit lieutenant Cocherel de l'hiver 1939-1940, mais le directeur de la Surveillance du territoire, le collaborateur du ministre de l'Intérieur Pierre Pucheu, gonflé d'importance, rempli de suffisance, et qui jouait le protecteur bienveillant, indulgent, même.

En montrant un canapé placé à la droite du bureau, Cocherel lui avait dit d'une voix suave :

— Que voulez-vous, cher Thorenc, par les temps qui courent, quand un homme comme moi, avec les fonctions que j'occupe, veut rencontrer un homme comme vous, avec les activités qui sont les siennes, il ne peut se contenter, comme je l'aurais souhaité, d'une invitation classique à laquelle vous n'auriez bien sûr pas répondu. Il doit faire procéder à une interpellation.

Il avait souri.

— Je vous prie de m'en excuser. On a eu, je crois, du mal à vous trouver. Vous êtes fort occupé, d'après ce que je sais.

Il était retourné s'asseoir derrière son bureau et avait posé la main à plat sur un dossier.

— Tout ça, c'est vous ! Heureusement qu'à la Surveillance du territoire nous ne suivons pas que des personnalités à la vie aussi riche en rebondissements et péripéties !

Il avait allumé une cigarette, évoqué sur un mode nostalgique les mois passés dans la maison forestière des Ardennes, la « drôle de guerre » :

— Nos destins se sont donc croisés une première fois, puis séparés, et voici que nous nous retrouvons.

Il avait écrasé méticuleusement sa cigarette, comme pour empêcher qu'un autre puisse ramasser et rallumer le long mégot qu'il avait laissé.

— Si j'ai voulu vous voir, cher ami, avait-il repris, c'est pour que nous parlions à cœur ouvert, sans préalable, et j'allais ajouter : sans conséquence immédiate. Vous pourrez repartir libre d'ici, je vous en donne ma parole, et mon ministre, monsieur Pucheu, est averti de notre rencontre. Il souhaite que les contacts de cette nature entre ce que j'appellerai, selon ses propres termes, les patriotes français, quelles que soient leurs divergences tactiques, se multiplient. Vous êtes le premier, mon cher Thorenc.

Il a donc essayé de ne pas entendre.

Il lui a semblé qu'il lui serait plus difficile de ne pas se laisser engluer dans cette conversation courtoise, de ne pas être compromis par la connivence que Cocherel essayait d'établir avec lui, que de résister aux coups de pied ou de règle et aux insultes d'un commissaire Dossi.

C'est alors qu'il a vu des oies sauvages traverser le ciel.

Et il se dit que, quel que soit son sort, la vie continuera, libre et souveraine, comme ce battement d'ailes au-dessus des nuages.

39

Thorenc regarde cet homme replet qui vient s'asseoir près de lui, sur le canapé, qui lui offre une cigarette et lui parle sur le ton de la confidence.

— Mon cher Thorenc, si vous saviez quels efforts nous déployons chaque jour pour empêcher les autorités d'occupation — impitoyables, croyez-moi — d'écraser davantage notre pays, vous diriez à vos amis qu'ils ne peuvent pas écrire ça !

Cocherel se lève, se penche sur son bureau, saisit plusieurs publications clandestines que Bertrand reconnaît d'emblée. L'autre les pose sur le canapé, énumérant les titres : *Cahiers du témoignage chrétien*, *Combat*, *Franc-Tireur*, *Libération*, *La Pensée libre*...

Il sourit, hoche la tête avec un air de commisération :

— Nous savons tout, cher ami, tout ! Nous connaissons les noms de ceux qui écrivent dans ces feuilles, de ceux qui les impriment, de ceux qui les diffusent. Nous pourrions en quelques heures les briser, et nous aurions de bonnes raisons de le faire... Peut-on écrire cela ?

Il prend un numéro de *Combat* et lit :

— « Honte à vous, sbires appointés... Continuez votre triste besogne... Vous n'empêcherez pas la France de parler. C'est par ses martyrs qu'une cause devient grande... Mais la route s'éclaire, le jour approche où, grâce à eux, grâce à nous, la France sera libérée. Alors chacun rendra compte de ses actes. Mais c'est nous qui jugerons ! »

Cocherel repose le journal, feuillette du bout des doigts quelques autres publications, lit une phrase ici et là sur le même ton accablé :

— « France, prends garde de perdre ton âme ! » déclame-t-il, et ce sont des catholiques qui osent écrire cela, en s'opposant au Maréchal que toute l'Église soutient !

Puis il se redresse et son expression devient sévère :

— Et si c'étaient eux qui avaient déjà perdu leur âme ? Ils agissent, ils veulent soulever le peuple, mais — il semble hésiter, puis il poursuit, pointant son index sur Thorenc — est-ce que vous vous souciez du sort du pays ? Vous voulez que les Allemands nous traitent comme ils ont fait des Polonais ou des Russes ? C'est de l'inconscience !

Il se lève.

— Nous sommes aussi patriotes que vous. Seulement, nous avons choisi de protéger nos concitoyens et, pour cela, nous nous adressons à ceux qui détiennent la force du vainqueur. C'est ainsi ! Vous avez peut-être voulu la guerre, pas moi, pas nous ! Mais nous sommes responsables de la France et des Français, alors nous ne nous laissons pas enivrer par des rêveries de revanche, de résistance ; nous travaillons au jour le jour. Pouvez-vous comprendre ça ?

Le chef de la Surveillance du territoire retourne à son bureau, rouvre le dossier.

— Je crois que vous êtes un homme raisonnable,

Thorenc. Et le ministre le pense aussi. C'est pour cette raison que vous êtes ici et en repartirez libre.

Il prélève plusieurs feuillets dans le dossier.

— Nous avons des relations communes, mon cher Thorenc, reprend-il. Ainsi Fred Stacki, que vous connaissez bien. Chaque fois qu'il se rend en Suisse, il vient bavarder dans ce bureau ou dans celui de monsieur Pucheu — Cocherel sourit — et rend aussi visite au commandant Villars : c'est un banquier éclectique. Par lui, nous avons des contacts avec les représentants en Suisse de ceux que vous appelez les Alliés. Ils souhaitent collaborer — excusez le mot ! — avec le gouvernement du maréchal Pétain.

Il revient s'asseoir sur le canapé.

— Vous voyez que les choses sont plus complexes que vous ne le dites et que vos amis ne l'écrivent. Vous-même, si l'on vous accusait d'être pronazi parce que votre mère anime depuis les années d'avant-guerre le cercle Europa, où se sont rencontrés Abetz, Alexander von Krentz, Karl Epting, Werner von Ganz et Paul de Peyrière, bref, où s'est scellée l'amitié franco-allemande que vous contestez, vous trouveriez cela injuste, inconvenant même, et pourtant...

Il montre le dossier.

— Quand vous avez été arrêté par un homme efficace mais peut-être un peu rude, j'en conviens, le commissaire Dossi, un remarquable enquêteur, un vrai chien de chasse, plusieurs officiers allemands — le général von Brankhensen, le lieutenant Konrad von Ewers — ainsi qu'un de nos ministres, Maurice Varenne, sont intervenus en votre faveur...

Il rit.

— Mais, mon cher, certains de vos amis risquent fort de vous condamner rien que pour ça ! Vous êtes déjà sûrement suspect à leurs yeux.

Il appuie son bras au dossier du canapé.

— Car voyez-vous, Thorenc, nous pouvons parler, vous et moi, et, quoi que vous pensiez, nous nous estimons, nous nous comprenons.

Thorenc se raidit, s'écarte, tente d'exprimer son mépris.

— Mais si, mais si, Thorenc, ne vous défendez pas : nous avons des valeurs communes ! Pierre Pucheu a été élève de l'École normale, comme vous. Il le sait, il a lu vos reportages et m'a dit toute l'estime qu'il vous porte.

Cocherel lève les bras.

— Mais vous et vos amis êtes menacés par la gangrène. Et avec ceux qui la propagent, je vous le dis, Thorenc : nous serons impitoyables !

Il va et vient dans le bureau le long de la porte-fenêtre. Il s'indigne, s'enflamme. On a calomnié Pucheu à propos de cette affaire des otages de Châteaubriant, martèle-t-il. Il est vrai qu'il a suggéré aux Allemands que, puisqu'ils s'obstinaient à vouloir fusiller des Français, mieux valait qu'ils choisissent des communistes.

— Et pourquoi pas, Thorenc ? N'est-ce pas les communistes qui assassinent ? Pourquoi ne paieraient-ils pas ? Vous voulez vraiment qu'ils soient, avec l'URSS, les seuls vainqueurs de cette guerre ? Pensez à cela. Si je suis antigaulliste, c'est que, dans son délire d'ambition, de Gaulle se soucie peu de ce péril, du danger majeur qu'il représente pour la France, pour l'Europe, pour le destin de l'homme tel que nous le concevons !

Il entrouvre la porte-fenêtre, s'éponge le front avec sa pochette, revient vers le canapé :

— Vous avez une position sentimentale, Thorenc, et la plupart de vos amis, y compris le commandant Villars, sont dans le même cas. Or il faut s'en tenir aux faits. Ils sont simples. Les Allemands sont vainqueurs. Ils ont les moyens de nous faire mal, très mal. Nous essayons de les convaincre qu'ils n'y ont pas intérêt, ce qui nous conduit à faire des concessions. Les Anglais, les Américains nous comprennent, croyez-moi, car nous leur sommes par ailleurs utiles sur bien des plans. Les communistes sont naturellement hostiles à cette politique, parce qu'ils veulent le pouvoir pour eux, parce qu'ils préfèrent la victoire de l'URSS à celle de l'Angleterre et des États-Unis, et parce que, bien sûr, le sort des Français ne les préoccupe pas. Ils veulent partout du sang ! Quant à de Gaulle, je vous l'ai dit, c'est l'ambition sans frein. La politique, voyez-vous, Thorenc, consiste à tenir compte des faits et non pas des sentiments, ni même de l'opinion du plus grand nombre.

Il se rassied sur le canapé.

— Nous vous demandons de cesser de contrecarrer notre politique. Vous nous empêchez de faire l'union des Français autour du Maréchal et de son gouvernement. Donc, vous nous affaiblissez face aux Allemands avec qui nous négocions, mais contre qui nous luttons pied à pied. Nous avons besoin pour cela d'une opinion calme, et vous la troublez.

Il offre à nouveau une cigarette à Thorenc, qui ne bouge toujours pas.

— Si vous ne nous comprenez pas, vous et vos amis, nous serons contraints de...

Il s'interrompt.

— Mais pourquoi vous menacer ? Vous êtes un homme raisonnable. Vous pouvez parfaitement analyser nos intentions. Nous souhaitons que vous les fassiez connaître à Henri Frenay, à Emmanuel d'Astier de La Vigerie, à Delpierre, bref, à tous ceux qui dirigent ces réseaux : Combat, Libération, Franc-Tireur...

Il reprend place derrière son bureau.

— Nous les connaissons tous. Nous pourrions vous faire juger pour menées antinationales. Et si vous nous y contraignez, nous le ferons. Mais nous espérons encore que vous serez raisonnables et, surtout, que vous saurez où est l'intérêt du pays...

Thorenc s'est levé.

— Pourquoi ne dînerions-nous pas ce soir au restaurant de l'hôtel Albert-Ier ? suggère Cocherel. C'est une table remarquable, la meilleure de Vichy. Ma femme souhaite depuis longtemps vous connaître.

Thorenc est contraint de répondre, d'expliquer qu'il veut rendre compte au plus tôt de cette conversation à certains de ses amis. Il compte donc quitter Vichy sur-le-champ.

Cocherel le félicite de vouloir faire diligence et s'approche de lui comme pour lui parler à l'oreille.

— Dites-leur, murmure-t-il, qu'ils ont tous une épée de Damoclès au-dessus de la tête et qu'il dépend d'eux que nous tranchions ou non le fil qui la retient.

Il tend la main à Thorenc qui la serre avec le sentiment de s'être laissé prendre au piège.

Il sort de l'hôtel, longe les allées devant l'hôtel du Parc. Face à l'entrée, il remarque la petite foule de badauds qui attend régulièrement le Maréchal.

Thorenc scrute le ciel comme s'il espérait y apercevoir encore un vol d'oies sauvages.

40

Thorenc se penche vers le hublot et reçoit sur le côté gauche du visage une lame de ce vent glacial qui souffle au-dessus de la blanche couche nuageuse et réussit à s'infiltrer dans la carlingue, mêlant son sifflement au bruit du moteur. L'air est si vif, tranchant, qu'il doit fermer un instant les yeux.

Il les protège avec sa paume ; entre les nuages qui, en l'espace de quelques minutes, se sont effilochés, il aperçoit le sillon argenté d'une rivière.

Malgré les larmes qui troublent sa vision, il s'efforce d'en suivre les méandres et il imagine qu'il s'agit de l'Yonne et que cette falaise qu'il devine est celle au sommet de laquelle se dresse la ferme de Geneviève Villars.

C'est la première fois, depuis que le Lysander a décollé de ce champ du plateau jurassien, à quelques kilomètres au sud de Lons-le-Saunier, qu'il éprouve un regret, presque un remords.

Malgré tout ce qu'il a pensé et subi depuis quelques jours, malgré les conseils du commandant Villars et du commandant Pascal, ceux aussi de José Delgado et de Jan Marzik qu'il a rencontrés à Antibes, il sait qu'il reviendra en France dès qu'il en aura l'occasion.

Il ne peut laisser ses proches se débattre dans cette toile d'araignée qu'est devenue la France vaincue pour ceux qui refusent de se soumettre, ceux qui ne sont pas assez habiles ou assez prudents pour faire partie des spectateurs intéressés, de ces attentistes qui s'apprêtent à rafler la mise des autres au bon moment.

Lorsque Thorenc lui avait rapporté les propos de Cocherel, le commandant Villars avait été le premier à lui suggérer de rester à Londres.

L'un et l'autre avaient marché dans le parc enneigé du château des Trois-Sources, puis s'étaient engagés dans les chemins forestiers, heurtant parfois du front ou de la poitrine les branches de mélèze chargées de neige.

— Je sais déjà tout cela, avait dit Villars d'un ton las. Le lieutenant Mercier, qui a gardé le contact avec les entourages ministériels, toute cette tourbe qui vit d'intrigues, de ragots, comme des vers grouillant sur un cadavre — le nôtre, Thorenc, celui de la France ! —, m'a rapporté ce qu'ils appellent vos « négociations » avec Cocherel, ainsi que votre entrevue avec le ministre de l'Intérieur...

D'un geste, il avait stoppé net la protestation de Thorenc :

— Que vous ne l'ayez pas vu, que seul Cocherel vous ait reçu, n'a aucune importance. Le fait est que votre visite à la Surveillance du territoire est l'objet de toutes les conversations. Naturellement, ces bruits sont orchestrés. On veut nous déconsidérer, nous diviser, semer le trouble, nous opposer aux communistes. Si vous, Thorenc, vous dont on connaît l'engagement dans la Résistance, les risques que vous avez pris, vous avez bavardé avec Pucheu, le complice des bourreaux, alors tous les retournements sont possibles. Vous dédouanez le ministre et ses sbires. Ils sont respectables, puisque vous les avez écoutés !

Villars s'était arrêté, faisant tomber à grands coups du tranchant de la main la neige qui s'était répandue sur ses épaules.

— Ils laissent croire que nous avons conclu un armistice avec eux, et, de toute manière, même si nous démentons, vous serez, vous, compromis.

Quand ils lanceront une prochaine vague d'arrestations, ils laisseront entendre que c'est vous qui avez livré les noms et adresses. Vous passerez soit pour un traître, soit pour un idiot qu'ils auront manipulé. Mais le plus grave, Thorenc, c'est la division.

D'un geste rageur, il avait secoué au passage des branches d'arbres, cassant les plus basses.

— Pucheu veut rééditer avec nous ce qu'il a fait avec les otages de Châteaubriant. Il y a les Français d'un côté, les communistes et les gaullistes de l'autre. On ne peut être antiallemand qu'à la manière de Pucheu, de Cocherel, ou de Pétain quand il serre la main de Hitler et celle de Goering. Or, vous le savez, Thorenc, si nous ne nous rassemblons pas tous derrière de Gaulle, si nous ne contraignons pas les communistes à l'accepter eux aussi pour chef de la Résistance, alors Vichy a gagné. Même le jour où nous serons libérés, les Anglais et les Américains soutiendront un gouvernement Pétain replâtré au sein duquel on inclura quelques personnalités qui auront basculé au bon moment dans le camp des vainqueurs. Et si quelqu'un proteste, eh bien, on le fera taire, à coups de fusil si besoin est. Voilà l'objet de la manœuvre, et je ne m'étonne pas que Cocherel vous ait parlé de ce bon banquier helvète, Stacki, et des relations qu'il entretient, grâce à lui, avec certains agents alliés. Allen Dulles, le chef du service de renseignement américain, est en poste en Suisse. On m'assure qu'il a fait plusieurs fois le voyage de Vichy et y a rencontré des ministres de Pétain.

Ils avaient regagné silencieusement le château des Trois-Sources.

— Nous devons briser ce piège, avait murmuré Villars sur le perron, en tapant des pieds pour débarrasser ses semelles de la neige qui y restait collée. Faites comme moi ! avait-il dit à Thorenc en frappant plus fort du talon. Voyez les communistes que vous connaissez dans le Sud-Est, expliquez-leur, afin qu'ils fassent remonter le message. Parlez avec le commandant Pascal. Je sais que Pucheu et Cocherel ont fait diffuser partout dans les départements les mêmes rumeurs.

Dans un geste d'amitié et presque d'affection, il avait étreint l'épaule de son interlocuteur.

— Ils veulent notre mort, Thorenc, mais de préférence en nous faisant lapider par les nôtres. C'est une vieille technique, un coup tordu classique. On ne peut répondre qu'en fonçant vent debout !

Il avait fait quelques pas tout en continuant à le tenir par l'épaule, et Thorenc avait été ému quand le commandant avait ajouté qu'il avait de l'estime et du respect pour lui, pour son courage, et qu'après tout, puisqu'il allait partir pour Londres dans quelques jours, il pourrait aussi bien choisir de servir la France à visage découvert dans les Forces françaises libres.

— Vous viendrez nous libérer, Thorenc, et, si nous sommes morts, vous fleurirez nos tombes... ou les fosses communes ! Réfléchissez. Si vous choisissez de rester là-bas, personne ne vous en voudra. Vous avez fait votre part.

À Marseille, puis à Antibes, Thorenc avait pu mesurer l'effet du travail de sape accompli par les agents de Cocherel et de Pucheu.

Le commandant Pascal avait d'abord refusé de se rendre au rendez-vous qu'il lui avait fixé. Thorenc s'était présenté chez lui en pleine nuit, et Pascal l'avait mis aussitôt en joue.

— Un pas de plus et je vous descends ! avait-il menacé, les lèvres serrées.

Thorenc avait réussi à s'expliquer, mais Pascal était resté sur la réserve, murmurant que jamais Cocherel ne lui aurait tenu à lui de tels propos.

— Ils savent que je suis un gaulliste carré, avait-il répété. Il vous reste, Thorenc, à rejoindre Londres et à vous battre avec Leclerc, Messmer, Kœnig et les autres.

Marzik et Delgado s'étaient montrés encore plus réticents. Ils savaient bien, avaient-ils dit à Thorenc, qu'une fraction de la Résistance restait viscéralement anticommuniste, et que c'était là un point de convergence avec Vichy et même avec les nazis.

Thorenc avait pu mesurer combien le poison s'était diffusé en profondeur. Il s'était indigné. Où étaient les faits ? Il fallait rassembler toutes les forces derrière de Gaulle. Il avait partagé sa cellule avec Joseph Minaudi. Que voulait-on de plus comme preuve ? Qu'il tue un collaborateur ? Pourquoi pas ?

Ébranlés, Delgado et Marzik s'étaient entre-regardés.

Le premier avait murmuré qu'il se souvenait de Madrid et qu'il ne pouvait en effet imaginer que Thorenc se fût prêté à la basse manœuvre de Pucheu et Cocherel. Mais, chez certains camarades, avait-il ajouté, le soupçon persisterait.

— Stephen Luber ne vous aime pas, avait-il ajouté. Il est prêt à vous abattre. Passez en Angleterre, Thorenc.

Il était resté quelques jours à Antibes, attendant un appel du commandant Villars.

À la fin de l'un de ces courts après-midi de décembre, il avait aperçu, à bord d'une voiture qui roulait lentement sur la route des remparts avant de se diriger vers le cap d'Antibes, Lydia Trajani et un homme jeune en qui il avait cru reconnaître le lieutenant Konrad von Ewers. Lydia conduisait et l'Allemand, en civil, lui tenait le cou, la tête appuyée sur son épaule.

Dans la nuit, Thorenc avait longé le littoral jusqu'à ce qu'il reconnaisse dans une allée la voiture garée sous les pins. Il s'était approché, avait aperçu la façade d'une grande villa dont deux fenêtres étaient éclairées au rez-de-chaussée.

Il était revenu tôt, le lendemain matin.

C'était une aube limpide. Les rochers et les tuiles composaient un premier plan de couleurs chaudes ; la tour, le bastion et les remparts d'Antibes se découpaient sur les sommets bleus, couronnés de cônes blancs, de la chaîne des Alpes. La mer dans le soleil levant était une surface encore noire que la lumière commençait seulement à effleurer.

Il avait lu sur l'un des montants du portail une inscription en fer forgé : « Villa Waldstein ». Il avait aussitôt pensé à ce marchand de tableaux protégé par certains Allemands mais dont Marabini, Bardet et leurs hommes avaient pillé et saccagé l'appartement situé au-dessus du sien.

Thorenc était resté là, la tête vide, appuyé au portail. Puis, sans réfléchir, il avait sonné. Au bout de quelques instants, il avait vu Lydia s'avancer, un manteau de fourrure jeté sur les épaules, ses cheveux dénoués se mêlant aux longs poils gris du col.

Elle l'avait reconnu et elle s'était immobilisée, surprise, peut-être inquiète, puis elle avait marché vers lui, souriante, se penchant légèrement pour l'embrasser sur les lèvres tout en dissimulant son étonnement.

— C'est vrai que tu aimes la Côte, avait-elle remarqué. Tu as même été arrêté à Marseille, je crois, et Konrad...

Elle avait tout de suite rappelé ce qu'il lui devait.

— Tu déjeunes avec nous ? Nous faisons une escapade.

Les bras noués autour du cou de Thorenc, elle avait chuchoté qu'elle avait espéré convaincre Konrad de déserter, mais que le lieutenant s'y refusait. Sa famille, avait-il expliqué, aurait été arrêtée et exterminée.

Lydia avait pris la mine d'une petite fille déçue.

— Alors, seulement quelques jours... J'aime la Côte, moi aussi. Tu te souviens de nous deux, à Cannes ?

Elle avait soupiré :

— C'était avant guerre...

Elle avait encore exhalé quelques mots et quelques soupirs de nostalgie comme pour désarmer Thorenc, puis elle s'était tournée vers la pinède.

— J'ai acheté cette villa, avait-elle dit, le dos appuyé au portail. C'est Henry Lafont qui me l'a vendue, un fou séduisant et dangereux, Konrad avait bien raison, mais un homme généreux quand il aime quelqu'un. Et il m'aime !

Elle avait ri :

— Il a sauvé la vie de ce Waldstein qui l'a remercié en lui donnant cette villa, et Henry me l'a vendue pour rien. Il n'apprécie pas la Côte, encore moins la zone libre. Moi, tu le sais, je veux jouir de tout, même de la guerre !

Elle avait à nouveau embrassé Thorenc.

— Déjeune avec nous.

Il avait secoué la tête : il quittait Antibes dans quelques heures, avait-il indiqué.

Et il s'était éloigné le long des rochers.

Il avait imaginé Waldstein entre les mains des tortionnaires de Lafont, jeté dans une cellule du 93, rue Lauriston, dépouillé, peut-être assassiné, sinon enfermé dans un camp. Il avait pensé qu'il aurait pu abattre Lydia Trajani et le lieutenant Konrad von Ewers. Il aurait ainsi lavé dans le sang les soupçons qui pesaient sur lui, et vengé Waldstein entre tant d'autres. Il aurait franchi une limite au-delà de laquelle il n'y a plus de retour, plus de compromission possible.

Il s'était arrêté, regardant longuement la mer devenue brillante.

En était-il si sûr ? Ce n'étaient pas les autres qui fixaient le moment à compter duquel les compromissions n'étaient plus possibles, mais soi.

Quelques jours plus tard, sur les indications du commandant Villars, il avait gagné Lons-le-Saunier, puis, de là, une ferme du plateau, non loin de Montaigu.

Il avait écouté le message de la BBC : « Jules recevra deux sacs. »

Le Lysander devait se poser dans la nuit du lendemain.

Il avait marché dans la neige jusqu'au champ entouré de pins trapus.

Des paysans avaient balisé le terrain et l'avion avait surgi au ras des arbres, dessinant, en roulant sur la neige, deux grands sillons noirs.

Il avait vu surgir de la carlingue un homme qu'il avait aussitôt reconnu : Jacques Bouvy, autrefois rencontré à Lisbonne. Ils s'étaient donné l'accolade, criant des mots que le bruit du moteur effaçait. Puis Thorenc avait grimpé à bord de l'appareil.

Et il y avait eu enfin cet arrachement, ce sentiment de libération, comme si les liens qui l'entravaient se déchiraient. Il s'était senti libre.

Ils ont vite percé la couche de nuages et volé dans la lumière blanche de la lune.

Thorenc s'est d'abord dit qu'il ne reviendrait en France qu'en soldat vainqueur.

Mais, au bout de quelques dizaines de minutes de vol, il a aperçu cette rivière, peut-être l'Yonne, et le souvenir de Geneviève Villars l'a empoigné.

SEPTIÈME PARTIE

41

Durant plusieurs minutes, Thorenc reste agenouillé, tête baissée, regardant la terre comme pour s'assurer qu'il l'a bien retrouvée.

Puis il lève les bras pour se dégager des courroies du parachute et il voit le ciel, découvrant avec une sorte d'incrédulité son immensité vide.

Il ressent à nouveau cette angoisse qu'il a éprouvée lorsque, les jambes hors de l'avion, il a attendu, pour sauter du bimoteur, le cri *« Go ! »* et le clignotement vert du signal lumineux.

Penché au-dessus de la trappe, il a vu défiler, à moins de trois cents mètres, les vignes, la rivière Ouvèze, ces premières collines des environs de Carpentras, puis les abords du Ventoux, cette clairière, enfin, qu'il avait lui-même montrée sur la carte au pilote parce qu'il la savait protégée du vent et située seulement à une dizaine de kilomètres du village de Murs où il devait se rendre.

Il a étreint les bords de la trappe. En face de lui, un peu en retrait, accroupi, prêt à le suivre, se tenait Daniel Monnier, le radio avec lequel il ferait désormais équipe. À Londres, Passy, le lui présentant, avait dit :

— C'est votre bouche, votre voix. Sans lui, Thorenc, vous n'existez plus pour nous : vous êtes muet, donc mort.

Le chef du BCRA était un homme flegmatique au visage glabre, parlant d'un ton distant qui semblait toujours empreint d'une certaine ironie.

Feuilletant le procès-verbal de l'interrogatoire qu'avait subi Thorenc dès son arrivée en Angleterre, il avait d'abord refusé d'autoriser son retour en France :

— Vous devriez déjà avoir été fusillé, mon cher. Vous ne pouvez continuer à jouer avec la chance. Un jour vient où elle vous abandonne. Il est de ma responsabilité de le prévoir. Vous ne leur échapperez pas plus de trois mois. Tous vous ont déjà tenu entre leurs mains : Gestapo, Surveillance du territoire, Brigades spéciales... Comment voulez-vous vous en sortir ? Vous n'avez plus d'atout. Et vous avez vidé votre compte.

Il avait reposé le procès-verbal, croisé ses doigts longs et maigres, penché un peu sa tête osseuse où les yeux gris-vert étaient profondément enfoncés sous de rares sourcils :

— Et l'affaire Cocherel n'a fait que rendre votre situation plus difficile encore, avait-il ajouté.

Il avait montré un dossier placé à l'extrémité de la table. Il avait reçu de France plusieurs messages avertissant le BCRA d'avoir à se méfier de cet agent double, Bertrand Renaud de Thorenc, depuis longtemps en relation avec des personnalités allemandes, des ministres de Vichy, des femmes à la solde de l'occupant.

— Mais vous avez la caution du commandant Villars, avait murmuré Passy, et vous ne seriez pas assis dans ce bureau si nous avions à votre sujet le moindre soupçon.

Passy avait secoué la tête, levé la main :

— De là à vous laisser vous précipiter dans la fosse, avec la certitude que vous allez y être dévoré en entraînant avec vous ceux qui vous auront aidé... non, Thorenc, nous ne devons pas !

Il avait proposé à Thorenc de rester à Londres et de reprendre son métier de journaliste à la BBC aux côtés de Maurice Schumann :

— Il a beaucoup d'estime pour vous. Il pense que vous êtes l'un des meilleurs chroniqueurs français.

Thorenc pouvait aussi choisir de rejoindre une unité des Forces françaises libres qui se battaient en Cyrénaïque aux côtés des Anglais, contre Rommel, sous le commandement du général Kœnig.

Il avait eu envie de se lever et de laisser à Passy le soin de décider à sa place.

En quelques secondes, il avait imaginé sa vie à Londres. Cela faisait une dizaine de jours qu'il y résidait et il avait retrouvé les bars où il s'était souvent rendu lorsqu'il s'y trouvait en reportage.

Malgré les bombardements, la ville continuait à vivre. On avait dressé des palissades pour cacher les décombres des immeubles détruits, et la guerre semblait avoir changé les Anglais qui paraissaient plus avenants, les femmes affichant même une indépendance un peu provocante ; elles marchaient avec une vivacité, une liberté d'allure qui avaient étonné et séduit Thorenc.

Il était entré derrière l'une d'elles dans un cinéma de Gordon Street, à quelques pas d'un petit hôtel où il habitait. Elle n'avait pas paru surprise de le voir s'asseoir à ses côtés, puis elle l'avait laissé mettre son bras autour de ses épaules. Il lui avait chuchoté quelques mots, disant qu'il était de passage. Elle avait répondu d'une voix grave que c'était là le sort de tous les hommes, qu'elle ignorait elle-même où se trouvait son mari : peut-être était-il déjà mort ?

Il avait retiré son bras, regardé quelques minutes

le dessin animé aux couleurs criardes où le pilote d'un avion tentait, par une série de loopings, de se débarrasser de son passager qui s'accrochait à son siège, puis à une aile, et finalement était précipité dans le vide, mais réussissait à agripper une étoile, et, comme s'il se fût agi d'un parachute, descendait lentement, grâce à elle, vers la terre.

Thorenc avait été fasciné comme si cette scène annonçait ce qu'il allait vivre.

C'était la jeune femme qui lui avait pris le bras et l'avait entraîné hors du cinéma. Ils avaient passé la nuit ensemble au bar de l'hôtel, assis l'un en face de l'autre, à échanger quelques phrases et à se regarder le plus souvent en silence.

Au matin, ils avaient fait l'amour.

Il pouvait donc vivre à Londres.

Pourtant, Thorenc avait répondu à Passy qu'il retournerait en France par n'importe quel moyen, qu'on devrait l'emprisonner pour l'en empêcher. En restant à Londres, il aurait eu le sentiment de déserter. Quant à se battre parmi les FFL, il était trop vieux.

Passy l'avait écouté, le visage figé, mais ses yeux étaient mobiles, scrutateurs, et Thorenc avait eu l'impression qu'il le jaugeait.

Il s'était alors employé à argumenter, rappelant comment, dès 1936, il s'était engagé dans ce qui pouvait déjà être considéré comme une forme de résistance. Il avait alerté l'opinion autant qu'il avait pu. On le connaissait, en effet, mais précisément, c'était sa force ! Quant aux risques qu'il allait courir, bien des résistants en avaient accepté plus que lui. Et il avait, sans les nommer, évoqué à grands traits les vies d'Isabelle Roclore, de Joseph Minaudi, de Geneviève Villars.

— Et vous voudriez que je me dérobe ?

Il ne se passait pas de jour sans que les Allemands fusillent des dizaines d'otages. Ils torturaient. Ils décapitaient. Ils déportaient. La France était un champ de bataille. On y était en première ligne. Il demandait à y retourner.

— Nous sommes à Londres, avait répliqué Passy d'une voix sèche. Nous n'avons pas pour autant l'impression d'être en dehors du combat.

Thorenc avait levé les mains.

— Vous êtes ici parce qu'il faut un gouvernement de la France libre. Mais moi, je suis là-bas depuis le début. Et je veux aller jusqu'au bout avec ceux qui s'y trouvent.

Il avait rappelé les tâches qu'il avait accomplies, les missions que lui avait confiées depuis quelques années le commandant Villars, les renseignements qu'il avait recueillis et apportés à Londres, les liens personnels qui l'unissaient à plusieurs chefs de réseau : Delpierre, Lévy-Marbot, Geneviève Villars, le commandant Pascal, Stephen Luber et naturellement Pierre et Philippe Villars.

Thorenc avait parlé longuement, avec le sentiment qu'il évoquait la vie d'un autre que lui-même. Et cependant, rien de ce qu'il disait n'était exagéré. Il s'en étonnait lui-même : en effet, tout cela était vrai, il avait résisté aux interrogatoires du commissaire Dossi, affronté le lieutenant Wenticht, les gens de la Gestapo, il connaissait Alexander von Krentz et le lieutenant von Ewers, et donc aussi Lydia Trajani ou le banquier Stacki.

— Vous ne pouvez pas vous permettre de ne pas m'utiliser ! avait-il conclu.

— Il y a cependant l'affaire Cocherel..., avait de nouveau objecté Passy.

Mais Thorenc avait senti que l'attitude de son interlocuteur avait déjà changé. Il avait paru lointain, n'écoutant plus que distraitement, feuilletant à nouveau les dossiers que le journaliste lui avait remis, sortant plusieurs fois du bureau, revenant, jetant un coup d'œil rapide à Bertrand, l'interrogeant sur son âge, son état de santé.

— Vous suivriez un entraînement de quelques jours pour apprendre à sauter en parachute ? Ça ne s'improvise pas.

Thorenc avait souri et répondu :

— Je fais confiance aux étoiles...

La phrase avait laissé Passy perplexe.

Puis le chef du BCRA avait évoqué la personnalité de Monnier, un radio qui en était à sa troisième mission en France alors qu'il n'avait que vingt-deux ans. Il avait traversé la Manche en canoë à la fin du mois de juin 40. Puis il avait aussitôt demandé à repartir.

Monnier avait été le meilleur radio de Rémy et de son réseau, la Confrérie Notre-Dame, le plus efficace du BCRA. Il avait réussi à échapper à l'arrestation en abattant deux agents de la Gestapo et en blessant l'un des policiers français qui les accompagnaient.

— Il faut qu'il change de région, qu'il ne retourne pas en Bretagne, avait indiqué Passy. J'ai pensé à lui pour la zone libre. Vous pourriez...

En quelques minutes, le chef du BCRA avait fixé le cadre de la mission de Thorenc.

— Éventuelle, éventuelle..., avait-il tenu à répéter.

Mais il crayonnait un triangle et, en se penchant vers le bureau, Thorenc avait lu son nom accolé au sommet de la figure, puis ceux de Jacques Bouvy et Daniel Monnier placés à chaque sommet de la base.

— Vous connaissez Bouvy ? avait questionné Passy. Vous l'avez rencontré à Lisbonne et...

Thorenc avait fait oui de la tête.

Il avait encore dans l'oreille le bruit du moteur du Lysander au moment où Bouvy était descendu de la carlingue, sur le champ du plateau jurassien.

Passy avait froissé le papier, puis l'avait déchiré en menus morceaux, reprenant chacun d'eux pour le lacérer encore.

— Jean Moulin a été parachuté il y a quelques semaines, avait-il indiqué en fixant Thorenc. Vous m'avez dit connaître Pierre Villars, qui fut à son cabinet ?

— Je n'étais pas loin de Chartres en juin 40, avait murmuré Thorenc.

— Villars va sans doute travailler avec Moulin.

Mais celui-ci était chargé d'une mission difficile, avait repris Passy. Il devait unifier les différents mouvements de Résistance. Le financement des réseaux et leur approvisionnement en armes allaient passer par lui. Il était donc le représentant du général de Gaulle en France non occupée. Son rôle était politique, mais, compte tenu des circonstances, il serait aussi militaire. On devait à la fois séparer les activités et constater que renseignement, propagande, action, organisation se recouvraient, se complétaient.

— Si vous repartez là-bas, ce sera avec Daniel Monnier, avait ajouté Passy, et, comme Bouvy que vous retrouverez sur place, vous dépendrez du BCRA, c'est-à-dire de moi, et naturellement du général de Gaulle.

Passy s'était levé, avait demandé à Thorenc de le suivre, et, en descendant les escaliers de cet immeuble proche des quais de Londres, il avait expliqué que Moulin devait pouvoir compter sur une équipe d'hommes courageux, informés, les meilleurs, qui pourraient le soutenir en toutes occasions.

— Tel serait votre rôle, avait-il ajouté.

Ils étaient entrés dans le bureau de De Gaulle. Le général se tenait debout devant la cheminée.

— Je vous ai lu autrefois, avait dit le chef de la France libre. Et je sais ce que vous avez fait.

Il avait regardé Passy, puis, se tournant vers Thorenc, il l'avait longuement fixé :

— Ainsi, vous voulez repartir ?

Bertrand s'était contenté de hocher la tête. De Gaulle avait paru songeur, tirant plusieurs fois sur son cigare, suivant des yeux les volutes de fumée.

— C'est un atroce combat, mais son issue ne fait pas le moindre doute, avait-il repris.

Il avait fait quelques pas, la tête levée, le cigare serré entre ses dents.

— À ceux qui ont choisi de mourir pour la cause de la France sans que nulle loi humaine les contraigne, à ceux-là Dieu a donné la mort qui leur était propre, la mort des martyrs.

Il s'était arrêté devant Thorenc.

— Ce sont toujours les meilleurs qui s'exposent, avait-il ajouté d'un ton amer ; les autres bavardent et calculent. Vous, vous êtes de ceux qui risquent...

Puis il s'était détourné, allant vers la fenêtre, comme s'il regrettait d'avoir parlé, et il avait lancé d'une voix presque goguenarde :

— Si vous repartez, vous allez vous faire pincer, Thorenc !

Bertrand avait été si surpris qu'il s'était borné à marmonner qu'il espérait une fois encore passer entre les mailles du filet. De Gaulle s'était alors avancé vers lui :

— On se fait toujours pincer, dans ce métier-là, avait-il répliqué.

Puis il lui avait tendu la main et, au moment où il sortait du bureau, il lui avait lancé :

— Je ne veux pas vous perdre, Thorenc !

Thorenc a commencé à creuser un trou dans la terre sèche et pierreuse pour y cacher son parachute. Il a enfoncé la pelle dans le sol avec une énergie joyeuse.

De temps à autre, il lève les yeux. Au-dessus de lui, les étoiles semblent osciller, clignoter.

Il se prend à songer à la jeune Londonienne, à ces images qu'il a vues ce soir-là au cinéma de Gordon Street, à cet homme qui dégringolait du ciel et qui se retenait à une étoile.

Il a le sentiment d'être ce petit homme miraculeusement sauvé, qui foule maintenant la terre de France.

•

On vient de siffler à l'extrémité de la clairière, là où se dresse une haie de cyprès que le mistral commence à ployer.

Il voit s'avancer entre les arbres Daniel Monnier qui tire le container renfermant le poste émetteur.

Thorenc court vers lui. Ils se serrent l'un contre l'autre.

Ils ont traversé le ciel et sont encore vivants !

42

Thorenc marche jusqu'à la crête et contemple les sommets qui, à l'horizon, d'est en ouest, de l'Ardèche aux Pyrénées, émergent de la nuit.

Comme souvent à l'aube, le mistral a faibli et il s'assied, le dos appuyé au mur de la petite chapelle qui fait face au mont Ventoux.

Il sort de la poche de sa veste en peau de mouton

son revolver et il le dépose devant lui sur une pierre plate.

Il s'est dit : « Je le tue ce matin », puis il a attendu le lever du soleil.

C'est au lendemain de son arrivée à Murs, avec Daniel Monnier, qu'il avait découvert ce point de vue d'où l'on aperçoit par beau temps toute une portion de France, du Massif central à la Méditerranée, avec le Rhône et la Durance s'étirant dans la plaine viticole ou entre les collines sèches des Alpilles.

Il s'était levé tôt alors que la nuit traînait encore dans les recoins de la cour du mas. Mais Léontine Barneron, chez qui ils logeaient, dans cette grande bastide qu'on appelait le mas Barneron, un peu à l'écart du village, était déjà debout, s'affairant devant la cuisinière en fonte aux poignées de cuivre.

Léontine était une femme maigre d'une soixantaine d'années, noire de cheveux, de regard et de vêtements. Elle portait une longue jupe plissée qui lui battait les chevilles, et un pull-over, noir lui aussi.

La veille, elle avait accueilli Monnier et Thorenc comme s'ils avaient été de proches parents, les embrassant, s'écartant d'eux pour mieux les contempler, l'air de vouloir remettre tel et tel traits de leurs visages.

Elle avait dit qu'ils étaient de beaux hommes et qu'elle était fière de les loger.

Elle s'était absentée quelques minutes, puis était revenue en portant un fusil, la crosse sous l'aisselle. Elle avait fait jouer la culasse, montré que l'arme était chargée :

— Ça tire le sanglier à cent pas... Je n'en ai jamais raté un depuis la mort de mon mari. Si quelqu'un vient, on se défendra.

Elle avait placé le fusil au milieu de la table, puis commencé à servir une épaisse soupe de légumes et de viande. Elle avait dit, mangeant debout, qu'elle allait chaque jour jusqu'au monument aux morts du village pour lire le nom de ses deux frères, Raymond et Jean, tombés à Verdun avec trente-sept jeunes hommes d'ici — « aussi beaux que vous, mes enfants » —, et que si maintenant on baissait culotte devant les Allemands, on serait comme Pétain serrant la main de Hitler : ça voudrait dire que ses frères et les hommes du pays auraient dû déserter et se planquer dans les forêts du Ventoux plutôt que de se battre pendant quatre ans.

Elle n'avait même pas voulu savoir où Daniel Monnier comptait installer son poste émetteur.

— Tout est à vous ici, avait-elle déclaré.

Elle avait raconté qu'elle avait dit la même chose à l'homme qui était venu il y avait presque deux mois. Il s'agissait de Jacques Bouvy qui aurait bien voulu les attendre, mais qui avait dû partir la veille pour Avignon.

Elle s'était approchée d'eux. Elle devait leur répéter le message que Bouvy lui avait confié à leur intention : « Ne pas bouger du mas Barneron jusqu'à mon retour. »

— Moi, je suis bien contente de vous avoir, avait murmuré en conclusion Léontine Barneron.

Dès le soir de leur arrivée, Thorenc avait appris qu'elle était la cousine de Marguerite, la grand-mère de Geneviève Villars. Il avait été ému, la questionnant, d'apprendre que Marguerite Barneron avait épousé le notaire Marcel Villars, de Carpentras, et qu'ils avaient fait trois fils. Tous avaient « réussi » : Raymond Villars était médecin à Lyon, son fils Mathieu était dominicain au couvent Fra Angelico, et André Villars avait repris l'étude de son père à Carpentras. Quant à Joseph, le père de Geneviève, de Pierre, de Philippe, de Brigitte et de Henri, il était commandant. Il avait épousé Blanche de Peyrière dont le château n'était pas loin d'ici. Un jour, peut-être, il faudrait y mettre le feu, car les Peyrière — le député, Paul, et ses fils Xavier et Charles, l'un général, l'autre diplomate —, c'était encore pire que les seigneurs du Moyen Âge : des aristocrates qui vous faisaient tirer dessus par leur garde-chasse, et qui, maintenant, d'après ce qu'on disait, léchaient les bottes des Allemands et celles de Pétain, ce qui était du pareil au même.

— Ces gens-là, avait-elle ajouté, la République, elle leur est restée là — elle avait touché sa gorge —, comme un os de lapin ou de lièvre qu'un braconnier, un bon paysan ou un berger aurait pris au collet dessus leurs terres. Parce qu'ils s'imaginent que de Sénanque jusqu'au château, tout est à eux ! Alors que les terres sont communales ou bien appartiennent aux Barneron. Parce qu'on les a achetées quand c'étaient des biens nationaux. Et c'est pour ça qu'ils n'aiment pas *La Marseillaise*, mais nous chantent *Maréchal nous voilà !*

Thorenc avait écouté Léontine Barneron avec une sorte d'enchantement.

Puis, à la nuit tombée, tandis que Monnier installait son poste émetteur et que Léontine écoutait Radio Londres, il avait marché par les ruelles du village.

Murs était situé un peu en retrait du col séparant la région de Venasque de celle de Gordes. Le mistral s'engouffrait comme un torrent glacé entre les maisons aux volets clos.

Il avait marché d'un pas vif, dans l'allégresse, comme si le vent, le froid, cette terre qu'il foulait après les angoisses du vol et du parachutage l'avaient rendu ivre, ou bien comme s'il avait été plus profondément ému qu'il ne l'avait d'abord imaginé par la figure et le récit de Léontine Barneron.

Il avait songé à toutes ces femmes, à ces hommes, à ces anonymes qui ouvraient leur porte, à l'instar du docteur Pierre Morlaix ou de Léontine, pour accueillir ceux qui résistaient ou fuyaient.

Il s'était souvenu du geste de la main du passeur qui, après lui avoir fait traverser la ligne de démarcation, s'en était allé comme si les risques qu'il venait de prendre étaient dans l'ordre des choses.

Thorenc s'était immobilisé, recevant le mistral en plein visage. L'ordre des choses, c'était la France, et il s'était souvenu de cette phrase de De Gaulle que Passy lui avait répétée :

« L'enjeu de cette guerre est clair pour tous les Français : c'est l'indépendance ou l'esclavage. »

Passy l'avait invité à dîner dans l'un des salons de l'hôtel Connaught, là où, presque chaque soir, de Gaulle recevait les personnalités qui avaient réussi à quitter la France, comme ce jeune député radical, Mendès France, ou bien ceux qui, à la tête d'un réseau, venaient à Londres réclamer des armes et de l'argent, des postes émetteurs, et tenaient à faire connaître à celui que d'Astier de La Vigerie, de Libération, appelait « le Symbole », les actions des résistants. Le syndicaliste Christian Pineau, qui avait fondé Libération Nord, venait ainsi d'être reçu par le général dans ce même hôtel.

— Ce n'est plus pour vous qu'une question d'heures ou de quelques jours, avait indiqué Passy. Les instructeurs ont été étonnés de votre endurance : vous avez fait aussi bien que Daniel Monnier qui a plusieurs années de moins que vous. Vous avez sauté comme un parachutiste chevronné. Félicitations, Thorenc !

Passy fumait tout en trempant de temps à autre ses lèvres dans son verre de vin.

— Le plus difficile ne sera cependant pas votre atterrissage, mais les conditions que vous allez rencontrer. En quelques semaines, la situation s'est tendue.

Les Allemands avaient nommé en zone occupée un chef supérieur des SS et de la police, chargé de diriger et coordonner toutes les forces de répression.

— C'est le *Brigadenführer* des SS, Karl Oberg, avait précisé Passy en fronçant les sourcils, le visage grave.

L'homme avait été mis en place par Reinhard Heydrich, le plus proche collaborateur de Himmler. Oberg s'était installé au 57, boulevard Lannes, avec de nombreux officiers SS. Cela signifiait que la Gestapo et les SS l'emportaient sur l'Abwehr et la police militaire.

— Ils ont étendu leurs tentacules en zone libre, avait poursuivi Passy, puisque Laval revient aux affaires et qu'il a nommé comme chef de la police un homme intelligent mais décidé à frapper : René Bousquet. Le dispositif Oberg-Pucheu-Bousquet-Cocherel, patronné par Laval, Abetz et Pétain, est soutenu en arrière-plan par des hommes qui vivent en France depuis des années et que vous connaissez bien, je crois — Passy avait fait une grimace qui voulait ressembler à un sourire — : Alexander von Krentz, Werner von Ganz, etc. En zone libre, ils disposeront des Brigades spéciales du commissaire Antoine Dossi, dont vous avez apprécié les méthodes, et Darnand est en train de mettre sur pied un Service d'ordre légionnaire, une véritable milice. Ils vont taper sur nous comme sur une enclume.

Déjà le général Stülpnagel avait organisé la mise en scène de grands procès contre des communistes à la Chambre des députés, puis à la Maison de la chimie.

— Naturellement, avait murmuré Passy, un seul verdict : la mort. Nous ne pouvons même plus savoir combien de Français sont fusillés, les uns comme otages, les autres au terme de procès, et beaucoup sans jugement dans les cours ou les souterrains des prisons.

Le chef du BCRA avait baissé la tête.

— C'est horrible..., avait-il soupiré.

Puis, comme s'il se parlait à lui-même, il avait ajouté :

— Il faut que j'aille moi aussi en France. On ne peut pas ordonner à des hommes de lutter et de s'exposer si on ne prend pas un jour les mêmes risques qu'eux. De Gaulle s'y opposera, bien sûr, il dira que je détiens trop de secrets, que je peux parler sous la torture si je suis pris, mais c'est ma conception du commandement. Et nous disposons de cela...

Il avait fouillé du bout des doigts dans la poche de son gilet et en avait sorti une petite boîte métallique qu'il avait ouverte. Elle contenait deux minuscules pilules de couleur rouge.

— Cyanure, avait-il expliqué.

Il avait poussé la boîte vers Thorenc qui ne l'avait pas touchée.

Passy était resté plusieurs minutes silencieux, puis après avoir d'un geste demandé au maître d'hôtel de leur servir un alcool il avait précisé que les Allemands venaient d'exécuter plusieurs résistants du réseau du musée de l'Homme, dont Georges Munier, Lewitsky et Vildé. Thorenc avait alors posé la main sur la boîte, l'avait serrée puis glissée dans sa poche.

— Vous étiez avec Geneviève Villars, à l'origine proche de ce réseau, n'est-ce pas ?

Thorenc s'était contenté de baisser la tête.

— Tout le monde est menacé, avait repris Passy. La Résistance n'a jamais été aussi forte depuis juin 40, les réseaux se multiplient, les communistes ont mis sur pied les Francs-tireurs et Partisans français, et chaque jour ils frappent ; mais, en même temps, nous devenons plus vulnérables, parce que nous sommes plus nombreux et que les Allemands, avec Oberg, et les policiers français, avec Bousquet, se sont donné les moyens de réagir. Et ils sont prêts à tout. Ils utilisent de plus en plus cette bande d'assassins de la rue Lauriston : Henry Lafont, Marabini, Bardet... C'est le crime au service d'une puissance politique criminelle.

Passy s'était levé.

— Nous nous inquiétons, avait-il dit en raccompagnant Thorenc. Nous avons perdu le contact pendant plusieurs jours avec le réseau Prométhée, puis le radio Marc Nels a recommencé à émettre avec une périodicité irrégulière. Il s'est certes fait reconnaître en donnant le signal qui nous a permis de l'identifier, mais nos spécialistes jugent ces émissions un peu étranges...

Passy avait allumé une cigarette, aspiré lentement.

— Nous avons déjà eu des radios « retournés » et l'Abwehr a tenté ainsi de nous duper. Ce jeu a parfois duré plusieurs mois, avec les dégâts que vous pouvez imaginer : les Allemands accueillaient les hommes et les containers que nous parachutions...

Sur le perron de l'hôtel, Passy avait murmuré :

— Nous ne nous reverrons plus avant votre départ, Thorenc. Daniel Monnier et Jacques Bouvy sont des hommes courageux. Vous êtes l'une de nos meilleures équipes. Et nous comptons sur vous pour épauler Moulin. Mais vous allez être plongé dans l'huile bouillante. Par ailleurs, j'ai la conviction que la zone dite libre ne va pas le rester longtemps. La Gestapo la sillonne déjà à sa guise. Je crains que ce ne soit bientôt la Wehrmacht qui s'y installe. Et vous verrez Pétain se soumettre, comme à chaque fois qu'il a été confronté à un choix. La lâcheté sécrète des métastases de plus en plus graves...

Il avait paru hésiter, puis avait ajouté :

— Si vous percez les mystères du réseau Prométhée, avertissez-nous aussitôt. Le commandant Villars nous a d'ailleurs interrogés sur le sort de sa fille, mais nous n'avons pu que lui répondre que tout paraissait normal.

Lorsque, dans les ruelles de Murs balayées par le mistral, Thorenc s'était souvenu de cette dernière conversation avec Passy, il y avait à peine quarante-huit heures, la joie qu'il avait éprouvée à marcher dans ce village, à respirer le vent glacé, à frapper du talon la terre durcie, les pavés disjoints, s'était dissipée.

Il était rentré au mas Barneron, préoccupé.

Dans la grande cuisine, il avait retrouvé Léontine Barneron et une jeune fille qui plumaient deux poulets qu'elles tenaient entre leurs cuisses.

Sans l'avoir prémédité, il s'était mis à évoquer sa première rencontre avec Geneviève, à Berlin.

Est-ce qu'elle était jamais venue ici, à Murs ? avait-il enfin demandé.

Léontine s'était interrompue, regardant Thorenc.

— Geneviève, avait-elle répondu d'une voix espiègle, quand on l'a vue une fois, on ne l'oublie plus : on l'aime. Si on a le caractère jaloux, il vaut mieux ne l'avoir jamais croisée.

Puis, tout à coup, elle s'était à demi soulevée de sa chaise.

— Il ne lui est pas arrivé malheur, au moins ? Elle n'est pas en danger ? Il faut me le dire.

Thorenc avait nié, puis il était aussitôt monté dans sa chambre.

Le froid qui coulait le long des murs blanchis à la chaux s'était peu à peu infiltré en lui, si bien qu'il n'avait pas réussi à dormir, restant sur le qui-vive, écoutant le vent, le bêlement des moutons, les aboiements des chiens dans la campagne, et soudain le halètement lointain d'un moteur.

Il s'était levé, pistolet au poing, mais le bruit avait décrû, puis disparu.

À la fin, il était descendu, surpris de trouver déjà Léontine Barneron à la cuisine. Elle lui avait servi un bol de lait brûlant dans lequel il avait brisé des morceaux de pain dur.

Léontine s'était approchée de lui :

— Vous, vous avez tourné toute la nuit, avait-elle deviné. Je vous ai entendu. Vous pensez à Geneviève ? C'est une fille de ma race : on ne la tue pas facilement, croyez-moi. C'est une colombe, mais elle a des ailes et un bec d'aigle. Elle est comme moi : elle rend deux coups pour un qu'on lui donne. Pas comme Blanche, sa mère ; elle, c'est une Peyrière, et ceux-là sont habitués à ce qu'on leur vide leur pot de chambre, et quand ils n'ont personne pour le faire, ils sont perdus. Mais le père de Geneviève, le commandant Villars, c'est quelqu'un : un combattant lui aussi. Heureusement, il nous en reste quelques-uns, parce que, sinon, qu'est-ce qu'elle deviendrait la France ? Un tapis sur lequel tout le monde s'essuierait les pieds !

Léontine avait ouvert la porte de la cuisine. La nuit était encore là, dans la cour du mas, à peine plus grise, comme une eau stagnante.

— Marchez, ça vous calmera un peu, lui avait-elle dit.

Elle avait montré, au sommet de la crête dominant le village, le clocher d'une chapelle qui commençait à surgir de la pénombre.

— Prenez la draille, le chemin des moutons, et montez là-haut. Vous verrez comme c'est beau, notre pays. Quand on le voit, la tristesse s'en va. On ne peut pas être malheureux quand on a ça sous les yeux.

Thorenc avait commencé à suivre la draille, ce sillage pierreux au milieu de l'herbe rase.

Au fur et à mesure qu'il montait, il avait découvert dans la nuit qui se diluait les massifs et les sommets encore imprécis dans le lointain.

Il avait éprouvé un sentiment d'apaisement, presque de plénitude.

Il avait pensé qu'il n'était au pouvoir de personne, occupant ou traître, d'effacer l'histoire d'un pays telle qu'elle s'était inscrite dans un relief à la fois aussi ordonné et grandiose.

Il s'était arrêté souvent, respirant à pleine bouche le souffle de l'aube.

Les jours suivants, il avait repris ce chemin, tant cette vision matinale lui était devenue nécessaire.

Puis, un après-midi, il avait vu entrer dans la cour du mas Barneron Jacques Bouvy accompagné d'un homme jeune et blond, maigre, qu'il avait reconnu d'emblée. Et Marc Nels, en l'apercevant, s'était figé, les yeux tout à coup agrandis.

— C'est Marc, le radio du réseau Prométhée, avait déclaré Bouvy. Nous nous sommes retrouvés en Avignon.

Thorenc s'était avancé, serrant la crosse de son arme dans la poche de sa veste de peau retournée.

43

Thorenc fixe le soleil.

Il a l'impression que le mont Ventoux s'ouvre comme un cratère pour libérer une lumière encore faible, enveloppée de nuit.

C'est le moment.

Il saisit son arme. La crosse en est glacée, comme s'il avait suffi de ces quelques minutes au contact de la pierre sur laquelle il l'avait posée pour qu'elle devienne cet objet hostile qu'il a du mal à enfouir dans sa poche.

Mais c'est le moment.

Il se lève. Il hésite, puis s'adosse à nouveau au mur de la chapelle. Il regarde devant lui.

Le mont Ventoux semble s'être refermé. Pour la première fois depuis que Thorenc assiste du haut de la crête au commencement du jour, l'aube a avorté. La fin de la nuit est devenue ce ciel nuageux et bas qui commence même à étouffer le massif. Le mistral ne souffle plus. À son coup de fouet sec et dur a succédé une fraîcheur humide, un peu poisseuse, dans laquelle Thorenc a le sentiment, en descendant vers Murs, de s'enfoncer.

Au bout de quelques pas, il aperçoit les tuiles du mas Barneron et la pluie se met à tomber.

Il s'arrête, relève le col de sa veste. Malgré le contact tiède de la peau retournée sur sa nuque et son cou, il a froid.

Il se prend à douter.

Il palpe son arme ; ce contact-là le fait vaciller. Il se dit : « Je ne peux pas le tuer. »

Et, brusquement, il fait demi-tour.

Il remonte la draille où la pluie, entre les cailloux et dans la terre jaune, dessine déjà des rigoles.

En arrivant sur la crête, il découvre un autre paysage. L'horizon a disparu sous le chaos des nuages.

Il pénètre dans la chapelle. Il s'y est parfois mis à l'abri du mistral, mais le soleil alors l'éclairait.

Ce matin, elle est plongée dans la pénombre. Il bute sur l'un des deux bancs qui font face à l'autel, une simple table de pierre. Il sait qu'à l'exception du crucifix placé au-dessus de l'autel les murs sont nus.

Tout à coup, il se souvient des vers que Claire Rethel lui avait récités. Il les murmure d'abord, puis les répète à voix plus haute, comme une litanie :

« Ces morts, ces simples morts sont tout notre héritage
Leurs pauvres corps sanglants resteront indivis... »

Il revit cet instant où il aurait pu tuer Marc Nels, dans la cour du mas Barneron, quand il avait entendu le radio du réseau Prométhée murmurer :

— Ils ont jeté les corps de Gauchard et Nartois, deux hommes de notre réseau, sur la route. C'est là que je les ai vus. J'étais caché à quelques pas avec l'émetteur que j'avais eu le temps de déménager. Les Allemands n'ont pas imaginé que je ne m'étais pas enfui plus loin. J'ai pensé qu'on ne me chercherait pas à proximité de la ferme. Ils venaient juste de découvrir que nous l'avions abandonnée. Geneviève avait brûlé tous les papiers. C'est dans la grande salle du bas qu'ils ont massacré Gauchard et Nartois qu'ils avaient amenés avec eux.

— Et Geneviève ? avait questionné Thorenc.

D'une mimique, Marc Nels avait exprimé son ignorance, et Bertrand n'avait pu tolérer l'indifférence à peine compatissante avec laquelle le jeune radio avait expliqué comment Geneviève avait exigé qu'ils se séparent, chacun courant sa chance de son côté :

— Elle avait la voiture ; moi, j'étais à pied avec l'émetteur.

Il s'était tourné vers Daniel Monnier, quêtant son approbation. Il avait ajouté qu'il ne disposait pas d'un émetteur miniaturisé comme celui qu'on devait lui parachuter, mais c'étaient peut-être les Allemands qui l'avaient récupéré puisqu'ils avaient repéré toutes les *dropping zones*.

— Comment le savez-vous ? avait demandé Thorenc en s'approchant de lui.

Marc Nels avait haussé les épaules :

— On l'a compris, et c'est à ce moment-là que Geneviève a décidé qu'il fallait quitter la ferme.

— « Chacun de son côté » ? avait répété Thorenc.

Il lui avait semblé impossible que Geneviève, avec la passion qu'elle portait au garçon, eût choisi de se séparer de lui, de s'enfuir seule avec la voiture et de le laisser en rase campagne, chargé de son émetteur.

— C'est ça, avait répondu Marc Nels. C'est bien comme ça.

Puis il s'était tourné vers Jacques Bouvy et Daniel Monnier :

— On ne sait pas comment réagissent les gens quand ça arrive. On ne peut condamner personne.

Il avait de nouveau fait face à Thorenc :

— Elle a pensé que c'était la meilleure solution. À quoi aurait servi d'être pris ou tués ensemble ?

En se séparant, on multipliait par deux les chances de s'en tirer.

— Elle aurait pu emporter l'émetteur, avait remarqué Monnier. Elle disposait de la voiture.

De la main gauche, Thorenc avait tout à coup empoigné Nels à la gorge, et de la droite l'avait menacé avec son arme :

— Tu mens ! s'était-il écrié. Tu as eu peur, quand vous avez été arrêtés, toi et Geneviève. Tu as vu les corps de vos deux camarades. Peut-être qu'ils les ont même torturés devant vous...

Thorenc avait fermé les yeux, serrant plus fort la gorge du radio.

— Ils ont même dû torturer Geneviève. Ils ont tout de suite compris que c'était toi qui lâcherais, et pas elle !

Il avait rouvert les yeux pour ne pas voir la scène qu'il venait d'imaginer.

Marc Nels avait tenté de se dégager, mais Thorenc lui avait enfoncé le canon de son pistolet dans le ventre. Le garçon s'était alors immobilisé, essayant de nier.

— Ils ne t'ont pas touché ! avait repris Thorenc. Tu as dit tout ce que tu savais, tout de suite. Et tu as recommencé à émettre, mais pour eux, cette fois, en suivant leurs indications.

Il n'avait pu continuer. Monnier lui avait saisi le bras, avait détourné l'arme. Jacques Bouvy l'avait contraint à desserrer sa main gauche.

— Vous délirez, Thorenc ! avait protesté Bouvy. Il faut vous calmer.

Thorenc s'était soudain senti épuisé. Il était rentré dans la ferme et s'était assis en bout de table. Léontine Barneron paraissait ne rien avoir entendu, se bornant à dire qu'elle était contente de devoir nourrir une bouche de plus. On allait tuer un agneau ; elle ferait un ragoût avec des pommes de terre et des haricots blancs. Mais ils en mangeraient pendant plusieurs jours.

Nels, Bouvy et Monnier étaient entrés à leur tour et avaient pris place autour de la table.

Léontine avait été la seule à parler. Parfois elle s'arrêtait, s'étonnant de leur silence :

— Si je vous dérange, je sors : j'ai à faire dehors...

Elle avait appelé Gisèle, la jeune fille qui l'aidait. Celle-ci devait avoir une vingtaine d'années. Elle boitait et ne levait jamais les yeux.

— Sourde-muette, avait indiqué Léontine. Mais elle reconnaît ceux qui l'aiment et lui parlent avec le cœur. Pour cette langue-là, elle n'est pas sourde.

Quand enfin Léontine Barneron s'était éclipsée et qu'on l'avait entendue parler seule dans la cour du mas, Thorenc, ne regardant que Bouvy et Monnier, avait déclaré :

— Passy m'a dit à Londres que les émissions de Nels étaient suspectes. Il s'est fait reconnaître alors qu'il aurait pu laisser entendre, en ne donnant pas son indicatif ou en le modifiant, qu'il était aux mains des Allemands et devait ruser avec eux. Lui n'a même pas tenté ça ! Il a repris ses émissions sous le contrôle de l'Abwehr, et à mon avis, si les *dropping zones* ont été repérées, c'est parce qu'il en a livré toutes les coordonnées.

— Vous êtes fou, Thorenc ! s'était récrié Marc Nels d'une voix lasse. On a filé parce qu'ils les avaient déjà repérées.

— Il inverse la chronologie ! avait repris Thorenc. J'en suis sûr. Les Allemands ont encerclé la ferme. Ni lui ni Geneviève n'ont pu fuir. C'est Gauchard ou bien Nartois qui a craqué et conduit les

Allemands jusque-là. Ils ont continué à les torturer à la ferme, puis ils s'en sont pris à Geneviève...

— Ça suffit ! s'était exclamé Jacques Bouvy. Tout cela est malsain. On sait ou on ne sait pas. Moi, j'ai vu Marc Nels qui errait sur le quai de la gare d'Avignon. Il ne pouvait pas soupçonner que j'étais là.

— Un appât et un hameçon ! avait lancé Thorenc. Ils l'ont laissé partir pour ça.

Marc Nels s'était dressé et s'était mis à hurler : nul n'ignorait que Thorenc avait rencontré Cocherel et Pucheu à Vichy ; Geneviève lui avait raconté d'où il sortait, qui il voyait à Paris ! Le jeune radio avait tendu le bras vers lui, citant les noms d'Alexander von Krentz, de Maurice Varenne, le ministre, de Werner von Ganz et de Cécile de Thorenc, sa mère, une des gloires de la collaboration. Et Thorenc osait accuser les autres ?

— Qui t'a appris que j'ai rencontré Cocherel et Pucheu ? avait alors demandé Thorenc.

Nels ne pouvait le savoir que si les Allemands ou les policiers français l'en avaient informé. Il avait donc trahi.

Nels avait balbutié, mais s'était vite repris : il avait enterré son poste émetteur après avoir réussi à émettre plusieurs fois depuis des granges différentes, ce qui expliquait sans doute le caractère imparfait des messages. Puis il avait passé la ligne de démarcation.

— Où est Geneviève ? avait simplement demandé Thorenc.

Il s'était senti soudain très calme : il fallait tirer de cet homme-là tout ce qu'il savait, et puis l'abattre.

Marc Nels avait lancé un coup d'œil à Thorenc, et sans doute avait-il pensé qu'il l'avait enfin convaincu ou désarmé. Il avait entrepris d'expliquer que Geneviève lui avait souvent dit qu'en cas de danger il faudrait s'enfuir vers l'Est et non vers le Sud, qu'il valait mieux essayer de passer la frontière suisse que la ligne de démarcation. Ce ne devait pas être plus difficile, et, une fois là-bas, les Allemands ne pouvaient plus vous atteindre.

— Elle a dû le tenter, avait-il conclu.

Puis il avait souri :

— Elle a pu réussir. C'est une femme extraordinaire ! avait-il ajouté avec un peu trop d'emphase.

Thorenc avait posé son revolver sur la table.

— Cet homme a été retourné, avait-il repris en détachant chaque syllabe. Il a voulu sauver sa peau. Il a dit tout ce qu'il savait sur le réseau Prométhée, sur Geneviève Villars et les autres, et même sur son propre entraînement à Londres. J'en suis sûr. Il a repris ses émissions sous contrôle allemand, et maintenant ils l'ont lancé ici comme un appât, un hameçon.

Bouvy était venu s'asseoir près de Thorenc comme pour l'empêcher de saisir son arme.

— Nous n'avons pas été suivis, avait-il souligné. J'ai tourné longtemps avant de prendre la route de Murs ; je fais toujours ça. Et, depuis que nous sommes arrivés au village, je n'ai pas quitté Nels.

Bouvy avait montré le revolver.

— Je n'accepte pas, avait-il décrété. Nous ne sommes ni les SS, ni la Gestapo.

Il avait eu un petit ricanement :

— Et pas même les FTP communistes ! Seulement des Français libres...

Il avait entraîné Thorenc près de la cuisinière.

Les soupçons étaient légitimes, avait-il reconnu. Un camarade qui réussit à s'enfuir, on l'isole. Il faudrait renvoyer Nels à Londres. Là-bas, on l'interrogerait tout le temps nécessaire. Bouvy avait ajouté qu'il comprenait l'émotion de Thorenc et ce qu'il devait ressentir en pensant à Geneviève Villars.

— Mais ce n'est pas à nous de l'exécuter, avait-il conclu.

— Seulement à moi, avait répliqué Thorenc.

Il était retourné vers la table, avait récupéré son arme et lâché :

— Il faudra que quelqu'un le garde, cette nuit.

Marc Nels s'était levé, avait rétorqué que si Thorenc essayait de se débarrasser de lui, c'est qu'il était un témoin gênant. Geneviève lui avait confié bien des choses sur son compte, notamment sur la manière dont il avait été relâché sur intervention des Allemands. Elle s'était même demandé si ce n'était pas lui, Thorenc, qui avait livré le réseau du musée de l'Homme dont elle avait fait partie. Thorenc craignait qu'elle ne lui eût trop parlé, à lui, Nels, et c'est pourquoi il voulait le liquider.

Marc Nels avait eu une moue méprisante :

— En plus, il est jaloux comme un vieux barbon. Il fallait voir sa gueule, quand il s'est rendu compte des sentiments de Geneviève à mon égard. C'est peut-être lui qui nous a dénoncés : une vengeance de pauvre type qui se sent largué !

Daniel Monnier avait pris Marc Nels par le bras et lui avait chuchoté amicalement quelques mots à l'oreille.

Ils étaient du même âge, peut-être s'étaient-ils connus à Londres lors de leur stage de formation radio ?

Les voyant s'éloigner côte à côte, Thorenc s'était senti isolé. Il avait pensé : « Il faut que je le tue ! »

Puis, parce qu'il ne restait presque plus rien de la nuit, il était monté jusqu'à la chapelle et, quand l'aube avait commencé à diluer l'obscurité, il s'était dit : « Il faut que je le tue ce matin. »

Et il avait attendu le lever du soleil.

Thorenc est ressorti de la chapelle. Il pleut. Il commence à redescendre la draille. Il ne sait plus. Peut-être le ressentiment et même la jalousie l'ont-ils emporté ? Peut-être Marc Nels a-t-il seulement accepté de donner le change aux Allemands, le temps de les tromper, puis s'est-il enfui, réussissant à franchir la ligne de démarcation ? Cela mérite-t-il la mort ?

Il pense à Geneviève que les Allemands avaient relâchée, en 40. Et il sait ce que Stephen Luber a pensé de lui, prêt à l'abattre pour avoir rencontré Cocherel et écouté ses propos.

L'arme pèse lourd dans la poche de Thorenc.

Plus tard, creusant à la lisière d'un petit bois une fosse où enterrer le corps de Marc Nels, Thorenc a murmuré une nouvelle fois :

« Ces morts, ces simples morts sont tout notre héritage
Leurs pauvres corps sanglants resteront indivis... »

Le sol était caillouteux. Il fallait enfoncer la pelle en brisant les mottes avec le tranchant de l'outil.

— Enterrez-le profond, ce pauvre garçon, a dit Léontine Barneron. Les sangliers sont braques : ils sont capables d'aller le chercher sous un mètre de terre !

Ils ont creusé jusqu'à la roche, puis ont déposé le corps sur cette surface crayeuse, d'un blanc éclatant, avant de tasser la terre à grands coups du plat des pelles.

En redescendant vers le mas Barneron, Jacques Bouvy a fait observer qu'ils auraient dû fouiller Marc Nels, mais qui pouvait imaginer qu'il avait conservé sur lui sa pilule de cyanure ?

Les hommes comme lui tiennent d'ordinaire à la vie.

En tout cas, son suicide valait aveu, a-t-il ajouté.

Sa phrase se voulait aussi une question, mais Thorenc ne lui a pas répondu.

44

Thorenc écoute cet homme aux traits réguliers, au profil énergique, aux cheveux soigneusement peignés. Il porte, enroulée autour de son cou, une écharpe blanche. D'une voix lente et un peu solennelle, il lit le texte d'un feuillet qu'il tient entre ses mains presque féminines, aux doigts fuselés, aux ongles nets.

— « Chacun a le devoir sacré de faire tout pour contribuer à libérer la patrie par l'écrasement de l'envahisseur... »

Il lève la tête et Thorenc croise son regard. Il a de grands yeux doux, un peu tristes, lui semble-t-il.

L'homme regarde un à un les représentants des mouvements de Résistance parmi lesquels Thorenc a reconnu Frenay, d'Astier de La Vigerie pour Combat et Libération, Jean-Pierre Lévy, de Franc-Tireur. Au fond du salon, en retrait, se tiennent le commandant Pascal, Philippe Villars et Claire Rethel. Pierre Villars est assis à la droite de l'homme.

C'est lui qui l'a présenté à Thorenc :

— Voici Max, le représentant du général de Gaulle.

Et Thorenc a aussitôt identifié Jean Moulin.

— « Il n'y a d'issue et d'avenir que par la victoire », a repris Max.

Thorenc lance un coup d'œil à Claire Rethel qui prend des notes, un petit carnet sur ses genoux. Elle a l'attitude d'une étudiante appliquée.

Il est ému de constater qu'elle porte encore ce chemisier bleu qu'ils ont acheté ensemble à Nice. Distrait quelques instants, il imagine qu'elle l'a mis pour lui, sachant qu'il assisterait à cette réunion.

— « Tandis que le peuple français s'unit pour la victoire, il s'assemble pour une révolution, poursuit Max. Malgré les chaînes et le bâillon qui tiennent la nation en servitude, mille témoignages, venus du plus profond d'elle-même, font apercevoir son désir et entendre son espérance. »

Il relève la tête et dit d'une voix plus forte :

— « Nous affirmons les buts de guerre du peuple français... La France et le monde entier luttent et souffrent pour la liberté, la justice, le droit des gens à disposer d'eux-mêmes... Une telle victoire française et humaine est la seule qui puisse compenser les épreuves sans exemple que traverse notre patrie, la seule qui puisse lui ouvrir de nouveau la route de la grandeur ! »

Tout en écoutant, Thorenc observe ces hommes qui ne quittent pas des yeux Moulin. Ils sont figés, le visage grave, le buste légèrement penché en avant comme pour mieux happer les phrases, afin qu'elles les pénètrent.

Seule Claire Rethel bouge, sa main courant sur son carnet, et Thorenc a un élan de tendresse pour la jeune femme. Il a envie de la protéger, tant il la sait dévouée, prête à se sacrifier.

Elle ne se redresse qu'après que Max a répété les derniers mots :

— « Nous vaincrons ! »

Il replie le feuillet, puis indique :

— Tel est le message que le général de Gaulle adresse à la Résistance française.

Il paraît attendre un commentaire, mais aucun des participants ne prend la parole ni n'esquisse un geste.

Il glisse alors le feuillet dans sa poche.

— Je demande que ce texte soit publié le plus tôt possible dans les journaux de vos mouvements, dit-il.

Puis il se lève et ajoute :

— Ainsi sera soulignée spectaculairement l'unité de tous ceux qui se battent pour la victoire et pour les libertés.

Le silence dure quelques secondes encore, puis, tout à coup, le brouhaha des voix envahit le salon.

Thorenc se lève à son tour et va se placer près de la fenêtre.

Le quai Gailleton est envahi par le soleil. Le Rhône coule avec une vigueur printanière, parfois strié par des vaguelettes couronnées d'écume. Une péniche passe.

Thorenc capte des bribes de conversation.

On vante la force du texte, ses envolées et sa signification. Enfin de Gaulle n'est plus seulement un chef de guerre, mais se place sur le terrain politique, reconnaissant en fait que les mouvements de Résistance incarnent le désir et l'espérance du peuple français.

— C'est un moment capital, répète Pierre Villars. Il s'agit d'un texte fondateur.

Moulin va de l'un à l'autre, souriant, mais sans que cette expression avenante, cette amabilité effacent la distance et la réserve qu'il maintient. Il se félicite de l'importance des manifestations du 1er mai 1942 qui, malgré la police, ont rassemblé cent mille personnes à Marseille et à Toulouse, presque autant à Lyon, place Carnot.

Claire Rethel s'est approchée de Thorenc sans qu'il la remarque, mais il l'a entendue murmurer près de lui et il s'est vivement retourné vers elle, comme si sa voix le brûlait.

Elle raconte qu'elle a participé à la manifestation du 1er mai, qu'elle a cherché Thorenc, persuadée qu'il serait parmi cette foule qui avait envahi toutes les rues menant à la place Carnot et que la police n'avait pas réussi à disperser. On avait crié « Laval au poteau ! » et « Vive de Gaulle ! ». Le plus émouvant avait été cette *Marseillaise* entonnée par des dizaines de milliers de voix. Lorsque Claire a entendu *« Aux armes, citoyens... »*, elle a frissonné, pleuré, même, elle l'avoue, et pensé que peu importe les dangers que l'on peut courir s'ils permettent de vivre de tels instants, de partager avec les autres une telle ferveur.

Dans un élan qui lui fait hausser la voix, elle ajoute que ç'a été l'émotion la plus intense, la plus exaltante de toute sa vie.

Thorenc se penche vers elle et elle rougit, baisse les yeux, disant, après une hésitation, qu'elle ne parle pas là de sa vie privée...

Il a envie de rire, puis elle s'éloigne sans qu'il ose la retenir.

Thorenc s'approche alors de Jean Moulin qu'entourent Frenay, d'Astier, Philippe Villars, Lévy et le commandant Pascal.

Il relève autant d'indignation que de sarcasme dans la voix de Max ; de mépris, aussi, lorsqu'il en vient à évoquer la décision prise par les Allemands de contraindre, en zone occupée, les Juifs à porter l'étoile jaune.

— Et Vichy, un gouvernement qui se prétend français, approuve et nomme même un Darquier de Pellepoix commissaire général aux Questions juives ! Un Céline se vautre dans l'antisémitisme, un Rebatet écrit qu'il ne peut contenir sa joie à l'idée de voir dans les rues parisiennes « cette race exécrable ainsi stigmatisée » !

Moulin revient sur cette boue dont Vichy et les collaborateurs se barbouillent le visage et qu'ils essaient de répandre sur le pays.

Un cardinal Baudrillart, recteur de l'université catholique de Paris, proclame que la Légion des volontaires français contre le bolchevisme est une illustration des hautes traditions du Moyen Âge, et qu'elle ressuscite la France des cathédrales. Un Drieu La Rochelle dénonce dans un article les poètes qui, tels Paul Eluard, Louis Aragon, Pierre Emmanuel, Pierre Seghers, expriment leur indignation, leur patriotisme, et, lui qui a été leur proche, invite l'occupant à les faire taire.

Moulin soupire, la voix tout à coup voilée, la tristesse de son regard plus appuyée, une ombre semblant estomper les traits de son visage :

— J'ai appris il y a peu...

Il s'est tourné vers Pierre Villars comme pour indiquer qu'il tient l'information de celui-ci.

— ... les arrestations d'écrivains et de philosophes qui ont créé *Les Lettres françaises* : Salomon, Georges Politzer, Jacques Decour... Il y a chez l'ennemi et chez les collaborateurs la volonté d'écraser notre intelligence, de tuer ceux des Français qui pensent, et donc qui résistent.

L'expression de son visage a encore changé, ne laissant plus paraître que l'énergie :

— De Gaulle répète souvent que nous menons un atroce combat, mais il ajoute : « Soyons fiers et confiants. La France gagnera la guerre et elle nous enterrera tous ! »

Moulin s'est mis à faire le tour du salon. Ceux qui l'entouraient se sont écartés, certains sont allés se rasseoir.

Thorenc se retrouve près de Claire Rethel et elle chuchote de nouveau : elle a lu des poèmes et des articles d'Aragon ; Thorenc le connaît-il ? Elle s'exprime d'une voix dont il sent qu'elle parvient mal à maîtriser l'exaltation, l'enthousiasme mêlé d'émotion.

Il lui serre le bras au-dessus du coude pour lui faire comprendre qu'il souhaite ne rien perdre des propos de Max.

Pétain, dit Moulin, est encore respecté, parfois par les âmes les plus nobles, les plus dévouées à la cause de la nation. Ainsi Dunoyer de Segonzac, qui dirige dans un esprit de résistance et de renaissance l'école des cadres d'Uriage, créée sous Vichy, il est vrai, se sent encore lié au Maréchal, comme la plupart des stagiaires de l'école, pourtant tous résolus à reprendre les armes.

Mais, lorsque Pétain reçoit Jacques Doriot, estime Moulin, ou bien lorsqu'il soutient Laval, l'homme des Allemands aux yeux de tous les Français, il révèle ce qu'il est devenu et quelle politique il approuve. Ceux qui continuent à se référer à lui vont perdre toute influence et n'auront aucun avenir.

Il s'immobilise au milieu du salon.

— Même les meilleurs ! insiste-t-il.

Il évoque le général Giraud, qui vient de s'évader de la forteresse de Königstein, mais qui, au lieu de rejoindre la Résistance, a préféré rencontrer Laval, Pétain et même, dit-on, Abetz. Et qui maintenant multiplie les contacts avec les agents anglais et américains, bien sûr dans le but de s'imposer, grâce à leur appui, comme le successeur du maréchal Pétain, et par là même d'évincer de Gaulle...

Moulin incline la tête.

— ... et de vous éliminer de la partie, vous, vos réseaux, vos camarades !

Il lève la main.

— Mais c'est là une entreprise vouée à l'échec. Elle nous affaiblira, mais, en définitive, elle sera bénéfique. Elle montrera qu'il n'y a d'autre voie pour la nation que son indépendance, donc son rassemblement derrière de Gaulle.

Il sourit, tout son visage exprimant une assurance tranquille :

— Plus personne ne peut ignorer la France libre. Ce que nous faisons ici, d'autres le font sur le champ de bataille. De Gaulle a dit plusieurs fois que combattre les armes à la main, sous l'uniforme, était une chance, mais qu'il fallait la mériter. Vous le savez, messieurs, il y a quelques jours, les Forces françaises libres ont tenu en échec l'Afrikakorps de Rommel à Bir Hakeim. Il faut donner à cette nouvelle un immense retentissement. Il faut rendre la fierté et l'orgueil à notre peuple, à son armée. Pétain s'emploie à nous dire que nous avons été battus, que nous devons nous agenouiller et demander grâce. « Depuis deux ans, je me le répète à moi-même tous les matins », a-t-il avoué...

Moulin a un mouvement vif de la main et s'exclame :

— Contrition du lâche, de l'habile, calcul du prudent, soumission du servile : voilà Vichy ! Et leurs manœuvres...

Thorenc a l'impression que Moulin lui a lancé un clin d'œil.

— ... Recevoir le général Giraud, garder des liens avec les Américains et les Anglais, tenter de compromettre tel ou tel d'entre nous en le faisant conduire chez Pucheu ou Cocherel, tout cela sera balayé ! Nous nous rassemblerons et nous vaincrons.

Il commence à serrer les mains, puis, arrivé sur le seuil du salon, il lance :

— Nous avons choisi la voie la plus dure, mais aussi la plus habile : la voie droite !

Il revient sur ses pas et précise dans un rire :

— Citation du général de Gaulle, bien sûr !

Il s'est éloigné et le silence est tombé sur la pièce comme si, Max parti, la réunion se désagrégeait, chacun s'enfermant de nouveau dans ses préoccupations particulières, redevenant peut-être le rival des autres, un d'Astier de La Vigerie observant avec une hauteur un peu dédaigneuse un Henri Frenay en train de remiser des liasses de papiers dans sa serviette de cuir élimé...

Thorenc aperçoit Pierre Villars qui l'invite à le rejoindre dans l'entrée.

Villars s'adosse à la porte palière. Il a encore maigri. Une barbe taillée en pointe, parsemée de poils gris, donne à son visage un air un peu trouble — entre mysticisme et perversion, se dit Thorenc.

— Je repars pour Paris, dit Villars, les sourcils froncés, comme s'il ne pouvait dissimuler son inquiétude. Je représente Max en zone occupée : autant que vous le sachiez.

Il baisse la voix :

— Mais il n'est pas nécessaire que vous le fassiez savoir. Il y a des susceptibilités, parfois des soupçons. Max, vous ne l'ignorez pas, a été au cabinet de Pierre Cot ; or le Front populaire n'a pas que des amis dans la Résistance, et les communistes encore moins. Vous savez ce que j'ai fait à leurs côtés. Ceux qui ne nous aiment pas et qui ne se rallient à de Gaulle que du bout des lèvres vont répandre le bruit que les communistes, Moulin et de Gaulle veulent coiffer la Résistance. Naturellement, les Anglais et les Américains vont écouter ces propos d'une oreille complaisante : ils les arrangent !

Il hoche la tête, fait la moue.

— C'est une guerre dans la guerre qui commence. C'est sordide, stupide et criminel, mais c'est ainsi. Nous devons empêcher que cette opposition qui n'est encore qu'en germe ne s'étende. Le but de Moulin est d'unifier pour vaincre. Voilà la politique de De Gaulle. Et j'en suis !

— Les communistes..., murmure Thorenc.

— Ils ont leurs calculs, leurs objectifs. Les Allemands se font eux-mêmes les agents recruteurs du communisme en affublant du qualificatif de « communistes » toutes les manifestations de résistance du peuple français. C'est retors. Ils espèrent ainsi faire oublier que l'idée antiallemande prime toute autre plate-forme politique.

Il ouvre brusquement la porte palière et demande à Thorenc de le suivre.

Ils marchent le long des quais du Rhône.

— Max — mais, pour moi, c'est d'abord Jean Moulin...

Cependant, tout au long de leur conversation, Pierre Villars ne cesse de l'appeler Max, parfois aussi Rex, un autre de ses pseudonymes. Max, poursuit-il, veut créer un commandement qui tienne ensemble tous les réseaux, une sorte d'authentique parti de la Libération rassemblé derrière de Gaulle, une armée secrète qui interviendra afin de permettre puis d'aider le débarquement des Alliés. Et d'empêcher ces derniers de mettre la France sous tutelle ou d'organiser la transition entre Pétain et un nouveau fantoche à leur service. Pourquoi pas le général Giraud ?

Villars hausse les épaules :

— Je peux vous le dire, Thorenc, parce que je sais que vous n'avez pas d'ambition politique, ni pour vous ni pour quelque groupe que ce soit...

Il le dévisage puis reprend :

— Au fond, vous êtes un sentimental engagé dans l'action par révolte intellectuelle et esthétique, parce que vous ne pouvez pas être du côté de la lâcheté, mais aussi de la vulgarité et de la bêtise. Donc, je vous fais confiance... Le but de Moulin est de créer une organisation qui dépasse en ampleur celle des communistes, une organisation qu'il dirigera pour le compte du général de Gaulle et dans laquelle les communistes seront contraints d'entrer. Ainsi se fera l'unité nationale, et nous éviterons l'opposition stérile entre les communistes et les autres, qui ferait d'abord le jeu des Allemands et de Vichy...

Il s'arrête et sourit :

— Ça, c'est votre épisode Cocherel, dont vous vous êtes, ma foi, fort bien sorti !

Il recommence à marcher à petits pas :

— ... Les autres bénéficiaires seraient les Anglais, et surtout les Américains.

Il s'appuie au parapet et, sans regarder Thorenc, ajoute :

— Moulin souhaiterait que vous alliez en Suisse, que vous sondiez les intentions de nos alliés et tentiez de comprendre leurs manœuvres. Ils parient sur le général Giraud, c'est évident, mais ils disposent sans doute d'autres cartes. Il nous faut les connaître. Vous étiez en relation avec le banquier Stacki, n'est-ce pas ?

Villars décoche un coup d'œil à Thorenc, puis lui expose que le Suisse pourrait fournir quelques clés utiles pour accéder aux agents anglais et américains.

— Stacki parle avec tout le monde : Oberg, Pucheu, mon père, Cocherel, etc. Vous, il vous recevra.

Villars se tait plusieurs minutes comme pour laisser à Thorenc le temps de réfléchir.

— Il n'est pas si difficile d'entrer en Suisse, reprend-il enfin. Certains membres des réseaux y font des voyages réguliers. Pourquoi ? C'est aussi une question qui nous intéresse.

Bertrand ne répond pas, mais il sait que le silence vaut souvent approbation.

— Prenez une identité de journaliste et rendez-vous à Annemasse, continue Villars. La ville est surveillée, mais le Foron, la rivière qui sert de frontière, est peu profonde. Vous passerez, j'en suis sûr : vous avez franchi des obstacles bien plus difficiles !

L'adjoint de Max se retourne si brusquement que Thorenc vient buter contre lui, mais, au moment où il va pour reculer, l'autre le retient :

— Geneviève est là-bas, à Genève, murmure-t-il.

Une onde de chaleur, ou plutôt une vapeur brûlante recouvre le visage de Thorenc et lui envahit la poitrine.

— Oui, poursuit Pierre Villars en baissant la tête. Elle s'en est sortie, je ne sais trop comment. Son réseau est en lambeaux, presque entièrement détruit. Mais, une fois de plus, elle a glissé entre les mains de la Gestapo.

Il ajoute comme une confidence qui lui coûte :

— Je sais qu'elle est très atteinte. Je crois qu'elle aurait besoin de parler avec quelqu'un comme vous.

Essayez de la convaincre de rester là où elle est, ou de gagner l'Angleterre, mais...

Il secoue la tête.

— ... qu'elle n'aille plus se jeter dans la gueule du loup, elle en a assez fait, mon Dieu !

Thorenc a sur les lèvres le nom de Marc Nels, mais il se borne à interroger Pierre Villars sur les conditions dans lesquelles le réseau Prométhée a été repéré, puis démantelé.

Villars hausse les épaules. Est-ce qu'on peut jamais répondre avec certitude à une telle question ? Comme à son habitude, Geneviève a sûrement été imprudente. Allemands et policiers français peuvent compter sur des indicateurs qu'ils paient cher ou qui agissent par jalousie ou bêtise et lâcheté. Et puis, un membre du réseau peut avoir parlé sous la torture, ou sous la menace de voir ses enfants égorgés, sa femme livrée aux chiens ou envoyée dans un bordel en Russie. Il y a enfin le hasard, le minutieux travail d'enquête et de surveillance des SS, de la Gestapo et de l'Abwehr.

— À la fin, ils savent presque tout, conclut Villars.

— Le radio du réseau, Marc Nels, a réussi à franchir la ligne de démarcation. Puis il s'est suicidé, indique Thorenc.

Villars regarde silencieusement Bertrand avant de murmurer que Geneviève, au lendemain de son arrivée en Suisse, a elle aussi tenté de mettre fin à ses jours.

Il tend la main à Thorenc sans un mot de plus, et traverse le quai Gailleton.

Thorenc est resté accoudé au parapet à suivre le mouvement de l'eau, à écouter le clapotis des vagues contre le quai lorsqu'une péniche fend le fleuve.

La joie et l'émotion qu'il a éprouvées en apprenant que Geneviève Villars avait réussi à se réfugier en Suisse se sont aigries, ont tourné à une sorte de malaise.

Il se demande même s'il souhaite encore la rencontrer.

Osera-t-il lui parler de Marc Nels, de cette mort qui constitue peut-être un aveu ? Mais de quelle culpabilité ? D'avoir essayé de sauver sa peau en trahissant un peu mais en essayant surtout de duper les Allemands ? Ou bien en se livrant complètement à eux, en exécutant leurs ordres, en se rendant en zone libre pour les aider à démasquer d'autres réseaux ?

Thorenc se dirige vers l'immeuble de Philippe Villars sans penser à Claire Rethel, mais, quand il la voit sortir du porche, il lui fait un grand signe, comme s'il avait espéré la voir, l'avait attendue.

Elle s'avance vers lui d'un pas si joyeux qu'on dirait qu'elle esquisse une figure de danse.

Il lui prend le bras.

— On ne trahit pas un peu, lui dit-il tout à trac.

Elle le regarde avec étonnement.

— C'est comme la mort, reprend-il, on ne meurt pas un peu : on est mort ou vivant. Pareil : on est traître ou pas.

Claire Rethel rit, dit qu'elle ne comprend rien à ce qu'il raconte, mais qu'elle est heureuse de le revoir. Il l'a quittée, naguère, en ne lui laissant qu'un mot bref : *« Feu, azur. »*

— Vous vous souveniez, dit-elle. Cela m'a beaucoup touchée.

Elle cite le vers d'Eluard :

— *Je fis un feu, l'azur m'ayant abandonné.*

Elle s'immobilise au milieu de la petite place, ajoutant que la poésie lui permet de vivre, ou plutôt de survivre, comme un souffle d'air quand on étouffe.

Elle penche un peu la tête et Thorenc a le sentiment qu'elle veut ainsi peser sur son bras.

Elle se met à réciter à mi-voix :

« *Quand je parle d'amour, mon amour vous irrite,*
Si j'écris qu'il fait beau, vous me criez qu'il pleut.
Vous dites que mes prés ont trop de marguerites,
Trop d'étoiles ma nuit, trop de bleu mon ciel bleu... »

Thorenc a répété chaque mot après elle. Il a l'impression qu'elle lui réapprend à vivre.

HUITIÈME PARTIE

45

Thorenc est d'abord resté silencieux, regardant fixement la montagne sombre qui ferme l'horizon.

Les nuages en dissimulent le sommet et, quelquefois, glissent jusqu'à mi-pente, ensevelissant les forêts puis les vignes. Il suit des yeux leur mouvement et quand, de temps à autre, la ligne de crête réapparaît, couronnée de mélèzes, un instant éclairée par le soleil, il est si fasciné qu'il donne l'impression de vouloir se lever, les deux mains appuyées à la table.

Assis en face de lui sur cette terrasse d'un restaurant des bords du lac, Fred Stacki se tourne alors et regarde lui aussi vers l'est, commentant ce début d'été pluvieux.

Presque chaque après-midi, dit-il, le Jura est masqué par les nuages ou le brouillard, des orages de grêle saccagent les vignes et noient Genève sous des trombes d'eau. Une chaleur moite succédant au coup de vent froid, le lac est souvent recouvert d'une vapeur grise.

— Ce ne sont pas seulement les hommes qui sont devenus fous ! conclut le banquier.

Suivant des yeux la ligne de crête, cette frontière qui à nouveau s'estompe, Thorenc paraît ne pas l'entendre.

Il éprouve un sentiment de révolte et d'incrédulité

comme s'il prenait conscience à cet instant de l'absurdité des choses, de l'injustice qui tranche les destins, du hasard qui ordonne les vies.

D'un côté la peur et la mort, le talon de la guerre, le martèlement du pas des gendarmes sur la route qui longe, au-delà d'Annemasse, le Foron, cette rivière dans laquelle il s'était jeté après avoir franchi les barbelés, s'être caché dans les buissons. La patrouille était passée près de lui et le faisceau des lampes de poche avait effleuré ses cheveux. Puis, la nuit revenue, il avait remonté l'autre berge.

Et ç'avait été l'autre côté.

Il avait ensuite suffi de quelques heures — le temps que l'on contrôle son identité, qu'il donne le nom de Jean Zerner, journaliste de *La Tribune de Genève*, qu'il connaissait depuis l'avant-guerre et qui avait accepté de l'accueillir, se portant garant pour lui — pour qu'il découvre la ville illuminée, la lenteur paisible des passants, leur visage marqué par un ennui tranquille lorsqu'ils s'arrêtaient devant les vitrines des boutiques.

Le contraste et le choc avaient été beaucoup plus forts que lorsque Thorenc avait séjourné à Lisbonne, l'année précédente : la capitale portugaise en paix ne lui avait été offerte qu'après un long voyage. Elle était comme un bout du monde face à l'océan.

Ici, au bord du lac, il suffisait de lever les yeux vers le Jura pour imaginer, derrière la crête, ces enfants qu'on traquait parce que Laval et Bousquet avaient décidé qu'on ne pouvait séparer les enfants de moins de six ans de leurs parents, « pour ne pas briser les familles », disait-on à Vichy, car tel était le prétexte du crime, telle, l'hypocrisie avec laquelle on livrait les enfants juifs aux nazis.

Avant son départ pour Annemasse, Thorenc avait rencontré Mathieu Villars au couvent Fra Angelico.

Jamais il n'avait vu un homme aussi bouleversé.

Mathieu arrivait de la gare de Perrache. Un convoi de Juifs étrangers, gardés par des gendarmes, stationnait le long du quai. Il devait rejoindre la zone occupée.

Le dominicain n'avait pas obtenu l'autorisation de parcourir les wagons, mais, du quai, il avait aperçu les vieillards, les femmes, les nouveau-nés.

Il avait tenté d'en arracher quelques-uns à leur destin ; il avait crié, appelé à l'aide ses compagnons de l'Amitié chrétienne. Il avait interpellé le préfet, citant les paroles du cardinal Saliège :

« Il y a une morale chrétienne, il y a une morale humaine qui impose des devoirs et reconnaît des droits... Ils viennent de Dieu... Il n'est au pouvoir d'aucun mortel de les supprimer... Les Juifs sont des hommes, les Juives sont des femmes... »

Mais on l'avait bousculé, menacé d'arrestation et d'internement.

— Des Français, ce sont des Français qui font cela ! avait-il dit à Thorenc.

Il avait répété l'incantation du cardinal Saliège :

« Notre-Dame, priez pour la France, Patrie bien-aimée qui porte dans la conscience de tous tes enfants la tradition du respect de la personne humaine. France chevaleresque et généreuse, je n'en doute pas, tu n'es pas responsable de ces erreurs... »

Bertrand avait vu le religieux pleurer. Il l'avait entendu murmurer qu'il comprenait ceux qui se saisissaient d'une arme.

Quand certains individus en arrivaient à ce point d'abjection, à cette trahison des devoirs les plus sacrés, quand leur police raflait à Paris des milliers de pauvres gens, les entassait au vélodrome d'Hiver, la prière et la parole pouvaient paraître à certains dérisoires et même scandaleuses.

— Je peux l'admettre, avait répété Mathieu Villars. Mais je suis prêtre.

Il avait tenu les deux mains du journaliste dans les siennes et avait murmuré en détachant chaque mot :

— Vous ne l'êtes pas, Thorenc, vous ne l'êtes pas !

Il n'avait pas eu besoin des propos du dominicain pour sentir qu'en lui la volonté de combattre — et pourquoi ne pas employer les mots qui lui venaient en tête : le désir de violence, celui de tuer — se faisait de plus en plus fort.

Il avait vécu l'attente de son départ pour Annemasse dans un état d'indignation permanente.

Il lui semblait qu'il ne pouvait plus supporter ces mensonges, cette hypocrisie larmoyante, Pétain disant de sa voix mouillée par la compassion : « L'ouvrier souffre, le paysan s'impatiente, le gouvernement de ce pays n'a pas été exempt d'erreurs... », mais ajoutant aussitôt du même ton patelin : « Monsieur Pierre Laval et moi, nous marchons la main dans la main. »

Et on poussait les enfants juifs dans les wagons gardés par des gendarmes français !

Et Laval déclarait : « Je souhaite la victoire allemande parce que, sans elle, le bolchevisme demain s'installerait partout... L'Allemagne a un besoin urgent de main-d'œuvre... »

Il fallait donc, concluait-il, que les jeunes Français partent travailler outre-Rhin.

Hypocrisie, duplicité !

« C'est la relève qui commence, ajoutait Laval. Ouvriers de France, c'est pour la libération de nos prisonniers que vous allez travailler en Allemagne.

C'est pour permettre à la France de trouver sa place dans la nouvelle Europe que vous répondrez à mon appel... »

Comme Maurice Schumann l'avait déclaré à la BBC, Thorenc avait pensé que Laval était « un judas doublé d'un maître chanteur et triplé d'un négrier » !

Pouvait-on ne pas tenter de tuer des hommes aussi néfastes que celui-là ?

Thorenc était allé revoir Philippe Villars pour s'assurer que les plans de sabotage des voies ferrées étaient tenus à jour, l'armée secrète que Max organisait devant bientôt les mettre en œuvre. Du moins voulait-il le croire.

Lorsqu'il était rentré à Murs, son départ pour Annemasse ayant encore été retardé, les contacts nécessaires au voyage s'étant révélés difficiles à établir, il avait demandé à Daniel Monnier de transmettre à Londres un message pour réclamer des armes, des explosifs, de l'argent. Il fallait agir militairement, la recherche de renseignements ne pouvait plus suffire. Les Allemands, craignant un débarquement allié en Afrique du Nord, dont tout le monde parlait dans les cafés de Lyon et jusque dans les trains, s'apprêtaient, à n'en pas douter, à envahir la zone Sud. Leurs voitures de repérage des émetteurs radio avaient déjà été autorisées par l'amiral Darlan, Pucheu, Cocherel — et donc Pétain et Laval — à sillonner les routes de la zone libre. Ils avaient débusqué des lieux d'émission autour de Lyon, Grenoble et Avignon, et la police française s'était à chaque fois précipitée, avait arrêté les radios et ceux qui les hébergeaient. Il fallait pouvoir attaquer et détruire ces voitures, riposter ainsi aux mesures de Vichy.

Le gouvernement Laval s'organisait pour amplifier la répression contre tous ceux qui résistaient. Pétain exaltait la Légion tricolore, la LVF. Dans le même temps, on déportait les Juifs étrangers, on menaçait de la peine capitale ceux qui détenaient des armes, des explosifs, ou qui utilisaient un émetteur radio clandestin. De son côté, le général Xavier de Peyrière incitait les officiers de l'armée de l'armistice à démasquer les agents anglais, à les dénoncer à la police qui les livrerait à son tour aux Allemands.

Thorenc avait pensé à tous ces Français que l'armistice, l'occupation, la collaboration, les mensonges de Pétain, de Laval et de leur entourage, ceux des Peyrière et des Cocherel avaient trompés, gangrenés. Ils obéissaient aux ordres. Certains, ajoutant foi aux paroles de Laval, allaient partir pour l'Allemagne. D'autres, le mousqueton à la bretelle, gardaient les wagons où s'entassaient des enfants juifs.

Il avait tout à coup imaginé le mari de madame Maurin, sa concierge du boulevard Raspail, « Maurin », comme elle disait, policier discipliné, qui avait sans doute participé à la rafle des Juifs et les avait convoyés jusqu'au vélodrome d'Hiver. « Maurice est un brave homme », répétait sa femme.

Thorenc s'était senti accablé, révolté.

Le cardinal Saliège avait eu raison d'invoquer Dieu et de dire : « Seigneur, ayez pitié de nous ! Notre-Dame, priez pour la France ! »

Mais cela ne suffisait pas !

Il ne pouvait recouvrer son calme, contenir sa rage et son dégoût qu'en marchant dans la campagne caillouteuse qui entourait le village de Murs.

Il partait tôt le matin, ou bien en fin d'après-midi quand il était sûr que n'arriverait plus le courrier envoyé par Max ou Pierre Villars pour lui annoncer la date du rendez-vous pris pour lui à Genève avec Fred Stacki.

Il montait jusqu'à la chapelle ou bien longeait le petit bois.

La fosse qu'ils avaient creusée, dans laquelle ils avaient enfoui le corps de Marc Nels, était recouverte d'une herbe plus dense que celle qui croissait sur le plateau alentour. À chaque fois, Thorenc était surpris de se retrouver au bord de ce rectangle dont le vert pâle tranchait avec le reste du champ et au-dessous duquel reposait le corps d'un homme.

C'était comme si, malgré lui, il voulait venir se recueillir sur cette tombe pour se contraindre à ne pas oublier une mort qu'il avait sans doute provoquée, dont il assumait la responsabilité.

Il pensait à Geneviève Villars avec un sentiment de rancœur et de tendresse mêlées. Il lui en voulait d'avoir aimé cet homme-là, qui l'avait sans doute trahie. C'étaient les membres du réseau livrés par Nels qui avaient payé le prix de cette passion. Peut-être était-ce pour cela que Geneviève avait tenté de se suicider à son arrivée en Suisse.

Un matin, alors qu'il redescendait vers le village, il avait entendu des cris, des rires.

Derrière la dernière courbe de la draille, dans la cour du mas Barneron, il avait aperçu une jeune femme qui se tenait derrière un drap accroché comme un paravent à la façade du mas et au montant du puits. De là où il était, Thorenc la voyait nue, levant les bras, montrant ses aisselles. Léontine Barneron l'aspergeait cependant que Gisèle, en courant, allait remplir les seaux au puits.

Thorenc avait reconnu Claire Rethel et n'avait plus bougé. Il ne l'avait jamais entendue rire ainsi. Il ne l'avait jamais vue libre dans cette nudité joyeuse.

Tout à coup, elle avait levé la tête et l'avait sans

doute aperçu, puisqu'elle avait poussé un cri aigu et, arrachant le drap, s'en était enveloppée avant de se précipiter à l'intérieur du mas.

Léontine avait menacé Thorenc du poing.

Il avait regagné le mas et traversé la cour, poursuivi par Léontine qui répétait :

— Vous êtes tous les mêmes : des cochons ! Même vous que je croyais quelqu'un d'un peu plus élevé, d'un peu plus...

Elle n'avait pas achevé sa phrase, voyant Claire s'avancer.

Elle était bras et jambes nus. Elle avait expliqué qu'elle avait pédalé depuis Carpentras où elle était arrivée en car, en provenance d'Avignon. Elle avait la peau rougie par le soleil et les cheveux collés à son front, à ses joues, encore plus noirs d'être mouillés.

Elle apportait le courrier de Max.

Thorenc devait se trouver à Genève dans trois jours. À lui d'organiser son passage en Suisse.

Elle s'était assise près de lui sur le bloc de pierre qui, accolé à la façade, à droite de la porte, servait de banc. La pierre était lisse, lustrée par les siècles. Elle avait évité de regarder Thorenc, comme gênée qu'il l'eût surprise nue.

Elle allait repartir le lendemain matin, avait-elle précisé. Elle voulait être à Lyon le plus vite possible. Elle embarquerait son vélo dans le train à Orange ou Avignon.

— Ils arrêtent beaucoup de monde, en ce moment, avait-elle ajouté. La manifestation du 14 juillet semble les avoir rendus fous.

Elle avait alors jeté un coup d'œil à Bertrand :

— Plus grande, plus forte que celle du 1er mai ; mais, cette fois, je ne vous ai pas cherché. Les gens de Darnand, ceux du Service d'ordre légionnaire ou les engagés dans la Légion tricolore, en uniforme allemand, contrôlent, malmènent, fouillent les passants. On dit les Allemands de plus en plus présents. Philippe... — elle s'était vite reprise — ... Philippe Villars pense entrer dans la clandestinité. La police l'a longuement interrogé, puis relâché. Il dit que, la prochaine fois, ils le garderont.

— Maintenant, il faut se défendre, avait répondu Thorenc.

Il avait appris qu'à Paris, rue Daguerre, les FTP avaient ouvert le feu sur des policiers et des Allemands qui voulaient disperser une manifestation de femmes que le Parti communiste avait organisée.

— Répétez mon point de vue à Philippe Villars. Il le connaît, mais dites-lui que je suis de plus en plus convaincu de la nécessité de la lutte armée. Nous ne pouvons plus attendre.

Évidemment, avait-il pensé en se levant, tenir ce genre de propos à Claire Rethel n'avait que peu de sens.

Qu'est-ce qui lui avait pris ? L'envie de jouer au matamore ? Au guerrier impatient d'utiliser ses armes ?

Il était monté dans sa chambre rédiger deux nouveaux messages, l'un pour Moulin, l'autre pour Passy, afin de livrer encore une fois son point de vue : en finir avec l'attentisme, passer partout à l'action.

À Montpellier, avait-il indiqué, comme dans plusieurs autres villes déjà, les groupes francs du réseau Combat, dirigés par Jacques Renouvin, avaient attaqué des permanences du Service d'ordre légionnaire, du parti de Jacques Doriot, et rossé quelques-uns de leurs membres. Ils avaient détruit à l'explosif des centres de propagande du gouvernement de Vichy.

Il fallait non seulement se défendre, mais attaquer.

On avait frappé à sa porte. Claire était entrée. Ses cheveux humides étaient encore collés, ce qui la rajeunissait, donnant à son visage une expression enfantine. Elle paraissait émue, hésitante. Elle s'était assise sur le bord du lit.

— J'ai honte, avait-elle dit. Philippe Villars m'a parlé des convois qui transitent par Lyon. J'ai honte de me cacher, d'avoir changé de nom...

Elle s'était redressée.

— Je ne veux plus m'appeler Claire Rethel, je veux reprendre ma véritable identité. Je suis comme eux ! Je m'appelle Myriam Goldberg.

Il l'avait bercée, l'avait aimée.

La nuit avait été fraîche.

Le lendemain, il l'avait regardée s'éloigner sur la route du col dans la légèreté de l'air matinal.

Puis lui-même avait gagné Annemasse et il s'était jeté, entre deux patrouilles, sur ces fils de fer barbelés, mains gantées en avant, décidé à passer coûte que coûte, à remplir la mission que Pierre Villars, au nom de Max, lui avait confiée.

Et, brusquement, après la tension, la peur et la colère, ç'avait été la calme et lourde moiteur de Genève.

Thorenc avait chargé Jean Zerner de tenter de retrouver Geneviève Villars ; il craignait qu'elle ne fût repassée de l'autre côté de la crête, là où régnait la mort.

Les yeux fixés sur la montagne, il avait longé le lac jusqu'à ce restaurant où l'attendait Fred Stacki.

Au cours du déjeuner, Thorenc n'a pu détacher ses yeux de cette frontière du destin, de cette limite, absurde comme une fatalité, au-delà de laquelle on traquait les enfants.

À présent, après avoir sectionné le bout de son cigare, Stacki s'est mis à disserter sur le temps incertain et imprévisible qu'il fait en cette année 1942.

46

Thorenc a tressailli et retiré vivement sa main.

Il semble ne pas avoir supporté que Fred Stacki, du bout des doigts, lui touche le poignet.

Il s'est reculé, s'appuyant des paumes au rebord de la table comme pour la repousser vers le banquier. Celui-ci a ri, tendu à Thorenc la boîte de cigares où il lui propose de puiser mais que son invité décline d'un clignement des paupières.

— Vous êtes singulier, toujours sur vos gardes ! lui dit le Suisse. Comme si l'on vous menaçait.

Il brandit son propre cigare devant le visage de Thorenc.

— Pourtant, je ne rencontre que des gens qui vous apprécient et vous estiment, qui vous regrettent et espèrent vous revoir. Les femmes, surtout...

Bertrand détourne la tête, regarde à nouveau vers la crête du Jura que la pluie noie sous une épaisse couche grise. Peu à peu, celle-ci descend vers le lac, couvrant déjà les vignes, glissant vite en volutes que le vent étire vers les berges.

— Mais si, Thorenc, mais si ! reprend Stacki. Je devrais même être jaloux. Chaque soir, au moment où elle s'assoit en face de moi, à cette table que vous connaissez bien, un peu surélevée et d'où l'on aperçoit toute la salle de la Boîte-Rose, Françoise Mitry me rappelle les nuits que nous avons partagées dans son établissement avant ou après l'armistice.

Il lève le doigt comme s'il voulait menacer Thorenc.

— Car je crois bien vous y avoir vu dans la nuit du 11 novembre 40, après la manifestation des Champs-Élysées. Vous étiez en compagnie de Geneviève Villars... J'ai une excellente mémoire, mon cher !

Il se penche vers Thorenc, lui effleure le poignet, mais, cette fois, le journaliste ne réagit pas, laissant Stacki lui tapoter familièrement l'avant-bras.

— Vous savez que je dispose de quelques sources d'information...

Il sourit et explique :

— On parle à son banquier. Il est toujours un peu un confesseur, un confident.

Il annonce ce qu'il va dire par plusieurs hochements de tête :

— Je sais que Geneviève Villars s'est réfugiée en Suisse il y a quelques semaines.

Il dévisage Thorenc pour juger de l'effet de son propos, puis poursuit en levant la main :

— Ça, vous ne l'ignoriez pas. Mais je peux vous dire qu'elle a rencontré Louis de Formerie, le frère de Constance de Formerie, sa grand-mère maternelle et l'épouse de Paul de Peyrière. Tous les Peyrière gravitent dans l'entourage de Pétain alors que les Villars lui sont hostiles.

D'une moue, Stacki montre bien sa désapprobation, du moins son incompréhension.

— Vous autres, Français, recommencez toujours vos guerres de religion. D'un côté, Xavier de Peyrière que Laval a choisi comme conseiller militaire parce qu'il sait que le général a la confiance de Pétain ; de l'autre, la nièce du même Xavier de Peyrière, votre Geneviève Villars : c'est shakespearien ! Il est vrai que la farce n'est jamais loin chez Shakespeare, n'est-ce pas ? La situation actuelle en France est bel et bien entre les deux, entre grotesque et tragique.

Il se reprend, s'excuse, dit qu'il n'a pas voulu choquer ou vexer Thorenc, puis il enchaîne :

— Geneviève, en tout cas, ne semblait connaître en Suisse que Louis de Formerie. Mais elle ne pouvait avoir meilleur garant. C'est un banquier, ou plutôt un courtier, un agent de change estimé. À Genève, et surtout à Zurich, il représente plusieurs banques new-yorkaises. S'il veut l'aider, ce ne sont pas les moyens qui lui manqueront. Demandez à votre ami Zerner ce qu'il pense de Formerie. Zerner est un bon journaliste qui n'a pas les yeux dans sa poche, et qui, de toute façon, ne met pas un mouchoir dessus.

Stacki hoche la tête.

— Geneviève est à La Chaux-de-Fonds. Peut-être veut-elle essayer de rentrer en France ? Ce serait une erreur...

Tout à coup, le visage rembruni, presque fermé, le banquier grommelle :

— Les choses bougent, Thorenc, et je n'aime pas leur évolution ! Les gens raisonnables qui seraient capables d'arrêter cette folie, ce suicide européen, sont peu à peu débordés. L'autre soir, il y a moins de quinze jours, je participais à un dîner, avenue Foch, chez une de vos très chères amies : Lydia Trajani...

Thorenc baisse les yeux. Ces souvenirs, tous ces noms — Françoise Mitry, Lydia Trajani, le général von Brankhensen, le lieutenant Konrad von Ewers, Alexander von Krentz... —, l'évocation de l'appartement du 77, avenue Foch, le mettent mal à l'aise, comme le rappel d'une faute.

— Vous avez vu Lydia à Antibes, m'a-t-elle confié. Elle a acheté la villa de ce malheureux Waldstein. Mais quelle idée a-t-il eu de rentrer à Paris, de s'afficher à la Boîte-Rose, de croire qu'il pourrait être protégé contre ces voyous... Car c'est cela qui est inquiétant, Thorenc ! Chez Lydia, il n'y avait que des gens que vous connaissez, nous parlions entre amis, et de vous. Alexander von Krentz admet tout à fait que vous luttiez contre l'Allemagne, mais il y a façon et façon de lutter. Or certains veulent qu'un fleuve de sang empêche toute négociation, tous rapports entre civilisés... Chez Lydia, j'ai rencontré Arno Brecker, le sculpteur officiel du Reich. Si vous l'aviez écouté deviser de la statuaire grecque avec Derain et Drieu, je vous assure que vous, Thorenc, auriez été en plein accord avec lui. Mais vous et moi n'avons rien à faire avec des tueurs, qu'il s'agisse de ceux qui abattent dans les rues des officiers allemands ou de ceux qui pillent, volent et torturent. J'ai essayé de mettre en garde Lydia contre les relations qu'elle a nouées avec cet Henry Lafont. C'est la pègre ! Lafont est un pirate qui écume Paris avec sa bande d'assassins et de policiers révoqués : Marabini, Bardet, et ces deux anciens portiers de la Boîte-Rose, Ahmed et Douran. Voilà ce qui nous menace, Thorenc, et non pas un von Ganz ou un von Krentz !

Stacki examine le bout de son cigare, fait tomber la cendre avec l'ongle de son majeur, puis, aspirant, les yeux mi-clos, il précise :

— Votre mère, que j'ai trouvée très séduisante, brillante, vraiment une femme extraordinaire, était assise ce soir-là à la droite du général von Brankhensen...

Le Suisse se renverse contre son dossier, a un large sourire :

— Comment voulez-vous qu'on ne pense pas à vous, mon cher, quand madame Cécile de Thorenc occupe dans un tel dîner une des places d'honneur ? Oh ! — il lève la main — personne n'a prononcé votre nom à table, mais, au salon, ils sont tous venus vers moi pour m'interroger à votre sujet. On me suppose toujours capable de répondre à toutes les questions. On m'a demandé si vous étiez bien en Suisse où on vous suppose en train d'écrire un livre, une biographie de Hitler pour les services de renseignement américains, parce que vous avez jadis interviewé le Führer et êtes donc le mieux à même de dresser son portrait psychologique. Et savez-vous qui m'a questionné à ce propos ? Alexander von Krentz, qui a une sincère admiration pour vous. Je crois que Krentz prend ses distances à l'égard du chancelier. Depuis que celui-ci s'est autodésigné comme chef de la Wehrmacht, les officiers de tradition sont plutôt sur la réserve. Croyez-moi, il y a là une carte à jouer. On me dit...

Il déplace sa chaise de façon à se trouver assis tout à côté de Thorenc et à pouvoir lui parler plus bas :

— Mes informateurs, qui vont et viennent dans les différents pays où nos succursales sont implantées, c'est-à-dire partout — il sourit —, mais d'abord en Suède — Stockholm est devenu l'un des lieux où l'on se rencontre aussi souvent mais plus discrètement qu'ici —, prétendent que se fait jour chez les Allemands, nazis ou pas, la tentation d'une paix séparée soit avec les Russes, qui ne seraient pas indifférents à cette proposition, soit contre les Russes, avec les Anglais et les Américains. Et puis, il y a naturellement les fanatiques qui persistent à penser que l'Allemagne vaincra le monde entier. Croyez-moi, aucune des personnalités, aucun des officiers présents à ce dîner, même Drieu, ne partageait ce dernier point de vue. Mais, si on les y contraint, les Allemands, par patriotisme, se battront jusqu'au bout. Or, je le répète : est-ce bien nécessaire ? Vous les connaissez peut-être mieux que moi, ce sont d'abord et avant tout des Européens qui ont le souci de notre civilisation, avec qui nous partageons une histoire, des valeurs communes...

Thorenc fait grincer les pieds de sa chaise sur les dalles de marbre de la terrasse :

— On déporte des enfants, Stacki, on fusille des centaines d'otages, on torture !

Il serre les dents et poursuit :

— Ce sont des criminels ! Peut-être ne l'étaient-ils pas au départ, mais ils le sont devenus...

Le Suisse soupire :

— Criminels, criminels... si vous voulez, Thorenc, mais croyez-vous que vos alliés bolcheviks le soient moins ? Je sais que les Allemands sont en train de mettre au jour les cadavres de plusieurs milliers d'officiers polonais abattus en 1940 ou 1941, d'une balle dans la nuque, par les tueurs de Staline. Les faits sont indiscutables. Berlin va faire une démarche auprès de la Croix-Rouge, ici à Genève, pour que nous envoyions des observateurs neutres sur place ; je crois que c'est à Katyn...

— Je me fous des Russes ! répond Thorenc d'une voix sourde en frappant du poing sur la table. Les Allemands sont en France. Ils fusillent. Ils torturent des Français. Ils occupent mon pays, et certains traîtres collaborent avec eux. Ce sont des policiers français — ainsi le mari de ma concierge, madame Marinette Maurin, une femme adorable, dévouée, serviable, soit ; il n'empêche que ce Maurin en fait sûrement partie —, ce sont ces policiers qui ont raflé les Juifs à Paris. Ce sont des gendarmes français qui, à Lyon, gardent les wagons où s'entassent les Juifs que le gouvernement de Vichy livre aux Allemands. Et vous me parlez des Polonais tués par l'Armée rouge ? Je pleurerai sur les officiers polonais après...

Les sourcils froncés, Stacki marque par une moue sa commisération et sa lassitude :

— Je ne vous savais pas aussi passionné, Thorenc.

Il lève la main et poursuit :

— Mais je puis vous comprendre. Moi aussi, je suis indigné. J'interviens souvent ici pour qu'on accueille les réfugiés qui réussissent à passer la frontière. Croyez-moi, ce n'est pas facile. Je rencontre de fortes oppositions. Les gens sont prudents, ils veulent rester neutres. Moi je ne suis pas neutre, Thorenc, je vous assure ! Je suis aussi hostile que vous à la barbarie. Mais — il pointe l'index sur son invité — quel que soit l'étendard dans laquelle elle se drape ! Ce sont d'ailleurs toujours les mêmes couleurs, noir et rouge, et je suis désolé de voir des hommes cultivés, qui ont les mêmes intérêts, s'entre-déchirer et s'entre-tuer pour que leurs ennemis communs finissent par l'emporter. Je ne suis pas le seul à penser ainsi. Vous allez rencontrer Irving et Davies. Vous verrez ce que pensent les Anglais et les Américains. On ne peut pas, comme vous le faites, ne se soucier que du moment présent. Il y a toujours un après-guerre. Quel sera-t-il ? Je ne veux pas vous voir tué d'une balle dans la nuque, même tirée par vos alliés d'aujourd'hui.

Le banquier laisse retomber sa main sur la table.

— J'aimerais que nous nous retrouvions, après la guerre, à la Boîte-Rose, vous, moi, Françoise, Lydia Trajani, mais aussi Geneviève Villars, avec Alexander von Krentz et le général von Brankhensen, sans oublier vos amis de la Résistance. Et que nous n'ayons plus d'autres soucis que de comparer la saveur des vins et la beauté des femmes dans la paix revenue, Thorenc. Que Douran et Ahmed aient retrouvé leur place à la porte de la Boîte-Rose, qu'Henry Lafont croupisse en prison ou même qu'on lui ait tranché le cou. Mais que ceux qui ont assassiné des officiers allemands à Paris, ou polonais à Katyn, ne nous donnent pas de leçons de morale et ne prétendent pas nous gouverner !

Thorenc se lève et marche jusqu'au bout de la terrasse.

La pluie crépite sur le toit et l'eau ruisselle en larges cordons au travers desquels la lumière se dissocie, faisant naître tout un jeu de couleurs comme un rideau tissé de fils bariolés.

On ne voit plus la montagne et le lac lui-même fait corps avec le ciel effondré.

Fred Stacki rejoint Thorenc et ils restent ainsi un long moment côte à côte.

— Je m'inquiète pour vous, murmure le banquier, comme pour tous mes amis, à quelque camp qu'ils appartiennent. Cette guerre n'est qu'un moment de notre vie, Thorenc. Ne vous faites pas tuer, protégez ceux que vous aimez. Que vous vouliez combattre, soit, mais il y a mille et une façons de le faire. En France, on vous connaît trop. Installez-vous ici en compagnie de Geneviève Villars. Avec mon appui, celui de Louis de Formerie et de Jean Zerner, vous n'aurez aucune difficulté à obtenir un permis de séjour. Vous vous ferez entendre. Vous êtes connu, vous écrirez, vous pèserez dans le sens qui vous convient, mais vous ne serez pas entraîné par ce flot de boue et de sang qui, j'en ai peur, va recouvrir l'Europe entière si la guerre se prolonge.

Il fait quelques pas, puis s'en revient vers Thorenc :

— On m'a dit que vous aviez écrit des reportages remarquables au moment de la guerre d'Espagne. Ce que nous vivons est pire. Puis, comme après toutes les guerres, civiles ou de religion, viendra le temps des règlements de comptes. Restez en dehors de tout cela !

Bertrand pivote sur lui-même et fait face au Suisse :

— Je suis dedans, Stacki ! On m'a plongé la tête dans le sang et la boue, comme vous dites. J'ai reçu des coups de poing et des coups de pied. Mais cela n'est rien. On me chasse de chez moi, Stacki. Chez moi, c'est la France. On veut la changer. On barbouille ses murs. Des gens que je méprise s'en sont emparés. Des étrangers l'occupent et la souillent. Je suis révolté, Stacki : ce n'est plus une affaire de raison.

Il hausse les épaules d'un mouvement brusque et, enflant la voix :

— Vous parlez raison ! Vous êtes nombreux à tenir ce genre de discours. Cocherel, auquel vous rendez visite à Vichy, tout comme vous y voyez Pucheu, a la bouche pleine de ces beaux raisonnements, de ces propositions habiles auxquelles on peut opposer des arguments tout aussi réfléchis, des calculs tout aussi raisonnables. Et puis on peut en prendre un peu ici, un peu là. À Vichy, vous avez un tas de gens qui jouent ainsi sur les deux tableaux : une pincée de collaboration, une pincée de Résistance...

Il descend les marches conduisant à un ponton situé à l'extrémité de la terrasse. Il va jusqu'au bout de cette jetée de bois, longue d'une dizaine de mètres.

L'eau et le ciel sont fondus dans un gris laiteux.

Il laisse la pluie ruisseler plusieurs minutes sur son visage, puis revient vers Stacki.

— Ce n'est plus pour moi une question de raison, de calculs, de prudence ou d'habileté, décrète-t-il.

Il hésite quelques secondes à poursuivre, dévisageant Stacki, persuadé qu'il ne sera sans doute jamais compris par ce genre d'homme. Mais l'envie de parler est la plus forte et il tient en même temps à blesser le banquier, à bien marquer leurs différences, à le tenir éloigné, à tenter d'effacer ce passé qu'ils ont en commun, à mettre ainsi fin aux connivences que, tout au long du déjeuner, l'autre a cherché à établir ou à préserver entre eux deux.

— Vous êtes un financier, Stacki, reprend-il. Est-ce que vous pouvez imaginer que des hommes agissent parce qu'ils ont des convictions, qu'ils veulent les défendre, quel que soit le prix à payer, qu'ils se battent pour l'idée qu'ils se font d'eux-mêmes, de leur pays, bref, qu'ils soient désintéressés : des hommes de foi et non de profit, des poètes plutôt que des argentiers ?

Stacki sourit :

— Les revues de poésie ont souvent été financées par des banquiers, murmure-t-il.

— Un placement comme un autre ! ricane Thorenc. Moi, je vous parle de mots écrits avec du sang.

Il s'est remis à marcher de long en large sous la pluie.

— Si on se bat aujourd'hui pour des sentiments, c'est que cette guerre est différente de toutes les autres. On lutte contre le Mal — vous entendez, Stacki ? — et non contre une nation en particulier. Je connais des Allemands qui se battent contre les nazis depuis 1933. J'en ai rencontré en Espagne. Il y en a parmi ceux que vous appelez des tueurs et qui tirent sur des officiers allemands. Vengeance, fraternité, idéal, espoir, amour de la patrie, colère, désir, mort, souffrance, deuil...

Il parle vite, d'un ton exalté, brandissant le poing devant le visage de Stacki.

— ... voilà les mots d'aujourd'hui, les passions qui font se lever aujourd'hui les hommes. Ceux qu'on va fusiller refusent qu'on leur bande les yeux. Ils chantent *La Marseillaise* et crient « Vive la France ! », parfois même lancent « Vive le peuple allemand ! ».Voilà, Stacki, ce que vous ne pouvez pas comprendre !

L'autre penche la tête et le regarde de biais :

— Qui nie cela ? Toutes les causes, quelles qu'elles soient, ont leurs martyrs ! Vous ne lisez pas les journaux allemands ? Chaque livraison, chaque article contient les noms de plusieurs héros germaniques. Les hitlériens ont aussi leurs soldats martyrs... Je n'aime pas la naïveté, Thorenc, je déteste qu'on se berce d'illusions. Je me méfie de ceux qui écrivent ou récitent des poèmes au lieu d'analyser une situation.

Il se frotte les mains.

— Mais il est vrai que je suis banquier et que vous êtes journaliste, écrivain. Voyez-vous, au bout du compte, je ne sais pas qui de nous deux peut se révéler le plus dangereux pour le genre humain. Vous ou moi ?

Stacki montre deux silhouettes qui traversent le parc du restaurant et s'avancent vers la terrasse.

— Seulement, reprend-il, vous êtes ici, avec moi, et vous allez rencontrer non pas des poètes, mais ces deux diplomates un peu singuliers...

D'un mouvement de tête, il désigne les deux hommes.

— Et vous n'allez pas parler avec eux poésie, j'imagine. D'ailleurs, vous connaissez Thomas Irving, vous l'avez déjà vu à Lisbonne. Il m'a raconté ça. Il me fait confiance, lui, voyez-vous ! Quant à John Davies, vous allez le découvrir.

Il fait un geste pour saluer les deux hommes.

— Les Américains ne se paient pas de mots. Ils ont toujours un ambassadeur auprès de Pétain, n'est-ce pas ? Davies vous expliquera mieux que moi pourquoi. Non, ce ne sera pas de la poésie...

Stacki fait quelques pas au-devant de Thomas Irving et John Davies, puis, se retournant, leur montre le journaliste avant de s'éloigner en levant la main.

Thorenc, le temps de rejoindre les deux hommes, d'un long regard embrasse encore l'horizon.

47

Thorenc se couche entre les dernières tombes à moins d'un mètre du mur qui ceint le cimetière.

Il pose le front sur ses bras croisés, ses lèvres effleurant l'herbe humide.

Il entend les voix des gendarmes. Les patrouilles se succèdent le long de la route d'Annemasse, sur la berge opposée du Foron.

Revoyant la scène, il se sent tout à coup saisi par le doute.

Thomas Irving avait déployé une carte sur la table du restaurant. Il avait souligné d'un trait de crayon le nom d'un village, montré le cimetière au-delà des dernières maisons, en bordure de la frontière.

Il avait consulté son carnet et inscrit sur un bout de nappe les heures de passage des patrouilles.

— Par là, avait-il dit, on rentre en France comme dans du beurre !

Il avait répété ces derniers mots.

— Chez vous, Thorenc, on dit bien « comme dans du beurre », n'est-ce pas ?

Et Davies avait éclaté de rire :

— *Good luck !* avait-il lancé.

Thorenc avait remercié, lu et relu les heures griffonnées sur le morceau de papier maculé de graisse. Puis il l'avait déchiré.

Il se souvient maintenant du clin d'œil que Thomas Irving avait adressé à Davies. Il exprimait la satisfaction, presque la jubilation, celle qu'on éprouve lorsqu'on a tendu un piège et que, comme prévu, la proie désignée s'y précipite.

Thorenc se redresse, prenant appui sur ses coudes.

Les voix s'éloignent.

Il hésite encore.

Se peut-il qu'Irving et Davies aient voulu le faire prendre ?

Tout au long de l'après-midi, ils avaient essayé de le convaincre de coopérer avec eux en adoptant leur méthode et leur stratégie, à l'instar de tant d'autres résistants.

— Presque tous les gens sérieux le font déjà, avait observé Irving.

Thorenc les avait d'abord écoutés avec étonnement. Ils semblaient s'être réparti les rôles.

Irving dénonçait l'irresponsabilité, l'amateurisme, les bavardages, les querelles des gaullistes, l'ambition de leur chef.

— Je vous l'avais déjà dit à Lisbonne, Thorenc,

avait insisté l'Anglais. Depuis, tout n'a fait que s'aggraver.

Les agents du BCRA, à l'entendre, étaient immédiatement repérés par la Gestapo, qui les arrêtait. À Londres, Passy refusait de communiquer les renseignements dont il disposait à l'Intelligence Service ou à l'état-major allié. D'ailleurs, avait-il ricané, la Gestapo réussissant le plus souvent à retourner les agents du BCRA, ils ne transmettaient que de fausses informations.

— Ce n'est pas du bon travail, Thorenc. On met des milliers d'hommes en danger. On ne coopère pas. De Gaulle se prend pour la Pucelle, il pense qu'on veut le brûler, que les Anglais cherchent à dépecer la France, à réoccuper l'Aquitaine et Calais. Vous ne pouvez ignorer ça, Thorenc. Si vous restez avec eux, vous allez tomber !

Il avait paru hésiter, puis s'était penché vers le Français :

— Vous savez ce qui est arrivé au réseau Prométhée ? Il travaillait pour nous. Quelqu'un n'a pas aimé ça et la Gestapo les a tous cueillis pendant qu'ils dormaient. Mais, avant, elle avait récupéré les containers et les hommes que nous avions parachutés. Elle connaissait tous les emplacements des *dropping zones*.

— Geneviève Villars..., avait murmuré Thorenc.

Thomas Irving avait posé la main sur l'épaule de Thorenc, assis de l'autre côté de la table.

— On ne sait pas, avait répondu l'Anglais.

D'un geste spontané, Thorenc avait saisi la main d'Irving et l'avait repoussée. La gorge serrée, il avait riposté qu'il n'acceptait aucune des calomnies qu'il venait d'entendre. Il avait séjourné à Londres. Il avait vu Passy. Il savait comment le réseau de Rémy, la Confrérie Notre-Dame, avait fourni les plans des bases sous-marines allemandes de Brest,

Saint-Nazaire et Lorient, comment les renseignements recueillis par les agents français avaient permis aux Britanniques de détruire le radar de Bruneval qui dirigeait les vols de bombarbiers sur l'Angleterre, comment les appareillages de sous-marins étaient signalés, tout comme l'avait été le départ de Brest des croiseurs *Scharnost* et *Gneisenau*. Irving voulait-il qu'on dresse la liste des agents et radios français torturés, qui avaient choisi le suicide pour ne pas parler, et de ceux qui avaient été fusillés ? Et les milliers d'otages exécutés, qui les prenait en compte ? Quant à Geneviève Villars, fallait-il lui reprocher d'avoir réussi à fuir et gagner la Suisse ?

— Elle est rentrée en France, avait répliqué Irving. Hier. Nous le savons. Un parent à elle, notre ami Louis de Formerie, qu'elle a vu, nous a prévenus.

Thorenc avait eu l'impression qu'une masse l'écrasait, l'empêchait de parler. Il s'était affaissé, tenant son front à deux mains.

— Excusez-moi, avait repris Irving. J'ai peut-être exagéré, caricaturé un peu. Mais comprenez-moi : nous recherchons d'abord l'efficacité. Notre seul but est de gagner la guerre et de libérer ainsi la France et le reste de l'Europe. De Gaulle est certes courageux, mais il ne se prend pas seulement pour la Pucelle, il se prend aussi pour Louis XIV et Napoléon réunis ! Il veut la victoire, c'est sûr, mais il veut aussi le pouvoir.

Tout en parlant, Irving quêtait du regard l'approbation de John Davies. Parfois il s'interrompait, tirant sur sa pipe, la mâchonnant, puis reprenait :

— Je sais que vous avez rencontré Jean Moulin. Une personne estimable, mais l'homme de De Gaulle, et les gens des réseaux que nous voyons ici, les renseignements que nous recueillons montrent qu'il se heurte à bien des réticences. Il veut que tout le monde plie, mais ceux qui ont fait Libération, Combat, Franc-Tireur, estiment qu'ils ont autant de droits que lui à diriger la Résistance. Or ils n'ont pas les mêmes idées que de Gaulle sur le régime d'après la Libération. Nous, nous sommes prêts à fournir des armes, de l'argent à ceux qui mènent le combat et appuient la stratégie du haut commandement allié. De Gaulle et donc Moulin ont leurs propres plans. Ils donnent l'impression qu'ils croient que la France peut se libérer seule, ou qu'elle pèse encore autant après sa défaite qu'avant. Mais non, Thorenc ! Il y a les États-Unis, la Grande-Bretagne, la Russie, mais la France, nous n'y pouvons rien, ne peut plus parler aussi haut et fort que ces nations-là. Vous avez été vaincus.

Thorenc s'était redressé comme si on l'avait souffleté.

Le raisonnement que développait Thomas Irving — avec l'assentiment de John Davies qui hochait la tête, murmurant « Oui, oui, Thomas dit vrai », avant d'allumer une nouvelle cigarette — était analogue à celui que tenaient les collaborateurs des Allemands. Sauf que c'était au Reich que ceux-ci voulaient que la France, dans son intérêt, obéisse...

— La France est souveraine, avait riposté Thorenc. C'est à nous de décider de la stratégie que nous voulons adopter, pas à vous, et bien sûr pas à eux !

Du menton il avait montré le Jura qui, sous les nuages, fermait l'horizon à l'est. Il avait hésité un instant, puis ajouté :

— On ne se bat pas pour simplement changer de maître.

John Davies avait empêché Thorenc de se lever.

— Anglais et Français, vous n'en finirez jamais avec la guerre de Cent Ans ! avait-il dit en riant et en forçant Thorenc et Irving à se serrer la main. Il y a une seule question, là-dessus je suis d'accord avec Thomas : quelle est la meilleure manière de se battre ? Ce qui revient aussi à dire : quel est pour nous le meilleur allié en France, le plus utile ? Là, je ne suis peut-être plus d'accord avec Thomas.

— Pétain, pour vous ! Bien sûr, c'est encore et toujours Pétain ! avait lancé Thorenc. Votre amiral Leahy est resté en ambassade à Vichy. Qu'est-ce qu'il espère ? Que Pétain en vienne à déclarer que la zone non occupée deviendra un État américain ? En conservant les lois antisémites ? Vous n'êtes pas très regardant avec vos alliés, Davies !

— Un bon allié, pour nous, dans la guerre, avait répliqué Davies d'une voix placide, c'est celui qui pèse lourd, un point c'est tout. Je vais peut-être vous choquer, Thorenc, mais la France combattante de De Gaulle pèse moins que la France de Pétain. Aucun vote, ni celui d'une assemblée ni celui du peuple, n'a autorisé de Gaulle à prétendre représenter toute la France. Et Jean Moulin, votre Max, n'est pas non plus le représentant de toute la Résistance ; et s'il cherche à le devenir, il suscitera des réactions hostiles. Elles existent déjà, nous les entendons, on vient ici nous dire que ce qui se passe n'est pas acceptable. Moulin croit contrôler tout le monde en triant ceux auxquels il donne de l'argent et des armes...

Davies avait souri.

— Mais nous aussi avons de l'argent et pouvons parachuter des armes. Et certains nous sollicitent déjà. Si Moulin persiste, ils viendront tous frapper à notre porte. Expliquez-lui ça, Thorenc !

Il avait tourné le regard vers Thomas Irving qui l'avait approuvé.

— Je dis ce qui se passe, Thorenc. Ce n'est pas nous qui inventons des problèmes, ce sont vos camarades, et les plus anciens dans la Résistance, qui se plaignent et nous demandent de les aider. Les divisions affaiblissent l'ensemble de la Résistance et donc notre camp. De Gaulle n'est pas capable de rassembler tout le monde, Max non plus.

Thorenc n'avait plus eu envie de répondre. L'angoisse l'avait envahi, traînant derrière elle le désespoir.

Il avait imaginé Geneviève Villars assise dans un wagon, présentant ses faux papiers à des hommes de la Gestapo qui se jetaient sur elle. Avait-elle une pilule de cyanure, aurait-elle le temps d'en déchirer l'enveloppe, de l'avaler ?

Il avait eu l'impression que de la boue lui emplissait la bouche, l'étouffait.

Tous ces sacrifices — celui de Julie Barral, de Georges Munier et de ses camarades du musée de l'Homme —, tous ces otages, ces gestes de courage avaient-ils été vains ? Pourquoi se battre si les actes qu'on accomplissait n'étaient pas compris ?

Il avait eu le sentiment d'un immense gâchis, d'un gaspillage de vies, puisque faire la guerre à l'ennemi ne suffisait pas, qu'il fallait aussi se défendre contre les calomnies, les incompréhensions, les ragots, les calculs de ceux dont on était censé être proche, qu'on appelait des alliés.

— La France combattante, avait repris Davies, ce ne sont que quelques milliers d'hommes et un grand acteur, de Gaulle, une sorte de Don Quichotte, pardonnez-moi... En revanche, Pétain, Darlan, c'est l'Afrique du Nord, toute une armée, une flotte : ça pèse lourd ! L'Afrique du Nord est un enjeu décisif : celui qui la contrôle domine la Méditerranée, c'est-à-dire toute l'Europe du Sud. Or, en Algérie, au Maroc, en Tunisie, les gaullistes ne sont qu'une poignée. Aucun officier de cette armée d'Afrique ne veut obéir à de Gaulle : voilà la vérité ! Nous sommes obligés de tenir compte de ces faits parce que nous voulons gagner la guerre. Après, le peuple français sera consulté et dira s'il veut de Gaulle ou s'il préfère garder Pétain. Mais nous n'en sommes pas là, n'est-ce pas ?

John Davies avait sorti de sa poche un feuillet qu'il avait posé sur la table.

— Vous connaissez le général Giraud, Thorenc ? C'est un homme courageux. Il s'est évadé d'Allemagne. Il a vu Pétain. C'est le contraire d'un collaborateur. Voici ce qu'il a écrit au Maréchal.

L'Américain avait commencé à lire d'une voix lente :

— « Je suis pleinement d'accord avec vous. Je vous donne ma parole d'officier que je ne ferai rien qui puisse gêner en quoi que ce soit vos rapports avec le gouvernement allemand... »

Thorenc avait fermé un instant les yeux pour ne plus voir les visages de Thomas Irving et de John Davies. Puis il avait essayé de ne plus écouter.

Mais l'autre insistait :

— Vous entendez, Thorenc ? Giraud écrit : « Monsieur le Maréchal, ne doutez pas de mon parfait loyalisme... », et ce n'est pas un collaborateur ! Vous ne pouvez le comparer au général Xavier de Peyrière ou à l'amiral Darlan. Non, c'est un homme résolument antiallemand, un patriote. Mais il sent le pays réel. Il comprend l'armée. Il a refusé l'exil. Il est rentré au pays. Il aurait pu rester ici, en Suisse. Il y était accepté... Vous comprenez, Thorenc, il faut tenir compte de l'opinion de l'armée française d'Afrique. Pour elle, Giraud est un héros, un général courageux dont l'évasion tient du miracle, qui, lui, n'a pas été condamné à mort pour désertion par un tribunal militaire français...

Davies s'était tourné vers Irving :

— ... et qui n'est pas non plus un collaborateur des Anglais !

Il avait ri :

— Pour beaucoup de Français, avait-il expliqué, ça ne vaut guère mieux que de collaborer avec les Allemands !

Thomas Irving avait approuvé non sans une certaine complaisance, murmurant :

— Giraud n'a pas voulu rejoindre de Gaulle ; ça lui donne des cartes supplémentaires. Il peut rassembler tout le monde derrière lui.

Thorenc avait détourné la tête.

En cette fin d'après-midi, la ligne de crête réapparaissait au centre d'une échancrure claire dont les lèvres sombres s'écartaient peu à peu ; les nuages les plus noirs couvraient le ciel, les autres, d'un gris plombé, masquaient les pentes et les berges du lac.

— Qu'est-ce que vous en pensez, Thorenc ? avait questionné Davies. On ne peut pas négliger la chance que nous offre Giraud...

— Il n'entend pas des voix, lui ! avait raillé Thomas Irving. C'est un général, et c'est ce qu'il nous faut. Un homme qui connaît son métier et qui a bonne réputation auprès du plus grand nombre de gens. Vous comprenez, Thorenc ? Vous devez nous aider. Nous sommes à un tournant de la guerre. L'Afrique du Nord française va jouer un rôle central...

Thorenc les avait dévisagés.

Thomas Irving, cheveux noirs sur un visage rond, regard ironique, frappait souvent sa pipe sur l'accoudoir de son siège, puis la remplissait méthodiquement de brins de tabac qu'il sortait d'une blague en cuir fauve.

Près de lui, John Davies, grand et mince, les cheveux plus clairs peignés en arrière, jouait avec son briquet doré et son paquet de cigarettes, puis, avec une sorte de précipitation, en allumait une, aspirait plusieurs bouffées, les gestes ralentis, le visage détendu.

En les observant, Thorenc avait été saisi par un sentiment d'impuissance.

À quoi bon leur parler des larmes du dominicain Mathieu Villars qui avait vu ce train arrêté en gare de Perrache avec son chargement de Juifs étrangers entassés, gardés, condamnés à être livrés aux Allemands par Pétain ?

Pourquoi évoquer la honte de Claire Rethel qui, pour ne pas survivre alors qu'on déportait les enfants, voulait reprendre son nom de Myriam Goldberg ?

Irving et Davies n'étaient que les visages et la voix de ces deux puissances que l'on disait alliées de la France, et qui l'étaient assurément : sans elles, pas de libération possible. Mais leur jeu était clair : elles avaient choisi Giraud contre de Gaulle, celui qui respectait Pétain contre celui qui le condamnait. Elles espéraient, avec Giraud, faire basculer le Maréchal, la flotte, l'armée et l'Afrique du Nord dans leur camp.

Et tout cela à moindre coût, dans l'ordre, en étouffant la voix de ce rebelle qui, dès le 18 juin 1940, avait inventé ce mot de « Résistance » et osé dire que « l'organisation mécanique des masses humaines » devait être abolie.

— Giraud ! avait murmuré Thorenc.

Irving et Davies l'avaient fixé, guettant d'un regard quelque peu anxieux ce qu'il allait dire.

— Tous ces morts..., avait ajouté le Français.

Il s'était souvenu de cet étudiant qui brandissait devant l'Arc de triomphe, le 11 novembre 1940, un drapeau tricolore, et des coups de crosse reçus par Henri Villars.

— Quel gâchis ! s'était-il exclamé en se levant brusquement.

Davies avait tendu la main comme pour lui agripper la manche, le retenir.

Thorenc avait fait un pas de côté pour s'écarter de la table.

— Réfléchissez encore, Thorenc, lui avait dit Davies. Vous avez tous les éléments en main. Beaucoup de vos camarades s'interrogent en ce moment. De Gaulle, Moulin, les communistes aussi, bien sûr, avec leurs méthodes, rendent les choses plus difficiles. Si nous voulons gagner la guerre au plus vite, Giraud...

Thorenc s'était tout à coup rapproché et l'Anglais s'était interrompu.

— De Gaulle seul peut rassembler, avait répliqué Bertrand, parlant entre ses dents. On écrit son nom sur les murs, on y trace une croix de Lorraine. Les Allemands, les polices de Bousquet et de Laval vous arrêtent pour ça, leurs juges vous condamnent, on peut même vous fusiller. Mais les gens continuent à tracer ces lettres, cette croix, dans les rues et sur les murs des cellules. Ils crient « Vive de Gaulle ! » au moment où on les attache au poteau d'exécution. « Vive de Gaulle ! », « Vive la France ! » — pour eux, c'est devenu la même chose. C'est ça qui compte ! Giraud n'est rien, personne ne criera jamais son nom une seule seconde avant de mourir !

— Je vous comprends, avait répondu Irving. Nous savons cela, mais la guerre ne se gagne pas seulement avec une poignée de héros. Il faut mobiliser des centaines de milliers d'hommes, les débarquer, éviter qu'ils ne se fassent massacrer. Il faut vaincre. Pensez à ça, Thorenc, réfléchissez au meilleur chemin pour votre pays.

— Je veux que mon pays soit à la fois libéré et souverain, avait riposté Thorenc.

Puis il avait ajouté à mi-voix, comme une évidence qu'il devait rappeler :

— Je suis gaulliste, c'est tout.

Davies lui avait tendu la main en répétant :

— Réfléchissez, vous pouvez beaucoup nous aider, faire comprendre ce que nous voulons. Nous avons confiance en vous.

C'est à ce moment-là que Thomas Irving avait déployé la carte sur la table du restaurant, indiquant le village et le cimetière dont le mur suivait le tracé de la frontière.

Allongé entre les tombes, Thorenc prête l'oreille au silence que souligne le bruit régulier de la rivière.

Les voix se sont effacées. Parfois, un froissement de feuilles, accompagné du martèlement léger des gouttes tombant sur les tombes, le fait sursauter.

Thorenc s'est arc-bouté. Il lui faut bouger, agir, fuir ce doute, cet absurde soupçon qui n'est que le visage que revêtent la peur, la tentation de renoncer, le désir de rester là entre ces stèles, dans ce carré de paix, ce pays neutre, au lieu de retrouver — après avoir sauté le mur, traversé le Foron, franchi les barbelés — la mort à l'affût.

Il acquiert la certitude qu'il ne pourra dominer la

panique qui s'est emparée de lui qu'en se jetant en avant.

Il escalade le mur du cimetière, puis court vers cette frontière, cette rivière qui partagent les destins en deux.

48

Thorenc a ouvert la porte de sa chambre et a eu le sentiment qu'il ne réussirait pas à atteindre le lit.

Il s'est appuyé de l'épaule contre le mur.

Il a entendu Léontine Barneron l'appeler depuis la cour du mas. Mais il n'a pas eu envie de lui répondre.

Il s'est laissé glisser le long du mur afin de trouver un peu de fraîcheur au contact des tommettes. La lumière qui filtre malgré les volets fermés strie le rouge des briques de lignes d'une blancheur aveuglante.

La fatigue accumulée depuis qu'il a bondi hors du cimetière le submerge. Il laisse sa tête retomber sur sa poitrine et sent la sueur ruisseler sur son visage.

Il pense qu'il a commencé à transpirer dès qu'il s'est mis à courir vers la rivière, comme si, passant de Suisse en France, il était entré dans un pays de forte chaleur.

Il avait étouffé dans la grange où il avait attendu que passe la journée.

Son pantalon et sa chemise lui avaient collé à la peau dans le train bondé qui l'avait conduit d'Annemasse jusqu'à Lyon. Par les baies ouvertes, l'air brûlant chargé d'escarbilles s'engouffrait, âcre, piquant la peau.

Puis, quand il avait marché sous la verrière de la gare de Perrache, il avait eu l'impression de devoir fendre une poix épaisse.

Il s'était dirigé vers le bureau de Philippe Villars, mais, au moment où il s'engageait dans l'escalier, une voix lui avait chuchoté que la police perquisitionnait les bureaux de tous les ingénieurs, que Villars avait heureusement été prévenu, mais qu'on avait arrêté plusieurs personnes, qu'il fallait donc quitter rapidement la gare, qui était surveillée.

Il s'était dirigé vers les souterrains, était passé d'un quai à l'autre, puis avait longé le ballast. Il lui avait semblé que l'implacable chaleur ricochait sur les pierres et l'acier des rails, le frappant en plein visage.

Il avait pensé à Claire Rethel : peut-être arrêtée, démasquée ? Il avait marché plus vite dans les rues dont le goudron collait aux semelles.

Il s'était rendu au couvent Fra Angelico.

Mathieu Villars l'avait conduit jusqu'à la chapelle. La police, avait-il raconté, avait fouillé toutes les chambres, mais n'avait rien trouvé. Cependant, mieux valait que Bertrand restât caché derrière l'autel.

Il s'était accroupi dans la pénombre, mais, peu à peu, la lumière et la chaleur l'avaient retrouvé, traversant un vitrail aux teintes rouges, jaunes et bleues. Levant les yeux, Thorenc avait découvert cette femme crucifiée, livrée aux bêtes fauves dans l'arène, et il avait eu la sensation que son corps se liquéfiait.

Ils avaient pris Claire Rethel, il en était maintenant persuadé.

Il avait tenté de se calmer. Il s'était assis, adossé à une colonne. Les dalles étaient chaudes.

Il s'était raisonné. Il ne devait pas céder à ces vertiges de l'imagination, ni se laisser aveugler par le soupçon.

Il avait envisagé à tort une trahison d'Irving et de Davies alors qu'au contraire le passage de la frontière, selon les indications de l'Anglais, avait été on ne peut plus facile.

Prévoir le pire était une tentation dangereuse. En cette époque menaçante, si l'on voulait trouver en soi la force de continuer à se battre, il fallait refuser de céder à la panique, s'en tenir aux faits, peser lucidement leurs conséquences.

Il ne savait donc qu'une chose : la police avait perquisitionné le bureau de Philippe Villars, lequel avait échappé à l'arrestation. Et il ignorait tout du sort de Claire Rethel. Elle était peut-être tombée dans une souricière, à la gare ou bien à l'appartement de Philippe. Mais peut-être avait-elle au contraire réussi à se cacher et à fuir.

Il fallait vivre avec ce doute. Un poète l'avait écrit : c'étaient des « jours patibulaires ». On devait l'accepter.

Des voix avaient résonné dans la nef. Thorenc avait entendu celle de Mathieu Villars qui répétait avec force :

— Vous n'avez pas le droit ! C'est un lieu de culte, nous protesterons auprès de l'évêché, le Maréchal sera saisi...

La chaleur lui avait paru plus étouffante. Il avait reculé, cherchant l'obscurité. Il avait guetté les pas qui résonnaient entre les murs de la chapelle, puis qui s'éloignaient.

Il s'était assoupi.

La nuit avait été encore plus lourde que le jour. Dans cette chaleur noire et gluante, il s'était éveillé en sursaut : on le secouait.

Il avait reconnu Pierre Villars qui s'éclairait d'une lampe de poche dont il dirigeait le faisceau vers le sol après en avoir inondé le visage du dormeur.

— Vous êtes en sueur, avait-il murmuré.

Thorenc avait passé la main dans ses cheveux emmêlés, collés aux tempes et à la nuque.

— Max veut savoir, avait demandé Villars.

Il avait écouté le compte rendu de Thorenc, l'interrompant pour confirmer qu'en effet, certains des dirigeants de Libération et de Combat se rebellaient contre le projet d'unification voulu par Moulin. Ils contestaient son autorité, envisageaient de partir pour Londres afin de protester auprès de De Gaulle et demander le rappel de son représentant. Ils voulaient contrôler l'armée secrète, ne pas dépendre de ce dernier pour leur financement et leur approvisionnement en armes.

— Le moment est mal choisi ! avait-il ajouté.

Vichy avait donné de nouveaux gages aux Allemands. Laval, Bousquet, Cocherel, le général Xavier de Peyrière, avaient mis à la disposition de la police allemande, en zone Sud, les vastes locaux de l'établissement de bains de Charbonnières, dans le Rhône, et le château de Bionne, dans l'Hérault.

— C'est Peyrière, mon salopard d'oncle, avait ajouté Pierre Villars, qui a trouvé ces bâtiments et les a fait aménager. Aux policiers allemands qui s'y sont installés, Bousquet a fait délivrer des cartes d'identité françaises. Honteux !

— Et votre père ? avait demandé Thorenc.

— Désespéré mais résolu.

Quand il avait appris qu'un volontaire de la Légion tricolore servant sous l'uniforme allemand en Russie avait reçu la légion d'honneur, le commandant avait renvoyé la sienne.

— Ils ont prêté serment à Hitler et ils peuvent obtenir aussi bien la Croix de fer que la Légion d'honneur ! s'était insurgé Pierre Villars.

C'était le milieu de la nuit. Villars et Thorenc avaient marché dans le cloître où la chaleur stagnait encore sans qu'un souffle de vent la ridât.

À chaque pas, Bertrand avait l'impression que ses pieds pataugeaient dans une flaque de sueur.

— Les Américains et les Anglais se trompent, avait déclaré Villars. Jamais des gens comme le général de Peyrière, Laval, Cocherel, Pétain ou Bousquet ne s'opposeront aux Allemands. Si un débarquement allié a lieu en Afrique du Nord, comme on le prévoit, les *Panzerdivisionen* occuperont la zone Sud sans qu'il y ait ni protestation ni résistance. D'ailleurs, les Allemands sont déjà là avec leurs camions de repérage des émetteurs radio, leurs agents de la Gestapo naturalisés français collaborant avec les hommes d'Antoine Dossi, de Cocherel, de Pucheu et de Bousquet. Quant à Giraud...

Villars s'était arrêté.

— ... si les Américains le préfèrent, ce n'est pas seulement, comme ils vous l'ont dit, parce qu'il a la confiance de l'armée d'Afrique, mais parce qu'ils se joueront de lui comme ils le voudront. Un homme qui s'évade et qui rencontre Abetz, Laval et Pétain, quel modèle de rigueur politique !

Villars s'était approché de la fontaine qui se trouvait au centre du petit jardin du cloître. Un filet d'eau tiède en coulait par à-coups. Thorenc avait plongé ses mains dans la vasque, mais, en portant ses paumes à son visage, il avait eu l'impression que celui-ci se couvrait à nouveau de sueur.

— En apparence, les Américains ont les moyens

d'imposer Giraud, avait repris Villars. Mais si nous, ici, nous nous rassemblons derrière de Gaulle, si nous réussissons à créer cette unité de la Résistance sous la direction de Max, ils échoueront. C'est nous qui avons les cartes en main. S'ils s'imaginent que nous les laisserons faire, ils se trompent !

Il avait conseillé à Thorenc de regagner Murs. Il fallait que Daniel Monnier redouble de précautions pour éviter de faire repérer ses émissions de radio.

Il lui avait serré la main.

— Vous êtes en nage, avait-il à nouveau remarqué.

Il avait soupiré :

— La fatigue, la tension. Ménagez-vous... Max nous répète que nous en avons encore pour deux ans au moins. Survivrons-nous jusque-là ?

Il avait rallumé sa lampe de poche, éclairant un instant le visage de Bertrand.

— Et Geneviève ? avait-il demandé.

Thorenc n'avait pas répondu.

— Rentrée en France, n'est-ce pas ? avait repris Villars. Suicidaire... Les chefs de réseau ne survivent pas à Paris plus de six mois. Si on ajoute les effectifs des différents services de police allemands et de leurs complices français, les Lafont, Bardet, Marabini et autres, on dépasse, j'en suis sûr, le nombre des résistants réellement actifs. Il y a plus de chiens que de gibier ! Comment voulez-vous que Geneviève échappe à la meute ?

Thorenc avait baissé la tête, interrogé Pierre Villars sur le sort de son frère.

— Philippe a eu de la chance. Mais ils ont découvert son laboratoire et saisi toutes les archives.

Thorenc avait eu un geste de colère.

— Des archives ? avait-il lancé à mi-voix.

Il avait de nouveau pensé à Claire Rethel, à ses

papiers au nom de Myriam Goldberg que la police avait peut-être trouvés.

Il avait marmonné le nom de l'assistante de Philippe : qu'était-elle devenue ?

Villars avait écarté les mains en signe d'ignorance.

Les gouttes de sueur avaient fini par glisser entre les cils de Thorenc, lui brûlant les yeux.

49

Thorenc marche si vite sur la draille, montant vers la chapelle à grandes enjambées dans la touffeur d'orage, jambes ployées, torse penché en avant, qu'il doit s'arrêter à mi-chemin, le souffle coupé.

Il halète. Dans un geste instinctif, il pose ses mains sur sa poitrine comme pour la comprimer, et il sent sous sa paume, dans la poche de sa chemise, la lettre de Claire Rethel.

Il laisse retomber ses bras et regarde autour de lui.

Il aperçoit le petit bois à la lisière duquel ils ont enterré Marc Nels. Et s'il mourait là, la poitrine éclatée, peut-être Jacques Bouvy et Daniel Monnier feraient-ils de même, la nuit venue, quand la chaleur se ferait moins dense ?

Ils avertiraient Pierre Villars. Mais qui, en ces jours bouleversés où la police de Vichy rafle, traque, où l'on évoque l'éventualité d'un débarquement allié en Afrique du Nord et celle d'une invasion allemande de la zone Sud, aurait le temps de s'attarder sur une mort inutile, une désertion ?

Il a honte d'avoir, en pensée, envisagé de quitter le combat pour la tranquillité de la mort. À nouveau il place sa paume gauche contre sa poche de poitrine et sent l'enveloppe collée au tissu par la sueur.

Un instant il imagine que l'encre s'est diluée, qu'il ne pourra relire cette lettre qu'il a à peine parcourue, dans la chambre du mas, cependant que Léontine Barneron répétait :

— Vos amis ont dit : elle ne peut être que pour lui.

Léontine venait de le secouer alors qu'il s'était assoupi sur les tommettes, et elle avait ri à sa vue, disant qu'il était pareil aux chats qui, les jours de grande chaleur, s'allongent ainsi en travers des seuils, parce que c'est le seul endroit où il y a un peu de courants d'air et où la pierre garde la fraîcheur de la nuit. Mais quand les nuits sont aussi étouffantes que le jour, que peut-on faire ?

Elle s'était penchée pour voir à l'intérieur de la chambre, et Thorenc s'était redressé en s'épongeant le front, la sueur ruisselant le long de ses bras.

Il n'avait donc pas trouvé la lettre ? avait remarqué Léontine en montrant le lit.

Elle l'avait posée là, sur le traversin, mais, s'il dormait par terre, comment aurait-il pu l'apercevoir ?

Thorenc s'était levé, avait marché jusqu'à la fenêtre, et c'était comme s'il s'était approché de la source de chaleur. Il avait entrouvert les volets et une blanche coulée avait recouvert le lit.

Il avait vu l'enveloppe bleue, l'écriture petite et ronde. Il s'était penché et, sans toucher l'enveloppe, avait lu :

Feu, azur
Mas Barneron
MURS

La voix de Léontine Barneron répétant « C'est bien pour vous ? Ils ne se sont pas trompés ? » lui avait paru si lointaine qu'il n'avait pas répondu, s'asseyant sur le lit, prenant et retournant l'enveloppe, lisant ces initiales tracées au dos : CRMG, qu'il était le seul ici à pouvoir déchiffrer — Claire Rethel/Myriam Goldberg.

Il s'affolait à la pensée qu'elle n'avait pas rejeté la tentation du sacrifice en reprenant son identité.

Il avait reposé la lettre, attendant que Léontine Barneron eût quitté la chambre après avoir relevé que c'était un drôle de surnom qu'on lui avait donné là : *Feu, azur* ! Le facteur, qui ne montait que deux fois par semaine à Murs, s'en était étonné. Heureusement que c'était un parent et qu'il n'était pas homme à bavarder et à se vanter. Mais *Feu*, *azur*, qu'est-ce que ça voulait dire ?

Il avait enfin entendu son pas décroître dans l'escalier, sa voix dans la cour qui s'en prenait au soleil et appelait à l'orage.

Il avait décollé lentement l'enveloppe et avait lu les premiers mots :

Je ne veux et ne peux vous nommer
Je suis déjà dans l'imprudence
En cédant au désir de vous écrire
Mais trop de mots m'étouffent
Pour que je puisse renoncer...

Claire avait disposé ses phrases comme s'il se fût agi d'un poème, et peut-être était-ce en effet de la poésie.

... Quand mon visage me vaudrait la mort
Je ne peux vivre sous le masque
Puisque ceux qui me ressemblent
Sont jetés dans la souffrance
Et que celui qui trahit les siens
Meurt chaque jour du poison du remords.

Il avait glissé la lettre dans l'enveloppe, puis celle-ci dans la poche de sa chemise.

Il avait voulu être seul pour apprendre chacun des mots, partager les émotions qu'ils exprimaient, se souvenir aussi de Claire, de leur première nuit à l'hôtel Résidence, rue Victor-Hugo, et de son rire, ici, dans cette cour du mas, quand Léontine Barneron l'aspergeait à grands seaux d'eau.

Mais Jacques Bouvy l'avait retenu. Les Allemands venaient d'exiger l'envoi en Allemagne de centaines de milliers de travailleurs français, avait-il appris. Et le négrier Laval venait de se soumettre, créant un Service national du travail obligatoire.

— Les gens ne vont pas accepter de partir se faire tuer par les bombes anglaises dans les usines du Reich ! répétait Bouvy. Ça va être la révolte. Il va nous falloir des armes. Vous avez vu les Anglais : est-ce qu'ils sont prêts, avant que les Allemands occupent la zone Sud, à nous en parachuter ?

Bouvy s'était irrité du silence de Thorenc.

— Évidemment, les Anglais et les Américains, c'est du pareil au même : ils veulent profiter de la guerre pour nous écraser. Nous sommes des gêneurs. Ils veulent bien nous libérer, mais à la condition qu'on ferme notre gueule !

Thorenc s'était penché au-dessus du puits. Il avait laissé tomber le seau et avait attendu longtemps avant qu'il ne heurte la surface de l'eau.

La poulie grinçait. Pour hisser le seau, il fallait d'abord arracher son bras et sa main à cette glu brûlante, à la blanche chaleur immobile qui alanguissait le moindre geste.

Thorenc s'était versé l'eau fraîche sur la tête, noyant ainsi la voix de Bouvy qui continuait de s'indigner.

Puis il s'était éloigné vers la draille. Au bout de quelques pas, l'eau avait séché et la sueur l'avait de nouveau recouvert...

Thorenc a enfin atteint la crête, mais le tumulte dans sa poitrine est si grand qu'il doit aussitôt s'asseoir sur le seuil de la chapelle, fermer les yeux, la tête baissée, les tempes douloureuses, la gorge et la trachée brûlantes, incapable de penser, souhaitant que l'orage qui crève au loin sur les massifs de l'Ardèche vienne jusqu'ici où il ne réussit encore qu'à faire résonner le ciel.

Il reste ainsi plusieurs dizaines de minutes, se contentant de toucher du doigt l'enveloppe sans l'extraire de sa poche, comme s'il n'avait plus autant hâte de déchiffrer les mots de Claire.

Dans la chambre du mas, il s'était contenté de parcourir les premières phrases. Il n'avait pas retourné la page.

Qu'allait-elle y dire ? Qu'avait-elle fait, Claire, pour avoir écrit : « Je ne peux vivre sous le masque » ?

Elle s'était peut-être présentée aux gendarmes de

la gare de Perrache qui, étonnés, l'avaient conduite jusqu'au responsable du convoi, et celui-ci avait ajouté le nom de Myriam Goldberg sur sa liste.

Peut-être était-ce cela qu'elle racontait ?

Une fois de plus, il palpe l'enveloppe.

Il pense que, dans les jours qui viennent, il se rendra à Vichy. Il portera son arme attachée à son mollet, comme on le lui a appris au camp d'entraînement, en Angleterre.

Il se présentera avec assurance aux postes de garde. Les fouilles y sont sommaires. On ouvrira sa sacoche, on palpera ses poches. Il donnera l'apparence d'un de ces hommes importants et complices que monsieur le directeur Cocherel, monsieur le ministre Pucheu, monsieur le général Xavier de Peyrière acceptent de recevoir. Il tuera l'un des trois.

À moins qu'il ne tire sur eux dans l'un de ces restaurants où ils se retrouvent tous, s'imaginant protégés parce qu'il faut, pour les tuer, prendre soi-même le risque de mourir.

Il commence à respirer plus calmement, comme s'il avait déjà rejoint, son acte accompli, la forêt qui entoure le château des Trois-Sources où, avec un peu de chance, il pourra se cacher.

Maintenant qu'il a décidé de venger Claire, il peut lire sa lettre.

Claire n'expliquait rien.

Elle avait seulement eu besoin d'écrire, avouait-elle, de dire les émotions qu'elle éprouvait à lire ses revues de poésie. Et à qui d'autre en parler, sinon à lui ? Elle aimait ces vers d'Aragon :

Les raisons d'aimer et de vivre
Varient comme font les saisons
Les mots bleus dont nous nous grisons
Cessent un jour de nous rendre ivres
La flûte se perd dans les cuivres.

Mais, ajoutait-elle, elle tenait à ce qu'il sache qu'elle lisait aussi Victor Hugo. Se souvenait-il de ce qu'avait écrit le poète en 1870 ?

Faisons la guerre de jour et de nuit, la guerre des montagnes, la guerre des plaines, la guerre des bois. Levez-vous ! Levez-vous ! Pas de trêve, pas de repos, pas de sommeil !

A-t-elle craint qu'il ne comprenne pas pourquoi elle a cité Victor Hugo ? Elle a ajouté :

« Nous avons peu dormi cet après-midi-là, rue Victor-Hugo. Je ne le regretterai jamais. »

Le vent commence à se lever, repoussant peu à peu la chaleur, séchant la sueur, et Thorenc a l'impression d'entendre la voix de Claire.

Comment admettre, comment croire qu'on ait pu étouffer cette voix-là ?

Au bas de la deuxième page, parce que l'espace lui a manqué, elle a écrit plusieurs phrases en lettres minuscules qu'il a du mal à identifier.

Il lui semble lire :

Sur toute chair accordée
Sur les lèvres attentives
J'écris ton nom...

Et c'est comme s'il découvrait mot après mot, une nouvelle fois, le corps de Claire.

En redescendant vers le mas Barneron, Thorenc relit de bout en bout la lettre enfin déchiffrée, cependant que le vent presque froid fait tout à coup frissonner les pages, jusqu'à ces derniers vers que Claire a notés :

Et par le pouvoir d'un mot
Je recommence ma vie
Je suis né pour te connaître
Pour te nommer
Liberté !

Thorenc sent les premières gouttes.

Il se met à dégringoler vers le mas, serrant la lettre de Claire dans sa main, étonné par l'énergie qui, tout à coup, l'a de nouveau envahi.

DU MÊME AUTEUR

ROMANS

Le Cortège des vainqueurs, Robert Laffont, 1972.
Un pas vers la mer, Robert Laffont, 1973.
L'Oiseau des origines, Robert Laffont, 1974.
Que sont les siècles pour la mer, Robert Laffont, 1977.
Une affaire intime, Robert Laffont, 1979.
France, Grasset, 1980 (et Le Livre de Poche).
Un crime très ordinaire, Grasset, 1982 (et Le Livre de Poche).
La Demeure des puissants, Grasset, 1983 (et Le Livre de Poche).
Le Beau Rivage, Grasset, 1985 (et Le Livre de Poche).
Belle Époque, Grasset, 1986 (et Le Livre de Poche).
La Route Napoléon, Robert Laffont, 1987 (et Le Livre de Poche).
Une affaire publique, Robert Laffont, 1989 (et Le Livre de Poche).
Le Regard des femmes, Robert Laffont, 1991 (et Le Livre de Poche).

SUITES ROMANESQUES

La Baie des Anges :
I. *La Baie des Anges*, Robert Laffont, 1975 (et Pocket).
II. *Le Palais des Fêtes*, Robert Laffont, 1976 (et Pocket).
III. *La Promenade des Anglais*, Robert Laffont, 1976 (et Pocket).
(Parue en 1 volume dans la coll. « Bouquins », Robert Laffont, 1998.)

Les hommes naissent tous le même jour :
I. *Aurore*, Robert Laffont, 1978.
II. *Crépuscule*, Robert Laffont, 1979.

La Machinerie humaine :
- *La Fontaine des Innocents*, Fayard, 1992 (et le Livre de Poche).
- *L'Amour au temps des solitudes*, Fayard, 1992 (et le Livre de Poche).
- *Les Rois sans visage*, Fayard, 1994 (et le Livre de Poche).
- *Le Condottiere*, Fayard, 1994 (et le Livre de Poche).
- *Le Fils de Klara H.*, Fayard, 1995 (et le Livre de Poche).
- *L'Ambitieuse*, Fayard, 1995 (et le Livre de Poche).
- *La Part de Dieu*, Fayard, 1996 (et le Livre de Poche).
- *Le Faiseur d'or*, Fayard, 1996 (et le Livre de Poche).
- *La Femme derrière le miroir*, Fayard, 1997 (et le Livre de Poche).
- *Le Jardin des Oliviers*, Fayard, 1999.

Bleu, Blanc, Rouge :
I. *Mariella*, Éditions XO, 2000.
II. *Mathilde*, Éditions XO, 2000.
III. *Sarah*, Éditions XO, 2000.

Les Patriotes :
I. *L'Ombre et la Nuit*, Fayard, 2000.

POLITIQUE-FICTION

La Grande Peur de 1989, Robert Laffont, 1966.
Guerre des gangs à Golf-City, Robert Laffont, 1991.

HISTOIRE, ESSAIS

L'Italie de Mussolini, Librairie Académique Perrin, 1964, 1982 (et Marabout).
L'Affaire d'Éthiopie, Le Centurion, 1967.
Gauchisme, Réformisme et Révolution, Robert Laffont, 1968.
Histoire de l'Espagne franquiste, Robert Laffont, 1969.
Cinquième Colonne, 1939-1940, Plon, 1970 et 1980, Éditions Complexe, 1984.
Tombeau pour la Commune, Robert Laffont, 1971.
La Nuit des Longs Couteaux, Robert Laffont, 1971.
La Mafia, mythe et réalités, Seghers, 1972.
L'Affiche, miroir de l'Histoire, Robert Laffont, 1973, 1989.
Le Pouvoir à vif, Robert Laffont, 1978.
*Le XX*e *siècle*, Librairie Académique Perrin, 1979.
La Troisième Alliance, Fayard, 1984.
Les idées décident de tout, Galilée, 1984.
Lettre ouverte à Robespierre sur les nouveaux Muscadins, Albin Michel, 1986.
Que passe la Justice du Roi, Robert Laffont, 1987.
Les Clés de l'histoire contemporaine, Robert Laffont, 1989.
Manifeste pour une fin de siècle obscure, Odile Jacob, 1989.
La gauche est morte, vive la gauche, Odile Jacob, 1990.
L'Europe contre l'Europe, Le Rocher, 1992.
Jè. Histoire modeste et héroïque d'un homme qui croyait aux lendemains qui chantent, Stock, 1994.
L'Amour de la France expliqué à mon fils, Le Seuil, 1999.

BIOGRAPHIES

Maximilien Robespierre, histoire d'une solitude, Librairie Académique Perrin, 1968 (et Pocket).
Garibaldi, la force d'un destin, Fayard, 1982.
Le Grand Jaurès, Robert Laffont, 1984 et 1994 (et Pocket).
Jules Vallès, Robert Laffont, 1988.
Une femme rebelle. Vie et mort de Rosa Luxemburg, Fayard, 2000.

Napoléon :
I. *Le Chant du départ*, Robert Laffont, 1997 (et Pocket).
II. *Le Soleil d'Austerlitz*, Robert Laffont, 1997 (et Pocket).
III. *L'Empereur des Rois*, Robert Laffont, 1997 (et Pocket).
IV. *L'Immortel de Sainte-Hélène*, Robert Laffont, 1997 (et Pocket).

De Gaulle :
I. *L'Appel du destin*, Robert Laffont, 1998 (et Pocket).
II. *La Solitude du combattant*, Robert Laffont, 1998 (et Pocket).
III. *Le Premier des Français*, Robert Laffont, 1998 (et Pocket).
IV. *La Statue du Commandeur*, Robert Laffont, 1998 (et Pocket).

CONTE

La Bague magique, Casterman, 1981.

EN COLLABORATION

Au nom de tous les miens, de Martin Gray, Robert Laffont, 1971 (et Pocket).

Composition réalisée par NORD COMPO

Imprimé en France sur Presse Offset par

BRODARD & TAUPIN

GROUPE CPI

La Flèche (Sarthe).
N° d'imprimeur : 14715 – Dépôt légal Édit. 27016-12/2002
LIBRAIRIE GÉNÉRALE FRANÇAISE - 43, quai de Grenelle - 75015 Paris.

ISBN : 2 - 253 - 15209 - 9 31/5209/7